Ronso Kaigai
MYSTERY
236

密室殺人

Rupert Penny
Sealed Room Murder

ルーパート・ペニー

熊井ひろ美［訳］

論創社

Sealed Room Murder

1941

by Rupert Penny

目次

主要登場人物

ダグラス・マートン……………語り手。探偵事務所に勤務する青年
トマス・バット…………………ダグラスのおじ。探偵事務所長

ハリエット・スティール………〈樅の木荘〉に住む未亡人
ジョージ・ライス………………ハリエットの兄
メアリー・グレン………………ハリエットの亡夫の母
オリーヴ・スティール…………メアリーの娘。三姉妹の一番上
キャロライン・ホワイトヘッド……メアリーの娘。三姉妹の真ん中
ヴァイオレット・スティール……メアリーの娘。三姉妹の一番下
リンダ・ホワイトヘッド………キャロラインの娘
ヘンリー・ホワイトヘッド……キャロラインの息子
ベッシー・ホランド……………〈樅の木荘〉のメイド
ミセス・ピピット………………〈樅の木荘〉の料理人
ウィリアム・ブリッグズ………ヴァイオレットの婚約者

エドワード・ビール……………スコットランド・ヤードの主任警部
アントニー・パードン…………『ストックブローカー』副編集長

密室殺人

第一部　前々日

第一章

ぼくのおじは狡猾な老人だ。仕事の依頼人にいつも話を繰り返させるのだが、この用心深さのおかげで重要な点が明らかになり、たいていの場合、それがなければ全然うまくいかなかったはずだ。依頼人の抱えているトラブルは、まずおじ本人に対して説明され、次におじがそのトラブルを改善する代行者として選んだ人物に対して説明される。その後、二人で相談し、お互いの情報を吟味して、食い違いや見落としや明白な嘘がないか確かめるというわけだ。

　おじが〝調査局〟の長を務めていることは、説明しておいたほうがいいだろう。つまり――〝調査局〟という呼び名はおじ自身が命名した――私立探偵事務所を取り仕切っているということだ。変わった名前で呼んでいる理由をぼくが尋ねたとき、おじはかぎ鼻の鼻先から見下すような目でぼくを眺めて、ひどく無愛想な態度をとった。

「どんなばかでも調査はできるだろう、ダグラス」とおじは言った。「だが、おまえの一番の親友だって、おまえのことを探偵と呼んでくれるか？　そうは思えん――ちょっと思えんな」

　さて、認めるのは嫌なのだが、おじの言う通りだと思う。以前のぼくは違う意見を持っていたのだけれども、それは経験よりも希望によってはぐくまれた意見で、これから説明する出来事が起こったあとは、〝調査員〟という言葉でぼくの能力はだいたいたい要約されると思っている。語り手としてうまくやれるかどうかは、この先を読んでのお楽しみだ。

おじの名前はトマス・バットといい、ぼくはその甥のダグラス・マートンだ。ぼくの母はおじの五人いる姉妹の一番上で、最初に亡くなった。おじはチャンセリー・レインに事務所を構えていて、常勤の従業員が十一人いる。ぼくはオクスフォードを卒業してからここで働き始めて六年経つが、給料がいまの二倍になろうとも、ほかの仕事に就こうとは思わない。とは言ってもそれは、おじのくれる金額の半分以上の給料を出そうと言ってくれる人が、いまのところ誰もいないからかもしれない。

私立探偵に関する一般的な印象は、滑稽で、実在の人物というよりも道化芝居の登場人物、がっちりと変装して、不倫夫をその現場の寝室の扉までとことん追跡する人たちというようなものだと思う。このイメージはまったくの偽りではないかもしれないが、そこに含まれていない内容が多すぎる。ぼく自身は、つけ眉毛すら付けたこともないし、たとえ不倫夫を追跡したことがあるとしても、無意識にあとを追っていただけだろう。おじは極力、離婚には手を出さない。おじが言うには、離婚に関する法律はとんでもなくひねくれていて愚かしく、その偽善的な自己満足には、かかわらなければかかわらないほど好ましいらしい。

だが、おじの話はここでやめなくては。これから語る話の主人公は、ミセス・ハリエット・スティールなのだから。意地悪く生きて、悔い改めることなく死んだご婦人だ。たとえ長所があったとしても、守銭奴が金を隠すように注意深く隠しているように見えた。もしかすると本人は、家具の多すぎる寝室に一人でいるとき、ジグソーパズルを近視眼的につついたり、高価な時計のぜんまいを巻いたりしながら、自分の長所に感心していたのかもしれないが、それはもう誰にもわからない。兄のジョージ・ライスなら、彼女に有利なことをなにか知っているかもしれない。子供のころの親切なおこないとか。たとえ、余ったお菓子を人にあげたとか、かわいがっていたペットが死んだときに哀れみの言葉をかけたという程度でも。だが、ジョージ・ライスはそういう個人的な話を尋ねることのできる相手ではない。ウイスキーが値上がりしたので無理だ。すべてを考慮に入れても、彼女について好意的な言葉を口にしているのは、いまではぼくのおじだけだと思う。ごくたまに、感傷的な気分になったときに限られるが。彼女が殺される前の数週間の間、同じ屋敷でいつも眠っていた九名の人々にとって嫌悪の対象だったことは疑う余地がないはずで、場合によっては、軽蔑、積極的な悪意、消えることのない激しい憎悪の対象となっていたのだ。

　彼女がチャンセリー・レインにあるうちの事務所に初めてやって来たのは、去る八月八日木曜日のことだった。この日付は、話のついでに触れておく価値がある。それはつまり、その日にはまだかろうじて平和な世界にぼくらは生きていたという意味だからだ。ダンツィヒはまだポーランドの領土で、ポーランドはまだ自治権を有していて、〝鎌〟と〝鉤十字〟の血塗られた共有地にはなっていなかった。それ以降に起こったことと、いまなお起きていることについては、ここでは語らない。あまりにも周知のことだし、ぼくら全員があまりにも痛烈に経験していることだから。これは昔の話、ヨーロッパがひび割れて燃え上がり煙と化す前の話なのだ。

　もしその世界、つまり暦の上ではほんの数カ月前の世界が、ハンサム・キャブ（二十世紀初頭までよく使われた二人乗り一頭立て二輪馬車）やマスターシュ・カップ（口髭を濡らさないように内側にカバーがついたカップ）の時代のように非現実的で漠然として遠い昔のことのように思えるとしたら、残念な話だ。だが事実は、どれだけみすぼらしくとも提示しなくてはならない。生前のミセス・ハリエット・スティールは、なによりもまずは生身の人間、つまり食べて寝て起きることを頑固に続ける生き物で、髪を染め、仲間を困らせ、想像を絶する裸体の体重は十三ストーン七ポンドもあった。一九三九年八月当時のぼくの目に映っていた姿そのままにあのご婦人を描き出すのは、すこぶる難しい。彼女の命を九月まで引き延ばして、その太りすぎた体を矛盾に満ちた幽霊に変える危険を冒すことなど、とうていできない。

おじの執務室へ向かう彼女が通りかかったとき、ぼくのいる部屋の扉がたまたま開いていて、本当にその姿を見かけたのか、それともひょっとすると寝ぼけていただけなのかと思ったことを覚えている。暖かい日で、暑いくらいだった。たとえやせた女でも毛皮のコートを着るはずがなく、まして階段を上りきる前に息を切らしてしまうような太った女なら、さらにあり得ない。事務所の古参の秘書ミス・プリンスのほうをためらいがちにちらっと見たぼくは、自分が眠っていたわけではないとすぐわかった。ミス・プリンスがぼくと同じくらいびっくりしていたのは明白で、訪問者の足音が聞こえなくなったとき、彼女にしては珍しく笑みを浮かべた。けれども、口に出してはなにも言わず、ぼくのほうも質問したくなるほど興味を惹かれたわけではなかった。その代わりにぼくはやりかけの仕事に戻った。ところが半時間後、ぼくはおじに呼ばれ、ミセス・ハリエット・スティールに紹介された。

彼女は背が低く、身長は検死報告書によると裸足の状態で五フィート二インチで、体重はすでに述べたように十三ストーン以上――情報源は同じ――あったが、生前はそれほど不格好には見えなかった。肥満体ではあるけれど、はっきりと膨れているわけではない。ブロンドの髪は明らかに染めた色で、青い帽子の下から恥ずかしげにのぞいている。ボタンを外したビーバーのコートの下には白いドレスを着ており、タックやプリーツが伸びきった豊かな胸元が目を惹く。瞳の色は緑、いささか奥目で、不愉快なほど厳しい目つきをしている。まるで相手の正直さを値踏みしているかのような視線だが、近眼のせいかもしれない。唇は顔をできるだけほっそり見せるように描かれ、マニキュアと揃いの鮮やかな色の口紅が塗られている。手はべたつき、全身からライラックの香りをぷんぷん漂わせている。どうしておじがぼくを彼女と知り合いにさせたがるのか、想像もつかなかった。

「甥のダグラス・マートンです」低い声でそうつぶやいたおじは、いつも以上に慈悲深いオウムのように見えた。

「お目にかかれて嬉しいわ、本当に」とご婦人が言った。それは朗々たるコントラルトの声で、ロンドン《コックニー》なまりが土台となっていた。

「この甥が、今日の午後三時に喜んでお宅にうかがわせていただきます」とおじが話を続け、その間ぼくは空虚な笑顔を浮かべながら、彼女のつけている指輪は少なくとも合計数百ポンドの価値はあるに違いないと考えていた。

「三時」ご婦人は時刻を復唱した。「結構だわ。たぶん都合がつけられるでしょう」

「なぜあんな気取った言い方を？」彼女がさっさと帰ったあとで、ぼくはおじにこう尋ねた。「それに、あんな人に会いに行くなんて、喜ばしくもなんともないのに」

「遊びで出かけるわけじゃない」とぼくはたしなめられた。「仕事なんだぞ」

　それからおじはいきなりため息をつくと、ペーパーナイフをいじり、煙草入れを取り出して、ぼくをじっとにらみつけた。

「夢が悪夢に変わったら」とおじは切り出した。「目を覚ますときが来たということだ。だが、もしそれまでずっと目が覚めていたなら、いったいどうすればいいんだね？　それが悪夢であることは、少なくとも可能性としては知っていたけれども、忌々しいプライドが邪魔をして認められなかったとしたら？」

幸い、ぼくは返事を思いつくことができた。おじがなにがしかのショックを受けているのは明らかで、それ自体、深刻に受け止めるに値するほど珍しいことだった。

「今日がおじさんの誕生日だというふりをしましょうよ。次の月曜じゃなくて」とぼくは助言した。

「だからそこに座って待っててください。プレゼントを持ってきますよ」

それはブランデーのナポレオンの瓶で、ぼくの名付け親が遺してくれた品だった。なるほど名付け親はよかれと思って遺してくれたのだろうが、ぼくの舌はまったくお粗末で、ワインと蒸留酒の違いはわかるものの、せいぜいその程度だ。けれども、おじは喜んだ。とても喜んでくれた。旨そうにちびちび飲んだあとは、いつものおじらしくなってきて、謎めいた発言の説明をすることに嫌々ながらも同意した。

「わたしの雑多な過去の話でおまえを煩わせたことは、いままでなかったな」とおじは切り出した。

「そして、こういう酒のせいだろうと、真っ当なルールを破るつもりはない。さしあたり、一九二〇年当時のわたしがほぼ文無しで、人生に相当うんざりしていたと言えば事足りるだろう。軍の恩給はもう消え失せていた。資産もなく、とくに資格もない四十五歳の元将校なんて、ピーナッツと同じくらい取るに足らない存在で、親族にぺこぺこ頭を下げて金がないと泣きつくぐらいなら死んだほうがましだった。とはいっても、そんなことをするなら飢え死にしたはずだと言ってるわけじゃなくて、本当に困ったことにならない限り死なないわけだが、まずはやれるところまでやる覚悟はできていた。それゆえに、掛け合い漫才コンビ、ビリングズ＆バットが一時的に存在したというわけだ」

おじはぼくが目を丸くするのを見て、椅子に深く腰かけた。

「おまえはそういうたぐいのことは知らないだろう。そういうことの内情は」おじは話を続けながら、鼻をさすり、かすかに微笑んだ。「おまえはずっと、扉の内側で守られてきた――おまえの母さんにきちんと守られてきたからな。生活は楽じゃなかった。とりわけ、わたしたちがたぶん、史上最悪の漫才コンビだったことを考えれば。わたしたちのコントで一番面白いところは、わたしの名前が職業にぴったり当てはまることで（バット butt には「嘲笑の的」という意味がある）、そんなネタでは観客がたいして笑うはずもないだろう。それでも、バラエティーショーの巡業に契約してもらうことができた――地方の劇場に一週間滞在して、立ち去ったあとには空っぽのスーツケースとかんかんに怒った宿屋の女将が取り残されるようなたぐいのものだ。プログラムの中のわたしたちの出番はいつも幕間のあと一番最初で、人々がまだバーで酔っ払っているか、ほかの人の膝につまずいている時間なので、神経質な赤ん坊だって目を覚まさない程度の笑い声しか上がらない。それでも、さっき言ったようにわたしたちのコンビは存在していて、お払い箱にはならなかったのだから、我慢ならないほどではなかったんだろう。

まあ、やがて一行はイーストボーンに到着して、そこからが本題だ。わたしたちよりもましな芸人の一人がそこに着く前に身投げしてしまい、その理由は思い出せないが、とにかくボスは必死であちこちに電話したり電報を打ったりして、斡旋所から代役をよこさせる手配をしていた。代役と言っても一人じゃない――二人組だったんだ。もちろんそのために、新しいポスターを急いで作らねばならなかったし、このよそ者たちの出番や出演時間についていろいろ陰口が飛び交ったわけだが、ボスのリーヴィは口論もいとわなかった。腹を立てているときでない限り、本当の意味で幸せになれない男だったんだ。

その二人組は曲芸ダンサーだった。プログラムには〝かっ飛びローラースケーター、ジャック&ジル〟と書いてあって、ほかの出し物がみんな安っぽく見えるほど素晴らしかった。それは、スケートがうまかったせいだけじゃなくて、わたしたちと比べると、この二人はまるで、納屋の庭に迷い込んだひとつがいの孔雀のように見えたからだ。二人は若く、わたしたちの大半はそうじゃなかったし、彼らの衣装のほうが立派で、着こなし方もしゃれていて、とくに女のほうは何度も振り返って見たくなるような娘だった。いまじゃ絹のストッキングの広告でしかお目にかかれないような美脚の持ち主で、しかも、ストッキングに隠されていた部分まで脚を見せてくれた。たっぷりとね。

彼らの出し物の一つは当然ながら、手桶で水をくみに行く話だ（「ジャックとジル」という題名の英語の伝承童謡があり、男の子と女の子が水をくみに行くために丘に登るという内容）。ジャックはイートン・スーツ（イートン校の制服に似せたスーツで、良家の子弟の定番スタイル）を着込み、ジルは蝶結びのリボンやらサッシュベルトやらの付いたピンク色のモスリンの服でめかし込んでいた。〝丘〟は少々しょぼくて、まあ小さな舞台の上だから仕方がないんだが、別のやり方でそれを埋め合わせていた。まず、二人は苦労してどうにかその丘に登る——突いたり押したりの繰り返しで、いくぶん卑猥な感じだ。次に、架空の井戸にロープを下ろして、手桶を引き上げ、その後フットライト（舞台の前端に設置してあるライト）のほうへ向かって下り始める。ジャックはとてもゆっくりと優雅に、ジルはそのあとにぴったりとついて。すると、歌詞の通りに、ジャックが転ぶ。本当に転倒して、ドラムの効果音で強調し、本物の水もこぼれる。水は舞台の袖のどこかに流れ込んでいた——オーケストラ席を水浸しにしていなければ。そして締めくくりも歌詞通りに、ジルも続いて転ぶわけで、つるつる滑りながら、バランスをとろうと精いっぱい努力するんだが、やがてバランスを崩すのはみんな承知している。しかも、実に巧みなんだ。ローラースケートがとてつもなくうまくなければ、そんなことはできない——下手だったら、体が真っ二つに裂けるか、首の骨が折れてしまう。だが、遅かれ早かれ横滑りして足が宙に浮き、スケートのローラーが猛烈に回転して、そして彼女はジャックの上に落ちる。みんなびっくりして、なにも知らずに心を痛めたもんだ。彼女は脚をバタバタさせて、下着がまる見えだった」

おじはそこで少し間を置き、どうやら思い出に耽っているようだった。親指の爪を、まるでその爪がなにかを映し出す鏡であるかのようにじっと見つめたのち、ほどなくして話を続けた。

「それに、落ちたやつはほかにもいたんだ。恋に落ちたやつが」と、おじはいくぶん恥ずかしげに言った。「もちろん、四十過ぎの男ならもっと分別があるべきなんだが、この男はだめだった。考えてみれば、まったくもってばかげてる。顔が可愛くてスタイルが良くて、向こうずねがすらっとしているというだけの小娘にのぼせ上がってしまうとは。ふん！

とにかく、たぶん二週間くらいしつこく言い寄ったと思うんだが、うまくいかなかった。彼女は最初からわたしを見定めていて、礼儀正しく振る舞いながらも、期待を持たせるようなことはこれっぽっちもしなかった。実を言うと、日中はあまり会えなかった。練習やリハーサルの時間以外の彼女は、ベッドに寝そべって雑誌を読んでいるか、ジャックとデートだった――あいつもわたしと同じくらい彼女に惚れていて、しかもわたしより金を持っていた。本名は忘れた――カニングだかカーソンだか、そんなような名前だ。悪いやつじゃなかったんだが、顔が良くてスケートがうまい以外は、ほとんど語るところのない男だった。

その後もちろん、わたしの運命が一夜にして一変した。おまえの大おばさんのイーディスが卒中を起こし、いまだによくわからない理由で遺言書を書き換えてからわずか二十四時間後に死んだというわけだ。わたしはもう、数え切れないほどの安宿や、毎週日曜の列車の移動や、のべつ幕なしに他人を笑わせる努力と向き合う必要がなくなった。金を相続して――自分の身に降りかかることに口を出す権利ができたのさ。

というわけで、わたしはほぼ即座にショーの仕事をやめたんだが、ありがたいという顔をしたやつがいたとすれば、そいつはボスのリーヴィだったよ。もちろんひどく罵られたが、それは仕方ない――口癖だから。相方のビリングズも、別に気にしていなかった。彼女はこっそり独演芸を練り上げていたから、それを試してみる機会が来て喜んでいたんだ」

「ビリングズが女だったなんて、聞いてませんよ」とぼくは抗議した。

「言わなかったか？」おじは如才なく応じた。「忘れてたんだろう。いずれにしても、一座から立ち去る前にわたしは、おまえが予想するような行動をとった。ジルを脇へ連れ出し、わたしの身に起こった信じられないようなニュースを考えなしに打ち明けて、そしてプロポーズをしたんだ。いま振り返ってみれば、わたしは彼女にすっかりいかれていたんだろう。学校出たての若造ならそんなまねをしてもおかしくないが、立派な大人のやることじゃない。少しでも分別を持ち合わせていれば。そうは言っても、それがわたしのやらかしたことで、当然の報いを受けておかしくない状況だった。でも当時、わたしはいつも運がよかったんでね」――そう言うとおじは一瞬、思い出し笑いを浮かべた。まるで、運命との間に密約を取り交わしているかのように。

「プロポーズは断られたんでしょう？」とぼくは訊いてみた。

「その通り。そういうたぐいのこととして、申し分のないやり方でね。とくに理由が伝えられることもなく、言わぬが花というやつだったんだが、もしわたしがダイヤモンド入りの腕時計をどうしても贈りたいと言い張ったら、彼女もとうてい断れないと思ったんじゃないか？　とはいえ、あれからずっと疑問だったんだがね。ジルの写真を見たいか？」

「もちろん」ぼくは申し出に応じて、おじが札入れの中から取り出したくしゃくしゃの葉書をじっと見つめた。たしかに器量の良い娘だったんだな、と思った。小柄なほうだが、それも悪くない。写真の中の彼女は日よけ帽をかぶっていて、子供用ワンピースの丈は膝小僧のくぼみのはるか上だ。見る者の想像力をあざ笑うように、何重にもなったフリルを、下からはしたなくものぞかせている。顔には取り澄ました表情を浮かべている。たっぷり平手打ちを食らわしてやるべき女だったんじゃないかと思われた。

「これがあの人とは、言われなければとうていわかりませんね」と言いながら大事な写真を返してやると、おじはフンと鼻を鳴らした。

「嫌なやつだな、オチを先に言ってしまうとは！」とおじはぼやいた。「とはいえ、いささか見え透いていたかな。そう、今朝やって来たのがそのジルで、夢が悪夢に変わったと言った意味がこれでわかっただろう。なにしろ、心のどこかでずっと、あのときノーという返事を受け入れたことを後悔していながら、別のどこかではひそかに、助かったと思っていたんだから。彼女が家族写真を見せてくれたことがあった。母親と父親と顔をこわばらせた子供二人の写真だったんだが、母親がとにかく巨体で、さらに母親が彼女と同じくらい若かったころの写真も見せてもらったら、見分けがつかないほどそっくりだった。わたしが一緒に暮らしたくない相手のタイプを一つ挙げるとすれば太った女なんだが、当時はそのリスクも喜んで受け入れるつもりだった。やれやれ！　美しい思い出がまた一つ汚されてしまったよ。でも、なぜ自分が災難を逃れられたのかは、わかるといいんだが」

「たぶん突き止めることはできますよ。もし本当にぼくが今日の午後、あの方のお宅を訪問するのなら、ですが」とぼくは小声で言った。「それとも、そのことが訪問の目的なんですか？」

「まさか。それから、あからさまに尋ねたりしないように。彼女は未亡人なんだし、わたしは現状にまったく満足しているんだから。そうじゃなくて、おまえの仕事はすぐに説明するが、その前にまず、彼女のその後について教えておこう。一九二五年に舞台を引退して――〝舞台を引退〟と、自分で言ってたんだぞ！――保険仲介人のアンドルー・スティールと結婚した。二人の間に子供はなく、一九三五年に亭主が肺結核にかかり、一年半ほど前に外国で死んだ。

遺産をどんな形で相続したのかは説明したくなさそうだったが、亭主が金持ちだったのはほぼ間違いない。指輪や着ている服から見て、欲しいものはなんでも手に入れられるようだ――そしておそらく、いま抱えているトラブルから判断すれば、ほかの人が欲しいものまで手に入れているらしい。どうやら、亭主の親族全員と同居しているようなんだ。亭主の母親と亭主の妹三人で、そのうちの一人は未亡人で二人の子連れだ。さらに、彼女自身の兄も同居中で、ジョージ・ライスという名で職業は不詳。それから使用人が二名いて――全部で九人と一緒に暮らしている。おまえにやってもらいたいのは、そのうちの誰が彼女に嫌がらせをしているのか見つけ出すことだ」

「そいつはどうも」ぼくはがっくりしながら答えた。「聞いた感じからすると、いつもの保険の調査とは違って、気分転換になりそうだ。ご自分で行かなくて本当にいいんですね？」

「もちろんだ」おじはきっぱりと言い切った。

「わかりました。反論しても無駄ですね。どういう内容の嫌がらせなんですか？」

「これまでに、高価なミンクのコートを大きく切り取られたり、下着の入った引き出しにインクを注ぎ込まれたり、時計を叩き壊されたりしている。彼女は、時計を集めるのが趣味らしい」

「そいつは楽しそうだ。ボンボン時計ですか？」

（ぼくはボンボン時計が大嫌いだ。理由は自分でもわからないのだが）

「たぶんそうだろう。耳に綿でも詰めておけ」

「被害者は彼女だけなんですか？」

「いまのところは」

「でも、暴力を受けたわけではないんですね？」

「それはまだない」

「犯人の手がかりはなにもないんですか？」

「誰でもやりかねないと彼女は言っているが、それだけだ」

「で、犯人が捕まったら、どうなるんです？」

「楽観的だな！」とおじはつぶやいた。「もっと謙虚に、『もし捕まったら』と言っておいたらどうだ？　どうなるかはわからん――もし彼女の思い通りになるなら、たぶん絞首刑だろう」

ぼくはため息をついた。保険の調査をするほうが、ずっとましだ。

「なぜうちの事務所に来たんでしょう？」とぼくは尋ねた。

「警察に行くのが適当だとは思えなかったそうだ。そしてわたしの名前を覚えていて、トマス・コートニー・バットという名前の男は一人しかいないはずだと考えたらしい」

「そう願いますよ。でも、頼みたい職種の仕事をおじさんがやっていることを、どうやって知ったんでしょうね？　まあ、正しくは、『おじさんが人にやらせていることを』ですが」

「そんなことは知らんよ。教えられることはこれですべてだ――あとはおまえ次第。だが、忘れないでほしいことが二つある」――ここでおじは、机をトントンと叩いて強調した。「まず一つ、彼女をもうここへ来させないでくれ――過去の愚行は忘れたい。二つめは、彼女がわたしと結婚しなかった理由を突き止めてくれたら、週給一ポンド上げてやろう」

　ぼくは、ますますがっくりした気分でうなずいた。

「たぶん、予知能力があったんでしょう」とぼくは言った。「この仕事を引き受けたのは、昔のよしみがあるからですか？」

「違う。金のためだ。すでに内金として二十ポンド受け取ってある」

「なるほど、そいつは心強い。それから、差し支えなければ教えてほしいんですが、とりあえず二十ペンス稼ぐためには、ずばり、なにをすればいいんですか？」

「やれやれ！」ブランデーを飲み終えたおじは説教を始めた。「連中に質問をしろ。じっと見つめてやれ。ほめそやしてやれ。鍵穴から盗み聞きしろ。手紙があれば湯気を当てて封を開けろ。黒の木綿糸を使って罠を仕掛けろ。寝言を言っているかどうか確かめろ。年齢以外はすべて隠さず話してもらえるまで、おだててやれ。女の集団の中での立ちまわり方は、あらためて教える必要はないだろうな。それからもう一つ。彼女の過去は、家族の誰にも知られるんじゃないぞ。そのことは本人と固く約束したんだ。彼女は熟年の——まあ、四十がらみの——体格のいい裕福な未亡人だ。ジルとかいう名の〝かっ飛びローラースケーター〟などとは、なんの関係もない」

第二章

〈樅の木荘〉は、アッパー・リッチモンド・ロードから引っ込んだところの広大な敷地に建つ大きな屋敷で、木立と背の高い月桂樹の生け垣で完全に隠されて、通り過ぎるバスの二階席からも見えなかった。現在では違う名前で呼ばれていて、錬鉄製の門に美観を損ねる看板を付けた不動産仲介人にばつの悪い思いをさせないために、正確な所在地については、バーンズ駅のすぐ近くで、ローハンプトン・レーンからわずか一ファーロングの距離だと述べるだけにとどめておく。

それは三階建ての細長い不格好な屋敷で、前世紀の中ごろのいつだかに赤煉瓦で造られ、その後、ツタですっぽりと覆われていた。家の正面はほぼ真南に向いていて、玄関ポーチの左右には張り出し窓が突き出ており、庭はよく管理されていた――管理されすぎていて、ぼくの好みではなかったが。砂利道の両側にある花壇には雑草が一本も生えておらず、せっかく平らに刈られた芝生は、角張った現代的な日時計が置かれているせいで台無しで、彩色したおぞましい石膏像の小人たちが低木の間にこっそり隠れている。だが、ダリアの花は素晴らしかった。もちろん、いかにもけばけばしく、少しばかりきちんとしすぎているが、それでも素晴らしい。屋敷に向かって歩くと、その見事なカーディナル・ヴァン・ロッサムを添え木に結び付ける仕事をしていた庭師が背中をまっすぐに起こし、ぼくのほめ言葉を無言のまま礼儀正しく受け取った。それでもなぜか、このダリアの花が注目を集めることを庭師が嫌がっているような気がした。彼は大きすぎる花が嫌いで、ぼくがヒエンソウやサルメンバナをほめてあげたほうが喜んだのではないか、と。

屋内では、生意気そうな仏頂面のメイドがぼくから鞄を預かったあと、五台のグランドファーザー時計（振り子式の床置きの箱形大時計）の前を通り過ぎた先にある客間へ案内してくれた。そこにミセス・ハリエット・スティールがいた。〝お目にかかれて嬉しい〟と言ったときの表情は消え失せ、抑えた怒りが浮かんでいる。深くくぼんだ目はぎらぎら光っているように見え、朗々たる声からはたびたび上品さが失われた。

「またしても辱めを受けたわ！」と彼女はぼくに言い、藤色の絹のドレスに包まれた体を震わせた。「やめさせてちょうだい、ミスター・マートン！　どれだけお金がかかってもかまわないから――払えますもの。そして、犯人に思い知らせてやる――見てらっしゃい！」

彼女はとにかく、ぼくをすぐさま二階へ引っ張って行って最新の事件――寄せ木張りの床と関係があるらしい――を見せたいようだったが、ぼくはどうにか相手を落ち着かせた。その前にまず、過去の〝辱め〟に関するある程度の情報と、この家に住むほかの人々について教えてもらえることすべてを知っておくべきだと説明したのだ。でも、彼女の興奮を静めるために格別に努力したという点は、認めざるを得ない。同情と苦悩を慎重に混ぜ合わせた笑みを浮かべ、このトラブルの解決はほぼ間近ですよ、とほのめかすような口調で。次第に彼女の緊張も緩み、やがて情報を与えてくれるようになった。

先に家族全員を紹介しておいたほうが、時間の節約になるし、わかりやすいだろう。さしあたり略歴を手短に述べるだけにとどめておこう。本人たちは追って登場する。

まず第一に、われらが依頼人の義母にあたるミセス・メアリー・グレン。一八六七年生まれで、旧姓はマーシャルといい、一八八五年の十八歳の誕生日にアンドルー・スタージェス・スティールと結婚した。夫は事務弁護士で、妻より十二歳年上だった。二人の間には子供が九人いたが、成人したのは四人だけだ。その中で一番年かさのアンドルーが、ミセス・ハリエット・スティールの夫、つまりぼくのおじの言っていた肺病病みだったというわけだ。ほかはすべて娘で、オリーヴ（一八九二年生まれ）、キャロライン（一八九五年生まれ）、ヴァイオレット（一九〇二年生まれ）だ。

父親のほうのアンドルー・スティールは一九〇六年に亡くなり、未亡人となったその妻は五年後に芸術家のリチャード・グレンと再婚した。今回の結婚は、わずか六カ月しか続かなかった。グレンが鉄道事故で亡くなったからで、妻もかなりの重傷を負った。その六カ月間を除いて、ミセス・グレンは一八八五年以来ずっと〈樅の木荘〉で暮らしてきた。

一九一六年に、真ん中の娘キャロラインが英国砲兵隊の大尉ジョン・ホワイトヘッドと結婚した。二人の間には子供が二人いた。リンダ（一九一七年生まれ）とヘンリー（一九二〇年生まれ）だ。ジョン・ホワイトヘッドは戦争で負った怪我が完治しないまま一九二二年に急死し、その後キャロラインは母親と兄アンドルー（当時はまだハリエット・ライスと結婚する前だった）の住む実家に戻ったのだ。

オリーヴとヴァイオレットのスティール姉妹は未婚だが、ヴァイオレットは最近、スティール・バリントン&エイモス法律事務所の事務長ウィリアム・ブリッグズと婚約した。この法律事務所はミセス・グレンの最初の夫が設立したものだが、いまではもうスティール家とのかかわりはなく、事務所名に名前だけが残っている。

そのほかに屋敷に住んでいるのは、ミセス・スティールの兄ジョージ・ライス（四十六歳で、見たところ無職）、料理人のミセス・ピピット（年齢は不明だが、おそらく六十歳くらい）、メイドのベッシー・ホランド（二十四歳の娘）。お抱え運転手と庭師二名は、住み込みではない。

そろそろミセス・スティールが我慢の限界に達してしまいそうだったので、話題を変えるのを許してやった。彼女は明らかに、自分が被害者にさせられている迷惑な行動について話したくてたまらないようで、ぼくは注意深く耳を傾ける覚悟を決めた。あとで報告書をおじのものと比較しなくてはならないのはわかっていた。

「ことの始まりは一週間前の出来事よ」と彼女は切り出し、ブロンドの髪をなでて数個の新しい指輪を見せびらかした。「この前の月曜日、昼食のあとで着替えをしに二階へ上がったら、ランジェリーの入った引き出しにインクを注ぎ込まれていたの。なにもかも、すっかり台無しよ――三十ポンドか四十ポンドの価値があっても不思議じゃなかったのに。わたしは上等な品が好みですからね。

まあ、わたしはそういう辱めを甘んじて受けたりはしないわ。ええ、断じて。まず最初にベッシーに尋ねてみたの。あなたがいらしたとき応対に出た娘よ。二年前からここにいて、だいたいにおいて申し分のない働きぶりの娘だけど、この件についてはなにも知らないと言われたわ。いずれにしても、ああいう身分の娘なら、わたしの下着をだめにするよりも盗む可能性のほうがはるかに大きいでしょうね。料理人の返事も同じだったので、次に姑に立ち向かったのよ――いつも言うんだけど、問題から逃げても無駄なことですからね。

そう、ミセス・グレンは気の合う相手ではないし、そのことは誰に知られてもかまわないの。わたしがあの人に引き出しを示して、かわいらしい絹の下着が全部インクの中にぷかぷか浮かんでいる様子を見せてやると、あの人ったら嫌らしいあざ笑いを浮かべて、誰の仕業か想像もつかないと言ったわ。あの老け込んだ醜い顔に向かって正面から、あんたの仕業じゃないのかと尋ねたら、違うと答えて、わたしがじかに身につけたものなんて、たとえお金をもらっても触りたくないと言ってきたのよ。これで、あの人がどんな種類の女かわかるでしょうけど、わたしはいつも、やられた分にちょっとおまけを付けてやり返すの。『昔のあんたの立場なんて、いまは関係ないのよ』と言ってやったわ。『この屋敷の主人はわたしなんだから、覚えておいて。さもないと後悔することになるわよ』ってね」

（甘ったるい声から上品さが薄れつつあった。ぼくのことを上品に見せかける価値のない相手だと思ったからかもしれないし、うっかりしていたからかもしれない）

「まあ、そのあと残りの、オリーヴやキャロラインやその他全員を問い詰めたのだけど、誰もなに一つ認めようとしない。なにをすべきなのかわかるまで、本当に大変だったわ。みんなを集めて単刀直入に話をして、それで問題は片付くだろうと本気で思ってたのよ。ところがとんでもない――とんでもなかったわ」

ミセス・スティールは姿勢を楽にして座り直し、むっちりとした脚を組んだ。ぼくはその日の朝に見せられた写真を思い出して、にやりとしたくなった。いまの体型をしたジルのために高い見物料を払う観客など、一人もいないだろう。ぼくたちのいる客間は広く、薄暗い室内にはヴィクトリア朝様式の調度品が並び、家具はあからさまにマホガニー製で、暖炉の上には金めっきを施した棚が連なり、モールディング装飾の天井に向かってはめ込まれている。すべてがきちんと片付きすぎて人の気配が感じられないことから、ここはめったに使われない部屋なのだろうとぼくは思ったが、それは間違いだった。そのときはまだ知らなかったのだが、ミセス・スティールは同居人たちに対して、まるで税を取り立てるように整理整頓を強要していたのだ。

「信じられないことに」と彼女は話を続けた。「まさにその翌日、わたしのお気に入りのグランドファーザー時計が粉々に壊されたの。それは二階の踊り場に置いてあって――もちろん、いまは修理に出されているけど――誰かがハンマーで叩き壊したに違いないわ。時計の文字盤が――もう、見たこともないような有り様で、素敵な磁器製の文字盤が粉々に砕かれて、針もポッキリ折れてしまってたのよ」

ぼくは唇をすぼめてうなずいた。というのも、彼女のとげとげしい視線から、その行為の極悪非道さを理解したことを合図しなさいと期待されているように思えたからだ。

「お気に入りの時計だったことは、みなさんご存じだったのですね?」とぼくは尋ねた。

「えっ?」ミセス・スティールが悪趣味だが高価そうな煙草入れを取り出しながら訊き返してきたので、ぼくは質問をもう一度言った。

「あら、もちろんそうですとも。しかも、お高かったのよ――オークションで百八十ギニーもしたんだから。ほら、わたしは時計を集めてるでしょう」

「そうなんですか?」ぼくは小声で言い、理由を問うのは差し控えた。「で、次になにが起こったんです?」

「あら、でも、時計が粉々に壊されたときにわたしがなにをして――したか、まだ話してないじゃない!」彼女はきつい口調で抗議した。「せかさないでちょうだい――あなたが役に立つつもりなら、すべてを知らなきゃ話にならないわ。一本いかが?」

ぼくは煙草を受け取り、彼女の煙草に火をつけてやってから、彼女がなにをしたのかに関する詳しい話に耳を傾けた。再び家の者を呼び集め、発見された事実を伝えて、この事態を引き起こしたのはおまえだろうと個別に責めたり、何人かをひとまとめに責めたり、脅したり、怒鳴りつけたりして、本人の言葉を借りれば〝騒動〟を引き起こしたのだという。けれども、なんの効果もなかった。それというのも、彼女が言うには、誰もがまったく知らないと言い切り、完全に潔白だと断言したからだ。

その後まる三日間、新たな出来事はなにもなかったという。ところが、それに続く土曜日、ベッドの上にミンクのコートが置かれ、背中の一部分が切り取られていたのだ。ふだんは戸棚に吊してあるはずなので、おそらく犯人はこの最新の辱めを即座に見せようとしたのだろうという意見に、彼女も同意した。

「ええ、わたしもすぐにそう思ったわ」と彼女は言い、自分の鋭さに満足するようにうなずいた。「だって、毛皮のコートがしまってある戸棚を開けるのなんて、何週間も先だったかもしれないんですからね。七百五十ポンドもしたのよ、あのミンクは――もう、本当に頭にきたわ！　でも、そこであることを思いついたの。そうやってベッドの上にコートが載っているのを見て――かなりうまい思いつきだと思ったわ。今度は大騒ぎはしないと決めて、コートを元通りにしまっただけで、腰を据えて待つことにしたのよ。もしかしたら、誰かが驚いた顔をするとか――ほら、しっぽを出すかもしれないしね？　だけど、もう時すでに遅しだとあきらめたの。探偵を雇って、誰の嫌がらせなのか突き止めてやることにしたわ」

「それは賢明です」とぼくは言った。「わたしどもを選ばれた理由は？」

「ああ、あなたのおじさまのお仕事は、しばらく前から知っていたのよ――ある日、電話帳でミセス・バターワースという人を探している途中で、お名前を見つけたの。まあ、あのコートについては誰にも一言も漏らさなかった――というか、この屋敷の中では漏らさなかったのに、結局は同じことだったわ。誰が犯人か、相変わらずわかりそうにないんだもの。まあ、わかっているといってもいいんだけど」

そして、いわくありげにぼくをちらっと見たが、さしあたりぼくは、彼女が疑念を口に出さずにいるのをほうっておいた。

「わたしどもに相談なさっていることは、どなたかに話しましたか?」とぼくは尋ねた。今度もまた質問を繰り返さなければならなかったので、遅まきながら、相手は耳がいささか遠いらしいということに気づいた。

「とんでもない――あなたの訪問は、まさしく寝耳に水になるのよ、ミスター・マートン。あの人たちを絶句させてやるわ! さあ、一緒に二階へ上がってちょうだい。最新の被害をお見せするから。そして、犯人をあなたが名指ししてくれたらすぐ、その女の背中の皮を剝ぎ取ってやるわよ、絶対に」

そう、屋敷で暮らす女性のうちの誰かが犯人だと信じているし、使用人のことはどちらも疑っていない、と彼女は続けて言い切った。ミセス・グレンまたはその愛娘のうちの一人、それがミセス・スティールの選んだ犯人候補だったが、キャロライン・ホワイトヘッドの娘リンダの可能性もありという但し書きが付いていた。

「生意気な小娘だってことは、間違いないのよ!」ミセス・スティールは憎々しげに断言した。「だけど、あの子が一人でわたしを攻撃するとは、なんとなく思えないの。それでも、あの人たち全員、まったく信用できないのよ、本当に」

ぼくたちは薄暗い客間を出た。客間の窓は閉められて、カーテンで覆われていて、太陽の熱だけが室内に入り込んでいるように思えた。広い主階段を上っていくと、手すりには凝った装飾が施され、段にはぞっとするようなオレンジ色の絨毯が敷かれていた。その色が気に入らないのかと尋ねられたぼくは、嘘をついた。新しい絨毯なのよ、と持ち主が言った。彼女自身が選んだのだ。少しばかり彩りを加えたくて、と。歩きながら時計を数えたらさらに九個あり、その中のいくつかは時刻を打ち鳴らしてくれそうに見えたので、それまで時計のチャイムがまったく聞こえなかったことをなんとなく不思議に思った。屋敷に着いてから、もう一時間近く経っていたのに。

彼女が寝室の扉を開けてくれたので中に入ると、室内は香水とおしろいのむっとする匂いがしたが、死の匂いはまだなかった。この部屋とその中身はあとで非常に重要な意味を持つので、言葉と絵の両方を使って説明しておく必要がある。

部屋の中央を占めているのは四本脚の長方形のテーブルで、その上にはひどく趣味の悪いシェードの付いた凝った照明器具がぶら下がっている。左側の窓と窓の間には鏡台があり、緑色のほうろう容器がたくさん載っている。ベッドは反対側の右隅に置かれていて、壁沿いには、ラジオ付きレコードプレーヤーのようにも見えるがそうではないキャビネット、衣装だんす、本棚、整理だんす、書き物机が並んでおり、机は折りたたみ式の天板が開いていて、奥の小仕切りがまる見えになっている。暖炉のそばにはとても大きなウイングチェアがあり、つづれ織りで飾られていて目に快い。三枚のラグは本物のカーリ、つまり手結びで仕上げる種類のペルシャ絨毯のようにぼくには見えた。木製品はほとんどがウォールナットで、二つの箱型家具だけが高級なマホガニー製だった。壁紙はパネル柄の桃色で、絹のようなカーテンとベッドカバーはオレンジ色の地に紫色の縞目が入っている。

それに加えて、大理石のマントルピースの上にはへりが波形になった枠なし鏡が掛かっていて、中央のテーブルの上には作りかけのジグソーパズルが広げられ、部屋のあちこちにさまざまな大きさとデザインの時計が五個も置かれ、次から次へとせわしなく時を刻んでいるとなれば、物であふれた部屋の混沌とした印象を受けるだろう。けれども、その印象は不完全なはずだ。なぜなら、おそらく最も意外な特色には、まだ触れてすらいないのだから。それは床で、最も高価な象眼細工の寄せ木張りになっていて、この上なく見事に磨き上げられている。

周囲の状況にこれほどそぐわない物はとうてい想像できない、とぼくは思った。ここが客間で、気楽なダンスパーティーをたびたび開くのにふさわしい場所なら、素晴らしい床材だと思えたはずだが、なぜこのご婦人が寄せ木張りの床で眠りにつきたいのか、さっぱりわからなかったのだ。この床が張られたのはかなり最近で、ミセス・スティールの快適な暮らしのためなら金額は問わずということだろうとぼくは判断し、実際その通りだった。

彼女は黙ったまま待っており、ほどなくしてぼくは驚きの叫び声を上げた。必ずしも自然に発せられた叫びではなかったかもしれないが、受け取り済みの二十ポンド分はなにかしてやらねばならない。ぼくらが入って来た扉の向かい側に別の扉があり、隣の部屋に続いていたが、どうやら使われていない扉のようだった。その前にマホガニー製の机が置かれていて、机の左側にはみっともない金時計、右側にはなかなか魅力的な青色の糖菓壺（ドーム形の蓋の付いた丸い陶磁器製の広口壺）が載っている。この二つの扉の間で、寄せ木張りの床がなんらかの鋭い道具——おそらく、のみ——によって故意に傷つけられており、ワックスで磨かれた表面が切り傷やえぐり傷や穴だらけになり、数ブロック分の板材が木目に沿って縦に裂けていた。この悪意の表れを目にしてぼくは叫び声を上げたというわけで、すると相手は険しい顔でにらみつけてきた。

「今日ですか？」とぼくは尋ね、被害の状況をよく見るために膝をついた。

「ええ」とミセス・スティールは声を震わせながら言った。いきなり、彼女は激しい怒りをあらわにした。「今朝の外出中よ——たしか、十時から二時半までの間。お昼は町で食べてきたから。ああ、むかむかする！　はらわたが煮えくり返るわ！　犯人が誰だろうと、なまくらナイフで細かく切り刻んでやりたい。それと同じことを、わたしの素晴らしい床にしたんだから——なんて卑劣な野蛮人！あなた、事実を突き止められる？　突き止められると思う？」

　彼女は真剣な目でぼくをじっと見た。胸を上下させて、息を切らしながら。ぼくは努力すると約束してから、腕時計に目をやった。

「ところで、ミセス・スティール、お宅には時報の鳴る時計はいくつありますか？」とぼくは尋ねた。

「えっ？　十五個ぐらいよ。もしかしたら十六個あるかも」

「全部ちゃんと動きますか？」

「もちろん。動かない時計がなんの役に立つの？」

「見当もつきませんね。ただ単に、なぜ時報が聞こえなかったのか不思議に思っているだけなんです——もう四時は過ぎましたし、たぶん時刻は正しく合わせてありますよね」

　彼女は眉をひそめた。

「まさにその通りだけど、わたしにもなにも聞こえなかったわ」と事実を認めて、顔を曇らせた。

「また新たないたずらだとしても、不思議じゃないわね。だけど、床のほうが、ほかの全部が束になってもかなわないほど大事なの——そっちを完全にはっきりさせてちょうだい。誰の仕業なのか、と

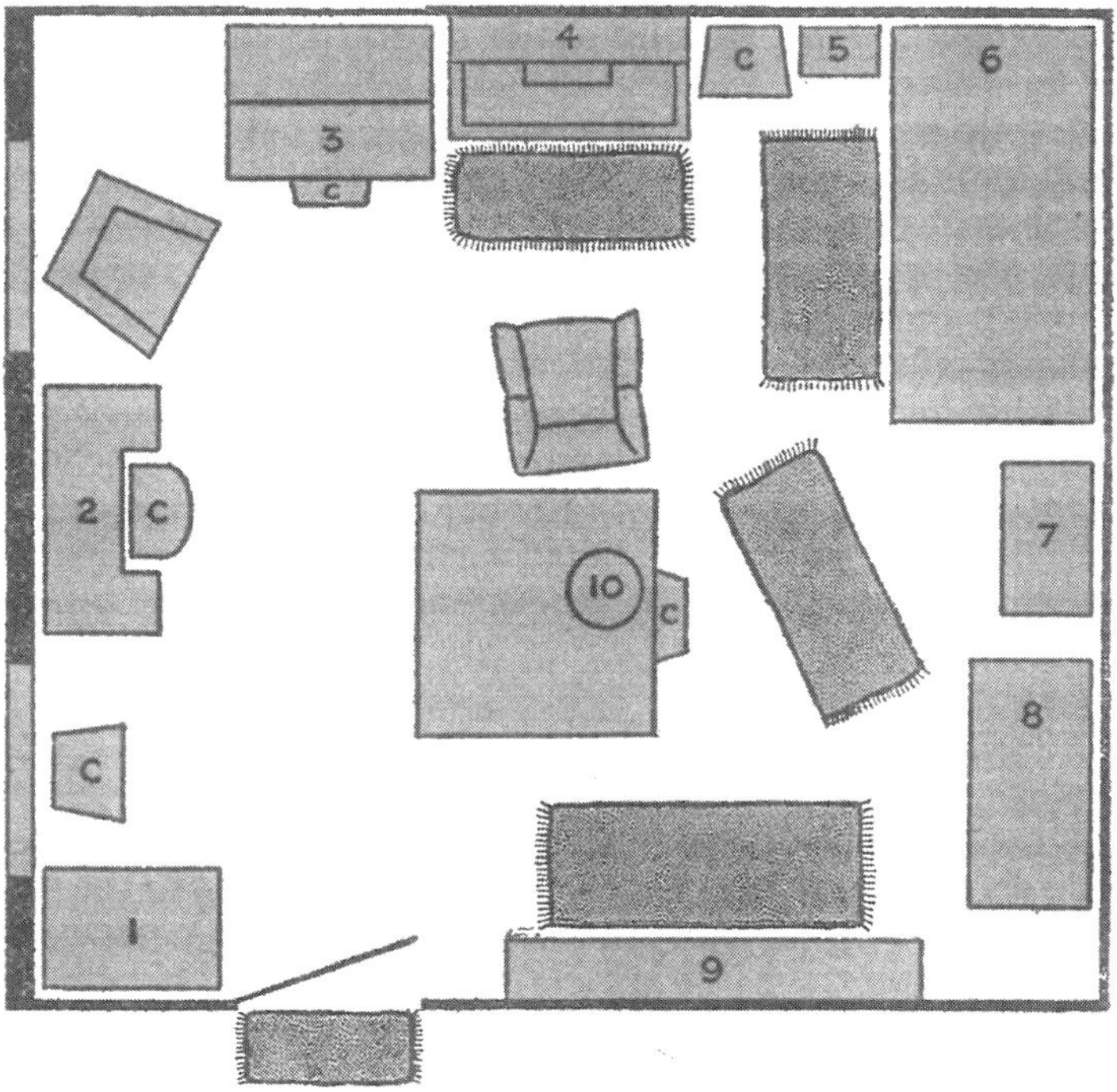

図その一　八月八日（木曜日）時点のミセス・スティールの寝室

（1）整理だんす。
（2）鏡台。
（3）机の折りたたみ式天板。
（4）マントルピース。
（5）ベッド脇のテーブル。
（6）ベッド。
（7）キャビネット。
（8）衣装だんす。
（9）本棚。
（10）トレイに載ったジグソーパズル。
（C）椅子

にかく知らなきゃ気が済まないの」

「もちろんそうでしょう」とぼくは言った。「十時から二時半の間に誰がこの屋敷にいたのか、突き止めなくてはなりません。それから、屋敷内にいた時間の長さも。犯行には数分間はかかったはずですから。これは発見なさったときのままですか？　それとも、少しでも片付けましたか？」

「わたしが？　あのね、わたしは家事は一切やらないのよ」

「失礼しました。ですが、整理だんすの横に大きな穴がありますよね？　床板の一部が取りのけられていますが――どこへ行ったんでしょう？　要するに、誰かが四つん這いになって床を傷つけただけではなくて、その後で念入りに掃除したのですよ」

「まあ！」とミセス・スティールが叫んだ。「じゃあ、女ね？」

「あるいは、女のやりそうなことを想像して、同じように振る舞おうとした男ですかね。でも、こちらにお住まいの男性はお兄さまと甥御さんだけで、そのお二人はどちらも一日中お留守でしょう？」

「ヘンリーは留守よ。町の会計事務所で実務研修中なの――だから、あの子は考えに入れなくていいわ。それにどうせ、あんなことはしそうにないもの。ヘンリーとはちゃんと仲良くやってるのよ――ろくでなしばかりの中では断然ましだから。兄がなにに時間を費やしているのかは、わたしの知ったことではないわ――自立した大人じゃないの。だけど、あの人は絶対に片付けなんかしないわよ――下手をすると、部屋が豚小屋並みに散らかってるんだから。ええ、あれはまさしく女の仕業よ。あのがみがみ女ども！　でも、二度とこんなまねはさせないわよ――目にもの見せてやるわ！」

　この怒りの爆発をぼくは無視したが、彼女が復讐心に燃えているということは心に留めておいた。

「もう一つ、役に立つかもしれないことがあります」ぼくは話を続けた。「こんなことをやっていたら、物音がしないわけがない。そのとき屋敷の中に誰かほかの人がいれば、なにか耳にしたはずです。ハンマーで叩くような音とか」

ミセス・スティールはまたしても、気分を素早く切り替える能力を披露した。険しい表情がくしゃっとした笑顔に変わり、その笑みは親しみがこもっていると同時に狡猾そうにも見えた。

「それ、いいわね!」と彼女は叫んだ。「あなたって頭がいいのね。おじさんの言った通りだわ。でもね、いいこと、あの人たちにだまされないようにね。『本当にわからないんです――』ど忘れしてしまったみたい』」

急に声がか細くなり、誰かをまねて茶化すような口ぶりに変わった。信心家ぶった仕草で、一秒間ほど両目を閉じる。

「そういうたぐいのたわ言を許しちゃだめよ!」彼女は元の口調に戻り、ぼくに強く訴えた。「あの人たちは、隙あらばあなたをだまそうとするわ。だからこうして警告しているの」

「じゅうぶん気をつけます」とぼくは請け合い、ほかの被害状況も見るべきだと言われたので承諾した。衣装だんすから彼女が取り出したミンクのコートは、背中が切り裂かれていて、さらに三角形に切り抜かれていた。いまのところこの件は公言していないと再び言って念を押したあと、彼女は扉のそばの整理だんすの前まで歩いて行き、真ん中の引き出しを開けて、中を見るようにとぼくに勧めた。ごく薄手の絹の下着とけばけばしいピンクや藤色のネグリジェが積み重なっていて、どれも黒いしみやはねで汚れている。洗っても落ちない布用インクを使って汚されていることがわかり、ぼくは興味を覚えた。しみの端の部分の特徴的な色は、見間違えようがない。

「じゃあ次は、時計を見ましょう」彼女は引き出しを閉じながらそう言った。

「ええ、喜んで」とぼくは同意した。「ですが、その前に一つ二つ質問してもよろしいですか？　誰かに立ち聞きされる恐れのない、いまのうちに」

「いいわよ。でも、あまり長引かせないで――そろそろお茶が欲しくなってきたから」

彼女は大きなウイングチェアに腰を下ろし、ぼくに向かって、小さいほうの椅子を引き寄せて座るようにと身ぶりで合図した。暖炉を見ると、元々の火床はきれいにふさがれていて、その場所にガスストーブが置いてある。炉格子は残っていて――これも大理石製だ――ぼくが足を載せている敷物は黒い熊の毛皮だった。

「不躾な質問をするのが本意でないことは、どうぞご理解ください」とぼくは切り出した。「手短に申し上げますが、ミセス・スティール、ご主人のお身内と折り合いが良くないのなら、なぜ同居させているのですか？　そして、そのお身内の方々は、あなたを困らせることでなにか得をするのでしょうか？」

彼女は冷ややかな目でぼくを見つめた。

「なにもかも全部、主人が悪いのよ」ようやく口を開いた。「主人は、母親や妹たちやキャロラインの子供と同居するのをわたしが嫌がっていることを知っていたし、子供ができなかったことでずっとわたしを恨んでいたの。もちろん、わたしだけが悪いわけじゃないけど、あの人はそういう人だったから。思い通りにならないと、自分以外の誰かのせいにするのよ。

さて、主人が死んだとき、二十五万ポンドを超える財産が遺されたの。税務署に分け前を取られる前の額だけど。社会主義なんて、聞いてあきれるわ！　生きている間じゅうお金をだまし取られて、死んだときも訳のわからない税金を課せられて、それもすべて、大勢の役立たずを養うために使われるんですからね。まっとうな仕事を勧められたって断るような連中に。とにかく、アンドルーはスティール家の全員をここに同居させるという条件で、このお屋敷と家具の大半と財産の終身収益権をわたしに遺したわけで、これであなたの疑問もあらかた解決したわね。わたしはあの人たちを追い出せないし、あの人たちも自分から進んでどこかよそへ行こうとはしないでしょう。そんなことをすれば取り分がなくなっちゃうもの――もしわたしが先に死んだら、財産は山分けなんですからね。だから、あの人たちは食屍鬼《グール》の群れみたいにわたしが死ぬのを待ち望みつつ、だらだら過ごしているというわけで、まったくのお荷物なのよ。もううんざり――このまま許しておくべきじゃないわ」

ぼくは同情して眉をひそめながらも、服や時計や寝室の床を台無しにすることで犯人になんの得があるのかわからないと言った。彼女は少しさげすむような笑みを浮かべた。

「あら、わからない？　お金で追い払われたいのよ。それが理由。もしわたしが実際に死んだら――たとえば、バスの下敷きになるとか、そんなことになったら――あの人たちの分け前は一人当たり二万五千ポンドぐらい。いま、わたしにとって事態が悪化すればするほど、お金を出して厄介払いする可能性が高くなるとあの人たちは思ってるのよ。さっき言ったように主人の遺産は収益権だから元本には手をつけられないんだけど、わたしたち七人の間で平等に分けるほうがいいとわたしが思えば、そういうやり方も許されるの。でも、そんなやり方なんて選ばないし、これから選ぶつもりもない。とことん戦ってやるわ！」

「ありがとうございます」とぼくは言った。「これで、その部分についてはよくわかりました。ところで、今回の件の責任者が見つかったら、その後はどうなるんでしょうか？」

ミセス・スティールは、今度は狡猾な笑みを浮かべた。まるで共謀者に向けるようなまなざしで、ぼくをじっと見つめている。ウインクしたいのをこらえているとは断言できなかったが。

「〝悪意ある器物損壊〟よ！」彼女はくすくす笑いながら言った。「判事さんが持ってるあの大きな青い本で調べたの――自分の権利はわかってるわ。あなたは相手を捕まえるだけでいいの、あとはわたしに任せて。起訴するつもりだから、有罪になりさえすれば、向こうはもう、ぐうの音も出ないでしょう！　一人だけでも全員でもかまわない――多ければ多いほど好都合だけど。ほら」――そこで彼女が身を乗り出してきたので、ぼくはライラックの香りに圧倒された――「誰だろうと刑務所行きになるんだから、ここでは暮らさなくなるわけで、そうなれば、お金に関して自立させることができるんですからね」

第三章

　時報を鳴らすはずの時計は、すべて誰かにいじくられていたことがわかった。ミセス・スティールは予想したほどは取り乱さなかったが、それはぼくが思うに、おもに耳が遠いせいで、時計を急いで修理させるつもりもないようだった。この点は、ぼくにはありがたかった。前に述べたように、やかましい時計は嫌いなのだ。

　お茶から夕食――〈樅の木荘〉の夕食は午後七時半から――までの間に、ぼくはかなりの量の仕事をひそかに終わらせていたが、成果はほとんど上がっていなかった。ぼくの提案により、ハマースミスから人を呼んで、寝室の扉に信頼できる錠を取り付けた。二個ある鍵のうちの片方はミセス・スティールが持ち、もう片方はぼくが預かった。さらに念には念を入れて、扉の内側に差し錠も取り付けてもらった。

　お茶のとき、使用人二人を除けばぼくら以外は全員留守だとわかった。ミセス・グレンは高齢にもかかわらずいまもなお活動的で、娘のキャロラインとヴァイオレットを伴ってリッチモンドの友人に会いに行っていた。オリーヴ・スティールも外出中で、ヘンリー・ホワイトヘッドが帰宅するのは早くても六時半、その姉はテニスをしている最中だった。ジョージ・ライスはというと、兄はどこにいてもおかしくないとミセス・スティールは言った。意図的だろうとそうでなかろうと、兄の居場所が遠ければ遠いほど好ましいという印象をはっきり与える口ぶりだった。

料理人とメイドに質問する機会は、逃すわけにはいかなかった。個別に面談をすることにして、料理人のミセス・ピピットから先に話を聞いた。外見からは、好感はまったく持てなかった。こそこそした目つきで、まばらな髪はたやすく抜け落ちて料理に入ってしまいそうに見え、手は汚れている。その日の朝ふだんとは違うなにかに気づいたり耳にしたりしていないかと尋ねてみると、まず前置きとしてフンと鼻を鳴らす音がして、続いてモノローグが始まった。

彼女いわく、それがあんたになんの関係があるのかわからないが、訊けば気が済むというなら答えるけど、そんなことはなかった。いつもと同じように、台所で忙しくしていた。朝から晩まで奴隷みたいに働いたこの三カ月間は、まるで一生のように長く感じられ、ねぎらいの言葉なんて、目の見えない物乞いが持つマグカップの一ポンド札と同じくらい珍しい。そこで、彼女の以前の勤め口、というより過去のたくさんの勤め口がかいつまんで述べられ、美化された思い出話の次に、将来への希望がとうとうと語られた。その後、ぼくはもう一つの質問をどうにか差し挟んだ。

ハンマーの音？　と、彼女はぼくの言葉を繰り返した。もちろん、ハンマーの音は午前中ずっと聞こえたり聞こえなかったり、死人も生き返りそうなほどやかましかった。それでも、職人というのはそういうものだとあたしは知っているし、たぶんあんたも知っているだろうし、いずれにしても、バスルームの洗面台を新品と交換しなければならないときは、ハンマーで打ったりあちこち叩いたりして洗面台を取り付けるしかないわけで、それもすべて、目を細めて必死で見つめなければとうていわからないようなひびのため。「しかも、一時間いくらで雇われてるんだとさ！」彼女はなぜか勝ち誇った様子で締めくくった。「そう言ってましたよ――まったく、なんて人生だろうね！」

ぼくは礼を言ってから、まっすぐ二階のミセス・スティールの部屋へ行った。

「あら、そうだったの！」と彼女は言った。「ええ、間違いないわ——ずいぶん前に注文してあったのよ。今日来る予定とは知らなかったけど。わかるはずがないわ、外出中だったんだもの」

洗面台が割れたのはいつかと尋ねてみると、彼女は確信がなさそうだった。三、四週間前あたりだと思う。あなたを雇って調査させている事件と関係があるかどうか？　まさか。もしそう思っていたら、話していたはず。洗面台が割れた理由について、謎めいた点はまったくない。なに一つ。割ったのは兄で、新しいひげ剃り用鏡を取り付けようとしている最中にやってしまった。ふだんから不器用な兄が鏡を落としたからで、それだけのこと。新品を弁償してもらうと兄に伝えてから、ふだんそういった作業のときに使っている、バーンズにあるティリングズという会社に連絡したけれど、いま立て込んでいると言われたので、とくに急ぐことではないという話になっていた。

ぼくとしては、ちっとも納得できなかったが、さしあたりこの件は棚上げにすることにした。その代わりにベッシー・ホランドを見つけ出し、役に立ってもらえるかどうか確かめた。いえ、大変申し訳ないけれど、お役に立てるとは思えない、というのがベッシーの返事だった。奥さまの寄せ木張りの床が傷つけられたことなどなにも知らないし、それは間違いない。奥さまはそんなことは話に出してすらいなかったし、それも間違いない。もしかしたら、引っかき傷？　いつもとても気をつけていたという自信はある——してもいないことのせいで責められたりはしませんよね？

彼女の態度は最初から、失礼ではない程度に打ち解けたもので、親しげと言ってもいいほどだった。仏頂面が消えてみると、可愛らしい娘だとわかった。黒い髪に黒い瞳、驚くほど上品な声。もし語彙がもっと豊富で、手と足が一サイズ小さければ、貴婦人か、少なくとも貴婦人のメイドとして通っただろう。

　ぼくは彼女にハンマーの音について尋ねたが、新たな情報はなにも得られなかった。彼女は職人が来ることを前もって知っていたわけではないが、問題はないはずだと思っていたという。同じ二人の職人が以前にも来ていて、顔に見覚えがあったからだ。ぼくはバスルームのある場所まで案内してほしいと彼女に頼んだ。それから、ぼくにあてがわれた部屋の場所も。間もなくぼくは、〈樅の木荘〉の寝室の配置についてかなりはっきりと理解できるようになり、ここの家族が夜の十一時以降に一階にいることはめったにないということを知った。

　もしかすると、ぼくが私立探偵なのを隠さないことにした点について、ここで説明しておくべきだろうか。当然、正体を隠すという案は頭に浮かんだし、実行できていればある程度は役に立ったかもしれないが、やり方がわからなかっただけなのだ。ふらりと訪れた客を装い、ミセス・スティールの友人を演じていたら、手に負えない状況に陥る危険があっただろう。それにどうせ、彼女は泊まりに来る友人がいるような人物には見えない。隠し立てをしないのが最も賢明に思えた。そうすれば、あれこれ質問して詮索するためにあらゆる口実を設けられるし、どのような方針をとったところで、ぼくの行動が雇い主以外の人々から歓迎される可能性は低いのだ。

　そういうわけで、ぼくは寄せ木張りの床の件に話題を戻すと、他人に漏らさないという約束で、床の被害のありさまをベッシーに話し、いわれのない非難から彼女を守るべく全力を尽くすつもりだと言った。

「もちろん、きみはあの部屋に毎日入っている二人のうちの一人だ」とぼくは軽い口ぶりで言った。

「でも、だからといって心配することはないよ」

彼女はうなずき、細く整えた眉をひそめた。

「ミセス・スティールは、わたしがやったとお思いなんですか？」と彼女は単刀直入に尋ねてきた。

「いや、まさか――どうしてそんなことを？　きみは二年前からここにいて、実に申し分のない働きぶりだと聞いているよ」

娘の顔がぱっと明るくなった。嬉しそうだ。

「奥さまがそうおっしゃったんですか？　よかった――馘になるのは嫌ですもの」

「ここの仕事は楽しいんだね？」

彼女は、ほんの一瞬ためらった。

「ええ、そう思います。もっとひどいところにいたこともありますから。もちろん、しなければならないことは山ほどありますけど、ちゃんとやっていけます」

「立派だな！」とぼくは言った。「ぼくにはきっと無理だ――メイドさんが一人きりで仕事をこなすには、この屋敷はあまりにも広すぎる」

彼女は微笑み、自意識過剰気味に指先でエプロンのしわを伸ばすと、さらにもう少しくだけた態度になった。

「まあ、それはほら、全部しなければならないのならそうだけど、実を言うと違うんです。奥さまがみなさんに手伝わせてくださるので」

「ああ、そういうことか。でも、ミスター・ライスとミスター・ホワイトヘッドは別だろう？」

彼女は、ぼくが冗談を言ったかのようにくすくす笑った。

「ええ――あのお二人じゃあ、あまり役に立ちそうにないでしょう？」

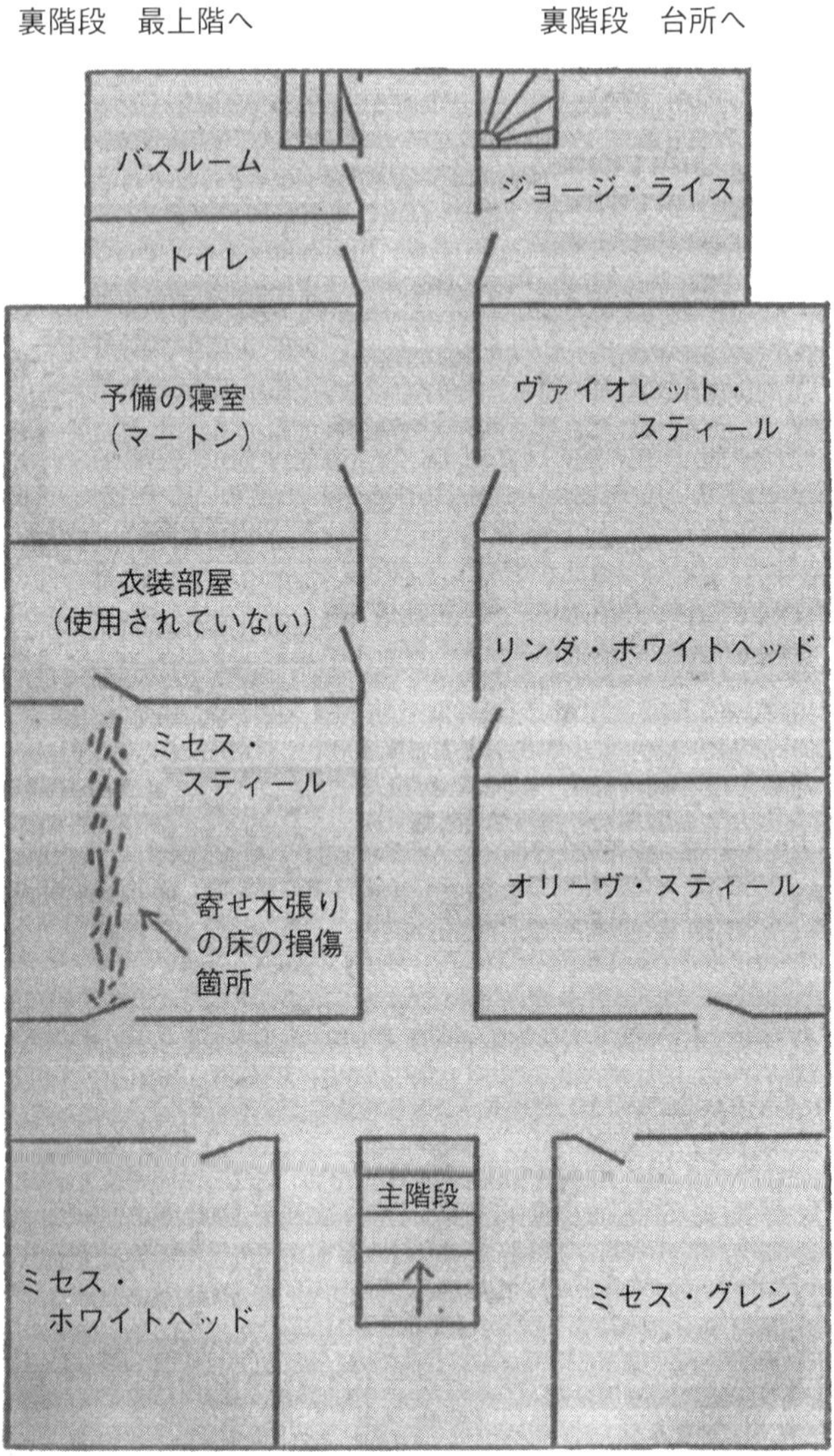
裏階段　最上階へ
裏階段　台所へ
バスルーム
ジョージ・ライス
トイレ
予備の寝室
（マートン）
ヴァイオレット・
スティール
衣装部屋
（使用されていない）
リンダ・ホワイトヘッド
ミセス・
スティール
オリーヴ・スティール
寄せ木張り
の床の損傷
箇所
主階段
ミセス・
ホワイトヘッド
ミセス・グレン

図その二　〈樅の木荘〉の二階

「それでも、ミセス・グレンやほかの人たちは、ある程度までは自分のことは自分でしているんだね?」

「あの方たちは、かなりいろいろしてくださいます」とベッシーは認めた。「わたしだったら、あそこまではできないわ。どうしてそんなことをお知りになりたいんです?」

「単なる好奇心だよ」とぼくは笑顔で答え、ポケットの中に小銭が入っているのを嬉しく思った。さりげなくチャリンと鳴らすことができるからだ。彼女も、明らかに嬉しそうだった。

「じゃあ、たとえば寝室ですが」と、彼女はぼくの促しに応じて話を続けた。「わたしは全然いじりません。週末から次の週末までは。みなさんご自分で、ほこりを払ったり汚れを拭いたり磨き上げたりといったことを一つ残らずやるんですけど、やる気にならなければ片付かないままなので、もし扉が開けっ放しになっているところをミセス・Sがひょいとのぞき込んで、散らかった部屋を目の当たりになさったら、毒舌を浴びせられることになります」

「結構な毒舌なのかな?」

「猛毒ですよ!」娘はそう言い、声を立てて笑った。「それに、整理整頓にかけては、あんな方いままで見たことありませんもの! このお屋敷で、あるべきじゃない場所に物があっても叱られない部屋は一つしかなくて、それは奥さまのお部屋なんです。ほら、ご自分にがみがみ言っても楽しくないし。でも、ほかの誰かがテーブルに指紋を一つ付けただけで、奥さまはそれを見逃さないんです」

「目が悪いのに?」とぼくがつぶやいた。

「あら、お気づきでした? そう、眼鏡をかけるべきなんですけど、お一人でいるときしかかけないので、ふだんはどうするでしょう? 近くに誰もいなくなるまで待ってから、虫眼鏡を片手にこっそりあちこち歩きまわって、なにか問題がないか探すんですよ。『誰かが床にパンくずを落としてるわ』――と言われて見てみると、針の頭ぐらいの小ささの、ケーキかなにかのくずが落ちてるんです。それか、髪の毛一本とか、灰とか」

「じゃあ、煙草を吸うのは許されるんだね？」

「ええ、そうなんです――ご自分が煙草好きだから、禁煙にはできないの。あなたもいつか午前中に、奥さまのお部屋を見てみるべきですよ――そうすれば、本当は整理整頓好きじゃないってわかりますから。もともと違うんです。マントルピースの上に吸い殻があったり、本棚にパウダーパフが置かれていたり、立ったまま脱ぎ捨てた場所で服が山になっていたり。そのくせおかしな話なんですが、あらゆることについて、いわゆる几帳面な方なんです。たとえば、あの古時計。まるで礼拝かなにかみたいに、毎週土曜の夜の寝る前に時計のぜんまいを巻くんですよ――まず一階の時計を巻いて、それから寝室に入るとすぐ、お部屋の中の五個の時計も。なぜそんなことを知っているのかというと、以前、奥さまから聞いたんです。ベッドの足元だけじゃなくて真ん中にも湯たんぽを入れなきゃいけないのを忘れてしまい、わたしがパジャマ姿で呼びつけられて湯たんぽを入れさせられたときに。それと、あの忌々しいジグソーパズルも――奥さまはあれが大好きで、左上の隅から始めないと気が済まないんです。それ以外の場所からは絶対に始めない。本当に変わり者なんですよ、間違いないわ」

　ぼくは、そのようだねと同意したあと、スティール家の人々がどういう扱いを受けているかという話に引き戻した。次第にぼくは、今回の嫌がらせの動機は報復にすぎないのではないかという気がしてきた。かなり悪意に満ちた、匿名の報復だ。

「それから、食器洗いがあります」とベッシーが言った。そこに至るまでの説明によると、スティール家の人々は自分の靴を磨き、服は洗濯代を払うか自分で洗濯し、ダイムラーを運転することは、勧められた場合を除いては絶対に許されない。それはつまり、ひと夏に二度あれば奇跡だということだ。

「ミス・オリーヴとミセス・ホワイトヘッドが一週間受け持って、ミス・ヴァイオレットとミス・リンダがその次の週を受け持つことになっています。けれども、もちろん、いつもちゃんとやってくれるわけじゃありません。とくに、ミス・リンダはね。いえ、つまり、とてもやってもらえるとは思えないですよね？ だって、学期中は——ほら、リッチモンドにあるどこかのカレッジに通って、速記とタイプを習っているから——学期中は毎朝、食卓がまだ片付きもしないうちに出かけてしまうし、お昼には絶対に帰ってこないんですもの」

「だけど、それでも彼女が担当なんだね？」

「もちろんですよ！ ミス・ヴァイオレットが代わりにやることもあって、そうすれば、やっと捕まえた彼氏と夜にデートできるからなんですけど、たいていわたしたち、つまりミセス・ピピットかわたしのどちらかです」

「でも、まさか、ただでやるわけじゃないだろう？」ぼくは抜け目なく水を向けた。

「あら、とんでもない——朝食とお茶は一ペニー、昼食と夕食は二ペンス。たいした金額じゃなさそうですけれど、一週間で一、二シリングにはなりますし——とっても役に立つんです」

ぼくはぴんと来た。

「じゃあ、これもお役に立つんじゃないかな」とぼくは言って、半クラウン硬貨を差し出した。「ということは、ミセス・グレンは食器洗いはやらないんだね？」

「まあ、ありがとうございます！ はい、ミセス・グレンは瀬戸物を取り扱うにはちょっとお年を召していますから。本当にありがとうございます――ほかになにかわたしにできることがあれば、いつでもおっしゃってください」

「実はたまたまだけど、あるんだよ」とぼくは言った。「ただし、ぼくが頼んだことは誰にも言っちゃいけない。今朝、ミセス・スティールが十時に出かけてから二時半に帰ってくるまでの間、ほかの全員がなにをしていたか知りたいんだ。タイムテーブルのようなものを作ってもらえないだろうか？」

ベッシー・ホランドは力強くうなずいた。

「つまり、ほかの方々がいつ出かけたか、お家にいる間はどこにいたのかということですよね？」

「そういうことだ――とくに、職人が来ていた時間について知りたい。調べるべきなのは合計六人かな？　ミセス・グレン、ミセス・ホワイトヘッド、その娘さん、ミセス・ホワイトヘッドのお姉さんと妹さん、それからミスター・ライス」

「その通りです。いつご入り用ですか？」

「できるだけ早く、あと、ほかの人に知られないよう気をつけて」

「大丈夫です！」とベッシーは言った。「できる限りがんばります」

「ありがとう。それと、最後にもう一つ。きみは、ここでこういったいたずらをやらかしているのは誰だと思う？」

彼女の返事を聞いて、ぼくはうなずいた。ぼく自身も、その解釈をすでに思いついていたのだ。

第四章

夕食の席には、二人が不在だった。ヘンリー・ホワイトヘッドからは九時三十分まで帰れないと電話があり、ジョージ・ライスはどうやらいつも夜は外出しているらしい。六時を過ぎた直後にオリーヴ・スティールに会う前に、ぼくは彼女がミセス・スティールのために家事を切り盛りしているということを知り、その労働に対する報酬は果たして受け取っているのだろうかと思った。オリーヴは長身で体格がよく、厳しい顔つきの女性だった。薄い髪は茶色で少し白髪が交じっており、微笑むことなどめったになさそうに見えた。ぼくがこの屋敷にいるおおまかな理由を聞いたとき、彼女は「あら、そうなんですか？」と言っただけで、それ以上のコメントも、協力の申し出もなかった。寄せ木張りの床の話は出なかった。その件については、またあとで話すことになる。

オリーヴに先に会っていたぼくは、キャロライン・ホワイトヘッドを見たときに迷うことなく妹だと気づくべきだった——双子ではないかと思うほどそっくりだったのだから。キャロラインのほうがほんの少し丸みを帯びた体型だったかもしれないが、顔の表情は同じようにいかめしかった。二人とも学校の女教師に似たところがあった。ぼくにはどちらも、無頓着に初老に近づきつつある、がっしりした体格の実務向きの女に思えたのだ。

それに対してヴァイオレットは、二人よりも若々しくほっそりしていて、まったく異なるタイプだった。姉たちは天候にかかわらず地味なスーツを着ていたが、ヴァイオレットがもっと女らしい服を好んでいるのは明らかだった。彼女のドレスは少女っぽさを目指しつつ、途中で挫折していた。髪は細長い頭の左右にふんわりと膨らませてある。話すときは顔全体を使い、さえずるような声と同じように、よく動く唇や眉も使って話をしていた。縁なしの眼鏡をかけているのだが、そのことには気づいてはいけないような気がした。ぼくが思うに、彼女は三十七歳ではなくて二十五歳に見られたがっていて、ダイヤモンドの婚約指輪も隠そうとはしていなかった。ひと目見た瞬間から決して仲良くなるべきでない女だとわかったし、じきに、ひねくれた考えから、あんたの茶目っ気にはちっともだまされないぞと言ってやりたくなった。ぼくだって丈の短いスカートは嫌いではないし、ガーターが見えていても我慢できるが、膝下にぐるっと巻いてあるガーターは、たとえ膝のすぐ下でも、断固として我慢ならないのだ。

娘三人についてはこれくらいにしておいて、母親のミセス・グレンの話に移ろう。ミセス・スティールの意見によれば、彼女の不幸を一番願っていそうな人物だ。「『昔のあんたの立場なんて、いまは関係ないのよ』と言ってやったわ」――この情け容赦のない無礼な一文が、そのまま頭によみがえってきた。誰だって、自分の時代はもう終わったということを、これほど強引に気づかされたくなどないはずだ。五十年以上暮らしてきた屋敷が、いまやよそ者の手に渡ってしまったということを。〝しかも、ミセス・スティールの手に〟とぼくは考えた。〝そのことは、とりわけ癪に障るに違いない。彼女は我慢するのだろうか――あの意地悪女より長生きできる可能性など、ほとんどないのに。荷物をまとめてこの家を出て、せめて人生の最後ぐらいは安らかに過ごせばいいじゃないか？〟

考え得る理由が二つ思い浮かんだので、どちらかが当てはまるのかどうか、そのうち突き止めようと決心した。それと、どうしてミセス・グレンは亡き夫二人のいずれからも、そして息子のアンドルーからも、働かずに暮らせるだけの遺産をもらえなかったのかということも知りたかった。もしかすると彼女は、無意識のうちに見過ごされてしまうタイプなのかもしれない。あるいは、その反対も当てはまるかもしれない。すなわち、彼女は若いころ、いまのハリエット・スティールと同じくらい横暴で威張り散らしていたので、同じ手口で仕返しをされているのではないか。

全体としては、実際に会う前のぼくは、ミセス・グレンのことを気の毒に思いがちだった。その三十分後、同情しても無駄になるだけだということがわかった。彼女はいかにも、自分で自分の面倒を見ることのできる人物という印象だった。年老いていて、勝ち目のないカードを握り締めているように見えるかもしれないが、その態度は実に自信に満ちていて臨機応変なので、彼女の負けに賭けるのをためらってしまうのだ。

昔は長身だったが、いまは少し腰が曲がっている。鉄灰色の髪は小さくきちんとまとめられ、皺の寄った顔に押しの強そうな表情を浮かべ、顎を突き出している。額には白い傷跡があり、左の頬にも傷跡が見えた。なぜかぼくはそれを予期していたような気がして、そこで彼女が鉄道事故に巻き込まれたのを思い出した。その事故で二番めの夫を失ったのだ。だが、傷跡よりもさらに印象的なのは、頭の角度だった。まるで永遠にささやきかける言葉に耳を澄ませているかのように、片方の肩のほうへ頭を傾けているのだ。瞳は青く澄んでいる。ぼくが紹介されるとき、彼女は一瞬微笑み、ぼくが誰で何者かも知らないはずなのに、内心あざ笑っているような気がした。〝ずいぶん手強そうな相手だ〟とぼくは思った。〝保険の調査にしがみついていたほうがよかったな〟

そこで、ぼくはリンダ・ホワイトヘッドと会い、それからは物事が違って見えた。これよりもはるかにひどい仕事に出くわしていたかもしれないとか、白樺のようにほっそりとしてグレーハウンドのように優雅な娘と同じ屋根の下で暮らすなんてそうそうあることじゃないとか、そんなふうに思えるようになったのだ。〝おまえの好みは、ストレートの金髪、灰色の瞳、ひんやりした手、清潔感はあるけれどノーメイクではない顔だったよな〟とぼくは自分に語りかけた。〝やあ、ついてるな――全部揃ってるじゃないか〟

　要するに、リンダは魅力的だったのだ。けれども、ぼくは見た目が気に入ったらなんでも欲しくなるような愚か者ではないので、すぐに恋に落ちたりはしなかった。いずれにしても、まったく知らない人に恋するというのは、よく理解できない。ぼくとしてはいつも、相手のスタイルだけではなくて性格についてもいくらかは知っておく必要がある。もしおじが、それを自分に対する非難だと思うなら、うしろめたいことがあるせいだろう。

〈樅の木荘〉で過ごした最初の晩の夕食は、ぼくのそれまでの人生で最悪の食事だった。食べ物の質は最低で、張り詰めた雰囲気もこの上なく不快だったからだ。なにを食べたか、いや、食べるよう勧められたかについて、いまでさえしばらく思い出していると食欲が失せてくる。八月の献立として、とろみのある白いスープとアイリッシュ・シチュー（羊肉と馬鈴薯と玉葱などのシチュー）とスエット・プディング（牛脂と小麦粉に干しぶどうなどを加えて作るプディング）という組み合わせを誰が思いついたのか、いまだにわからない。おそらくミセス・スティールご本人か、家事の統括役のオリーヴだろう。とはいえ、シチューのおもな具が胡椒と煮えた豆の皮ばかりのように見えたという事実がミセス・ピピットのせいなのはたしかなので、最初から嫌いだった彼女のことがますます嫌いになった。スープとスエットはどうかというと、進化の異なる段階にある同じ物のように思われ、たぶん実際にそうだったのだろう。

食事中、ぼくの印象に残った点が四つあった。ミセス・スティールとぼく自身以外は全員、旨そうにとは言わないが勢いよく食べていたので、いつも食べ物がじゅうぶんに与えられていないようだと思った。現実離れしているがあり得ることとして頭に浮かんだのは、これはぼくの滞在初日を祝うとびきり上等のごちそうなのかもしれないという考えで、ぼくが皿の模様をあらわにするという退屈な作業に苦労している一方で、ほかの人々はこれ幸いとごちそうを活用していたのではないか。もしそうだとすれば、ふだんのメニューはさぞおぞましいに違いない。

第二に、ミセス・スティールはほかの家族と親しそうなふりなどまったくしなかった。それどころか、わざわざ反感を買おうとしているように見えた。彼女はリンダが象牙色のナプキンリングをもてあそんでいるのを厳しく叱り、オリーヴがパン皿にナイフをぶつけてカチャリと音を立てたときにはじろりと見つめ、ぼくの前に身を乗り出してまで、キャロライン・ホワイトヘッドに昨夜いびきがうるさくて眠れなかったと告げた。

「たぶん仰向けに寝ているのね」ミセス・スティールは悪意たっぷりに落ち着き払ってこう言った。「子供のころにきちんとしつけてもらえなくて、気の毒だこと」

第三に、ぼくとしては非常に驚いたのだが、彼女の被害者たちは口答えをせず、いらだちも表さないのだ。リンダは上の空で無言のままナプキンリングを手放し、オリーヴは再びナイフでマナー違反をしないようにさりげなく気をつけている様子で、キャロラインとその母は――母親にも非難がいくぶん向けられていたので――いびきに関する発言を完全に無視した。もし彼女たちが代わる代わる立ち上がってあの女の喉を絞めていたなら、もっと人間らしく思えたはずではあるけれども、すでに厄介な状況をさらに悪化させるような行動を誰もとらなかったことには、心から感謝した。もしかすると、彼女たちにとっては、ぼくの存在が歯止めをかける手綱の役割を果たしているのかもしれない、と思った。だが、ミセス・スティールが客の感情のようなささいなことを決して気にしないのは明らかだった。とくに、客とはいえ、自分が雇っている相手の感情など。

おじがこの部屋にいればよかったのに、とぼくは思った。そうすればおじも、自分は危ういところを逃れたのだときちんと理解することができるだろう。もちろん十七年間は長い年月だが、人の本性を完全に変えてしまうほど長くはない。おじの写真に写っている見かけだけ子供っぽい人物にも、セクシーな下着のフリルと茶目っ気たっぷりの取り澄ました表情の奥に、いまぼくの左に座っているがさつなデブ女の本質的要素が備わっていたに違いない。ただ単に成長しただけで、別人に変身したわけではない。根本においては、当時の彼女も現在の彼女と同じ程度の好感度だったはずだ。

〝それなのに、あんたがぼくの義理のおばさんになっていたかもしれないとはね！〟とぼくは考えながら、彼女が分厚い舌でパンくずを探すように上唇をなめまわしているのを眺めた。〝とはいえ、それも長くは続かなかったと思うけど〟

夕食の間にぼくが気づいた第四の事柄は、ほかの事柄ほど見苦しくはないものの、少なくとも同じくらい興味深いことだった。長く観察すればするほど、スティール家の人々は、この王位に就いた侵入者についてそれぞれ憤慨しているにもかかわらず、わざわざ団結して立ち向かおうとはしていないとますます確信するようになったのだ。チームワークなど影も形も見当たらず、彼女たちはミセス・スティールを嫌っているのとほとんど同じくらいお互いを嫌っていると考えても、大げさではないように思えるほどだった。〝あんたたちには団結が必要だ〟とぼくは思った。〝なぜあの婆さんは、そのために取りまとめようとしないんだろう？　きっとできるはずなのに〟

メイドがプディングの皿を片付けて、汗をかいたチーズを全員が断り終えたとき、ミセス・スティールが椅子を後ろに引き、糊の利いた白いテーブルクロスを必要もないのにフォークでバンと叩いた。

「席を立つ前に、話を聞きなさい！」と彼女は命じた。声は鋭く、緑の目はとてもとげとげしい。「近ごろこのお屋敷でなにが起きているか知ってるでしょう――知ってるはずよね。だって、あんたたちのうちの一人が犯人なんだから。まあ、このまま我慢するつもりはないと前に言ったけど、その気持ちは変わらないわ。ここにいるミスター・マートンを雇って、あんたたちのうちの誰が犯人なのか突き止めてもらうことにしたから、誰なのかわかったら、ただではすまさないわよ！」

ここで息継ぎのために言葉を切ると、ほつれた巻き毛をかき上げてから、ますます激しい口調で話を続けた。

「ことによると話は別で、あんたたち全員が共犯なのかもね」と彼女は不愉快そうに言った。「そうじゃないかもしれないから念のために言っておくと――なんて寛大なのかしらとわれながら思うけど――被害はいまや、とんでもなくひどいことになってるのよ。最初はインクが下着にかけられていた――あんたたちみたいなあばずれにお似合いの、単なるむかつくいたずらよ。そうよ、そこのお嬢さん、そんな言葉は聞いたことがないなんて顔することないでしょう！」これはリンダに向けられた言葉で、冷ややかでさげすむような口調だった。「あばずれと言ったのはそのままの意味よ。それが一週間前のこと。そしてその翌日には、グランドファーザー時計がやられたわ。この被害だけでも、あんたたちと話し合うのは人食い虎や臭い黒人どもと話し合うのと同じくらい無駄なことだという、じゅうぶんな証拠だったはず。それでももう一度チャンスを与えてしまうなんて、わたしはばかだったわ。土曜日に、ミンクのコートに穴が開けられているのを見つけたのよ。背中の部分を三角に切り取られて、あまりにもあからさまにベッドの上に置かれていた。あれが感謝のしるしだとはね！」

ここまで彼女は、リンダに対する非難を聞いたキャロラインが憤慨で鼻息を荒くした以外は、誰にも邪魔されることなく喋り続けていた。だが、そこでミセス・グレンが話をさえぎった。落ち着いた冷淡な口調で、完璧に自制している。

「ねえ、いったいどうしてわたしたちが、あなたに感謝しなければならないんです？」と彼女は尋ね、相手に確実に聞こえるように声を張り上げた。

「やめて、お母さん！」とオリーヴがすぐさま言った。「言わせておきなさいよ――なにをしたって余計ひどくなるだけなんだから」

「よくも邪魔してくれたわね！」ミセス・スティールはうなるように言い、大きな歯をむき出しにした。「あんたには感謝とはなにかなんてわかりっこない。金のお皿に載せて出されたってわからないでしょうよ。とにかく、土曜はミンクのコートで、今日もほかの被害があったのよ。死んで償うべき被害がね」

彼女は、次に口にする言葉を見越して怒鳴り始めていた。それを聞いてぼくは、寝室に受けた損害はそれ以外のすべての被害を合わせたものよりもつらく感じられたのだということを、再び確信した。実のところ、本人からそう聞いているのだから、今度はその理由を見いださなくては。ぼくの知る限りでは、寄せ木張りの床というのはそこまで高価ではなかった。七百五十ポンドもかからないのは間違いない。

「今日、わたしが外出中のことよ」彼女は荒々しい口調で続けた。「あんたたち豚女のうちの一人が、わたしの寄せ木張りの床にハンマーとのみで襲いかかって――そのうえ、木くずを掃き取ったのよ。

そんなやつ、地獄で腐っちまうがいいわ！　腐っちまえ！　いい？　腐っちまえばいいのよ！」

　彼女は一同の顔を一心に、憎々しげににらみつけた。一同は、無表情でおごそかに見つめ返した。誰一人としてぼくをちらりとも見ようとせず、横目でさえ見なかった。冷ややかな連中だな、とぼくは思った。名前だけではなくて、血の中にも鋼《スティール》を潜ませている。

「誰がやったのかは訊かないわ」と彼女は言った。「余計な口出しは控えて、ミスター・マートンに探り出してもらうつもりだから、彼の自由な裁量に任せていることを覚えておいて。協力しない人には隠し事があるわけで、そうに決まってるけど、いいこと、こちらの彼のほうが一枚上手だから。それと、あとで見逃してくださいなんて泣きついてこないでよ、絶対やめて！　わたしの大事な床をめちゃめちゃにしたこと、決して、決して許すもんですか――大事な寄せ木張りの床を。人でなし！この人でなし！」

　突然、信じがたいことだが、彼女の緑色の瞳が涙で潤んだ。声が震えながら途切れて、ほんの一瞬、傷ついた女の素顔があらわになった。危うく気の毒に思ってしまいそうな女の顔が。すると彼女はあわてて立ち上がって逃げ去り、残されたぼくら全員は唖然としたまま、重苦しい沈黙に包まれた。

第五章

あの息の詰まりそうな食堂で、ぼくはスティール家の人々と無益な四十分間を過ごした。もし彼女たちがそこで平らげた食べ物が奇跡的に過去から回収されたとすれば、この屋敷全体でも絶対に収まりきらないだろうとぼくは思った。ばかげた話だがほんの一瞬、肉の切り身やパイやゼリーがぐらつきながら山積みになっているさまを想像した。パンの山々、何立方トンものバター、何百ガロンものスープ。空気がかび臭いのも無理はなく、テーブルの上の薔薇の花が見た目も香りも薔薇らしさを保っていて、ふやけた芽キャベツに見えないというのは、実際かなり驚くべきことだった。もしぼくが思い通りにすることができるなら、夕日をさえぎるために閉ざされたままの窓とカーテンにすみやかに取り組むところだ。でも、ぼくはよそ者で、望まれていない客なのは明らかだった。

そもそも、ぼくに対する態度が、無関心ながらも敵対的だった。もちろん、彼女たちに怖いものはないらしいというのは目を見ればわかったが、それでもぼくがいることに腹を立てていた。なぜ口を挟みに来たのか？　ミセス・スティールに対していまなされていることは、その張本人が誰であれ、彼女が受ける当然の報いを示すものにすぎないのだから、ぼくは自分の見当違いな救援活動に対する手助けなど期待すべきではない、ということらしい。

ぼくは立場を理解してもらおうと努力したが、うまくいったとは思えなかった。

「ええ、もちろんですとも」とミセス・グレンは言い、内心どれほど犯人に同情していようとも見つけ出すことが職務なのだというぼくの言葉を、軽くあしらった。「だけど、わたしたちの誰かということはあり得ません」と、きっぱりと付け足した。「あんなこと、わたしたちは断じていたしません」

「じゃあ、良くないことだとは思うんですね？」とぼくは言ってみた。

「必ずしもそうじゃありませんよ。もし被害を受けているのがほかの誰かなら、たしかにそう思うべきでしょうけど、いまのこういう状況なら、なにもせず、神の摂理がなされるのを心にやましいところなく見守っていられます」

これを聞くと、リンダだけはちょっと微笑んだ。ほかの人々はすっかり厳粛な気分で賛同しているように見えた。まるで、母親の口調に皮肉めいたところがまったくなかったかのように。

「神ご自身が手を下したわけではないでしょう」とぼくは異議を唱えた。「せめて、人間の代行者がいることは認めてくれませんか？」

「いいですとも」ミセス・グレンは愛想よく応じた。「それに、全体としては、相当な不届き者ね。この部屋にいる誰でもないことは、きっと間違いありませんよ」

「ですが、人間ですから、過ちを犯すこともあるでしょう」ぼくはしつこく言い張った。「超自然的な現象とは、とても思えませんし」

ヴァイオレットはそれを聞くと急に身を乗り出して、最初は母親に、次にぼくに向かって顎をしゃくった。キャロラインは眉を吊り上げ、オリーヴのうめく声が聞こえたような気がした。

「あら、でもそこはあなたが間違っていると思うんですけど、ミスター・マートン」とヴァイオレットが言った。「ポルターガイストはどうなの？　ほら、騒々しい霊のこと。一九二一年にはホーンジーで子供が殺されたんですよ――かわいそうなおちびちゃんが、文字通り死ぬほど怖い思いをさせられて。そっちのほうがずっと深刻な問題だったんじゃないのかしら？　本当に、恐ろしいほど悪意に満ちているんですもの」

「その話は前にも聞きましたよ」とミセス・グレンが穏やかに述べた。「ミスター・マ、ー、ト、ン、は、幽霊なんて神の摂理と同じくらいお気に召さないと思うけど」

ぼくは同意して、別の質問を口にした。

「ミセス・スティールに嫌がらせをしている人物がここに住んでいることについて、疑いの余地はありますか？」

「いいえ、あるとは思えません」と老女は認めたが、不本意なのがほんのうっすらと感じられた。「その可能性は大きいようですね」

「絶対にたしかだと、わたしには思えます」

「それなら、わたしの意見なんてどうでもいいでしょう」

「ですが、違うとわたしを説得することだってできたかもしれませんよ。さて、そうなると十人の中から選ぶことになりますね――怪物やら狂人やらがどこかに隠れていないと仮定するなら、ですが？」

ぼくを見るミセス・グレンの青い瞳の奥が、きらりと光った。

「ここにいる唯一の怪物は、野放しのままですよ」と彼女が言うと、それを聞いてリンダは再び微笑み、ヴァイオレットはあやふやにくすくす笑ったあと、顔を赤くした。

「おっしゃる意味はわかっているつもりです」ぼくは小声で言った。「さて、その十人のうちの五人については、初見で嫌疑から免れさせるよう求められている最中です——この部屋にいらっしゃる五人のことですね。では、ミセス・グレン、ほかの方々について、わたしが時間を費やすべきなのはどなたでしょう？　もしくは、孫息子さんにも免除は適用されるのでしょうか？」

「もちろんよ」キャロライン・ホワイトヘッドがすぐに割り込んできた。まぎれもなくとげとげしい言い方で、ぼくを嫌っているのは明らかだ。

「それに、会ったこともない相手に対して、卑しくせせら笑いする必要はないと思うんだけど」と彼女は付け足した。

「ちょっと！」と、その母親が叫んだ。「ばかなこと言わないのよ——誰かせせら笑いをされた人がいるとすれば、それはヘンリーじゃなくてわたしでしょうに。そうね、ミスター・マートン、あの子も抜かしてもらったほうがいいわ」

ミセス・スティールの話によれば、ろくでなしばかりの中でヘンリー・ホワイトヘッドは断然ましだとのことだったので、おそらくほかの人々にとっては一番魅力のない人物なのではないだろうかとぼくは思った。その疑念は、ほぼ即座にオリーヴが裏付けてくれた。

「ヘンリーは、悪いことなんてなんにもしないものね！」彼女は宙に向かってあざけるように言った。

「ヘンリーは百十パーセント完璧よ」

「あら、とんでもない！」とキャロラインが反論し、人目を意識した寛大なる忍耐によって、しかめっ面を覆い隠した。「でも、少なくとも他人の気持ちを傷つけないようにはしているわね」

「ヘンリーに悪気はないのよ」とヘンリーの祖母はなだめるように言ったが、その発言は確信よりも希望に基づくもののようにぼくには感じられた。「続けてくださいな、ミスター・マートン。それから、もしお望みなら煙草もお吸いになって」

ぼくは礼を言い、それから煙草入れを順々にまわそうとしたが、彼女に止められた。

「この屋敷には風変わりな習慣がいくつかありましてね」と、ずいぶんそっけない口調で言われた。

「その一つが、贅沢品は必ず自分で用意するというものなんです」

「わかります。敵と親しく交わってはいけない――無理もありません」

「全然そういうことじゃないのよ！」とリンダがすぐに叫んだ。「お祖母ちゃんがそんなふうに言ってるだけ――わたしたちが自分のものしか買わないのは、もうとんでもなく貧乏で、それ以上のことはできないからなのに」

「リンダ！」と母親が叱った。「お行儀よくしてちょうだい」

「でも、本当のことでしょ――どうしてそうじゃないふりをするの？」

「あら、まあ！」とミセス・グレンはくすくす笑い、少しも腹を立てていなかった。「人生の大部分は作りごとなの――もうわかってもいい年頃よ。きっとミスター・マートンは、わたしたちにどう思われようと実際は気にしないでしょうし、わたしたち全員が倹約していることを近いうちに突き止められないなら、たいした探偵にはなれませんよ」

「リンダの問題は、煙草を切らしていることなんじゃないの」とオリーヴ・スティールがゆっくりと言い、最初にリンダをちらっと見てから、わたしの煙草入れに目をやった。オリーヴは、人生に――作りごとであろうとなかろうと――幻滅している女のようにぼくには思えた。

「そうね、切らしてるかも」と彼女の姪は同意したあと、冷ややかな灰色の瞳で、誰か一本差し出せるものなら差し出してみなさいよと挑発した。無言の挑発をぼくが受け入れると、ミセス・グレンはあけすけに笑った。

「あなたったら、命知らずね！」と彼女はわたしに教えてくれた。

「でも、間違った印象は与えないようにしておきますよ」とぼくは答えた。「ミス・ホワイトヘッドはきっと、わたしがご機嫌をとろうとしているとは思わないでしょう」

一瞬ためらってから、リンダはよそよそしく微笑んだ。

「ありがとう」と彼女は言って、煙草を受け取った。「いろいろと反感があることを知らせたかっただけなの」

「でも、尾を引かないことを願いますよ。さて、ミセス・グレン、おかげさまでわたしの候補者リストは四人まで絞られました。もう少し手伝ってもらえませんか？」

この問いかけを聞くと、青い目が真剣になった。彼女は眉をひそめ、額の傷跡が細く引き延ばされた皺に埋もれて見えなくなった。

「夕食の前だったら、イエスとお答えしたでしょうね」と彼女は言った。「いまは、よくわからないわ――どちらかと言えば、なにも言いたくないの」

ぼくは、一か八かの賭けに出ることにした。

「ミセス・スティールご本人の仕業だと考えていらしたんですね」とぼくは言ってみた。「あなたがたのうちの誰か一人、または複数を、困った立場に追い込む魂胆で。でも、ミセス・スティールがなにをしたとしても、ご自分の寄せ木張りの床だけは決して傷つけないはず。だから、あなたはためらったのでしょう」

「まあ！」とオリーヴが叫んだ。「なんて荒唐無稽な思いつきなの！ わたしなら、ハリエットを疑うべきだとは、とても思えなかったはずよ。いったいどうして、あの人がわたしたちを、あなたが言うところの困った立場に追い込めるというの？」

「けれども、まさにそれが、以前わたしが考えていたことなのよ」と彼女の母親は白状した。「なんといっても、ハリエットはわたしたちがあの人を嫌うのと同じくらい、わたしたちを忌み嫌っているはずだもの。とはいっても、そのやり方はおそらく違うし、理由も——願わくは——違うけど。わたしたちがここに住み続けることができないくらい不愉快な事件を引き起こせるなら、あの人はきっとやるでしょう。わたしの心の内を読むとは、あなたは本当に切れ者ね、ミスター・マートン。でも、十人と言われたときにはどうかしらと思ったのよ」

「なにも威張れることではありません」とぼくは正直に言った。「このことは、お会いする前から思いついていたんですよ」

　ヴァイオレットが、眼鏡越しに満足げにぼくに微笑みかけた。

「備えあれば憂いなし」彼女は、まるで人類に啓示を与えるかのような口ぶりで言い放った。「それなら、ポルターガイストのことも思いついていたんじゃありません？　ほら、あれはものすごい力をふるいかねないいわけだし、すごく、すごくしつこいんですよ。ヨハネスバーグの薬屋さんなんて、まる五カ月も石を投げつけられたんですもの！」

「またいつものお化けの話！」とキャロラインがぼそぼそ言うと、妹は感情を害したようだった。

「でも、まだわからないわ」とオリーヴが抗議して、眉をひそめた。「自分の持ち物を壊して、なんの得になると思うのかしら。もし、それがわたしたちの持ち物だったら、まあ……」

「理由は、ついさっき話したじゃないの」ミセス・グレンが、いくぶんじれったそうに言った。「わたしたちを厄介払いするためよ。まさかあなた、他人の物を壊すことが合法だと思っているわけじゃないでしょうね？　それに、もしハリエットが、ことによるとミスター・マートンの助けを借りて、わたしたちの誰かにとって不利な主張を証拠立てられるようになれば、警察を呼ぶのをためらうと思う？」

「まあ、なんて恐ろしい！」とキャロラインが叫んだ。すっかりうろたえた表情だ。「でも、それって、いかにも彼女らしいけど」と付け足した。「ミスター・マートン、あの人はそんなことを考えているんですか？」

「うーん、なんとも言えませんね」とぼくは答えた。「ミセス・スティールのお話を聞いた限りでは、犯人はあなたがたのうちの一人だと信じているようですし、ご自分で物を壊したと考えるべき理由もとくにありません。もしもあの方の言う通りだとわかったら、ミセス・グレンの予想が現実になるような気がします――いえ、むしろ、そうなるのはまず間違いない。その一方で、わたしはいかなる種類のでっち上げにも決してかかわるべきではないわけで、もしそれが本気で疑われるようなら、必ずや失敗に終わらせるつもりです」

「まあ、そこまで正直に話していただければじゅうぶんですよ」と老女は応じた。

「たしかに、じゅうぶん正直そうには聞こえるけど」と毒舌家のオリーヴが訂正した。「でっち上げというのは、偽の証拠に裏付けられた偽の告発のことよね？」

「しかも、捏造された証拠よ」とキャロラインが訳知り顔に言った。「単なる偽証じゃなくて。もっと頻繁に映画に行ったほうがいいわ、オリーヴ――最新の情報に通じていないとね、わたしみたいに」

彼女は善行を意識して喋っていた。まるで、人のためになりたいという目的だけで映画に行っているかのように。ぼくとしては、彼女が最新情報に精通しているように見えたとは言いがたい。取り澄ました顔に、野暮ったい服。それでも、ヴァイオレットのいらつく少女っぽさよりは、まだましだった。幽霊《ゴースト》とガーター、ふわふわと化け物《ファントム》、ボブヘアーとお化け《ボギー》。奇妙な混合体だ。

「悪いけど、あなたの手助けがなくても自分のことは自分でできるわ！」とオリーヴが冷たく言い放ち、非常によそよそしい目で見やった。「もしわたしが年金をいただく身だったら、たぶん映画以外のたくさんの催しにも、もっと頻繁に行くでしょうね」

　キャロラインはそれを聞くと、すさまじい目つきでにらみつけたが、薄い唇を開いて抗議する間もなく、娘に先を越された。

「意地悪言わないでよ、オリーヴおばさん」とリンダが言った。圧倒的なまでに明快な一言だ。「おばさんだってお母さんと同じくらい裕福だし、それに、お母さんとは違って扶養家族はいないじゃないの」

「まあ、まあ！」とミセス・グレンがたしなめた。「お願いだから、内輪《アン・ファミーユ》以外の方もいるのを思い出して、喧嘩はやめてちょうだい。ミスター・マートン、さっきお話ししていたように、わたしとしてはハリエット自身が原因ではと強く疑っていたものの、あの人が大事な寄せ木張りの床を壊すとはどうしても考えられないんです。もしそんなことが実際に可能なら、あの人の性格を読み違えたということでしょう。もし、わたしが思うように、そうでないなら、わたしの疑惑が間違いだったということで、そうなるとあなたが検討すべき人数は三人だけになります。もちろん、いままで通り、ここにいるわたしたちを除いた場合の話ですが」

「それに、三人もいればじゅうぶんでしょう」オリーヴが、直接ぼくに向かって話しかけた。「とりわけ、そのうちの二人は、なに一つ得るものがなさそうなんだから。もし料理人かベッシーが犯人だとしたら、まったくの腹いせからやったとしか思えないし、二人ともそんなことのために監獄行きの危険を冒すはずがないもの。

ミスター・マートン、あなたから意見は求められていないけど、もし必要ならこれからお伝えするわ。ハリエットの時計を壊して、着る物をインクで汚して、コートと寄せ木張りの床を台無しにしたのが誰であれ、なにか目論見があったのよ――ヴァイオレットの騒々しいお友達には申し訳ないけど。いずれにしても、騒々しい音がどうかかわってくるのかなんて知らないし。ただ単に、あんなことがおこなわれた理由がわかるかどうかの問題なのよ。それがわかれば、責任者の正体に疑問の余地はなくなるでしょう。もちろん、結局わたしたちのうちの一人だったということになれば、話は別だけど。みんな、まったく同じ立場なんだから。

兄の遺言書の条件についてはご存じよね？　それなら、どういう意味かわかるでしょう。もし本当にわたしたちのうちの一人だったとしたら、おそらくは、ハリエットがアンドルーの遺産を分割する選択権を行使してくれることを期待して嫌がらせをしているはず。母はあなたについさっき、そうではないとはっきり言ったけど、わたしに関する限りは同意するわ。自分がなにもしていないことはわかっているもの。とは言っても、誰かの気持ちを傷つけるのは本意ではないけど」――彼女は一瞬、キャロラインを当てつけがましく見つめた――「わたしたち全員が嫌疑から免れることができると、絶対に確信しているとは……」

「なんですって！」彼女の妹が興奮して叫んだ。「よくもまあ、自分だけ責任逃れして、その舌の根も乾かないうちに、証拠なんてこれっぽっちもないのにわたしたちを非難するつもり？　へえ、そうなの！」

「非難なんかしてないわ」とオリーヴが言い返した。「ただ単に、あなたたちがやってないかなんて、自分がやってないとわかっているのと同じようにはわからないと言ってるだけよ」

「まあ、オリーヴ！」ヴァイオレットが感情をたっぷり込めて言った。「なんて、なんてひどい！　わたしたちの真剣な言葉を疑うのね」

「真剣な言葉って、なんのこと？」と辛辣な返答が戻ってきた。「あなたがやってないと言うのは、きっと聞いていないはずよ。だって、自分がやったとほのめかすほどばかな人なんて、聞いたことがないもの」

「ちょっと待ってくれませんか」とぼくが割り込んだ。話をやめさせたかったからではなくて――とんでもない――手がかりになりそうなポイントに思えたからだ。「ミセス・スティールはわたしにはっきりと、あなたがたが各自、個別であれひとまとめであれ、問題となっている事件についてまったく知らないと言ったとおっしゃっていたんですがね」

　オリーヴは困った様子だった。彼女の顔にかすかに赤みが差し、しっぽをつかんだぞとぼくは本気で思った。だがそのとき、ミセス・グレンがぼくの目論見をくじいた。

「またしても、さきほど警告したのと同じような風変わりな習慣に出くわしましたね、ミスター・マートン」と彼女は満足げに言った。「あきれられるかもしれませんが、仕方がないんです。わたしたちの間では、ハリエットについた嘘は勘定に入らないという暗黙の了解があるんですよ。記録天使（人の善悪のおこないを記録するとされる天使）が同じ見解をとってくださるかどうかは別の問題ですがね。こうしてお知らせするのはただ単に、娘のことを誤解してほしくないからですので、できればこの件はご内密にお願いしたいのですが」

「教えるべきじゃなかったのに、お母さんたら！」とキャロラインがぼやいた。

「あら、きっと心の広い方だから、理解してくださるわよ！」とヴァイオレットがまくし立て、ぼくにちらりと目を向けた。眼鏡はすでに外していて、なにも見えていないような目をしていた。

「どうぞご心配なく」ぼくは、いささかがっかりしながら言った。「情報を自ら進んで提供するつもりはありませんし、もし求められた場合には、そのときばかりはお宅の方針を取り入れさせていただきましょう」

　リンダの笑い声は、心からのものだった。けれども、それに続く発言は、彼女もまたスティール家の特徴であるらしい辛辣さに少しばかり染まっていることを示していた。いや、より正確に言えば、ヴァイオレット以外の人々の特徴だ。ヴァイオレットは、まったく中身のない人物としか思えなかった。

「いつかそのうち、わたしたちの味方として声を張り上げてもらえそうね！」とリンダは言ったが、ぼくを見ていないし、自分の言っていることを信じていないのは明らかだった。

「すみません、わたしとしてはむしろ中立のままでいたいですね」とぼくは答えた。「ところで」――そこで、テーブルの反対側の端にいるミセス・グレンのほうを向いた――「わたしについた嘘も勘定に入らないと思うべきですか？」

　彼女は一瞬、ぼくをしっかりと見つめ返した。頭を片方に傾けたまま、青い瞳の奥であれこれ考えている。

「その問題については話し合っておりませんね」ようやく口を開いて、こう言った。「だいたいにおいて、みんなかなり正直にお話ししていると思いますよ――それくらいにしておいたほうがよさそうね。ところで、オリーヴ、あなたの話はもう終わったの？」

「終わってないわよ、お母さん」とぶっきらぼうな答えが返ってきた。「さっきも説明したように、全員が潔白だと確信しているわけではないのだけど、そう信じたい気がするの。もちろん、ハリエットは明らかにそうじゃないと思っているのよ。でなければ、今夜みたいな振る舞いはしなかったはずだもの。どうやらあの人は、この屋敷の中で不満を抱く根拠があるのはわたしたちだけじゃないかもしれないとは、考えつかなかったみたいね」

「ちょっと、それっていったい、どういう意味？」とキャロラインが迫った。「もったいぶるのはやめて。誰のことを言ってるの？」

「さあ、まだ話に出ていないのは誰？　わたしたちとハリエットと使用人を除くと――それから、闇の力とやらも」

　ヴァイオレットも今度ばかりは、少女っぽく振る舞うのを忘れた。すぐさま姉に食ってかかったのだ。

「自分の無知を晒すのはやめたらどう、オリーヴ！」と彼女は叫んだ。「そういったことについて、あなたになにがわかるというの？　だって、貸してあげようとした本さえ読もうとしないじゃない。信じていないことを笑いものにするのはそりゃ簡単だけど、あなたよりも賢い人たちにとっては、霊の世界は皮肉を言うべき対象じゃないのよ。サウル王とエンドルの魔女（旧約聖書サムエル記上二十八章に登場するイスラエルの王と口寄せ女）や、サー・オリヴァー・ロッジ（英国の物理学者で心霊学者）のことを忘れないで。それに、一九二八年にバターシーでペニー硬貨や石炭のかけらが飛んで来た事件はどう？　あれは密室で起こってるのよ」

「わかったから、ヒステリックにならないで」とオリーヴが冷ややかに言った。「とにかく、ポルターガイストでもなんでもいいから、毛皮のコートを切っているところを見せて――わたしの頼みはそれだけよ。そのときまでは、普通の人間が普通のはさみを使ってやったと信じるほうがいいわ。ジョージ・ライスという名の、下品で不愉快な大酒飲みがね」

彼女はこの上なく慎重に告発をおこない、きちんと注目せよと命じるかのようにぼくをちらっと見たあとで、自分の使い古した革の煙草入れから最後の一本を取り出した。そして、言わば、効率よく煙草を吸った。つまり、灰が半インチ以上になっても平気なのだ。

「ジョージ！」キャロライン・ホワイトヘッドがその名を繰り返し、目を見張った。「まあ、オリーヴ、あなたったらとんでもないこと言うのね！　ジョージは自分の指の爪を切る元気もないような人なのに、まして毛皮のコートなんて。不愉快なのは認めるけど、まったく無害よ」

「そう、わかった」――苦々しげに。「わかったから、もっとましな代案を出してよ。あなたがわたしを罵るのは、わたしたちのうちの誰でもないとは完全には確信できないとわたしが言ってるから。お化けの仕業だとはあなたも信じていない――お化けって言ったのは彼女で、わたしじゃないからね、ヴァイオレット。そうなると残る選択肢は二つ、使用人たちか、ハリエット本人。ジョージよりもそのどちらかを選ぶというなら、どうぞご勝手に――でも、わたしの考えでは、まったくの間違いよ。参考までに訊くけど、どっちを選ぶつもり？」

ミセス・ホワイトヘッドは、血の気の失せた唇を真一文字に結んだ。青ざめた表情を、おそらく十秒ほどは頑として動かさなかった。その後、反抗心を内に秘めて意見を口にした。ぼくの存在など、すっかり忘れているようだった。

「ずばり訊かれたから答えるけど、オリーヴ」と彼女は言った。「全部あなたの仕業だとわかっても、ちっとも驚きはしないわ」

そしてその場は、よくある言いまわしのごとく、混乱のうちにお開きとなった。

第六章

ぼくは、階下に渦巻く激しい怒りから逃げて自分の部屋へ引き下がり、メモを書き始めた。その多くは、すべてが終わって片付いたいま、繰り返して記すほどのものではないのだが、ぼくが仕事をかなり軽く扱っているように思われた場合に備えて、一部は記しておくべきではという気がする。メモの大半は質問形式になっていた。それがこれだ。


オリーヴは、ジョージ・ライスが妹に嫌がらせをする理由があるかもしれないとほのめかしていた——その理由はなにか？　教えてもらえるだろうか？

どうしてスティール家の人々は、あんなにお互いに言い争ってばかりいるのだろう？　とくに、あの三姉妹は。

ヴァイオレットのお化けの話は本気だったのか？

一家の中でミセス・Sが犯人だと考えていたのは、ミセス・グレンだけなのか？

彼女が考えを変えた理由はじゅうぶんか？　なぜ寄せ木張りの床がそれほど大事なのだろう？

スティール家の人々はどれくらい貧乏なのだろう？　ミセス・Gがここにとどまり続ける理由はそこにあるのか？

ミセス・スティール本人がやったのだろうか？

ぼくは最後の質問についてしばらく考え、結局のところ、ミセス・グレンの疑念にも、ベッシー・ホランドの疑念にもかかわらず、この考えには根拠がないと結論づけた。ミセス・スティールは自分の選んだ犠牲者を直接に指し示す証拠を準備してからでなければ調査を依頼しなかったはずだし、もし実は準備していたのだとすれば、なぜぼくの目に留まるようにしなかったのか？　それでも、この問題は解決できなくはないかもしれないとぼくは考えて、さらに別のメモを付け足した。

もし寄せ木張りの床の傷が本当に今日つけられたもので、その犯人がミセス・スティールではないとすれば、（a）職人たちが来ていることを誰かが利用して、少しばかりハンマーの音が増えても気づかれないだろうと考えたか、または（b）この誰かは彼女が留守の間に職人たちが来るように取り計らったか、そのいずれかになる。要するに、バスルームの洗面台の修理は偶然だったのか、それとも予約されていたのか？　もし後者だとすると、それはどのようにして、いつ、誰が予約したのか？（注意：ミセス・Sは頻繁に外出するのかどうか調べること——ベッシーなら知っているはず）

少ししてから、ぼくは腕時計を見た。まだ九時十五分で、カーテンを開けてみると窓の向こうには昼間の光がぼんやり残っていた。庭の見える範囲では、人目を忍んでいる赤毛猫を除けば、誰もいないように見えた。散歩に行くべきか、それとも本を求めて屋敷内を探検するべきか？　不注意なことに本を持参するのを忘れてしまったのだ。黒の木綿糸を手にこそこそ歩きまわったり、鍵穴に耳を押し当てたり、それ以外にもおじが浮かれた口調で提案していたばかげた行為はどれも、まったくする気がなかったと言ったほうがいいかもしれない。威厳を持って捜査するか、そうでなければなにもしないつもりだった。

散歩よりも本を選ぶことにしたのは、猟犬のようにかぎまわるだけでなく番犬の役割も多少は果たすべきなので、こんなに早く持ち場を見捨てるのはとうてい好ましいことではなかったからだ。階段を下りると、ちょうどリンダがポーチから中に入ってくるのが見えたので、ぼくはたちまち元気になった。でも、それも長くは続かなかった。

ええ、屋敷の中に本はあるわ、とリンダは認めた。客間に少なくとも一ダースはある、と。ご案内しましょうか？　じゃあ、すでにご存じなら、おやすみなさい。

「ちょっと待ってください、ミス・ホワイトヘッド」とぼくは頼んだ。「ついさっき、この状況を引き起こしたのは誰なのかについて、いくつか考えが出されましたが、あなたのご意見を聞いた覚えがないのですが」

娘の灰色の瞳が、気後れすることなくぼくの目を見つめた。彼女はかすかに微笑んでいた。夕食の席で着ていた緑色のドレスから茶色のウールのセーターとツイードのスカートに着替えていて、その理由は、開いた扉から入ってくるすきま風に気づいたときぼくにもわかった。ひょっとするとぼくが身震いするのが目に入ったのか、とにかく彼女はその扉を注意深く閉めてから、同じくらい注意深く、ぼくの質問に答えるのを避けた。

「わたしは意見を言わなかったの」と彼女は静かに言った。「だから、ご自分を責めることはないわ」

ぼくは肩をすくめた。

「では、不躾かもしれませんが、いま言っていただけますか?」

彼女はまだぼくをまっすぐ見ていて、まだ微笑んでいるだけだった。

「もちろん。本当に知りたいなら教えてあげるけど、あれはきっとドイツのスパイの仕業だと思うわ。そして、もしそうなら、捕まえてくれるわよね。だって、わたし、スパイなんて嫌いだもの。じゃあ、おやすみなさい、ミスター・マートン」

彼女の言いたいことは不快なまでに明らかで、ほんのわずかな疑いの余地さえ与えてくれなかった。こちらがせっかく手を差し出したのに、ぴしゃりとはねつけられたというわけで、ぼくはそんな目に遭うと激しく反応してしまいがちだ。もちろんその後、また別の反応が起こって、口を慎んでいればよかったのにと思うか、こんな下手なやり方にどうして効果を期待したのだろうとむなしく考えるか、そのどちらかになるのだが。

今回の場合は、リンダのことを好きになりかけていたので、拒絶がひどくこたえたせいかもしれないが、いつもよりもかなり乱暴に非難してしまった。

「おやすみなさい、ミス・ホワイトヘッド」ぼくは、自分の顔が真っ赤になっているのをじゅうぶん承知しながら返事をした。「いつか歯医者へ行って、舌を抜いてもらったほうがいいですよ」

この振る舞いについて言い訳はしない。はなはだしく無作法だった。ぼくは愚かにもさっさと客間へ行き、振り返る勇気もないまま、いきなり一日が台無しになってしまった。この屋敷は大嫌いだし、ミセス・スティールとそのばかげたトラブルは憎たらしいし、おじの要請におとなしく応じてしまった自分を呪った。とりわけ、自分の御しがたいかんしゃくが呪わしく、後ろの廊下からはっきり響いてくる冷ややかな笑い声を聞くと、ますますかんしゃくが募った。それは面白がっているというよりも、ばかにしている笑い声のように思えて、耳の奥にしばらく響いていた。生まれることなくついえた希望の墓碑銘だろうか。

客間にはたしかに本があったが、ぼく向けの本は一冊もないことがすぐにわかった。小説のほとんどは『ランズダウン物語』というセットものだった。前世紀の七〇年代の作品で、題名を見ればどういう種類の小説なのかいくらかわかる。『ナイジェル・バートランの理想』、『十七から二十一、またはヴォニカおばさん』、『ホーム・スイート・ホーム』、『悲しみのあとの喜び』。ぼくは適当に選んだ段落を二つ三つ読んでみて、好みの話でないことをはっきり確かめた。もしかすると、リンダの笑い声を忘れようとして、そんなことをしたのかもしれないが。それから惨めな気持ちで再び扉のほうを向いたとき、背が高くて金髪で顎の割れた若い男が目の前にいるのに気づいた。

さて、ぼくがその瞬間、誰のことも好きになれる気分ではなかったのはたしかだ。それでも、出会ったときの状況がどうであれ、ヘンリー・ホワイトヘッドのことを嫌いにならなかったとは思えない。彼はあまりにもにこにこしすぎていたし、あまりにも自分が大好きな男だった。人なつっこいその態度は、いつも親切に見せかけて頼み事をしようとしているのではないかと疑いたくなる。そのうえぼくは、ブリリアンティン（男性頭髪用香油の一種）を頭に塗りたくったり、ズボンに完璧な折り目を付けたり、靴下とネクタイをお揃いにしたりする若者は昔から嫌いだった。もちろん、これは個人的な偏見だ。どうしようもないことだし、どうにかしたいともあまり思わない。

「きみのことは、おふくろからすっかり聞いたよ」くだけた自己紹介を交わしたあとで、ヘンリーはそう言った。「まったくもって、来てくれてとても嬉しいね。ぼくにできることがあったら、なんでも言ってくれ。家の連中にはもう会ったんだろう？　つまり、動いているところをもう見たんだろうね？」

「ある程度は」とぼくは認めた。「ご退屈かもしれませんが、お話しできませんか？」

「もちろん！　こちらからもちかけるつもりだったんだ。ぼくの隠れ家へ行こう――邪魔が入らないように。ねえ、ハリエットおばさんの寄せ木張りの床の件は、本当に事実なのかい？　おふくろがふざけて言ってるんじゃなくて？」

「まったくの事実ですよ」ぼくは、キャロライン・ホワイトヘッドがふざけることがあるとは信じられないと思いながら答えた。あまりにもそっけなくて、くそまじめなように見える。「そのことについてもお話ししたいですね」

ほんの一瞬、ヘンリーの目に不安の色が浮かんだような気がした。だがすぐ、笑顔に戻っていた。

「ぼくがやったんじゃないからね！」彼は一緒に廊下を歩きながら、愛想よく請け合った。

「もちろん――だから、助けていただけるんじゃないかと思っているんですよ」

ヘンリーが最上階で寝ていることはすでに知っていたが、〝隠れ家〟のことは初耳で、寝室をありふれた名前で呼んでいるだけなのだろうか、とぼくは思った。実はそれは寝室の隣の部屋で、ちゃんと目を開けている人なら誰でも五秒もすれば、部屋の主の興味がどこに向いているのかを嫌でも把握できてしまうという代物だった。一方の壁に作業台が据え付けられていて、大ざっぱに言って、半ダースほどのラジオ受信機を組み立てるのにじゅうぶんな機材があったのだ。

ぼくはラジオの技術面についてはまったく無知で、そのことを白状したとき、ヘンリーの評価が一ポイント下がったのがわかった。趣味仲間になれなかった代わりにいくらかでも慰めになればと、ぼくはそこに散らばったさまざまな物に対して慎重に関心を示した。決してうわべだけの関心ではない。

他人の趣味の道具にはなにかまぎれもなく魅力的なところがあるもので、それは理解できるかどうかとは関係ない。少なくとも、ぼくにとってはそうだ。切手収集家やコイン愛好家や木工細工ファンや、初版本マニアとでも楽しい時間を過ごすことができる。とはいえぼく自身は、黒い一ペニー切手《ペニー・ブラック》（英国で一八四〇年に発行された世界最初の郵便切手）と色付きの二ペンス切手の見分けもつかないだろうし、『優しき夢想』が五十部しか現存していなくてこれは十九番めだとかいう話もどうでもいい。

ぼくの目の前に広がっていた機材には、おおいに魅力的なところがたしかにあった。真空管、コンデンサー、分解されたスピーカー、何マイル分ものワイヤー、何百個もの抵抗器と端子、未完成のラジオ付きレコードプレーヤーが一台、そして明らかに古そうな簡素な受信機が少なくとも四台。ヘンリーが当てずっぽうや天賦の才だけに頼って作業をおこなっているわけではないのは、不可解な設計図が何枚か壁に画鋲で留められているのを見ればわかった。

「子供のころから夢中なんだ」と語る彼は、自分がまだ二十歳《はたち》にもなっていないことを忘れているようだった。「もちろんガラクタも混ざってるけど、楽しんでるよ。ただ、どんなものにもあるように障害があってね。スピーカーを使うのは禁止されてるんだ」

「そいつは癪に障りますね」とぼくはつぶやいた。「なぜです？」

「ハリエットおばさんがうるさいのさ――眠れなくなるんじゃないかと思ってる。もちろん、そんなはずはない――なにも聞こえるわけないんだ。ぼくは屋敷のこっち側の端っこの部屋に引っ込んでるし、階も違うし、おばさんの耳の聞こえ具合はあの通りだし」

「じゃあ、本当に耳が聞こえないんですね？」

「だんだんそうなりつつあるよ――なぜそんなことを？」

「あなたのお母さまのいびきで眠れないというようなことを、おっしゃっていたので」

「おや、そんな嘘を！」ヘンリーは笑い飛ばした。「おばのいつものぼやきだよ。ほら、おふくろは自分が本当にいびきをかいているのかどうか知りようがないから、否定できないしね。そう、ハリエットおばさんは耳を新しく取り替えたほうがいいくらいなんだけど、誰も逆らえないから、ぼくはイヤフォンで間に合わせている。もちろん、イヤフォンのほうが便利な点もたくさんあるけど、それでもスピーカーが恋しいよ」

「恋しい？」とぼくがおうむ返しに言うと、彼は一瞬ぼくをじっと見つめてから笑顔を浮かべた。

「いやはや、抜け目ないね！」と彼は言い、なぜか自分自身もそのお世辞の対象に含めようとしているようだった。「そう、お達しが出たのはアンドルーおじさんが亡くなったあとのことなんだ。それまでは、十一時までなら好きなことができた。非常に正当な時刻だよ――つまり、使用人のことも考えないといけないからね」

ぼくは同意してうなずき、笑みを押し殺した。ヘンリーはハンサムだがまだ少年っぽさが残っており、寝室はベッシー・ホランドの隣で、ベッシーはぼくが見た限りでは、修道女じみたお堅いところはまったくなかった。もしかするとこういう事柄が組み合わさった結果、明らかに女物の靴下留めが、暖炉の火格子に転がることになったのかもしれない。でも、違うかもしれない。まあ、ぼくの知ったことではないな、と思った。

「今回の出来事について、あなた自身のご意見は？」間もなくしてぼくはそう尋ねた。するとすぐに彼は自意識過剰気味な笑みを浮かべ、華奢な肩をこれ見よがしにすくめた。

「率直に言って、ぼくはほかのみんなと同じように見当もつかない。たぶんそれ以上だろうな。昼間はここにいないんだから」

「でも、なにか思いつくことはありませんかね？」ぼくは彼に迫り、もしあなたが頼りにならなければ自分は面目丸つぶれだということをほのめかした。「第三者の手助けが欲しいのですよ」

彼は鋭い目でぼくをじっと見てから、うなずいた。

「気持ちはわかるよ」と彼は言った。「きみがこの家で大歓迎されているとは思えない。もちろん、それは当然だ――みんなハリエットおばさんのことを徹底的に嫌っているし、なんといってもおばさんはぼくらとは階級が違っていて、わが家の金を全部持ってるわけだからね。でも、ぼくはあの人とはかなり仲良くやってるんだ――そんなに悪い人じゃない。もちろん、ちょっぴりこびへつらう必要はあるけど、それはみんな同じことだろう？　それに、この家のボスはあの人だということを忘れちゃいけない。つまり、好きなように威張り散らすことができるわけなんだ」

彼が言わんとしているらしいこと、すなわち、権力の所有はそれを乱用する特権を与えるという考えには同意できなかったが、自分の意見は隠しておいたほうがいいと思った。彼は不愉快なくらいのうぬぼれ屋で、もしかすると本心を隠しているかもしれないし、無条件で信頼すべき相手でないのはたしかだが、少なくとも友好的に振る舞う気でいてくれている。ぼくが粘り強くがんばれば役に立ってもらえるかもしれないし、ほかの人たちと親しくなる望みはほとんどない。とりわけ、リンダにあんなに効率よく肘鉄砲を食わされてしまったのだから。

「ミセス・スティールは、あなたのおじさまがお元気だったころもボスだったのですか？」とぼくは尋ねた。「スピーカーについていまおっしゃったことから察するに、どうもそうではなかったようですが」

「ボスなんてとんでもない！　アンドルーおじさんは、自分を尻に敷くようなまねは決して許さなかったからね。うちの祖母はそういうことにはまったく理解がなかったと思うし、いま祖母がボスじゃないのもそれが理由なんだ。でも、それはみんな家族間のごたごただから」

「それであなたは、自分がその家族の一員だとはずっと思えずにいるんでしょう？」ぼくは言葉が途切れたときに口を挟んだ。

「ちぇっ、鋭いなあ！」と彼は叫んだ。「リンダは好きなことを言えばいいが、ぼくらは半分しかスティール家の人間じゃないわけで、しかも母方のほうの血筋だし、いずれにしても、あまり自慢できることじゃない」

これは明らかに上向きだった。彼はうまい具合に喋ってくれている。

「お父さんのほうのご親戚はいらっしゃらないんですか？」とぼくはつついてみた。

「表向きはいないことになってるんだよ、ねえきみ、表向きはね。ほら、親父は一族の秀才だったのさ――将校だのなんだのってね。でも、ほかの人たちはあまりぱっとしなかった――思うに、おふくろはいわば、スティール家らしさみたいなものはあまり引き継いでいなかったんだ。とはいっても、ぼく自身は金ボタンが欲しいわけじゃないけど」――急に弁解じみた言い方になった。「ぼくにどんな欠点があるとしても、俗物ではないよ、ありがたいことに」

それから満足げに微笑み、自分の美点を得意がっていた。ぼくは微笑み返したが、彼のことはますます嫌いになっていた。〝ねえきみ〟などという無作法でなれなれしい呼びかけをすぐに許す気にはなれないし、こういう振る舞いはおそらく今後も続くだろう。

「親父が一九二二年に亡くなったあと、おふくろはスティール家に戻ることに決めたんだ。どんな運命になろうとも」話はまだ続いていた。「持ち物を荷造りして、ぼくたちをここへ連れて来て暮らし始めて、そのとき以来ここに住んでいる。でも、それが永遠に続くわけじゃない――とんでもない！ぼくはここを出られるようになったらすぐ出ていくつもりだ――若いうちに住むようなところじゃないからね」

もちろん、その発言はまったくの事実だった。〈樅の木荘〉には若者らしさは皆無で、外観にも家の中の雰囲気にも感じられない。もし子供の声が聞こえたら、教会の説教の真っ最中にブリキのトランペットが元気よく吹き鳴らされたのと同じくらい場違いに思われただろう。窮屈でよそよそしい場所で、そのことはぼくも最初から気づいていたのだと、なんとなくわかった。

彼の見識にお世辞を言ったあとで、オリーヴ・スティールが犯人という可能性はあると思うかと尋ねてみた。

「オリーヴおばさんが？」彼はびっくりしたようだった。「ねえきみ、いったいどうして、あのおばさんに目をつけたんだい？」

「一つには、一番辛辣な物言いをする方のように思えたからです」とぼくは答えた。「というか、少なくとも、一番の毒舌家だと」リンダのことを思い出して、こうつけ加えた。

「ああ、それは正しいよ。たしかにあの人は、あまりゴロゴロ喉を鳴らすタイプじゃあないけど、だからといって――その、いつも性悪猫だと結論づけるのは、ちょっと論理が飛躍してるんじゃないか？」

「そうかもしれませんが、わたしだけを責めないでくださいよ」とぼくは言って、相手をさらにびっくりさせる準備をした。場合によっては、びっくりしてくれないかもしれないが。「別の言い方でうかがいましょう。夕食のあと二階で、あなたのお母さまはみなさんに向かって、オリーヴが犯人だとわかってもちっとも驚きはしないとおっしゃったんです。しかも、はっきりと。あなたはそれに、どの程度同意できますか？」

第七章

ヘンリーの目玉が飛び出したように見えた。青と緑の中間の曖昧な色をした瞳を、白っぽいまばらなまつげが縁取っていて、白目はあまり澄んでいない。

「いやあ、それでみんなもめていたのか?」と彼は言った。「なんとまあ、大騒ぎだったに違いない!」

それから少しの間黙り、なにやら考え込んだ。そして目を上げると、お決まりの笑みを浮かべた。

「オリーヴおばさんのことは、昔からずっとわからなかったんだ」彼は信頼しきった口ぶりで打ち明けた。「あんなことをしそうな人だと思ってるわけじゃないよ。そういうわけじゃあないんだけど、確信は持てない」

「ええ、よく知っている人の見覚えのない振る舞いを想像するのは難しいものです。ありのままの姿をすっかり見慣れていますから――違う振る舞いをしたら、別人に思えてしまう。まあ、問題をいろいろな角度から検討してみましょう。コートを切ったり、時計を壊したり、床板を傷つけたりする役割にもっとふさわしそうな人物は、この家で誰かほかに思いつきますか?」

「なにやらをインクで汚した件もお忘れなく!」ヘンリーが口を挟み、ぼくが軽い口調になったことにすぐさま反応した。「でも、コートを切られたなんて話は初耳だな」

ぼくが説明すると、彼は口笛を吹いた。それから、真顔になった。

「ねえ、マートン、いますぐ答えろというのはあまりにも殺生な話だよ。証人として厳しく問い詰められるのはまっぴらだし……」

「そんな危険はまったくありませんよ」とぼくは明るくなだめた。「物的証拠を求めているわけじゃないんです。あなたのお考えが知りたいだけなんです。というのも、あなたならきっと……」

彼は餌に飛びついた。ぼくが彼の知性を理解しているのはわかったというようにうなずいたのだ。そして、まるで今後は一生の友達であるかのように微笑んだ。

「その通り！」と彼は同意すると、コルクチップフィルター付きの煙草を勧めてきた。そして、ぼくがそれを受け取ったという事実こそ、彼がどれだけ的外れだったかを示している。ミセス・グレンの言い方をまねるなら、コルクチップなんて、ぼくの友達には断じて我慢ならない代物なのだから。

「じゃあ、ぼくが本当に考えていることを話そう」と彼は言った。「家族の一人がおかしなまねを始めて、ハリエットおばさんになにかの仕返しをしたもんだから、ほかのみんなはクリームをもらった猫みたいに大喜びしているけど、いまは誰がなにをしているのか誰も知らない。わかったかな？」

「ええ、すっかり。ハリエットおばさんがサリーおばさん（縁日などで棒投げゲームの的にされる木製の人形の名前で、転じて「嘲笑の的」という意味）になって、みんなが棒を投げつけ始めたということですね。みなさんが共謀しているわけでないのはたしかですね？」

「間違いないよ、きみ——お互いに嫌い合ってるんだから、そんなことはできないさ」

これはぼく自身の印象を裏付けてくれるものだったので、話を続けるよう促した。

「ぼくらのことを排他的だとは誰も言えないよ」彼はぼくの求めに応じてくれた。「というか、もしそんなことを言うやつがいたら、べらぼうな嘘つきだってことさ！　家族を順に取り上げて説明してみよう。じゃあ、まずはお祖母さんだ。あの人が本当に気にかけているのはヴァイオレットおばさんだけで、その理由は神のみぞ知る――ぼくは知らない。もう幽霊話責めは始まったかい？」

「いくらかは」

「手相を見ようと言われたかい？」

「いまのところは、まだです」

「黒人男と女の子の夢の話は見せられた？」

「見せられた？」とぼくは繰り返した。

「ああ、全部タイプしてあるのさ、何ヤード分も」

彼は狡猾そうな、うぬぼれた笑みを浮かべた。

「きみもじきにわかるよ。おばさんがきみのことをもっとよく知るようになれば」と彼は予言した。

「まあ、あまり下品な話でないことを願いますよ」

「いやいや、男にキスをされただけだよ！」ヘンリーはそう言って、ウインクをした。「というか、キスされたんだときみに思わせるだけさ。それでも、もうきみに迷惑をかけることはないかもしれない。おばさんにはウィリアムがいるからね」

ぼくは知らないふりをすることにして、それはどういう意味かと尋ねた。

「ああ、名字はブリッグズといって、リッチモンドにある、ぼくの祖父が設立した法律事務所の事務長を務めてる男なんだ。悪いやつじゃないし、年のころは四十くらいだと思うし、たぶんかなり頭のいいやつなんだけど――その……」

「もう一人の〝秀才〟?」とぼくが言うと、彼は大笑いした。
「それだよ」とうなずいた。「ほかのみんなの受けはあまりよくないけど、ヴァイオレットおばさんは満足しているみたいだし、今後我慢しなきゃならないのはおばさんだからね。それから、おふくろはというと……」

彼は家族の一人一人について詳しく述べていった。もしかすると、家族に対する本心を一度だけでも口に出して言うことが気晴らしになったのかもしれない。ずる賢く辛辣なコメントもあれば、愉快なコメントもあった。ここに繰り返す価値があるのは、次のポイントだ。

彼が思うに、三姉妹にはほとんど共通点がないという。三人は絶えず言い争っていて、お互いを批判し、ときにはおおっぴらに喧嘩している。オリーヴと彼の母親は最近いままで以上に仲が悪くなったような気がするが、はっきりした理由はとくにない。たぶんこの屋敷の雰囲気が住人の気持ちを落ち込ませているのだと彼は思っていて、それがほかのどの解釈にも劣らず賢明な解釈だということらしい。彼が言うには、ハリエット・スティールのルールは亡きおじのルールよりもはるかに厳しく、この一年半は家族全員にとってきわめてつらい期間だったという。けれども、ミセス・グレンは彼の子供時代からはずいぶん丸くなったように思えるらしい。息子を服従させるのに失敗したことで意気消沈したのかもしれないし、老化の影響かもしれない。

彼が一番いろいろと話したのは、間接的ではあるが自分自身のことで、一番少ししか話さなかったのは姉のことだった。ぼくの印象では、彼は姉を無愛想な変わり者だと思っているらしく、それはつまり、姉が自分のことをあまり相手にしていないのに気づいているということではないかとぼくは思った。どうやら彼女は、ほかの誰よりも祖母と仲良くしているようで、母親のミセス・ホワイトヘッドとはよく喧嘩しているらしい。ヘンリーはというと――本人の言葉を信じるとすれば――世界一仲良くなりやすい相手だという。それでも、オリーヴとリンダとはときどきぶつかるらしい。

一時間半も経つと、ぼくはうんざりしてきた。調査すべき事件を引き起こした張本人は誰なのかという話題にもう一度戻そうとしたのだが、うまくいかなかった。彼の自説の裏付けは、まぎれもなく独自の説らしいという点と、〝ハリエットおばさん〟の下着を汚すことを思いつくのは女に決まっているという曖昧なほのめかし以外は、ほとんどなかった。ぼくはその意見は筋が通っていると同意して、口に出して言い、自分にも言い聞かせた。そのとき――そして、この告白でぼくが実はたいした探偵ではないことが証明されてしまうのだが――ぼくは不意に、この家族のおそらく重要な一員が一度も話に出ていないことを思い出した。

「ジョージ・ライスはどうなんです？」ぼくはまったく無頓着に尋ねた。実を言うと、会ったことのない人にはあまり関心が持てないのだ。だがその一秒後、ぼくは自分の怠慢に腹を立てることになる。「ああ、あいつか！」ヘンリーはうなるように言い、著しい嫌悪感を初めてあらわにした。「ジョージ・ライスはろくでなしだよ。会えばきみもわかる――とにかく、まったくどうしようもないやつなんだ」

「わたしの探している相手である可能性は？」

「そうは思えないな、きみ。ジョージはバター付きパンを手放したくはないだろうし。いや、ぼくに尋ねても無駄だよ。あいつとはできるだけかかわりを持たないようにしているし、それだって多すぎるくらいなんだ。それでも、たぶんきみなら真相を突き止められるんじゃないかな。一番効き目があるのはスコッチ一瓶で、一箱分ならもっと効き目があるだろう」

ぼくは立ち上がって、彼に礼を言い、もう一つだけ質問させてもらった。なんといっても、質問することがぼくの仕事だったのだから。

「ジョージ嫌いになったのは、なにか特別な理由でも？」ぼくは冗談交じりに尋ねた。

「実を言うと、そうなんだ」ヘンリーは強い調子で言った。「とても特別な理由がある。知りたいなら教えてもかまわないよ——きみはいいやつみたいだし。一年ぐらい前、ぼくはある女の子と出会った。とびきりの美人に。いや、本当なんだ——まさに絶世の美女だった。自分で言うのもなんだけど、うまくいっていたところへ、よりによってある日、二人で公園にいるときにジョージに出くわしてしまったんだ」

当時を思い出したのか、彼はそこで言葉を切って顔をしかめたが、逸話を切り出していたことにすぐ気づき、目に見えそうなほどはっきりと、一番効果的な言いまわしをあれこれ考え始めた。だが、少しばかり驚いたことに、選んだのは簡潔な表現だった。

「あの忌々しい男が目の前に来るまで気がつかなかった——だから逃げるチャンスもなかったんだ。『よう、坊主！』というのがあいつの挨拶だった。『いい女連れてるじゃねえか』そう言うと、なんとあいつは、ぼくが一言も言わないうちに、アイリーンのお尻をひっぱたき、ビール醸造所みたいに臭い息をまきちらして、カラカラ笑いながら千鳥足で立ち去った。これで、なぜジョージ・ライスが大嫌いなのかわかっただろう。彼女はぼくに二度と口を利いてくれなかった——当たり前さ」

この話を聞いて、ぼくはおおいに元気づいた。ジョージのことをいまにも好きになりそうだったし、それと同時に彼についていろいろ知りたくなった。バターとパンに関するヘンリーのコメントは、どういう意味だったのだろう？　それに、自分の兄が『よう！』と言って知らない娘を見てすぐにひっぱたくような男だとしたら、そんな兄が〈樅の木荘〉にいることを、あの人が我慢しているのはなぜなのか？　どれだけ貴婦人を気取ったところで完全に台無しのはずだが、もしかするとそんなことはもう気にしていないのかもしれない。気取らずに、自然の命じるままに振る舞うことのできる段階にたどり着いたと感じていて、ほかの人にどう思われるかなんて少しも心配していないのかもしれない。夫が生きている間は、たぶん違っていただろう。当時は嫁ぎ先の環境や生活様式に適合するために努力が必要だったに違いないが、いまは好きなときに芝居をするだけで済む。彼女は大きな屋敷の女主人で、大きな富を支配していて、いじめたり、怒鳴りつけたり、もしかするとわざと飢えさせることさえできそうな扶養家族もいる。それなら、どうして単なる上品気取りのことで悩む必要があるだろう？　ひょっとしたら、実のところ彼女は、スティール家の人々を困らせるためという、ただそれだけの理由で兄を同居させたのかもしれない。それでも――それでも……。

この考えは、兄について話していたときの表情になんとなくそぐわなかった。ぼくはあのとき、無意識にではあったがはっきりと、彼女は兄がそばにいることをまったく喜んでいないようだと感じたのだ。なんらかの形で脅されているのだろうか、とぼくは自分に問いかけた。ヘンリーがほのめかしているのは、そういうことなのか？

自分の部屋の扉の取っ手をまわしながら、まだ読む物がなにもないことを思い出した。それとほとんど同時に、誰かが重い足取りで階段を上がってくる足音が聞こえた。まさにジョージ・ライスに違いない、とぼくは思った――あんなにうるさい足音を立てるのは女ではないはずだ。思わずぼくは暗い室内に隠れて、二インチだけ扉を開けて外をのぞいた。ぼくの推測は当たりで、あまりはっきりとは見えなかったけれども、関心を保ち続けるのにじゅうぶんな光景が目に入った。

ふらつきながら通り過ぎる男は、背が低くてずんぐりしていた。まだ帽子をかぶっていて、黒のホンブルグ帽だ。スーツの色は、人工光の下でも紫色だとわかった。ちらっと見えた顔には団子っ鼻が付いていて、頬はたるんでいた。酒好きなのは体につきまとう匂いでわかり、低い鼻歌もつきまとっていた。なんとなく聞き覚えがある気がしたが、すぐには曲名が出てこない。

気晴らしはこれくらいにしておこう、とぼくは思い、扉を閉めようとした。そのとき、右方向から静かな足音が聞こえてきて、その一秒後にミセス・スティールの甘ったるい声がした。

「ジョージ！」彼女は、声を低くしようともせずに呼びかけた。「ジョージ、こっちに戻ってきて！」

それに対する返事は、憤慨したような不明瞭ななり声で、廊下の反対側から聞こえてきた。

「なんの用だ？　もう寝るんだよ」

「こっちに戻ってくるのよ！」と彼女は再び呼びかけた。その姿はまだ見えなかったが、ジョージはゆっくりと命令に従い、支離滅裂な独り言をつぶやきながら歩いてきた。

「なんの用だ？」彼はぼくの部屋の向かい側あたりで聞きただした。「うひゃあ、なんだその格好は！　ゼリーみたいにぶよぶよの体のくせに！」

彼の声はいまでは大きくなっていて、静まり返った屋敷の中に容赦なく響き渡った。他の人たちは全員ベッドに入っているはずだった。もう十一時三十分なのだから。

「ゼリーみたいにぶよぶよだ！」彼は気に入ったスローガンを見つけたかのように繰り返し、酔っ払って声の調子をいろいろ変えながら、何度も言い始めた。すると妹も言い返し、魚売り女のように口汚く罵り始めた。コントラルトは朗々たる響きを失っていて、耳障りにきしんでいる。ジョージが口答えすると、彼女は罵倒でそれをかき消そうとして、やがてあまりにもひどい口喧嘩になったので、これ以上知らん顔していることはとてもできないとぼくは思った。急いで部屋の明かりをつけると、上着を脱ぎ、その代わりにスーツケースから取り出したガウンを着てから、廊下をのぞいた。

「どうかしましたか？」一時的に静かになったときに、ぼくは穏やかな口調で尋ねた。

たちまち効果が現れたので、滑稽なほどだった。ジョージ・ライスはぽかんと口を開けてぼくを見て目を丸くすると、背を向けて自分の部屋へ逃げ込み、バタンと大きな音を立てて扉を閉めた。ミセス・スティールは、前の開いた肩掛けの下は半裸のような状態で、兄の逃げていった先を一瞬見つめてから、ぼくを見た。口出しを喜んでいるようにはまったく見えなかったので、ぼくが邪魔する前と同じ口調でまた怒鳴り出すのだろうと思うくらいだった。ところが、彼女はじゅうぶん静かに話し始めた。

「ただの酔っ払いよ！」必要もないのにそう説明した。「起こしてしまったのならごめんなさい、本当に」

「いいえ、とんでもない」とぼくは言った。「あの方を寝かしつけたりしなくていいんですか？」

「あら、まさか！」そんなことを提案されて驚いたようだった。「自分のことは自分でさせておけばいいのよ、あんな飲んだくれ――いつもああなんだから」

彼女はそう言うと、会釈をして立ち去った。ヒールのないスリッパでパタパタと歩くたびにブロンドの髪が上下に揺れて、明るい青の肩掛けが校長先生の着る式服《ガウン》のように後ろに垂れ下がり、角を曲がるときに太い脚があらわになった。ぼくはおじの写真をまた思い出して、にやりとした。おじがここにいれば、いまの彼女の姿を見せてやれたのに！

自分の部屋に戻ると、新たな発見があった。枕の上に一冊の本が載っていたのだ。小説だとすぐにわかり、リンダが態度を和らげてくれたに違いないと気づくと、少し複雑な気持ちになった。しかもそれは、ぼくがとくに読みたかった小説だった。イーニッド・バグノルドの『ナショナル・ヴェルヴェット』。ぼくはさらに元気づいた。ベッドに近づきながら考えた。これは友情のしるしなのだろうか？　それとも、少なくとも先ほどの失礼な態度は許してもらえたということか？　あるいは、ぼくの煙草に対する几帳面なお礼にすぎず、まだ反感はたっぷり残っているという意味なのか？

頭を素早く働かせたので、本を手に取ったときには、こうした可能性を検討し終えて、とんでもなく楽観的な結論を下そうとしているところだった。本を開いて、持ち主を示すものがなにかないか探そうとしたとき、二度目の驚きに出くわし、希望をおおいにくじかれた。本の間から一枚の葉書が落ちて、白い表面に二行のタイプ文字が並んでいて、その二行の意味は、先ほど一階で聞いたリンダの言葉と同じくらい明白なものだったのだ。

〝スパイどもへ警告。関係ないことに口出しするな——自分の心配をしたほうがいい〟

少しの間、色付きのベッドカバーの上に落ちたその葉書を暗い気持ちで見つめていたが、やがてぼくの持つ探偵としての本能が働き始めた。スーツケースの中から、小さな磁器の皿とごく普通のヨウ素を取り出した。ヨウ素には、紙に付いた指紋を浮かび上がらせる素晴らしい力があるのだ。問題の紙切れをヨウ素の蒸気が当たるように吊して、待つだけだ。葉書に指紋が付いているのはほぼ確実だろうとは思ったが、いまそれを確かめてみても悪いことはない。もし思った通りなら、あとできちんと処理して写真を撮影すればいい。ヨウ素が指紋を破壊したり傷つけたりする恐れはまったくないのだから。

ところが、ぼくの計画にとって残念なことに、葉書は誰にも触られていないようだった。指紋はどこにも見つからなかったのだ。

ぼくはしばらく頭を悩ませた。そこまで念入りに警戒するのは、いささか場違いに思えたのだ。本と葉書の出どころが同じだという点に疑いの余地はほとんどなかったし、その出どころがリンダだと考えるじゅうぶんな理由があった。ぼくが読む物を探しているのを知っていたのは彼女だけなのだから。それなら、どうして彼女はわざわざ手間をかけて、匿名の手紙の慣例に従うようなまねをしたのだろう?

考えられる答えを検討してみた。彼女はスリラー小説を読んでいたのかもしれないぞ、とぼくは自分に言い聞かせた。葉書の差出人をぼくが知っていようと、それを証明することができない限り別にかまわないのかもしれない。もしかすると——こんなふうに考えるのは少し恥ずかしかったのだが——ぼくを試しているだけかもしれない。指紋が付いていないという事実をぼくが見落としたら、探偵としてまじめに向き合う価値はないと彼女は主張するのではないか。

それがどういう意味につながるのかは明らかで、率直に言ってかまわないが、ぼくはそのことを頭から追い出した。すべての損害を引き起こした犯人はリンダなのかもしれないけれど、その可能性はあると認める以上のことをするつもりはまだなかった。おそらくミセス・スティールは不愉快な目に何度も遭って当然の人間なのだろうが、その嫌がらせのやり方はとくに立派なものとは思えない。犯人はきっと意地悪で無慈悲なやつに違いなく、あの娘がそのどちらでもないのはじゅうぶんわかっているとぼくは信じていた。

とはいえ、相手が好印象だったから誠実さを捨てたのかと思われないように言っておくと、ぼくはそのとき、一つのことを決心した。もしもリンダが犯人だと確信するようになったら、たとえば弟のヘンリーが犯人だった場合とまったく同じ扱いをしよう、と決心したのだ。それ以上でもなく、それ以下でもなく。

第二部　前日

第八章

翌朝七時半にベッシー・ホランドがぼくの部屋に来て、バスルームが空くのは七時四十五分で、その三十分後に朝食の準備が整うと言った。彼女は紅茶――驚くほど上手にいれてあった――とぐにゃっとしたビスケット二枚を運んできた。それから、かなり自意識過剰気味の生意気なそぶりで、ピンク色の制服の胸元から、ぼくが作ってくれるよう頼んでおいたタイムテーブルを取り出した。

紅茶をすすりながらそれに目を通してみると、ほとんど役に立ちそうにないことがすぐにわかった。紫色のインクが好みだという点はともかく、ベッシーの文字が気取った渦巻きやらいやらせんやらの飾り書きだらけなのは、ぼくも見当がついていたのではないかと思う。内容に関しては、寄せ木張りの床を傷つけた疑いのある人物すべてが、いずれかの時間に、使用人と職人を除けば一人きりになっていた。ベッシーの情報を信じるとすれば、ヴァイオレットの犯行機会が一番短くて、十二時から十二時十五分の間だ。ジョージ・ライスとリンダを含む残りの人々は、平均して四十五分間あった。

食堂に行ってみると、八時十五分の朝食というのはほとんど取り決めの意味を成していないことがわかった。ミセス・スティールは欠席だし――あとで知ったのだが、十時より前に下りてくることはめったにないらしい――ヘンリーはすでにいつもの列車に乗るために出かけていたし、ジョージ・ライスは食事をとらないことで知られていたし、オリーヴとキャロラインはもう食べ終わっていたし、ミセス・グレンも同じで、ヴァイオレットとリンダは食べ始めたばかりだった。

それから、朝食が食事としてたいして意味を成していないこともわかった。ぼくの席の前に置かれたポリッジには、昨夜のシチューに入っていたダンプリングを小さくしたような塊が浮かんでいて、焼きすぎたベーコンは触れるだけでぼろぼろに崩れ、トーストは焦げをこそげ落としてあるのが明らかだ。朝っぱらから聞かされる超自然現象の話にはそぐわないたぐいの食事だが、ヴァイオレットはまさにそんな話をぼくに聞かせた。彼女は明るく笑顔で、そわそわと愛想がよかった。頬紅はついているが、鼻におしろいをはたくのを忘れている。ぼくはいらいらした。石が飛んできたり、油が噴き出したり、豪雨が降ってきたり、得体の知れない虫が降り注いできたりといった謎めいた話を、ぼくはじっと我慢した――リンダのほうは、そのすべてをまったく無関心な顔で聞いていた。それからぼくは、自衛のために反撃した。

「そういった出来事にも、もちろん重要性はあるでしょう」とぼくはさげすむように言った。「でも、それよりも高度な現象のほうを研究すべきですよ。たとえば、〝スワッハムの行商人〟とか」

ヴァイオレット・スティールは口をぽかんと開けた。縁なしの眼鏡の奥で、目がきらきら輝いているように見える。

「まあ、ミスター・マートン！」と彼女は叫んだ。「ゆうべは知らんぷりしていただけなのね――本当は信じていたなんて！」

それから、少しためらった。

「でも、ちょっと思い出せないんだけど、その――なんの行商人でしたっけ？」と、ぎこちなく付け足した。

「スワッハムですよ」とぼくは答えた。「チェシャー州の小さな町です。そこの行商人の話は初耳なのではありませんか、ミス・スティール？　それなら、大英博物館の閲覧室へ行かれることをお勧めしますよ。少なくとも――」そこで声を低くした。「まだ間に合うようなら。けれども、その記録を引っ込めることが話し合われているようでしたから――もう無理かもしれません」

「まあ、でも、どうして？」彼女は息をのみ、あえぎながら言った。「ああ、ぜひ説明してちょうだい！」

　そして、ぼくのほうへぐいっと身を乗り出してきた。白いブラウスが震えているのが見えるようだ。余計なことを言うんじゃなかった、とぼくは思い始めた。

「自殺ですよ、ミス・スティール」ぼくはきわめて重々しい口調で言った。「奇妙な事実なのですが、一カ月の間に、その記録を閲覧した十七人のうち、十一人がのちに自ら命を絶ったのです。こんな話は口にすべきではなかったのですが、もちろん、あなたが本気で悪魔学を学んでいらっしゃると思い込んでいたもので。トーストをお取りしましょうか？」

「ああ、ミスター・マートン！」彼女は無邪気に懇願した。「わたし、本当に勉強したんです」

「とは言っても、じゅうぶんに学ばれたとは思えません。新入りと初心者は別物ですし。〝第九のメルの災い〟を経験するのは、まっぴらごめんですからね」

　ぼくは軽く笑ってから、またベーコンを食べ始めた。だが、ヴァイオレットはまたしても息をのんだ。

「えっ？　第九のなに？」

　ぼくは冷たい目で彼女を見つめた。まったくの詐欺師め、と言わんばかりに。

「なんと、ミス・スティール、な
に
も読んでいらっしゃらないのですか？」ぼくはぴしゃりと言った。

「おやおや、失礼しました――トーストのお代わりをどうぞ」

ずいぶん弱腰に聞こえるだろうが、これは必ずしも短気のせいで言ったわけではない。ヴァイオレットが、たとえ間抜けなだまされやすさのせいだとしても、自分の考えるお化けを心から信じているのだと納得するには、それでじゅうぶんだった。だが、間抜けなだまされやすさは、おそらく彼女のトレードマークなのだろうとぼくは思った。でなければ、からかわれていることに気づいたはずだ。

哀れな彼女は引き下がったが、後悔と、くじかれた好奇心と、困惑と、彼女自身が信じるところの無知に対する激しい羞恥心の混ざり合った表情を浮かべていた。そして席を立っても無作法にならないころあいが来るとすぐに、黙って出ていった。

リンダはまた緑色のドレスを着ていて、ぼくと二人きりになってもまったく平然としているように見えた。ぼくはヴァイオレットと話をしている間、リンダの灰色の瞳にときどき見つめられているような気がしていたのだが、いまのリンダは目の前のナプキンリングだけをじっと見ていた。まるで、生まれて初めて目にしたかのように。あえて言うならば、彼女はとても冷ややかで魅力的に見えたけれども、ぼくに振り向けられるのは冷ややかさだけだろうと思った。

「ミス・ホワイトヘッド、ゆうべわたしの部屋に『ナショナル・ヴェルヴェット』を置いていかれたのはあなたですか？」ぼくはきっぱりと尋ねた。

「ええ」と彼女は答えたが、まだナプキンリングを見つめたままだ。「あれしか見つからなかったの」

「どうもご親切に――あれはつまり、失礼な物言いを許していただけたということでしょうか？」

すると彼女は、ちらっとこちらを見た。さり気なく見上げるつもりだったのかもしれないが、そうでもなかった。

「失礼な物言いなんて、あったかしら？」と彼女は反論した。「覚えてないけど」

「それならありがたい。実際、失礼な物言いをしてしまったんですから」

「まあ、そうね、たぶん挑発されたからじゃないの」彼女は秘密めいた笑みを唇に浮かべながら、そう言った。それから席を立とうとしたが、ぼくとしてはそんなことはまったく望んでいなかった。

「ああ、まだ行かないでください！」とぼくは頼み込んだ。「もう一つ質問があるんですが」

彼女は立ち上がる途中で動きを止めたが、困惑した様子はまだまったく見せなかった。

「なあに？」彼女は穏やかに尋ねた。まるで、これからなにを言われるかわかっていないかのようだ、とぼくは思った。でも、まさか、あんなことを忘れるはずはないだろう？

「いや、あなたに感謝すべきことがほかにもあると言うべきだったかもしれません」とぼくは話を続けた。「でも、理由を教えていただきたいですね」

今度は、彼女はぼくのほうをまっすぐ向き、少し眉をひそめた。窓から射し込む光がブロンドの髪を照らし、金色の斑点が散っているように見える。彼女は当惑しているようで、ぼくは突然、自分がばかだったのかもしれないと感じた。

「なんの理由かしら、ミスター・マートン？　よくわからないのだけど」

「まあ、それなら、わたしもわかってないのかもしれません。ですが、わたしの部屋にあの本を置かれたのはあなただったと思っていたのですが」

「ええ――さっきそう言ったでしょ」

「枕の上に？」

「ええ」

「なるほど——そこまでは問題ありません。ですが、本の中に挟まっていたのも、あなたのものだろうと思ったのですがね」

彼女はまた腰を下ろし、真剣な顔でぼくをじっと見てから、この上なく優雅に肩をすくめた。

「それってなぞなぞ?」と彼女は尋ねた。「もしそうなら、答えを教えてちょうだい。わたし、当てるのがあまり得意じゃないの。あっ!」——そこで身を乗り出した。「それって十シリング札じゃない? あちこち探しているんだけど」

「十シリング札じゃないんです」とぼくは答えた。「同じ紙でも、それとはまったく違うタイプの紙ですよ、ミス・ホワイトヘッド」

そのとき、当然ながら、ベッシー・ホランドがテーブルを片付けに来たので、リンダの提案で庭を散歩することにした。庭は心地よく、朝露がまだ芝生に残っていて、小鳥たちは虫を探してぴょんぴょん跳びまわり、ストックと薔薇の香りがかすかなそよ風に乗って漂ってくる。だが、ぼくらの後ろにそびえ立っている不格好な屋敷のせいで台無しだ。それと、低木の間に置かれた邪魔な石膏像の小人たちと、月桂樹の生け垣の向こうからくぐもって聞こえる車の往来の音のせいで。

「さて、はっきりさせましょう」とリンダが言った。「わたしが手紙のたぐいをあなたに送ったと言うのね——『ナショナル・ヴェルヴェット』の間に挟んで。だけど、送ってないわ」

「本当に間違いないですか?」

「当たり前でしょう! 手紙を送る相手は、とっても慎重に選んでいるもの」

「いやいや、どうか、もう挑発しないでくださいよ」とぼくがつぶやくと、彼女は微笑んだ。

「ごめんなさい」と彼女は言った。「あなたが見つけた物を見せてもらってもいい？」

「もちろん」とぼくは応じて、手紙を見せた。それを見た彼女は、今度はおおいに眉をひそめた。

「あら、そういうたぐいの手紙のことだったのね。いったい誰からの手紙かしら」

「まあ、〝スパイ〟という言葉はあなたも使っていましたよね」ぼくが穏やかな口調で思い出させると、彼女はうなずいた。

「でも、わたしじゃないわ――本当に」

「では、いったい誰の仕業でしょうね？」

「さあ。ほかのいろんな事件を引き起こしている犯人じゃないかしら」

「ドイツのスパイですか？」

「ばかね！　もちろん、この家の誰かよ――あんなことを言ったのは、わたしを説き伏せて協力させようとするのをやめさせたかっただけ」

「なにから話し始めればいいのやら」とぼくは言い、笑い出した。「では、あの本の理由は？　煙草のお礼ですか？」

「そう思いたければどうぞ」

「では、もう一本お勧めしてもかまいませんか？」

「ありがとう。あなたって、読むのがものすごく速いのね」

「葉書だけですよ」と言いながらぼくはマッチを擦った。「『ナショナル・ヴェルヴェット』を届けにいらしたとき、何時でしたか？」

「寝るときだったから――十時半くらい」

「では、あなたが寝ようとしているのを知っていたのは誰ですか?」

「誰も——誰も知らないわ。ねえ、ミスター・マートン」——彼女はぼくのほうを振り向き、真顔になった。「わたしの言うこと、信じてくれる? あの葉書とはなんの関係もないってこと。もし信じてくれないなら、話したってあまり意味ないでしょ」

それはずるい言い方だ。ぼくは慎重に答えた。

「まあ、ちょっとわたしの立場になってみて、信じるべきだと思うかどうか教えてくださいよ」

彼女は身をかがめて、植え込みの中の枯れたパンジーを抜いてから、首を横に振った。

「いいえ、たぶん思わない。それでも、わたしはやってないの」

「わかりました。折良く、わたしもそれを信じる覚悟ができましたよ。もちろん、この屋敷にタイプライターはありますよね?」

「ええ、借りて練習したことがあるわ」

「どこにしまってあるんですか?」

「ビリヤード室よ——あの部屋」——そう言って、張り出し窓を指差した。

「あなた以外に使う人は?」

「ヴァイオレットおばさんがたまに。特別な夢を見たときにね。でも、あなたに言うべきじゃなかった。またおばさんに冷たい態度をとるかもしれないし」

「また?」

彼女はぼくに厳しい目を向けた。

「ええ、そう言ったわ。まさか、第九の誰だかの災いとかいう話を信じるはずがないでしょう? それに、スワッハムはチェシャー州じゃなくてノーフォーク州の町で、イングランドに一つしかないわ。わたしは知ってるの——友達が昔そこに住んでいたから」

「いや、正直に言うと、そんな町が実在するかどうかも知りませんでしたよ。最初に頭に浮かんだ町の名前がそれだったんです。お友達は行商人ではなかったんでしょう?」

「ええ、残念ながら。それに女の子よ。その葉書、どうするつもりなの?」

「書いた張本人を見つけますよ。あなたのお友達は、女の子ばかりですか?」

「ごめんなさい、知り合いと言うべきだったわ。わたし——すぐには友達にならないの」

「それは意外だな。ほかにタイプライターを使う人はいますか?」

「ほかには見たことがないわ。ねえ、あなたは探偵なんだから」——裏の意味があるのだろうとぼくは思った——「助言なんてたぶん要らないでしょうけど、指紋を探してから、みんなの指紋を調べたらどう?」

ぼくは彼女を探るように見つめてみたが、その瞳にこそこそした表情はまったくなかった。自分の経験を信じるなら、まったく誠実そうな目をしていた。

「そのことをもう少し早く訊かれなくてよかった」ぼくは、いまではにこりともせずに言った。「あなたの言うことは信じると言いましたし、まだ信じていますが、実のところあの葉書には指紋が一つも付いていなかったんです。まったく不自然な話ですよ。手袋をはめてタイプを打つ人は普通いませんからね」

「そして、もしわたしが送ったのなら、まさにそういう質問に答えてもらいたがるはずだというわけね!」と彼女はすぐさま述べた。「でも、実際にはこれからどうするつもり?」

「あちこちかぎまわり、警戒を続けますよ。そしてもちろん、あの親切な警告は無視します」

「本気の警告だと思ってるの？」

「そう思いますよ。もし本気じゃないとすれば、なぜあんなものを送ってくるんです？　誰か、わたしがここにいることに腹を立てているんです。というか、誰か、とくに腹を立てている人がいる。あなたを説き伏せる近道はないかと尋ねたとしたら、どうします？」

彼女は人なつっこい笑みを浮かべながらも、首を横に振った。

「同情を引き起こされなければ無理」彼女はきっぱりと言った。「いまのところ、わたしの同情はぐっすり眠っているの」

「お願いできませんかね。それとも、手伝うわけにはいかないということですか？　つまり、誰の仕業かわかっているつもりだと」

相手をやり込めたのは、ひと目見ただけでわかった。彼女は急に顔を真っ赤にしたが、逃げはしなかった。

「好きなように思えばいいわ」と、ほとんど小声で言った。

「それを口に出して言えと？　なら言いますが、わたしが思うに、もしあなたの疑惑が本当に正しくて、疑っている誰かがあの葉書をわたしに送ってきたのだとしたら、その人はあなたのことを、あなたがその人を扱っているように公平には扱ってくれていませんよ。ややこしい言い方になりましたが、意味はわかりますよね？」

「わかるけど、それでも、いま起こっていることに個人的に興味を持つようになるまでは、手伝うつもりはないの」

「で、いまのところ興味はないんですね？　あなたの十シリング札が盗まれた可能性はないと？」

そう尋ねると、彼女はびっくりした。そして、しばらく考え込んだ。

「可能性はあるわ」やがて彼女はそう認めた。「でも、証拠はなにもない。どうしても見つからないだけだもの。覚えている限りではハンドバッグに入っているはずなのに、見当たらないのよ。それでも、盗まれたということもあり得るわね。ねえ、役に立つかもしれない情報を一つ教えてあげる。わたしの母もなくし物をしたのよ。ハート型の金のロケットで、首に掛けるチェーンが付いてるの。あ、それから、オリーヴおばさんがベッシーに、ご自分の万年筆をどこかで見かけなかったかと尋ねているのを聞いたけど、わたしは訊かれていないから、それはもう見つかったのかもね。昨日の午前中の話よ――まあ、どれも無意味な出来事だと思うけど」

「調べてみましょう」

「ありがとう――母はロケットが戻ってきたらきっと喜ぶわ。さて、もう家の中に戻って、ベッドを整えないと」

「では、その途中でビリヤード室まで案内していただけますか？　それから、お願いなのですが、葉書の件は内緒にしておいてくれませんか？」

「そうしてほしいと言うなら、いいわ」彼女は微笑みながら同意した。「だけど――お願いだから――また警告があったら教えてね」

第九章

その日の正午までに、ぼくは第一回目の調査結果として、わずかばかりの内容を詳しくおじに報告し終えていた。ミス・プリンスはいつものごとく、ぼくの話したことを速記で完璧に書き留め、その後すぐに簡潔なタイプ打ちの報告書にまとめてくれた。この文書をおじはぼくに読み聞かせて、そこに含まれている情報のさまざまな項目を確認した。おじは、自分のやり方で仕事をやらせたら最高の男だ。

「『バーンズの水道業者兼内装業者ティリングズは、本月八日木曜日十時四十分ごろ〈樅の木荘〉より電話を受けた』」と、おじは読み上げた。「『その内容は、ただちに人をよこしてバスルームの洗面台を修理してほしいという依頼だった。電話の声は非常にしわがれていて――男女どちらの可能性もあり――名前は言わなかったが――ミセス・スティール本人ではなかったと確信する』まあ、もちろんそうだろう。彼女はその十分前に家を出てここへ向かっていて、おまえの話によれば、途中でどこにも寄らずに来たと運転手が断言しているわけだからな。電話はどこに置いてある？」

「玄関からすぐの小さな部屋です。人目につかずに電話できます」

「誰がその電話をかけたか、突き止めるのは無理なのか？」

「現時点では無理ですね――その件を質問するのは賢明だとは思えません」

「そうかもしれないな」おじは同意した。「相手をおびえさせてしまいかねない――おまえが本当は油断ならないやつだと思われてしまう」

おじはタイプ書類に視線を戻し、見下ろしながらうとうとしているように見えた。その日は暑くなっていて、一番薄いフランネルのスーツでさえ、毛布のように感じられた。おじはすでに背広を脱ぎ捨てていて、チェックのズボン吊り姿は、まったくみっともない限りだった。

「ヴァイオレットはハンドバッグをなくしたのか」とおじは述べた。「あの迷信深い人だな?」

「まさにその人です」

「そして、キャロラインはロケット。ヘンリーと例の娘の母親だな?」

「そうです」

「そして、その娘のほうは十シリング札だが、はっきりなくしたとは言い切れない、と。息子のほうは無事なのか?」

「ええ、ゆうべは。その後は会ってません」

「ふん！　もっと早く起きるべきだろう」

「遠慮しときますよ――ヘンリーに会うために早起きするなんて」

「ミス・オリーヴ・スティールは万年筆を見つけたが、読書用眼鏡が知らぬ間に割れていたことを報告している」おじは先を続けた。「自発的にたれ込んできたのか?」

「まったく自発的でした。下品な言葉もご存じなんですね」

「もちろん――わたしは下品な連中と付き合いがあるからな。いや、個人的な付き合いはないんだが、昨日おまえが出かけたあとでやって来た男は、妻に濡れ衣を着せて離婚に持ち込みたいと依頼してきた。そうすればメイドに生ませた私生児を嫡出子に変えられるから、と。嫌だと答えたら、そいつは聞き入れたか？」

「さあ、どうでしょう。聞き入れたんですか？」

おじは鼻眼鏡の上からぼくをじっと見た。どういうわけかおじは、暑いときだけ鼻眼鏡をかけるのだ。

「おまえ、今日はどうしたんだ？」おじはうなるように言った。「ビタミン満タンって顔つきだな――勝ち馬に賭けたのか？」

「そうとはまだ言えませんね」ぼくは笑顔で答えた。「ジョージ・ライスはそうだと言ってますが、本人は知らないんです」

「えっ？」

「ああ、話してませんでしたっけ？　今朝ささいなトラブルが多発していると聞いたあと、ジョージも困っているのではと確かめに行ったら、困っていたけれども、二日酔いだっただけでした。彼は日を覚ますと――九時四十五分でしたが――寝ぼけ眼でぼくをじっと見て、『三時発走のレースはサンスター、負けるわけがない』とつぶやいて、また寝てしまったんですよ」

「で、おまえはその馬に大金を賭けたのか？」おじは驚いた顔でぼくに尋ねた。

「いけませんか？　彼はいい馬だと思ったに違いないし、さもなければ、あんな状態でそのことを思い出さなかったはずで、きっと馬には詳しいはずですよ。部屋は競馬ガイドや血統表や競馬日程表でいっぱいでしたから。もし負けたら、ミセス・スティールの勘定につけときますよ。もし勝ったら、彼の代わりに二ポンド賭けといてくれとは頼まれましたが、その分以外は大儲けでしょう」

「配当は？」おじはそう尋ねながら、机の電話に手を伸ばした。

「実を言うと、十二倍です」

「なんと！　一シリングが一ペニーになるのか？　百万が一千二百万に？　いくら賭けたんだ？」

「ご想像に任せますよ」ぼくは曖昧に答えた。「ミセス・スティールが損しても差し支えなくて、ご本人が気づかないと思われる金額です」

（だが実は、十ポンド賭けていた。ぼくはときどきひと山張ってみたくなるたちで、庭でリンダと話をしたあと、かなり気が大きくなっていた）

「とんでもない浪費家だな！」おじはすべて見透かしたようにつぶやき、五シリングを賭けた。「酔っ払いの予想に注ぎ込むのは、これでじゅうぶんだろう！」と付け足してから、仕事に戻った。

「たいした分量じゃないな？」やがてタイプ書類を読み終えると、おじはそう述べた。

「期待されるのは当然ですが、あそこへ行ってからまだ二十四時間しか経ってないんですよ」とぼくは言い返した。

「だが、意見の一つや二つをまとめる時間はあったんじゃないか？　ふざけまわっている犯人は誰かという点ではなくても、犯人じゃないのは誰かという点ではどうだ？」

いまではおじは真顔になっていたので、ぼくはそれ相応に答えた。

「難しいところです。あのご婦人ご自身ではないのはかなり確信しているものの、寄せ木張りの床がなぜそれほど大事なのかが理解できればありがたいのですが」

「いや、そんな！　それはあまりにも明白じゃないか？」

「ぼくにとっては違います。でも、もちろん、おじさんはあの人をよくご存じでしょうからね」

「ふん！　昔の話をいつまでも蒸し返すんじゃない。まあ、そのことが役に立たないというわけじゃないが――それは認めよう。わたしが思うに、寄せ木張りの床はなによりも象徴としてみなされるべきだ。彼女がそれを大切にしているのは、特定の金額がかかったからでもなければ、何枚ものしゃれた板をしゃれた模様に並べてあるからでもなくて、野望の達成を象徴するものだからなんだ。幼いころの彼女が、リノリウムの床の上を歩きまわるしかなかった女の子が、『いつか本物の木の床を買うのよ』と、一人つぶやく姿が頭に浮かんでこないか？」

「その話はちょっと無理があるように思えますがね」とぼくは言った。「どうして床なんかにこだわるんです？　服ならわかりますよ。『いつかお金持ちになって、スカンク――じゃなくて、ミンクのコートを着るのよ』とかね。だけど、『いつか寄せ木張りの床の上でごろごろ転がるのよ』はないでしょう」

おじはしたり顔で微笑んだ。ぼくは、はめられたのかもしれない。

「確率をあてにすることができるとは限らんぞ」とおじは言った。「女が十人いたらそのうち九人はたしかに、物質的成功の象徴として、毛皮のコートとか、四十足もの靴とか、金張りのヘアブラシとかを選ぶだろう――自分の成功を絶えず思い出させることで、虚栄心を満足させてくれるような品物として。それでも、そうじゃない女が一人はいる。昔の知り合いのある男は、アシカを飼えるようになるまでは、ひとかどの人物になったとは実感できないとわたしに断言したよ。しかもその男はしらふで、すでに軍の殊勲章と王立協会員の肩書きとナイト爵位を手にしていたんだ。もしそれができる立場にいたら、欲しいのに手に入らないものはほかにはあり得ないと彼は言った――もちろん、物欲に限定した話だが。

そう、寄せ木張りの床は、わたしにとってはそれほど変には思えないんだ。あの人が何年もの間、どんな生活を送ってきたかを考えてみればね。ペンキ塗りの家具とすり切れた絨毯と取っ手のない水差しのたぐいしかない、安いひと間のアパートを出入りする生活だ。わたしにはわかる——同じような生活だった時期があるからな。いや実際、とくに重要なのは床じゃなくて、部屋全体かもしれない。寄せ木張りの床は、その最後を飾る栄光、いわば下にかぶせられた王冠で、誰かがそれを引っかくようなまねをしたことで、すべてが台無しになってしまった。ほかにはどんな物があるんだ?」

ぼくはおじに説明して、快適さの極致で理想の部屋だと思う人もいるかもしれないと率直に認めた。「でも、床は単に引っかかれただけじゃないんですよ」とぼくは言った。「犯人は本気で傷つけるつもりでやってます」

おじはうなずいただけで、ぼくが少し前に口にした事柄に話を戻した。

「ジグソーパズルがあったって?」とおじはつぶやいた。「昔もやってたな。それに、明るい色のパズルが彼女の好みだった。まあ、もしその馬が勝って——勝たないだろうが——兄のジョージとおまえが親しくなったら、徐々に話を聞き出して、わたしの考え通りかどうか確かめてくれ」

「そうします」とぼくは約束した。「ほかになにかご提案は? おじさんが建設的な気分でいる間に教えてくださいよ」

だが、おじはそんな手でごまかせる相手ではなかった。

「まだ質問にちゃんと答えてもらってないぞ」おじはぼくに注意した。「ジル以外に容疑者から除外できそうなのは誰なんだ?」

「料理人とメイドのことは、本気では疑っていません」とぼくは言った。「それから、ホワイトヘッド家の子供たち二人のことも」

「ほう、それは聞き捨てならないな。娘のほうも、弟と同じくらい嫌なやつなのか?」

「実を言うと、違います。とてもいい子ですよ」

「本当か? だまされないよう気をつけたほうがいいぞ」

「だまされてるとは思えませんが、もちろん気をつけますよ」

「どうしてその娘の肩を持つんだ?」

「いえ、全体的な印象と、例の葉書をよこしたのが彼女じゃないのは間違いないという事実からです。もし彼女がよこしたのなら、本からできるだけ遠く離れたところに置いたはずですからね」

「ああ、そうだな、例の葉書か——おかしな話だ。ビリヤード室にあるタイプライターで打ったものなのはたしかなんだな? もう一度見てみよう。触ってもかまわないか?」

「全然かまいませんし、そのことはたしかです」

おじはぼくからそれを受け取ると、眼鏡を外し、じっと見つめてから、ベルを鳴らしてミス・プリンスを呼んだ。

「そのタイプの腕前は上手かな、それとも下手かな?」おじがそう尋ねると、今度はミス・プリンスが数秒間その葉書を眺めた。

「あまり上手ではありませんね、ミスター・バット」彼女はようやく答えた。「ほかよりも太い文字が二、三個あって、それはたいていい素人のしるしですし、ほとんどの人はダッシュのあとにスペースを二つもあけません」

「ありがとう。手間をかけたね、ミス・プリンス——わたしの知り合いの中で、きみが一番タイプがうまいものだから」

「そう思っていただけてなによりです」と彼女は答えたが、ほめられても叱られても同じように平然としたまま立ち去った。おじはその姿をじっと見送った。

「いつか、かっとなったあげくあの女を馘にすることになるだろうな」とおじはぼくに言った。「ともあれ、ちょっとばかりかぎまわって、こういう葉書がほかにもないか確かめてくれ——それから、布用インクや、のみなどを探すのも忘れないように。ところで、ヘンリーを除外するのはなぜだ？　犯行の機会がなかったからか？」

「おもな理由はそれですが、ぼくが思うところの、いささか微妙な心理学的理由もあります」

「おまえが心理学を語るのか？　初耳だな」

「いえ、その」ぼくは説明した。「そんな言葉をご存じだとは、今日まで知らなかったもので」

「おいおい！　微妙な理由とやらをさっさと話して、つんけんするのはやめなさい。そういう物言いをするのは、亡霊に取り憑かれてるおまえのガールフレンドだけにしておくんだ」

「あるいは、おじさんのガールフレンドにね——あとで紹介しますよ。ともかく、さっき言おうとしたのは、ヘンリー本人が寄せ木張りの床をめちゃめちゃにしたはずはないのだから、それ以外のいずれかが彼の犯行だとしたら、共犯者がいるということです。だとすれば、わざと複数犯をほのめかすかどうかは疑問です。それよりも、ほかの誰かの陰に隠れようとするでしょう」

「ほう！　悪くないな。ただし、当然ながら、そう思われることを彼が見込んでいない場合に限られるが」

「それはないと思います」

「まあ、おまえは彼に会っているし――わたしは会ってない。彼はそういう男なのかもしれないな。ジョージ・ライスのことはおまえもよく知らないが、酒飲みで競馬好きで、妹に好かれていないといい。その理由は突き止められるか？　それから、なぜ彼女が兄を家に引き留めているのかも」

「やってみます」

「まあ、慎重にな。あの男に嫌われるようなことになった場合、おまえを追い出すのにじゅうぶんな影響力はまだ持ってるかもしれないぞ。さて、残りはミセス・グレンと娘三人だ。そっちはなにかあったか？」

「潜在的にはかなり。といっても、ヴァイオレットには期待できません――薄っぺらなだけですから。ほかの人たちはそれだけではないようですが、直接話し合うのは難しそうです。オリーヴの気性が荒いのは間違いないし、キャロラインは魔性の女どころじゃない。たぶん、まずはミセス・グレンに当たってみることになるでしょう――話してくれるかもしれないし」

「彼女自身も、なにかなくしたのか？」

「聞いた限りではなにも。本人には訊けなかったんです――会えなくて」

「なら、会えるときに捕まえろ。そのうち、文句を言わないのは怪しいということになる。彼女のいまの立場が明らかに見せかけにすぎない点を尋ねるんだろう？　なにを待ち構えているのかを礼儀正しく質問し、もしなにもないと言われたら、それならどうしてチェルトナムかどこかの保養地へ移住して静かな老後を過ごさないのか？　こういう質問でいい結果が得られるかもしれないが、わたしとしては疑問がある」

「それなら、もっとうまいやり方を提案してくださいよ」

「簡単なことだ」おじは、まるでぼくがそう切り出すのを待ち受けていたかのように言った。「まずはジルに、これからやろうとしていることをそれとなくほのめかしてから、ミセス・グレンに二つのグループの仲介役を務めたいと申し出るのさ。つまり、一方はジルと兄、もう一方は生粋のスティール家の人々だ」

おじは身を乗り出し、目を輝かせて、かぎ鼻をぴくぴく動かした。

「これはよく考え抜いた案なんだ」とおじは言った。「素晴らしい名案だと思ってる。われわれを含む全員が得をして、誰も損をしない。とにかく、まる六カ月の間はそのはずで、近ごろはそれくらい先まで見越しておけばじゅうぶんだろう」

「ぼくにとっては、先が遠すぎます」ぼくは警告した。「あの屋敷に六カ月もいたら、訳のわからないことを口走るようになるだろうし、それじゃあ得をしたとは言えませんよ」

「いや、あそこに居続ける必要はないんだ。説明させてくれ。これはざっくりとした思いつきだ。例の遺言書の条件がどこまで拘束力を持っているのかはわからない――つまり、〈樅の木荘〉以外のどこかにスティール家の人々が住むことについてだ。だが、一人ずつ順繰りに、カ月の休暇をとるくらいなら、異議を唱える人はいないだろう。順番にしばらく屋敷を離れて――たとえば、最初はミセス・グレン、次にその娘たちが一人ずつ、それからその子供らというように――もしなにかが起こったら、犯人ではないのは誰かが完璧に明らかになるだろう。そして、もしなにも起こらなければ、ジルはその間は新たな損失をこうむることはないし、われわれは六カ月分の依頼料をもらえるし、家族も休暇がもらえる。うまい手だろう？　なにしろ、スティール家の誰かがこの計画に難癖をつけたら、そいつは自動的に容疑者になるわけだ」

「あの人たちは嫌がらないと思いますよ」とぼくは言った。「でも、ジルの考え方をおじさんがちゃんとわかっているとは思えません。彼女は時計を壊されたことや衣類を台無しにされたことを感謝などしていないし、とりわけ寄せ木張りの床について腹を立てている。ぼくの意見では、彼女のおもな関心は新たな事件を防ぐことよりも、すでに受けた被害に対してたっぷり復讐することにあるでしょう。その犯人は彼女が憎んでいる連中のうちの誰かに違いないと思っていて、財産を失うことなくそいつを厄介払いしたがっている。でも、六カ月も待つつもりはないでしょうし、結局は寝転がってスティール家の連中に踏み付けにされるのと変わらないことになるかもしれない。あの人は怒りと恨みに満ちたご婦人で、頭の中には怒りと恨みに満ちた考えがぎっしり詰まっている。平和や静けさじゃなくて、血を求めている。ぼくらに金を払っているのはいけにえを差し出させるためであって、家族に順番に休暇をとらせるためじゃないんですよ」

おじは明らかにがっかりしたようだったが、おそらくぼくの言う通りだと認める程度にはフェアに振る舞った。

「それでも、この思いつきをきれいさっぱり捨てるんじゃないぞ」とおじは言った。「やがて彼女ががらりと意見を変えるかもしれない」

「それよりも、探偵を替える可能性のほうがずっと高そうですよ。彼女は太っているけど、シーザーには好かれなかったでしょうね（シェイクスピアの『ジュリアス・シーザー』に、シーザーが従者として太った者を好むという記述がある）――ぼくも同意見ですが。それでも、ぼくはあの人の部屋の合い鍵を持ってますからね。もし我慢できなくなったら、糸鋸を買ってきて、あのパズルをめちゃくちゃにしてやりますよ」

おじは一度か二度うなずき、咳払いをしてから、少しばかり気まずそうな顔でこう言った。

「なんとか我慢してくれないかね？」かなり優しげな口調で尋ねてきた。

「ええ、そういうことになるでしょうね。いろいろ考えてみれば」とぼくは答えた。おもにリンダのことを考えるのは、難しくはなかった。「いずれにしても、たかが葉書のせいで逃げ出したとは思われたくありませんし」

「ああ、それはもちろんだ。そんなことになったら、ひどく悪い印象を与えてしまうぞ」

おじはいつもの自分に戻っていた。いや、おもに見せようとしている自分に。ぼくを少しばかりからかうけれども、傷つけることは珍しいというかまったくなく、ときどき驚くべき洞察力を示してくる。

「女相続人の心を射止めるつもりだな！」おじは陽気に付け足した。「まあ、自分がなんのためにあそこにいるのか、たまには思い出してくれとだけ言っておく。さて、ほかにはなにかあるか？」

「ええ」とぼくは言った。「さっきも言いましたが、ここに来る前にジルと話をしたんです。出かけてもかまわないかと確認するついでに、彼女自身の遺言書がもしあればと思って、さり気なく尋ねてみました。亡きご主人の資産に手をつけることができないのは知っていますが、収入を使い切っているわけではないかもしれないので。すると、あからさまに嫌がられましたよ、おじさん――実にそっけなく、あなたの知ったことではないと言われました。その理由を突き止めたいんです」

「どういう考えで尋ねたんだ？」

「これも心理学ですよ。彼女が本当に、なんらかの形で兄に支配されているとしましょう。自分が死んだあとで兄をゆすり屋だと罵ることができたら、たとえ生きている間はそうする勇気がなくても、格好の復讐になりませんか？『ジョージ・ライスには六ペンスのみ。その理由は、すでにこれこれの金額を、寄る辺のない哀れな未亡人からゆすり取っているため』」

「悪くはないな。で、わたしにどうしろと？」

「彼女宛に、ぼくに遺言書を見せるようにというかなり厳しい手紙を書いてほしいんです。おじさんの言うことなら少しは聞いてくれるんじゃないかな――おじさんの判断力をとても尊敬していると言っていましたから」

「そりゃそうだろう！」とおじは言い放った。「女なんて、かつて自分にプロポーズしてきた男のことは、いつだって快く思うもんじゃないか？」

「そのプロポーズは、正しい判断じゃありませんでしたね。おじさんもコルセット姿の彼女を見るべきですよ――ぼくはゆうべ見てしまったんですが。そうすれば、どれだけの災難を逃れられたのかがわかりますよ」

「下品な話をするんじゃない」とおじは言った。「いずれにしても、あのころの彼女はコルセットはつけてなかった。少なくとも、そんな想像はすべきじゃない」おじはそう締めくくったが、その口調は妙に浮き立っていて、説得力がなかった。

第十章

ぼくが出かける前の〈樅の木荘〉は平和だったのに、三時に戻ってみると、そこは感情のカオスのまっただ中だった。砂利道を歩いていくと、左手にある椅子にヴァイオレット・スティールが体を丸めて座り、一人寂しげに泣いているのが見えた。眼鏡は外されていて、目が腫れている。彼女は顔を上げなかったので、ぼくも邪魔しようとはしなかった。なにかまずいことが起きているのは明らかだったが、ヴァイオレットはそれを尋ねるのに最適な相手とはとても言えなかった。

玄関ポーチのすぐ上に、幅の広い踊り場窓があり、長方形の窓のまわりを囲んでいるツタはもう色づき始めていて、間もなく屋敷を真っ赤に包み込むのだろう。ぼんやりと見上げたとき、モスリンのカーテンの陰にいる誰かに見られているような気がした。それから屋敷の中に入ると、キャロライン・ホワイトヘッドと姉のオリーヴの姿が見えたが、二人はもう敵同士ではないようだった。食堂でなにやらささやき合っていて、暗い表情で、謎めいている。玄関ホールの床は板張りで、あちこちにラグが敷いてあり、ぼくはその一つの上に立ち止まり、二人の視界に入らないようにした。下品なやり方のように思えたが、おじはたぶん賛成してくれたはずだ。けれども、たいしたことはわからなかった。会話の断片しか聞き取れなかったのだ。「残酷……卑しいけだもの……お母さんをあんなに傷つけて……」そのとき、上の階から物音がしたので、ぼくはこっそりとその場を離れた。

階段の一番下の段に足を載せる前に、ぼくの雇い主がどすどすと下りてきた。彼女は二ヤードほど離れた場所でぼくに気づくと、手招きをした。顔に勝ち誇った表情を浮かべていて、その態度から、勝利を手にしたばかりらしいと思われた。

「ああ、待ってたのよ！」と彼女は言った。「こっちに来てちょうだい――いいものを見せてあげるわ」

「それは嬉しいですね」とぼくは言い、言われた通りについていった。なにを見せられるのかはよくわからなかった。新たな不法行為ではなさそうで、さもなければあんなに笑顔のはずがない。ぼくがいない間に彼女が自分で謎を解決したのではという、突飛な思いつきが頭に浮かんだ。間もなくぼくは、彼女の兄か、もしくはミセス・グレンか、ひょっとするとリンダが、ベッドの上に力なく横たわる姿を見せられるのかもしれない、と。ミセス・スティールのこぶしはきっと重いだろう、とぼくは思った。

　実際に目にしたものは、最初はなんの意味も持たなかった。彼女の指差す先を見て、彼女の大事な床を眺めると、二つの扉の間の損傷を受けた箇所が、いまでは細長い無地の紫色の絨毯で覆われていた。一時しのぎなのは明らかで、絨毯の表面はすり切れていて、縁はかがられておらず、一直線になっていない。幅は約二フィート六インチあり、それを敷くことはきわめて賢明だとぼくには思えた。鏡台のそばの穴に靴のヒールが落ちてしまう危険を防ぐことができるのだから。それでも、大喜びすべき理由はなく、ぼくが最初に絨毯を見下ろして、次に説明を求めるようにミセス・スティールのほうを見たとき、おそらくそれが顔に出ていたのだろう。彼女は少しの間ぼくを見て、真っ赤な唇に大きな笑みを浮かべた。やがて、声を上げて笑い出した。

上機嫌は、不機嫌と同じくらい徹底的に彼女に影響を与えていた。すぐにどうしようもないほど体が震え始めたので、中央のテーブルの向こう側にあるウイングチェアに座らせるべきだろうとぼくは思った。ぐにゃぐにゃして肉付きの良い腕に触れると嫌悪感が走り、腕を放せたときは嬉しかった。それから、彼女が無様に膨らんだりしぼんだり、形容しがたい音を発したり、浮かれ気分を抑えきれずに太腿をピシャピシャ叩いたりしている間、ぼくは待ち続けた。

やがて彼女は落ち着いたが、息を切らさんばかりで、緑色の目から涙があふれ、不自然なほどブロンドの髪は乱れ、化粧は崩れて縞になっていた。

「嫌だわ、ひどい顔になってるでしょう！」口がきけるようになると彼女はそう言い、それはまさに事実だった。「でも、かまわないわ――こんなに大笑いしたのは久しぶりだもの。しかも、あなたはなにも知らないってことが、なんだか余計におかしくて」

「なにがおかしいのか、教えてもらえませんか？」ぼくは、無理に愛想よく尋ねた。

「座って――もちろん、教えますとも。まずは煙草を吸いましょう。それから言っておくけど、機嫌を悪くしないでよ」――急に怖い目つきになった。「悪いことはなにもしてないもの――わたしに非はないってこと。あれはわたしのものなんだから、好きなようにしていいはずよ。そのことは去年、すべて話がついているんだから」

そして話が始まったのだが、どこが面白いのかぼくにはわからなくても、彼女がそれに気づいていたとは思えない。なぜなら、彼女はまたしても笑いの発作に襲われて、ほとんどまわりが見えていなかったはずだから。そのせいで煙草を膝の上に落とし、ドレスに焼け焦げの穴が開いてしまったが、気にならない様子だった。彼女はぼくに、その吸いさしを暖炉に押し付けて火を消してからもう一本くれるようにと命じ、ぼくが指に付いた口紅を拭き取ったときだけ、涙ぐんだ目でにらんできた。ぼくのほうは、この女に対して激しい嫌悪感を抱いていて、いつか本心からの意見をこの上なくはっきりとぶつけてやろうと心に誓った。この世でその誓いを果たせなかったのは、決してぼくのせいではない。

そのとき聞いた話をより簡潔にここで述べると、どうやらミセス・グレンの最初の夫は自分の財産をすべて息子のアンドルーに遺しており、金や土地や持ち株だけでなく、家具を含むあらゆる種類の動産もそうだった。そして、かの老婦人がいま所有している財産は大部分が二番めの夫から受け継いだもので、そのなかに一枚の絨毯があった。それは、芸術家だった夫リチャード・グレンから贈られた結婚記念品だった。一九一一年の列車事故のあとでミセス・グレンが〈樅の木荘〉に戻ると、この絨毯は息子の許可を得て客間に敷かれて、その後は何年もそのままで、息子のほうのアンドルー・スティールがハリエット・ライスと結婚してからも、彼が死ぬまでそれは変わらず、問題にされることはなかった。

だがその後、ぼくの目の前の語り手がくすくす笑いながら言うには、彼女と〝老いぼれ猫〟の最初の口論が起こった。父と子は似たもの親子だったようで、ミセス・グレンはまたしても相続から外されてしまったのだ。

「実際にあの人とキャロラインの部屋にあった物以外、ここにある物は一つ残らずわたしのものになったの。とっておくことも、売ることも、ただであげてしまうこともできた――なにもかも、あの人の古絨毯も含めてよ？　あれは客間にずっと昔から敷いてあって、二十年は優に超えていたから、主人はそれを自分のものとしてわたしに遺せるわけではないってことを、すっかり忘れていたの。

まあ、あの人はそれが気に入らなくて、弁護士のところへ行ったわ。でも、そこで目に物見せられたのよ、そういうこと！　バリントン氏は、あの人に単刀直入にこう尋ねたの。あれがまだあの人のものだという証拠をちょっとでも持ってこられるかって。つまり、ずっと昔にわたしの亭主のアンディにあげちゃったわけじゃなくて――あとはどうしようと彼の勝手ではないっていうことの証拠を。いや、それを言ったら、そもそもあれがあの人のものだということの証拠は？　もしそれがなければ、あの人の入れ歯が飛び出すくらい毒づいたところで、絨毯は法的にわたしのもの。そう、バリントンはあの人とは気が合わなかったの――前に弁護士本人の口から聞いたのよ。

まあ、あの人とはもう少し話をしたんだけど、口調が気に入らなかったの。『弁護士の先生たちは、絨毯がわたしのものだと言ったの？　それとも言わなかったの？』とわたしは単刀直入に尋ねたのよ。『まあ、そういうことなら』とわたしは言ったわ。『それで話は片付いたんじゃない？　どっちにしても、あれはわたしがここで暮らし始めたときからずっと、客間の床に敷いてあったのよ』――まあ、それは数年前のことなんだけど――『だから、このまま敷いておけばいいじゃないの、あなたにとってどうでもいいことなら』とわたしは言ったの。『それともどうでもよくないのかしら、奥さま《マダム》――いい、わたしの知ったことじゃないけど！』」

そして、ミセス・スティールの話によると、それはその日の朝までそこに敷いてあったのだ。

「夜の間にひらめいたの」と彼女は話を続けた。「あのね、わたしはあなたがなにを見つけようと見つけまいとかまわないの。なにがあろうと、あの人が今回の件すべてにかかわっていないとは、とても信じられないもの。わたしの時計を壊して、コートを切り裂いて、下着や寝巻をインクまみれにして、素敵な床をけだものみたいに引っかいて。それに、もしあの人の仕業じゃなければ、あの忌々しい娘たちの仕業で、あの人がけしかけたのよ。あの人を痛めつけなきゃならないと考えたわけで、しかも、いまではちょっとは恨みを晴らしたと思うわ！」

彼女はまた笑い出したが、それほど激しい笑いではなかった。そして、ぼくにウインクをした。

「あの人は毎週金曜に医者に通っていて、オリーヴとヴァイオレットも一緒について行くの。リンダとママも出かけたので、家に残ったのはジョージと女中たちだけだから、気にならなかった。申し分なく鋭いナイフと、戸棚の棚板を一枚、まっすぐ切るために用意すれば、それでじゅうぶんだったわ」

またしても、彼女は二つの扉の間に敷かれた紫色の細長い絨毯を指差し、またしてもウインクをした。

「すべてを申し分なくきちんと片付けて」と彼女は言った。「しかも、マザー・グレンによく考えてもらうためのもの。この家の人たちに、自分が何様だかわからせてやるんだから。おまけに、サイズもぴったりだったのよ——最初に全部の寸法を測ったの。この部屋の幅は十六フィートで、絨毯は幅十六フィート六インチ、長さ十八フィートだった。じゅうぶんでしょう？　そうそう、言うのを忘れてたけど、そのうえさらに、残った部分はあの人にあげるのよ——せいぜい好きにしたらと言ってやったわ。あら、失礼！　とにかく、明日の正午までにはあれを客間から出さないと。新しい絨毯を買うんだから。それに、もう少し華やかなものにするつもり——古い家が明るくなるような」

ぼくは生まれて初めて、自分が女だったらよかったのにと思った。そうすれば、自制心をかなぐり捨てることができたのに。弱さを白状することになるかもしれないが、彼女を叩きのめすことができたら愉快だったはずだ。だが実際のぼくは、ただ微笑んで、ちっともうんざりしていないふりをするしかなかった。それはうまいことやりましたね、と本気で思っているふりを。たぶん本当に、うまいことやったのだと思う。彼女なりの、下劣なやり方で。なにしろ、ぼくはこの人でなしに気に入られていなければ、間違いなくすぐ馘にされてしまうし、そうなれば多くの点で喜ばしいとはいえ、大きな欠点が二つあった。ぼくを脅して追い払おうとしているのは誰なのかを突き止めることはもう二度とできなくなるはずだし、リンダにもう二度と会えなくなるかもしれないのだ。

「さて、それじゃあ、引き続きあちこち探ってちょうだい」彼女はぼくに、まさにどんぴしゃの言葉をかけてきた。「もうなにか見つかった？」

「残念ながら、たいして見つかっていません。明確な方針を打ち立てるまでには、何日もかかるかもしれません――でも、そのことはおじから説明があったと思いますが」

彼女はうなずいた。

「まあ、ご自分の仕事は自分が一番よくわかってるはずでしょう。でも、あの子には気をつけなさい――今朝、庭であの子と一緒にいたでしょう」

「ええ、そのことについて、お知らせするつもりだったんです」ぼくは嘘をついた。「ミセス・ステイール、一つお願いしてもよろしいでしょうか？　わたしのすることには、気を留めないでください。たとえ、わたしがあの方々に味方するかのようなことを言ったとしても」

彼女は少しの間、目を見張ったあと、急に笑い出した。

「わかった！　あの人たちの信頼を勝ち取りたいのね？」

「もし可能なら。いずれにしても、もう少し自由に話してもらえるようにしたいので」

そのとき、なぜだか想像もつかなかったが、いきなり、実に才気あふれる質問が頭に浮かんだ。それを尋ねる必要さえなかった。ひとりでに口の中に滑り込んできて、ぼくが意識して手伝わなくても言葉をまとい、明瞭な音となったのだ。

「教えてください、ミセス・スティール」とぼくは言った。「あの方々にできることで、床の傷以上にあなたを傷つけるようなことは、なにかあるでしょうか？」

「あるとも言えるし、ないとも言えるわ」と彼女が答えたのは、数秒ほど煙草をふかして考え込んでからだった。「あの人たちがわたしをさらに傷つけることは可能ではあるけど、そのやり方を知っていればの話で、あの人たちは知らないの。ジョージだけは知ってるけど、そんなことできるわけがないわ」

「それはたしかなんですね？」

「ええ、それに、説明するつもりはないから、質問しないで」

「結構です。ところで、おじから手紙を預かってきました」

彼女は黙ったままそれを読み、紙を目に近づけて眉をひそめた。その間ぼくは、中央のテーブルの上にあるジグソーパズルを見に行った。作りかけのそれは、左上隅を含む半分弱が完成した状態で、とても頑丈そうな丸い真鍮のトレイに載っていて、周囲にはまだはめられていないピースが散らばっていた。見たところ、頭のない男が一人と、ピンク色の服を着た女三人の部分があり、一人は脚がなく、もう一人は腹だけが森と崩壊した神殿の間に浮かんでいる。三人目はほぼ完成していて、もしぼくがパリスだったら、硬貨を投げて決めるか、もう一日だけリンゴを手元に置いていただろうと思った（パリスはギリシャ神話に登場するトロイの王子で、「最も美しい方へ」と書かれたリンゴを三人の女神のうちの誰に贈るかを彼が決めたことがトロイ戦争の遠因となった）。

「まあ、そういうことなら――」とミセス・スティールはしぶしぶつぶやいた。「でも、わたしの遺言書がこの事件とどんな関係があるかなんて、わかりっこないんだけど?」

「あなたの弁護士はどこの事務所ですか?」とぼくは尋ねた。「バリントンのところでしょう?」

「ええ」

「では、誰にも言わないと約束してくださるなら、ヒントを差し上げましょう」

「もちろん——わたしは口が堅いのよ」

彼女はぼくをじっと見つめていた。ぼくは、実際はどれくらい見えているのだろうと思った。

それは、ぼくが即興で思いついた最善策で、遺言書を見たい本当の理由を教えることはできなかった。「では、もう一つ質問させてください。ヴァイオレット・スティールの婚約者はどなたです?」

た。けれども、なんでも知っているように見せかけたり、相手の知性を期待しているふりをしたりすれば、いろいろなことが可能になるものだ。

「わかったわ」と彼女は同意し、途方に暮れているくせに、それを認めようとはしなかった。「彼宛の手紙を書いてあげる。いまは、あの人が事務所を取り仕切っているようなものなのよ——バリントンは海外かどこかに出張中で、エイモスはもう何カ月も前から具合が良くないから。あなたはブリッグズをひとり占めできるわよ——どんな人だか見てくるといいわ。彼はなにか狙ってるに違いないし。さもなければ、ヴァイオレットみたいながりがりでのっぺりした顔のばか女にちょっかいを出すはずがないもの。幽霊話とか、聞いて呆れるわ。子供のころに頭から落っことされたんでしょうよ」

彼女はうなずき、気怠そうに伸びをすると、いきなり花模様の絹のドレスをめくり上げて、煙草の焼け焦げがスリップまで広がっていないかどうか確かめた。スリップは無事だったので、ぼくはありがたく思った。次になにを見せられることになるか、これっぽっちも知りたくなかったのだ。

「今日はもう、どこにも出かけないんでしょう?」と彼女は尋ねた。「ちょっと町へ出かけてお芝居でも観ようかと思ってるんだけど、帰ってきたときに、またあんないたずらをされていたらたまらないわ」

「ここにずっといますよ」とぼくは言った。「ところで、ときどきお電話を使わせてもらってもいいですか?」

「もちろん」

「それからもう一つなんですが、ミセス・スティール。もしわたしになにかあったら、どうすればいいんでしょう?」

「どういう意味?」

「えーと、わたしの服が台無しにされたら、実は替えがないもので」

「ああ、それなら心配しないで。もしなにかあったら、わたしが責任を持つから。ただし、すぐに知らせてちょうだい」

「ありがとうございます——そんな羽目にならないことを願いますよ。でも、昨日のうちに思いついていたら、わたしの部屋にも予備の鍵を付けてもらえるようお願いしていたでしょうね」

「あら、それは名案ね——明日の朝、取り計らっておいて。わたしの部屋の鍵は、まだちゃんと持ってる?」

「ええ、持ち歩いています——ご安心を。寄せ木張りの床は修理させる予定ですか?」

彼女は真顔になり、迷っているように唇をすぼめた。

「いいえ、まだ——どうやらわたしに対する戦争が始まりそうだから、もしそうなったら、ロンドンにとどまるつもりはないわ。そう、もうちょっと様子を見ようと思うの。その細長い絨毯の切れ端でなんとかなるわ――とくに、その出どころを思い浮かべればじゅうぶんよ！」

その話題で彼女の顔にまた笑みが浮かんだが、すぐに薄れた。

「あのヒトラーって男について、あなたどう思う？」彼女は急にそう尋ねて、ぼくが答えようと努力している間、表向きは辛抱強く耳を傾けていた。彼女は気づきさえすれば、そのほとんどすべてを自分自身に当てはめることができただろう。国家全体だろうと家庭内だろうと、ぼくは独裁者と独裁政治が大嫌いだ。個人でも、団体でも、国民でさえ、誰かを迫害しなければ繁栄できないのなら、そもそも繁栄しないほうがいい。

ぼくはそのようにきっぱりと言ったのだが、彼女がまったく賛成だと言い放ったという事実から、本当は理解してもらえていないのがわかった。それとも、暴君は自分が暴君であることに決して気づかないものなのだろうか？　とても信じがたい。彼女が無力になり、箱詰めにされて地中に葬られたいまでも、好意的に解釈してやる気にはなれないのだ。

けれどももちろん、当時のぼくは、そんなに早くなにかが起こるとは知らなかった。彼女のことをひそかに疎んじながらも、間もなく彼女が感覚のある生き物から、新聞の見出しや警察の捜査の対象に変わってしまうとはわからなかったのだ。列車や路面電車やバスに乗っている百万人の人々が彼女の名前を知っていて、その死に伴う問題について無駄に頭を働かせるようになってしまうとは。なんの前ぶれもないままに、数日後に彼女のおかげで検死官が手数料をもらい、陪審は嬉しい仕事休みをもらうことになり、さらにその後、かつらを着けた厳めしい男たちが告発やら裁判やら評決やらに忙殺され、演説をおこない、ポーズを作り、医学的証拠に関してうんちくを傾けて議論し、ぼく自身を含む証人を尋問して反対尋問して再尋問し、食事中やかつら無しでベッドにもぐり込んだあとにも被告側または検察側の勝ち目を見極めていた理由を、彼女が提供することになる。彼女の最終的な運命など、ぼくにもほかの人と同じ程度にしか見当をつけられなかったのだと思う。蛆の餌になるか、骨壺の灰になるか、誰でもそれ以上は望みようがないのだから。

だけど、そのとき彼女はまだ死んではいなかった。しわの寄ったドレスを着た肉付きの良い意地悪女のまま、いまでは鏡台の前に座り、せっせと化粧をしている。ぼくは部屋を出ていくとき、鏡の中に映る彼女と一瞬だけ目が合った。緑色の目は相変わらず打算的で、もう下がっていいわよというように分厚い唇に笑みを浮かべたときも、目は笑っていなかった。

あの瞬間に彼女がなにを考えていたのか、もしぼくが少しでも気づいていたら、鞄を取りに行き、あの屋敷を出て、二度と戻らなかったはずだと確信していることを、ここに書き記しておく。

単なるちっぽけなプライドのせいで、きちんと向き合うだけの勇気が出せなかった——というか、そこまで無鉄砲になれなかったことがいくつかある。しかも、仕事の途中で出会った娘と仲良くなりたいと望んだせいでもあった。どんなに楽しくて、どれほど仲良くなりたかったとしても。いずれにせよ、その望みはまだ実に薄っぺらなものだったし、ぼくはいつでもリンダに手紙を書くか電話をかけるかすることも、リッチモンドの学校の場所を突き止めてそこに通い詰めることだってできたのに。

だけど、ぼくはミセス・スティールの考えにまったく気づいていなかった。その意外な正体は、まだ明らかになっていなかったのだ。

第十一章

ぼくは階段を下りて、客間を見に行った。そこには切り取られた残りの絨毯があって、ほこりっぽいけれども汚れのない床の真ん中に、きちんと丸められて転がっていた。どうやらミセス・グレンは自分の〝贈り物〟をとくに取り返したがっているわけではないようで、それは仕方ないと思われた。上の部屋にあった細長い一片を見る限り、金銭的には最初からあまり価値のある品物ではなかったようだが、そんな事実が慰めになるはずがない。女二人の争いはいまや深刻になりつつあり、その結末を予言するには、ぼくよりも賢い頭が必要だった。

ミセス・グレンの部屋は明るくて風通しがよかった。ミセス・スティールの悪趣味満載の部屋を見たあとだったので、浄化させられるような雰囲気で、その変化がありがたかった。ベッドは漆塗りの屏風で隠されていて、屏風の向こうから時計のチクタクという音が聞こえた。壁には絵が何枚か飾ってあり、ほとんどは海の絵で、肖像画が二枚ほどあった。そのうちの一枚は、もしかすると二度目の結婚をしたころのご本人かもしれないとぼくは思ったが、綿密な似顔絵というよりは、〝光の習作〟といった感じだった。

「まだ質問がおありなの、ミスター・マートン？」と彼女は尋ねた。まだ左肩のほうに首を傾けている。リンダと一緒に窓際に座っていて、二人とも編み物をしていた。そんなことを言われる筋合いはないぞ、とぼくは思った。いままでほとんど質問していなかったのだから。

「おかけください」と彼女は続けて言った。「でも、答えたくない質問にまで答えるとは、お約束できませんよ。リンダや、すまないけどあっちへ行っててちょうだいな……」

孫娘は、去り際にちらっとぼくを見た。灰色の瞳はなにかを伝えようとしていたのかもしれないが、ぼくにはわからなかった。

今日のミセス・グレンは、あまり愛想がよくなかった。昔の面影が、次第に見えてきた。強引で、独断的で、付き合いにくい相手。鮮やかな青い瞳はまだきらめいているけれども冷ややかで、ぼくがためらいながら切り出した同情の言葉は、途中でさえぎられてしまった。

「もう手遅れよ」と彼女は言った。「それに、あなたの責任じゃないのはたしかだもの。絨毯の話はしないことにしましょう。ミスター・マートン、あなた、音楽はお好き？」

「大好きですよ。あまり詳しくはありませんが」とぼくは答えた。「でも、自分の話をするためにお邪魔したわけではありませんので。あくまでも、仕事の用事で来たのです」

「わかったわ。じゃあ、説明していただかないと」

ぼくはただちに核心に入った。

「ミセス・スティールのお年は四十歳くらいです」とぼくは言った。「大変失礼ながら申し上げると、あなたは七十二歳ですよね。あの方よりも長生きできる見込みはないのに、なぜこんなところで我慢なさっているんですか？　たまには、まともな時間を過ごしてみたらいかがです？」

「続けてちょうだい――それで終わりではないんでしょう」

「まあ、考えられる理由は二つあります。負けを認めたくないからか、あるいは――率直に申し上げますが――ほかの場所で暮らす余裕がないからか。もし二つめの答えが正しいとすれば、これ以上お話しすることはありません。ですが、もし一つめのほうだとしたら、第三者の視点から見たら、あなたはミセス・スティールを悩ませている可能性が一番高い人物だということは、きっとおわかりでしょう。いままで一番つらい思いをしてきて、憎しみを抱く一番深い理由を抱えているのですから。したがって、質問することがわたしの義務なのです」

彼女は無言でぼくに感謝の意を示した。

「だけど、正直さを強調する必要なんて、本当になかったのに!」と彼女は言った。「でもまあ、どうでもいいことだわ。実を言うとわたしも率直な物言いが好きだし、だから同じようにあなたにお答えしましょう。どうぞ煙草を吸って、それから、わたしからお話しする前に、うかがいたいことがあるの。あなたはハリエットのわたしたちに対する振る舞いがひどいと心から思ってるの?」

「ええ、ミセス・グレン」

「それなら、問題の元凶はあの人じゃないということを知ったら、驚くかもしれないわね? でも、それが事実なのよ」

彼女は身を乗り出して、ぼくの顔をじっと見つめた。少しの間、編み針のカチカチという音がやみ、床の上でほどけながらゆっくり転がっていた黄色い毛糸玉も動きを止めた。

「まず第一に非難すべき人物は、もう亡くなったの。といっても、たぶん安らかには眠ってないでしょう」と彼女はぼくに告げた。「息子のアンドルーよ。その理由はこれからお話しするから、注意深く聞いていてちょうだい。こんな話、二度としたくないもの。

アンドルーは、はっきり言うと、目覚めた日からろくでなしだったわ。ほら、子供は目覚めるものでしょう。人生と自分自身の性格に、突然気づくのよ。それをほかの人たちに対してどのようにして働かせて、どうやって欲しいものを手に入れるのか。アンドルーは早いころから自意識過剰になって、それから最後までろくでなしのままだった。あの子の仕事仲間もたぶん同意してくれるでしょうし、うちの娘たちも、もしあなたが心を開くように説得できれば、同意してくれるでしょう。ただ、そんなことがあなたにできるとは、なぜか思えないのだけど」――そう言うと、彼女は一瞬微笑んだ。まるでぼくの気持ちに配慮するかのように、親切そうに。

「ミスター・マートン」話は続き、編み針がまた忙しく動き始めた。「なぜこのお屋敷がわたしのものにならなかったのか、不思議に思っていらっしゃるでしょうね。まあ、その理由も、やっぱりアンドルーなのよ。あの子の父親は事務弁護士で、晩年になって頭が衰え始めたの。とくに高齢だったせいではないのよ。おもな原因は、働き過ぎて、遊び方をまったく知らなかったからなの。誰かに引退を勧められると、自分を陥れようとしているんだと思い込んでいた。アンドルーはそこにつけ込んで、手短に言うと、その結果わたしは無一文の未亡人になってしまったの。

もちろん、遺言書無効の申し立てをすることもできたかもしれないけど、あのころの人たちは、家庭内の災難を人目にさらす気にはなれなかったのですよ。わたしは自尊心を、というか、いずれにしても自分の体面を保つことを選んで、お金は手放したの。弱気だったのかもしれないけど、娘たちのことを考えなければならなかったから。わたしがなにも問題を起こさない限り、アンドルーはあの子たちに住む家と程良い教育を与え、ヴァイオレットの治療も続けさせると約束してくれたのよ」

ぼくはここで話をさえぎりたくなったが、黙っていた。だが、ミセス・グレンはぼくの心を読んだようで、すぐに説明してくれた。

「ヴァイオレットは以前、よくひきつけを起こしていたの」彼女はあっさりと述べた。「わたしはいままでずっと、なんとなく、あの子に対してほかの子よりも大きな責任を感じてきたのよ。あまり丈夫な子じゃないので、母親の助けが必要だったから。

わたし自身のことに話を戻すと、一九一一年に再婚したの。二番めの主人は芸術家で、お金持ちとはとても言えない人で、六カ月後に悲惨な事故で亡くなった。あなたの後ろにあるのは主人が描いた絵で、わたしがこの世で所有しているものはすべて、物質的には、その主人のおかげなの。お金に関しては、年間に二百五十ポンドの収入があるから、ここを出て自分でなんとかやっていく余裕はあるわ。そうしたくない一番の理由は、二度目の結婚をしていた間を除けば、この五十二年間でわたしの家はここしかなかったからで、五十二年間といったら相当長いでしょう。リチャードが亡くなったとき、わたしはキャロラインとヴァイオレットと一緒にここへ戻ってきたの。たとえアンドルーでも、実の母親と妹たちを締め出すことはできなかったから。オリーヴはずっとここにいたのよ――あの子はほとんど成人だったけど、ほかの子たちはまだ子供だったし」

彼女はここで言葉を切り、ため息をつくと、ぼくを見てちょっとだけ微笑んだ。

「それが二十八年前の話よ、ミスター・マートン――たぶん、ちょうどあなたが生まれたころでしょう。わたしのいまの態度は、プライドのせいでもあるけど、感情的な理由のほうが大きいの。わたしはこの家の人間で、それでなにもかも説明がつくと思うのだけど」

「なにもかもとはいきませんよ、ミセス・グレン」とぼくは言った。「それだけでは、息子さんがあなたを相続から外してミセス・スティールのようなご婦人のほうを選んだ理由が説明できません。夫婦仲が良くなかったことはミセス・スティール本人から聞きました。ではなぜ、息子さんはあの方を遺産の受取人《ベネフィシャリー》に選んだのでしょう？」

　ぼくの話し相手はうなずいた。

「ええ、あなたの言う通り。最初の数カ月が過ぎてからは、息子はあの人をひどく嫌っていたわ――誰だって嫌うでしょう？　息子は女好きで、たいていは安上がりな相手と付き合っていたのだけど、ハリエットは結婚指輪をあくまでも要求したの。息子は、金のかかるものはなんでも上等に違いないと信じるたちの男で――妻の本性に気づいたときは、もう手遅れだったのよ。でも、〝受益者《ベネフィシャリー》〟という言葉は使うべきではなかったわね――とんでもない！　利益を受けさせるつもりなんて、アンドルーには毛頭なかったんだから。あの子はわたしたちの誰にもまったく愛情がなくて、ハリエットと自分の家族の折り合いが悪いことも、これから仲良くなるはずがないことも、じゅうぶん承知していたの。わたしたちみんなを苦しめるためにあの遺言書を作ったわけで、わたしが降参して出ていくつもりがないのは、それも理由なのよ。死人に負けてたまるもんですか――あんな子に」

　それは告白のように聞こえたので、ぼくはそうほのめかしてみたが、ミセス・グレンは首を横に振った。

「いいえ。わたしは勝ちは望んでいないの。ただ単に、負けを拒んでいるだけ。わたしがここにいる限り、負けないでいるふりをすることができるし、それに、ここには本当に愛着があるのよ。とくにお庭には」

「石膏像の小人がいても、ですか？」

　彼女は手放しで笑った。まるで、ぼくのことを好きになろうと心に決めたかのように。

「あれはハリエットのものよ――みっともないでしょう？　ときどき、まだハンマーが振るえるかどうか確かめたくなるの」

「それは善行になりますよ」とぼくは言った。「たしかミセス・スティールは今夜、町へ出かけるはずです。たそがれ時に決行していただければ、わたしには訳がわからないでしょうね」

「ありがとう――きっと考えておくわ。それに、わたしの立場も、いまはよくわかっていただけたでしょう？」

ぼくはわかったと請け合ってから、さらにもう一つ質問してみた。

「ミセス・グレン、あなたはなくし物はありませんか？　あるいは、なにか壊れていたとか？」

「いいえ、別に」彼女は驚いたように答えた。「それはつまり、ハリエット以外の誰かが困っているということ？」

「どうやらそのようです」

「まあ、いまのところなにも気づいていないけど――でも、確かめてみるわ。絨毯はもちろん、あの人がわざと切り裂いたわけで、ついでに言えば、アンドルーの本性を示すもう一つの例なの。あれがわたしのものだと知っていて、それを証明するのが不可能に近いことも知っていたから、ハリエットに遺したのよ。息子の思うつぼにはまる？　そんなことなら、死んだほうがましだわ！」

ぼくは考え込みながら立ち去った。ミセス・グレンを外して、ヘンリーとリンダと使用人たちを外して、ミセス・スティール本人を外すと、誰が残る？　オリーヴとキャロラインとヴァイオレットとジョージ・ライス。だから、そのうちの一人が犯人に違いない。要点をそんなふうに述べると、まったく単純そうだったけれども、それでもぼくは、正解にたどり着くことができるのだろうかと考えていた。単純さは、当てにならないこともある。

第十二章

　次にオリーヴ・スティールを探すと、彼女は庭にいた。一人で、つる薔薇らしき花の世話をしているところで、よそよそしく挨拶された。男なんてどんなに優れていたところで見下げ果てたやつらばかりだと言いたげな態度で、彼女はぼくより優れた男にも会ったことがあるのだろう。

「もうおしまいだわ」まるでそれがぼくのせいであるかのような口ぶりで、彼女はしおれた花を剪定ばさみで軽くつついた。「ばかげた花よ、まったく——決して一斉には咲かないし、香りもないんだから。ところで、妹がいつかあなたに会いたがっているの。ヴァイオレットじゃなくて、キャロラインのほう」

「そうなんですか？」とぼくはつぶやいた。

「謝りたいそうよ」彼女はそう説明して、鋭い目つきでぼくをちらっと見た。「それに、そうすべきだとわたしも思うの——ゆうべの妹の発言は、とても偏った考えだったから」

　そういう言い方もあるだろうな、とぼくは思い、同意するように微笑んだけれども、オリーヴに対して愛想よく振る舞うのは、おそらくエネルギーの無駄遣いだった。彼女が薔薇の花をパチンパチンと切り取る様子には、実にとげとげしい敵意が感じられた。いかにもタイプライターをバンバン叩きそうな女だ、とぼくは想像した。

「ミス・スティール、あなたがミスター・ライスを疑っている理由をうかがってもかまいませんか？」とぼくは尋ねた。「わたしはまだ正式にはお会いしていないので――これから採るべき方針を教えていただけると……」

　彼女は、ほんの少しだけ笑みを浮かべた。

「ゆうべのあの人は酔っ払っていたようね」そっけない口調で言った。「《二人の擲弾兵《てきだんへい》》を鼻歌で歌っていたけど、あれがいつもの嫌な前触れなの。でも、『葡萄酒の中に真実あり《イン・ウィーノ・ウェーリタス》』ということわざがあるじゃない？　だから、蒸留酒も同じ効果があるはずよね。〝ゼリーみたいにぶよぶよ〟は、抜群にぴったりな表現だと思ったわ。いいえ、ミスター・マートン、理由を話すのは全然かまわないのだけど、たいしてお役に立てるかどうか。とにかく、わたしは偏見を持っていて、そうじゃないふりをするつもりはないということなの。行儀をわきまえない人は嫌いだし、家の中で唾を吐く男は大嫌い」

「わたしも、そういう人は好きではありません」とぼくも認めた。

「それを聞いてほっとしたわ。これから採るべき方針としては、あの人のここでの正確な立場を、つまり身分をはっきりさせるべきね――これはたいした秘密でもないけれど、ハリエットからお小遣いを受け取っているの。ジョージがここで暮らすようになって一年になるけど、ハリエットがあの人を好いていないのはかなり確実よ。たぶんその点だけは、わたしたちと同じ意見のはず。兄を嫌っているのに住む家とお金を与えているのだとしたら、なにかよほどの理由があるに違いないわ。もうお察しかもしれないけど、ハリエットは徹底的に自分本位なの。ふだんは自分以外を甘やかすことなんてないのよ」

「すると、あの方だけを例外にしている理由はご存じないんですね？」

「関心もないもの。事実は事実のままよ。一つの見解に達する機会はじゅうぶんあったから、ジョージ・ライスが『尺が望めるなら寸では絶対に満足しない男』だということは断言するわ（少しわがままを許すとすぐつけ上がるという意味の「寸を許せば尺を望む」ということわざのもじり）。お小遣いをいくらもらっているのかはわからない。仕事はまったくしていなくて、大酒飲みで、きっと競馬もやっているのよ。ラジオで競馬の結果を聴きながら悪態をついているのを何度も聞いたもの。わたし自身の考えでは、いま起きている謎めいた出来事は全部、あの人の仕業よ。ハリエットを脅して、すでにもらっている分よりもさらに多くもらおうとしているんだと思うわ」

彼女はうなずき、もう一度ぼくを見たあとで、つる薔薇の作業に専念した。どうやら話は終わったらしい。

「なるほど、それはたしかに斬新な説ですね、ミス・スティール」とぼくは言った。「ですが、兄の仕業だということを妹が知らない限り、いじめてもなんの役にも立たないのではありませんか？　そして、もし知っているのなら、いったいどうしてそうおっしゃらないのでしょう？」

オリーヴは冷ややかな目でぼくを見つめて、薄い唇にかすかなあざ笑いを浮かべた。

「ハリエットが知っていればむろんそう言うでしょうから、知らないのは明らかよ。その代わりに、わたしたちの誰かに疑いをかけている――それを彼は当てにしていたの。ジョージはわが家の状況をわかっている。当然よね。遅かれ早かれ、自分の妹のところへ行ってこう言うでしょう。『おい、この騒ぎが誰の仕業か知ってるぞ――教えたら、いくらくれる？』二人はなんらかの取引を決めて、たぶんまとまった金額の現金と引き換えに、わたしたちのうちの誰かの名前が、名ばかりの証拠と一緒に手渡されるのよ。たとえば、毛皮のコートの切り抜かれた部分とか――ほら、どこかにあるはずよね。それを母の編み物籠やヴァイオレットの机の中にこっそり入れておくのは簡単なことで、それからハリエットに、探すべき場所のすぐわかるヒントを与えればいいのよ。ハリエットは、わたしたちの誰かが実際に犯人だという証拠ならなんでも歓迎するでしょうから、だまされたと気づかされたときにはもう、ジョージはじゅうぶん遠くに逃げおおせているというわけ。

さあ、ミスター・マートン、これがわたしの解釈よ。センセーショナルに聞こえるかもしれないけど。でも、このことは内緒にしておいてちょうだい――名誉毀損で起訴されるのは嫌だもの」

ぼくは礼を述べて、あなたはこの問題についてかなり考えられたに違いない、と言った。

「あなたのお答えには、一つだけ間違いがあるんですよ、ミス・スティール」そして、次のように締めくくった。「たまたまですが、それは正解になり得ないのです」

そう言ってぼくは立ち去り、彼女はまるで平手打ちを食らったような顔でぼくを見送った。そのちょっと前にぼくは、何時間も前にわかっているべきだったことに気づいたのだ。もしジョージ・ライスが犯人だとしたら、あの警告文の葉書をよこしたのも彼だったはずだ。ぼくが〈樅の木荘〉に到着したときに彼は外出中で、帰宅したのはぼくの部屋に葉書が置かれたあとだったのだから、犯人ではないということになる。

このときばかりは、遅まきながら、議論の余地のない推理の連鎖が出来上がったのだとぼくは信じた。たしかにほんの小さな連鎖だが、それがどうした？　小さな円だって大きな円と同じくらい丸いんだぞ、ともったいぶって自分に言い聞かせながら、屋敷の中に入った。やっぱりぼくは探偵に違いない、と本当に考え始めていた。

それだから、いまや三人の女だけが残ったわけだ、とぼくは同じ気取った調子で続けた。オリーヴ、キャロライン、ヴァイオレット。その一人めは、強い日射しの下でつる薔薇の枯れた花を取り除きながら、ときどきつっかかりつつ、荒唐無稽な長話を聞かせてくれた。もちろん、もし彼女が葉書のことを知らなければ――つまり潔白なら、それが荒唐無稽だということに気づくはずはない。そして、もし知っていれば――つまり犯人なら、きっと気づくはずだ。したがって、おそらく潔白だろう。彼女はばかそうには見えないのだから。賛成？　それとも反対？

いままでは電話室で腰を下ろしていたぼくは、その点は横並びのままにしておくことにした。賢い人は正体を隠すためにばかのふりをすることがあるし、演技が下手だとそれだけで賢さは損なわれる。オリーヴのことは、あとでさらに詳しく調べよう。

そこから次に考えたのは、当然ながらヴァイオレットのことだった。この屋敷の中で、飛び抜けてばかだと思えた人物だ。それが見せかけの可能性はあるだろうか？　ミセス・グレンの発言を考えると、とてもそうは思えない。〝丈夫〟という言葉は、体だけでなく頭のことも含むつもりで言われたのではないか、とぼくは思った。いずれにしても、ヴァイオレットがぼくをだますには、母親と姉たちの前で柄にもない振る舞いをしなければならないはずだが、前の晩の彼女の態度に母親たちが驚いているようには見えなかった。それに、リンダの目は節穴ではない――スワッハムの話でぼくの嘘を見破ったのがその証拠だ。石が飛んだり油が噴き出したりといったヴァイオレットの話をリンダが我慢して、美しい眉をつり上げることさえなかったのなら、それはいつものこととして受け止めても差し支えなさそうだという気がした。おまけに、あの女は自分の見た夢を書き記し、その話でみんなを困らせている。ヘンリーがそう言っていた。それに、あんなに滑稽な茶目っ気で若ぶっていながら、ガーターを膝下につけるなんて、生まれつきの間抜け以外にいるだろうか？

するとと残るはキャロラインで、もし必要ならばオリーヴが代案になる。キャロライン・ホワイトヘッド。感じのいい娘と、かなり感じの悪い息子の母親だ。

「ああ、どうか彼女じゃないといいんだが！」とぼくは思った。「それじゃあ、困ったことになるのは間違いない。〝親愛なるリンダ、ぼくの尽力により、きみのお母さまが無事投獄されたので、いつかの晩に映画をご一緒してくださいませんか？　あるいは、ダンスのほうがお好みなら……〟」

どんな返事が来るかは想像がついた。それでも、そういう空想のせいでキャロラインに疑いをかけるのを躊躇すべきではないのだろう、とぼくはがっかりしながら思った。探しに行って、話をしてみるべきだ。

少し手間取ったが、彼女は温室で見つかり、慣れた手つきで菊の花芽をせっせと摘み取っていた。オリーヴと同じくらい冷ややかな歓迎ぶりで、実のところ、より敵意に満ちた態度なのは明らかだった。

「こんにちは、ミセス・ホワイトヘッド」とぼくは切り出した。「わたしに会いたいのではと思いまして」

「あなたに会いたい？」と彼女は繰り返した。「そうは思えないわ、ミスター・マートン――本当に思えない」

そして首を振ると、不満そうなまなざしでぼくを上から下まで一気に眺めてから、立ち去った。ぼくは少しの間その場に残り、マルメゾン種のカーネーションの香りと輝きに感心していた。どれもきちんとラベルが付けられて、健康そうで、世話が行き届いている。アジサイは昔から嫌いなので通り過ぎたが、立派なフクシアの木が二本並んでいる前でまた立ち止まった。茎が優雅にしだれて、その先に花がたくさん咲いている。シネラリアもあり、星形の花をつける種類だけでなく、花が丸くてぎざぎざしていない古い品種もあった。ほかに誰も人がいなければ、この温室はまったく楽しい場所だったはずなのに、とぼくは意地悪な気分で思った。だが、彼女に用があるのだからと、ぐるっと一周して、再び菊のそばで対面した。柳芽（菊の花が咲かない芽のこと）を手際よく摘み取っている彼女は、唇をきつく結び、近寄りがたい表情だった。ぼくはそのとき初めて、彼女がかなり樟脳臭いことに気づき、本人はわかっているのだろうかと不思議に思った。

「お姉さんから、あなたが謝りたがっているとうかがったのですが……」ぼくはまた切り出した。

「ああ、そうよ、もちろん」彼女はすぐに認めたが、嫌そうだった。「オリーヴが言い張ったから——神経質なたちなのよ。ゆうべのわたしはたしかに、まったく間違っていたわ——たしかに」

〝やれやれ、それで謝ってるつもりとは！〟ぼくは心の中で思った。そういうつもりなのは明らかだったからだ。

「ロケットはもう見つかりましたか？」ぼくはさり気ない口調で話を続けた。彼女のはっきりとしたため息にはいらだちがこめられていて、振り向いてじっと見つめられたとき、この人はいままで魅力的だったことがあったのだろうか、とぼくは自分に問いかけた。いまの彼女がそうでないのはたしかで、顔はぞっとするほどいかめしく、全体的に野暮ったい雰囲気だが、好戦的に振る舞うことで体面を保っている。自分の母親じゃなくてよかった、とぼくは思った。

「まだよ」と彼女は言った。「でも、あなたがここにいるのがわたしのためだとは、とても思えないけど。どうか、わたしにかまわず自分の仕事を続けてちょうだい」

ぼくは彼女の例にならうことにした。愛想よくしているだけでは、話が進まない。

「いえ、それは大丈夫です」とぼくは言った。「わたしはいまここで、自分の仕事に取り組んでいるのですよ、ミセス・ホワイトヘッド。おそらく、お気づきでしょうがね。みなさん全員をより分けない限り——いわば、みなさんの目録を作らない限り、調査の進展は望めないのです。おかしなことに、みなさんは誰一人として、わたしが疑いをかけようとかけまいと、少しも気にしていないように見えますね。もしかすると、あなたの息子さんは例外かもしれませんが」

「ヘンリーが？」彼女はとげとげしい声で叫んだ。「たとえあなたでも、あの子に疑いをかけるのは難しいと思うけど。それに、なぜわたしたちが、あなたの考えを気にしなきゃならないの？　失礼なことは言いたくないけど、わたしたちにとってあなたは、詮索好きな第三者でしかないのよ」

「それなら、失礼なことを言いたいときのあなたに会わずに済むことを願いますよ」とぼくは応じた。「つまり、わたしをスパイのようなものだと考えているわけですね？」

「その通り。自分でも思い当たるんじゃないの？」

「かもしれませんね。自分の立場はすべてわかっていますから。わからないのは、あなたの立場です。あなたご自身と同じくらい率直に申し上げると、あなたはまるで、ここで起きている出来事に責任があり、それが見つかるのを恐れているかのように振る舞っている」

彼女は怒って真っ赤になった。

「あなたね、無作法は割に合わないわよ！」と、ぼくに警告してきた。

「いや、お知らせしておくべきかと思いまして。なんでしたら、出ていきましょうか？」

「そうしてくれると嬉しいわ。気づいていたかもしれないけど、わたしは忙しいの」

「いえ、いますぐ出ていって——調査をやめるということですが」

「ああ、勝手にして。わたしがあなたの行動に我慢する必要さえなければ、別にどうでもいいの」

「ですが、それこそまさに、わたしがここにいる間、あなたに必要なことなのですよ」とぼくは言った。「それに、わたしは威嚇されてもやめるつもりはありませんからね、ミセス・ホワイトヘッド」

「威嚇？　なんのことやら」

返事の代わりに、ぼくは例の葉書を見せた。

「それについて心当たりは？」ぼくはさり気なく尋ねた。

「全然」彼女はぴしゃりと言い、うろたえているようにはまったく見えなかった。「いつ受け取ったの？」

「ゆうべです。枕の上で見つけました」

「本当に？　この文面の気持ちにはたしかに同意するけど、わたしが送ったんじゃないわ。いいこと」――そう言うと、彼女はぼくをまともに見つめた。「あなたがなにを見つけようと、ちっとも怖くなんかないわ。わたしの良心には、一点の曇りもないもの」

「それなら、あなたは並外れたご婦人に違いない。わたしに対して、具体的にはどんな異論があるのでしょう？」

「言われなければわからないの？」彼女は、ほとんどあざ笑うように切り返した。「今朝あなたがうちの娘と一緒に庭にいるのを見たし、ゆうべ下品な目つきで娘をじろじろ見つめているのも見たわ。あなたみたいな若い男には以前にも会ったことがあるのよ、ミスター・マートン。だから言っておくけど、リンダには必要最低限のこと以外はあなたと喋らないように禁じてあるの。もちろん、二人きりなんてとんでもない」

ぼくが笑うと、彼女はさらに怒ったように顔を赤くした。

「お嬢さんはおいくつです?」とぼくは尋ねた。「二十一はもう過ぎていますよね。自分で自分の面倒はじゅうぶん見られる方だと思いますが――まあ、それはあなたのおかげかもしれないし、おかげじゃないかもしれませんがね。それから、わたしの目的についてはご心配なく。ここにいるのは仕事をするためで、遊びに来ているわけではありませんので」

〝とはいえ、仕事ばかりではないといいなとは思ってますけどね!〟と、ぼくはその場を立ち去りながら思った。〝それから、自分が菊の芽じゃなくて、本当によかった〟

第十三章

　赤ら顔のジョージ・ライスは、ぽかんと口を開けてぼくを見た。ぼくがニュースを伝えてから数秒間、彼は啞然としていた。その後、ぽちゃぽちゃとした手を差し出してきたが、爪は伸びているし、手の甲は毛むくじゃらだった。

「握手しようぜ！」と彼は言った。「あんたは友達だ――こんな立派な人、初めて会ったよ！　ありがたや、二十四ポンドも！　さすがはサンスターだ！　さすがだぜあんたも！　さあ、酒を棚から出そう！」

　彼はピーコックブルーのガウンの裾を床にひきずりながら、棚の横にひざまずいた。表情は優しげだ。ずんぐりした形の黒い酒瓶と汚いタンブラーを二個取り出すときに、左腕の刺青がちらっとのぞいた。

「あんたの健康を祝して乾杯！」少し経ってから彼は満面の笑みを浮かべ、興奮したように息を荒げた。「あんたの望みも全部叶って、おまけに二倍になるように乾杯！」

　ウイスキーの瓶は不格好だったが、味はとても旨かった。というより、喉が渇いていただけかもしれない。いずれにしても、ぼくはお代わりもありがたくいただいた。

「いやはや、驚いたのなんのって！」と彼は言い放った。この驚きを消化するまでは、話題を変えることができないようだ。「ああ、おれは酔っ払ってたに違いねえ！　だって、サンスターが負けるわけがないんだから——あの馬を調教してるやつの兄貴からじかに情報をもらったのさ。『とびっきりの名馬だぜ』——そう言われたんだ。そしておれはといえば、三時半からずっとここで、自分のことをめちゃくちゃに罵ってた——そんときまで、すっかり忘れてたのさ。ところがあんたが出かけてくれて、おれが頼んだ通りに二ポンド賭けてくれたとは——なんとまあ！　しかも、それはおれがあんとき酔っ払ってた証拠なんだよ。おれは馬に二ポンド賭けたことなんて、生まれてこのかた一度もないんだから。おれの元手は五ポンドか、本命だったら十ポンドかもしれないが」

その可能性には、すでに気づいていた。そう言われる覚悟はできていたのだ。

「まあ、二ポンドとおっしゃったように聞こえてしまったもので」ぼくはずうずうしく言い張った。

「あまりはっきりした言い方ではありませんでしたが」

「おいおい！　誤解しないでくれよ、頼むから、誤解しないでくれ。もし自分で賭けてたらもっと金額を増やしてなかったとは言わないが、二十四ポンドは二十四ポンドだってのは誰も文句のつけようがないわけだし、もしあんたがいなかったら、その金は手に入らなかったわけじゃないか？　そりゃあ」——そこで急に、心配そうな顔になった。「なあ、あんたもちゃんと賭けたんだよな？」

「さあ、どう思われます？」ぼくはいたずらっぽく尋ねた。「あなたがお持ちのご本を見て」——窓際に並ぶ本のほうを顎で示した——「おそらくあなたは、たとえ——その、眠っていても、ご自分がなにを言っているのか、おわかりなんだろうと思ったんですよ」

彼は大笑いして、それから黄色いハンカチではげた頭を拭い始めた。

「いやあ、あんたはたいしたやつだな、本当に！」くすくす笑いながらそう言った。「眠っていても

「ちぇっ、なかなか近いぞ！　怪力男だよ――それがジョージの仕事だったのさ。さあ、見るがいい！」

　彼はけばけばしいガウンを脱ぐと、片方の腕の力こぶをぼくに見せつけた。その青白い腕には異常に発達した筋肉がついていた。さっきちらっと見えた刺青の全体もわかったが、みだらな刺青だった。その後、彼はぼくを仰向けにして空中でバランスをとってみせると言い張った。十三ストーンの体重を、片手一本で支えるというのだ。最初は少しぐらついたけれども、数秒後にはぼくをしっかりと支えていた。彼の息の音が耳に届き、怪力男の体力の名残にプライドが潜んでいるのが横目で見えた。

　ぼくは念入りにほめそやしたあとで、もう一度仕事の話にじりじりと戻したが、妹に嫌がらせをしているのは誰かという質問になると、彼は役に立たなかった。そんなことはまったく知らないし、とくに興味もないと――率直に――明言したのだ。ミセス・グレンかその娘の一人に違いないと彼は固く信じていて、もしかすると四人全員が共犯ではないかという。

「とにかく、ヘンリーが犯人のはずはない」と彼ははっきり言った。「だって、ことが起こったときにここにいなかったんだからな。リンダのはずもない――あの子はそんな子じゃない。スティール家の誰かが犯人で、ハリーに仕返しをしてるんだ。おれに言わせれば、こうなることはずいぶん前から自業自得だったのさ。だが、あの連中が好きなわけじゃないぞ――おれとは合わない。それでも、あんなふうに小言を言ったり、ねちねちいびったりする権利は誰にもない。おまけにケチなんだからな！　あいつがオリーヴに家事をやってもらう代わりになにを与えてるか、知ってるか？」

　ぼくは首を横に振った。

「週一ポンドと、きちんと片付いてなければ大目玉までついてくる。それに、食事ときたら！　まったく、コーヒースタンドへ行ったほうがきちんとした飯が食えるだろうよ。あいつらがやせこけてるのも当たり前だ。もちろん、ハリー本人はちっともやせないが、それは一階で食ってるもののせいじゃない。でも、あいつの部屋にある例のキャビネットをいつかのぞいてみろよ――びっくりするぞ。ビスケットにケーキにチョコレートにミートパイ――あんなもん見たことない」

「ほかのみなさんはご存じなのですか?」とぼくは尋ねた。いささか意地悪な考えが頭に浮かんでいた。

「さあな――いや、知ってるとは思えんな。ほかの連中はあそこには絶対に入らないし、扉には鍵がかかってる。とはいっても、あんたに鍵を貸してやらないわけじゃないぞ。もしあんたが腹ぺこならな!」――そう言うと、愛想よく大笑いした。

「使用人たちが今回の件にかかわっているとは思えませんか?」ぼくはさらに訊いてみたが、彼はそれを聞いてあざ笑った。

「あり得るもんか――あいつらがなんの得をする? まあ、ベッシーはいい子だ――ちょっとばかり品があるし。あっ、いや、あんた、違うぞ、違う違う!」――ぼくのけげんな表情に気づいたらしい。

「そういうことじゃないんだ! とにかく、おれはあいつらのことはたしかに好きだし、たとえそうじゃなくても、近ごろの妹よりはうまくやれてたと思うぞ」

「きっとそうでしょうね。サンスターの件と同じくらい確かな情報をたくさん手に入れられるなら」ぼくはそう同意して、小切手を手渡したあと、ミセス・スティールと彼自身の財政関係については触れることなく立ち去った。彼を怒らせる危険を冒す前に、ミセス・スティールの遺言書を見ておきたかった。寄せ木張りの床のことを尋ねるのも忘れたけれど、それはまたあとでいいだろうと思った。

ジョージ・ライスの部屋を出たとき、ぼくは人生に満足していた。それはごちそうになったウイスキーのせいかもしれないし、競馬で九十六ポンド勝ったせいかもしれない。でも、自分の部屋に戻って三秒後には、激怒していた。それもそのはずだ。ベッドの上には、最初に見たときと同じく枕の上に、リンダの『ナショナル・ヴェルヴェット』が置いてあったのだが、昨夜と同じ状態ではなかった。それはもう本ではなくて、ちぎられた紙切れと引き裂かれた装丁が山積みになっていたのだ。

「くそっ！」ぼくは声に出して言った。「なんて汚いやり方だ」

困惑して顔をしかめながら、腰を下ろして考え込んだ。自分のせいでもあると気づくと、余計に腹が立った。部屋を出るときに鍵をかける程度の分別は持っているべきだったのに。だが実際は、朝から部屋を空けていた。朝からずっと、誰でも気づかれずに入り込むことができたかもしれない、とぼくはみじめな気持ちで考えた。

自分の持ち物にも被害があるかもしれないと思いついたが、すべて無傷だった。被害者はリンダだけだ。彼女に打ち明けるという嫌な務めと向き合うことになったのは明らかなので、すぐやることにした。〝ぼくの不注意を存分に罵ってもらえばいい〟と思ったのだ。

するとそのとき、扉をノックする音がして、外の廊下に、まさにその本人が立っていた。とても落ち着いた様子だが、顔はいささか青ざめていて、目元に緊張感が漂っていた。

「部屋に入る音が聞こえたの」と彼女は言った。「少しお時間いただける？」

「ちょうどあなたを探そうとしていたんですよ」とぼくは言った。「実は、ちょっと悪いお知らせがありまして」

「そう？　実はわたしもなの、ミスター・マートン」

「なんと、それは愉快なことになりそうだ。わたしから先に話しましょうか？　よろしいですかね？　さっさと打ち明けて楽になりたいんですよ」

「結構よ」と同意してくれた声は、まぎれもなく冷ややかだった。それでも、まるっきりよそよそしいわけではなかった。彼女の態度はどことなく、傷ついているような印象で、それがぼくのせいではないかと疑いつつも、そうでなければいいのにと願っているように見えた。

「ありがとうございます」とぼくは言った。「こちらからのお知らせはベッドの上にありまして、信じていただきたいのですが、わたしのしたことではありません。もちろん、部屋の鍵をかけておくべきでした――この償いをするためなら、なんでもいたします」

彼女は、ぼくがなにを言っているのかに気づくとはっと息をのみ、その顔から血の気が引いていった。

「なんてひどい！」とつぶやき、まる一秒間ぼくの目を見つめたあと、驚いたことに微笑んだ。

「いいのよ」彼女はそう言って、ぼくの腕に一瞬、手を置いた。「そんなに――深刻な顔しないで。実を言うと、ちょっと嬉しいの」訳がわからない。ぼくがじっと見つめたままでいると、彼女の微笑みが大きくなって、とうとう笑い出した。

「下りて庭に出ましょう」と彼女が提案した。「ここで突っ立っているのもばかみたいだし」

ぼくはうなずいたが、相手の態度をどう理解すればいいのかわからなかった。その後、階段の五段目あたりで、ぼくはあることを思い出した。

「ちょっと失礼」と言って立ち止まった。「あなたはわたしと喋ってはいけないのをお忘れなく」灰色の瞳が、ぼくの目を探るように見た。戸惑っているらしい。

「どうして？」と彼女が尋ねた。

「それは――そういうお言いつけがあったでしょう」

戸惑いの表情がますます深まった。彼女は少し不安げにぼくを眺めた。

「ねえ、大丈夫？　あなた――もしかして――」

そこまで聞けば意味は明らかだったので、ぼくは急いで安心させようとした。

「たしかに飲みましたが、絶対に酔っ払ってはいませんよ。ですが、酒臭かったら申し訳ない。すると、またあなたになぞなぞを出していることになるのかな？　これは面白い――あなたもたぶん――そう思うでしょう」

燃えるように赤いダリアの花の隣で、彼女はたしかにそう思うと言った。母の発言は時制が間違っているだけだ、というのが彼女の意見だった。

「わたしに言うつもりだったんだけど、忘れていたから、言ったふりをしてあなたに話して、そのうち実際に言う予定なのよ」

ぼくは違う意見で、キャロラインも意地悪女だからだと思ったが、そうは言わなかった。

「じゃあ、実際に言われたら？」とぼくは探りを入れた。

リンダはぼくをまっすぐ見た。かろうじてわかる程度に顔が紅潮している。

「きっと、失礼な物言いで言い返すと思うわ」彼女はあっさりと答えた。

「すると、あなたはわたしのことを、若い娘さんが避けるべき若い男だとは思っていないんですね？」

「いまのところは」彼女は微笑んだ。「あら、実はそうなの？」

「いえ、いまのところは」とぼくはやり返した。「それから、ゆうべわたしは、あなたのことをじろじろ見てましたかね？」

　彼女は肩をすくめた。

「別に気まずい思いをした覚えはないけど。あなたはほとんどの時間、料理を見て顔をしかめていたんじゃないかしら」

「それはつまり、あなたはこちらをじろじろ見ていたわけですね？」

　だが、その質問は無視された。まあ、当然だろう。

「じゃあ今度は、わたしのニュースを伝えましょうか？」彼女は冷静に話を続けた。「いま起こっている事件にわたし自身が影響を受けるまで、あなたのお手伝いをするつもりはないと話したのは覚えてる？　実は、影響があったのよ。それと、ほんの少しの間だけど、あなたがわたしを――説き伏せるためにやったのかもと思ったの。ごめんなさい、自分がこんなに疑り深い嫌な女だったなんて」

「たぶん、そんなふうに考えるのが自然だったんでしょう」ぼくは彼女を安心させるためにそう言った。「なにがきっかけで考えが変わったのですか？」

「たったいま。さっき二階で見たあなたの顔がどれだけみじめだったか、それを知っていればわかるはずよ」

「ああ、自分の顔がいろいろ喋りすぎているんじゃないかという気がし始めてきましたよ。それでも、わたしはみじめな気分でした。あんなものを発見するのはひどく不快なことだし、とりわけあなたの本ですからね。もちろん、本は弁償しますし、明日には扉に新しい錠を取り付けるつもりです」

　彼女は少しの間考え込み、薄手のプリントドレスを着た優美な姿が動きを止めた。それから、顔を上げた。

「今日取り付けたらどう？」と彼女が尋ねた。「南京錠が一個余っているのよ。遊び道具箱に付いている錠で、鍵もあるわ」

「本当ですか？　お言葉に甘えさせてください――ベッドにカブトムシがいるのを見つけるなんてごめんですからね。女の子が遊び道具箱を持っているとは知りませんでした」

「あら、そう？」彼女は彫像のようにまじめくさった顔をした。「あなたには女のきょうだいが一人もいないんでしょう。もし――」

「結構ですよ」ぼくは急いでさえぎった。「そういう話は聞いたことがあります。あなたに女きょうだいの代わりになってもらうなんてごめんですからね。それにどのみち、女きょうだいがいなかったわけじゃないんです――三人いました。たぶんみんな箱を持っていたんでしょうけど、わたしは気づいていなかった。で、あなたになにが起こったんです？」

「たいしたことではないけど、すごく迷惑だったの。誰かがわたしの肌着とかの肩紐をご丁寧に全部チョキンと切ってしまったの。そして、絶対になくてはならないゴム紐を抜いてしまって。直すのに何時間もかかってしまうわ」

「で、それがわたしの仕業だとすぐ思い込んだとは！　なんと、まあ！　そうじゃないと言う必要はありませんよね？　ありがとう。お手伝いを申し出るつもりはありませんよ。縫い物はあまり得意じゃないので。でも、あなたの部屋にもなにか取り付けるべきだと思いますよ。明後日また全部チョキンと切られていたなんてことになったら、残念でしょう」

「そうね――それは再来週のことになりそうだけど。わたしも縫い物はあまり得意じゃないの」

いまはもう、ぼくたちは薔薇の間を歩いていて、きちんと植えられた花の間を行ったり来たりしていた。エマ・ライトを引き立てるようにマグレディズ・アイヴォリーが咲き、クロヴェリーのそばで咲いているザ・ビショップは見たことのない品種だ。見事な眺めで、集まった香りはかぐわしい。日光はもう目に直接入ることはなくなっていた。傾いてきた光をさえぎっているのは屋敷の名前にもなった背の高い樅の木で、庭の西側の境界線で見張りに立っている。外側の枝越しに見える太陽は溶けた金のようで、長いひょろっとした影が手入れの良い芝生を通ってこちらまで伸びている。空気は静まり返っていて、色とりどりの金魚草の上を飛んでいる蜜蜂の羽音が、庭の向こうの道路を走る車の音よりも騒がしいように思える。よく耳を澄ませば、鳥たちも歌を歌っている。

「わたし、夜のこの場所が好きなの」リンダが穏やかな声で言った。「もちろん、庭はおじさんが生きていたころのほうがずっと素敵だったわ——こんなに仰々しく詰め込まれていなくて。でも——」

　そこで、急に言葉が途切れた。彼女の手が再びぼくの腕に置かれて、肘をぎゅっと握り締めてきた。

「見て!」と命じるその声は、ショックを受けた様子だった。「デルフィニウムが——ほら!」

　一時間前までは堂々と咲き誇っていたに違いない。丈が高くて頑丈でしっかりと根付き、シャム猫の目のような鋭い青色の花をつけて。ところがいまは、叩きつぶされて倒れていて、支柱は引き抜かれて脇へ放り投げられて、外側の根の一部がみだらにむき出しになっていて、哀れな残骸のあちこちに花が散りばめられている。リンダはひざまずいた。両手をためらいがちに花の残骸の上へ伸ばしたが、やがて膝に戻した。これを片付けるのは庭師の仕事で、ぼくたちのやることではない。

「とにかく、わたしが間違っていたの」彼女は静かにそう言って、立ち上がった。「これから説明するわ。ゆうべはお母さんの言う通りだろうと思っていたけど、そうじゃなかったことがこれではっきりした。あのね、このデルフィニウムはオリーヴおばさんのお気に入りの花だったのよ。三年か四年前におばさんが植えたの――お祖母ちゃんからのお誕生日プレゼントで、おばさんが大喜びしたのを覚えてる。そのお花にこんなことをするなんて、絶対に絶対にあり得ない」

「すると、残る容疑者二人のうち一人が消えたわけだ」とぼくは考えた。そして口に出して言ったのは、誰のせいかもしれないとあなたは思っているかという質問だったが、彼女は首を横に振った。

「あら、知らないわ――知りたいとも思わないし。わたしたちのうちの一人はまったくの悪人に違いないってこと。または狂人かも。あなたはそう思う？　そうかもしれないって？」

　ぼくは躊躇せずに答えた。リンダに対しては正々堂々と接したかった。

「残念ですが――わたしにはそうとは思えません。悪人ではあっても、狂人ではない。このすべての裏には、なにか邪悪な計画が潜んでいます。冷静に故意に、そしてまったくの正気でおこなわれている。その理由が、ぜひとも知りたいんです。あなたがお母さんの言う通りだろうと思ったのは、どうしてなんですか？」

「それは――まあ、理由はいろいろよ。布用インクを持ってるのはオリーヴおばさんだけ。おばさんは一日中時計が一斉に鳴るのを、ひどく嫌がっていた。昨日のお昼前におばさんがたき火になにかを投げ込むのを見たけど、それはたぶん、寄せ木張りの床から出た木くずやかけらだった」

「でも、いまは？」

「いまは違うと確信できるわ。あのときはわざわざ見ようとしなかったの――床のことはなにも言われていなかったから。おばさんが袋いっぱいのなにかのゴミを捨てて、それが燃え上がるのをわたしは見ただけで、あとで不思議に思ったの。でも、そんなはずはないわ」

その後、めちゃめちゃにされたデルフィニウムに対するオリーヴ・スティールの反応を自分の目で確かめたとき、ぼくはリンダに同意した。かのご婦人は、まるで凍りついたかのように立ちすくんだまま、それを見つめていた。その後、リンダと同じようにひざまずいた。けれども、リンダの目には涙は浮かんでいなかったのだ。

第十四章

夕食の前に、ぼくはベッシー・ホランドと少し話をした。彼女はいくぶん口を尖らせてぼくを見て、放っておかれたことにがっかりしているような顔つきだったので、ぼくはとびきり愛想よく振る舞って、タイムテーブルのお礼を言ってから、その日ぼくの部屋に来た人を見かけなかったか、とさりげなく尋ねた。彼女は見かけなかったと断言し、黒い瞳は好奇心でいっぱいのように見えた。

「あなたもなにか――なくされたのですか？」

「いまのところはないよ、ベッシー。今後もそうだといいんだが。おや、きみもなくしたの？」

「いいえ！　ですけど、苦情が出ているもので」

そして詳しい話を聞かされたが、とくに目新しい情報はなかった。ぼくが自分の持ち物を守るためにとるつもりの手段を説明すると、彼女はうなずいた。

「でも、お部屋を掃除するには、わたしを入れていただかないと」と彼女は指摘した。「ゆうべはよく眠れました？」

ぼくは彼女をちらっと見てから、すぐ目をそらした。彼女はかすかに挑発的な目つきをしていた。その目つきは言葉と同じくらいはっきりと、もしぽっちゃりした若いメイドをベッドに招き入れたければ、たぶん段取りはつけられるということを告げていた。

「寝心地が悪かったら知らせるよ」ぼくはさらりと答えた。「ところで、ミセス・スティールはよく出かけるのかな？」

「いいえ、あまり」娘は答えながら微笑み、柔らかそうな唇の端でにやっと笑った。「土曜の晩はたいてい、あともちろん毎週水曜もお出かけになりますけど、それ以外で決まった外出日はありません」

「毎週水曜？」ぼくは繰り返した。

「はい、髪を整えてもらいに。実は、あれは地毛の色じゃないんですよ――もしかしたらおわかりでした？　行きつけの美容院がボンド街にあるんです――フランス人のお店だと思います。そのあと、ほとんど毎回、妹さんに会いに行くんです」

「へえ？」ぼくは関心のないふりをしてつぶやいた。「妹さんがいるのも知らなかったな」

「あら、いらっしゃるんですよ！」ベッシーは熱のこもった口調で言った。「お名前はネリーとおっしゃるそうです。いえ、ミセス・Sからうかがったんですが。メイダ・ヴェイルにお住まいで、たぶん女優さんですよ。だけど、わたしがあの方について話したとは、誰にも言わないでくださいね」

「もちろん。妹さんはお若いのかな？　若くないのかな？」

「あら、お若いですとも――ミセス・Sよりもずうっとお若いですよ。しかも美人！　ここにもいらしたことがあって、ミスター・ライスが引っ越してくるちょっと前でしたけど、二、三日泊まっていったんです。一年くらい前、ほかのみなさんが一週間留守にしている間の出来事でした。本当におきれいな方なんですよ。ほら、色が白くて金髪で、ミス・リンダにちょっと似ているけど、髪にもっとウェーブがかかっていて。しかも、スタイルも抜群で」

そこでまたにやりと笑い、白いエプロンがぴったり貼りついている自分の生意気そうなバストを、ちらっと見下ろした。そのとき、台所から怒鳴り声が聞こえてきた。ミセス・ピピットの声で、しかも不機嫌そうなミセス・ピピットだ。

「ベッシー！　べッ・シー！」

「ガミガミおばさんだわ――もう行かなくちゃ」娘は急いでそう言って、ぼくがもう一枚硬貨を手渡すと、長いまつげ越しにぼくを一度だけ見て、そして立ち去った。

さらに夕食の前に、ぼくはリンダの南京錠を取り付けた。そしてそのおかげで、屋敷内にあることがわかっている大工道具はヘンリー・ホワイトヘッドのものだけだと知ることができた。ヘンリーはまだ帰宅していなかったので、ぼくはドライバーを探すために勝手ながら彼の部屋に入ったが、のみは見つからなかった。二階へ下りるとき、階段の一番下に扉があるのに気づいた。必要があれば最上階全体を隔離することができるわけだ。この扉が使われたことはあるんだろうか、とぼくはぼんやり考えた。さらに、キャロラインがハンサムな息子をベッシーみたいな尻軽女のすぐ近くで、ほかの家族から遠く離れたところで眠らせているのはどういうつもりなのか、とも考えた。でもおそらく、それがどんな結果を招くかなんてことは、頭をよぎりもしなかったのだろう。ヘンリーは男の子で、男の子だから自分のことは自分でやれるけれども、リンダは女の子だから、知らない男どもから守ってやらなければならない。

十分後、ぼくは自分の部屋の扉を調べて、ある程度満足した。侵入者が金具を外す気になれば、部屋に入る手段はたしかにまだある、とは思ったけれども、その不安はあまりなかった。途中でリンダがそばにやって来て、鍵は両方ともぼくが持つべきだと言い張った。さらに、母親に交渉したそうで、ミセス・ホワイトヘッドはもうぼくとの会話を禁止するつもりはないという。

「失礼な物言いをせざるを得なかったのでは？」ぼくがそう尋ねると、娘は微笑んだ。

「あら、〝率直な物言い〟よ」と彼女は言った。「恥ずかしいと思わないのって、お母さんを諭してあげたの――ほかにもいろいろ。赤ん坊じゃあるまいし！　もう友達は自分で選べる年頃だと思うもの」

「聞き違いかな、それとも、いま友達とおっしゃいましたか？」

彼女は再び微笑み、そうすると、ますます可愛らしく見えた。

「いつもみたいに気が変わるかもしれないけどね！」と彼女は警告した。「さて、そろそろ食事に行ったほうがいいわ。どうか、ゆうべより少しは消化のいい物が出てきますように」

「あれ以上消化の悪い物はあり得ないでしょう」ぼくは気持ちを込めて断言した。「いま学校は休暇中なんですよね？」

「ええ、九月十二日までお休みなの」

「旅行のご予定は？　それとも、もう出かけたのですか？」

「残念ながら、どっちでもないわ。今年は旅行をするお金がなくて――わたしたちみんな、どこにも行かないの。あなたは？」

「六月にスコットランドへ行きました」とぼくは言ったが、そう告白するのがなんとなく恥ずかしかった。

食べ物はたしかに昨夜と変わらなかったが、ミセス・スティールもその兄もいないのだから、少しは雰囲気が明るくなるはずなのに、笑顔はどこにも見られなかった。オリーヴがまだデルフィニウムの喪に服しているのは、あまりにも明白だった。ほとんどなにも食べず、頬を紅潮させている。ヘンリーもふさぎ込んでいて、ぼくへの挨拶も単なるうなり声だった。ミセス・グレンは目を生き生きと輝かせていたが、食卓の一番端の席に無言で座っていた。ミセス・ホワイトヘッドはぼくと目が合うのを避けていた。ヴァイオレットは、不当なほど面目を失っているかのように縮こまって見えた。

一皿目のスープを飲む間は、ほとんど誰も口を利かなかった。そして、茹でた鱈に付け合わせるジャガイモをベッシーが配り終えたとき、ミセス・グレンが呪縛を解いた。

「もうこれ以上我慢できないわ」と彼女は言い切った。「ミスター・マートン、わたしたちのほとんどが、あなたになんらかのお知らせがあるの。最年長のわたしから始めさせてもらいます。今日の午後にあなたが部屋を出ていったあとで、うかがったことについて考えてみたら、やっぱりわたしも被害者だったとすぐ気づいたのよ。ありがたいことに、持ち物を壊されたりはしていないけど、大切にしている物が二つもなくなったの。象牙の彫像と、紫水晶のペンダント」

「まあ、お母さん！」ヴァイオレットがすぐさま振り向いて叫んだ。「まさか、わたしがあげた物じゃないでしょう？」

「実はそうなのよ――ごめんなさいね」

末娘はなにも言わずにわっと泣き出し、それからしばらく経ってようやく、話ができる程度まで落ち着いた。

「悪いこと続きだわ！」彼女はすすり泣きをこらえながら、ミセス・グレンにそう言った。「いえ――わたしがあげた物だからじゃないの――泣いたりしてばかみたいね。ああ、違うのよ！　わたし、お母さんの時計をなくしちゃったの！」――そして再び、哀れっぽく泣き叫んだ。

「写真だけじゃなくて？」とオリーヴが問いただした。「なんてこと、これは冗談じゃ済まされなくなってきたわ」

「冗談なんて！」とキャロラインがとげとげしい口調で言った。「お話にならないわ。ミスター・マートン、あなたがいても、たいして守られているようには思えないのだけど」

これは聞き捨てならなかった。とりわけ、先ほどの温室での発言もまだ許していないのだから。

「ミセス・スティールは実のところ、ご自分だけを守るためにわたしを雇っていらっしゃるもので」

ぼくはにこやかにこう述べた。

「まあ！」キャロラインはあえぎながら言った。「まあ、なんて薄情な！」

「ばかばかしい」とその母親が言った。「この方なりの、かなり率直な言い方で、事実を述べていらっしゃるだけよ。わたしとしては、新鮮に思ったわ。それに、この方がいまなにを思っているはずなのかは、じゅうぶん明らかでしょう。彼がいらっしゃる前は、被害者はハリエットだけだった。でもいまは、わたしたち全員が関係者なの。あらいやだ、あまりいい言い方ではないけど、意味はわかるでしょう。不本意だけど、ゆうべオリーヴが言っていた通りだとだんだん思えてきたわ。わたしたち全員が確実に潔白だとは、もう思えないの」

「まあ、お母さんたら！」ヴァイオレットがうめいた。

「しっかりなさい！　泣いたって、なんの役にも立たないのよ。さあ、次に悲しいお話を聞かせてくれるのは誰かしらね？」

ミセス・グレンは軽口を叩こうとしたようだが、うまくいかなかった。自分の受けた損害がつらすぎたせいではないかとぼくは思った。少しずつ、入手可能な情報を聞き出していった。一番ぶつぶつ文句を言っていたのはヘンリーだったが、物事がうまくいかないときはいつもそうなのだということを、彼の姉がその後ぼくの一覧表作りを手伝っている最中にこっそり教えてくれた。

夕食は、張り詰めた雰囲気の中でお開きになった。スティール家の人々――リンダは例外として――の目の奥に、相互不信が芽生えているのが見えたような気がした。お互いのことをひそかに、探るような視線で見ている。自分たちの中の誰かが本当に悪人に違いないということを、ようやく実感しているのだ。ぼくとしては、意気消沈した気分だった。自分がやみくもに探し求めている相手が誰なのか、どうしてもわからなかったからだ。

最後にぼくは、リンダと一緒に仕事に取りかかる前に、ミセス・スティールとぼくの例にならって全員が扉に新しい錠を取り付けたほうがいいという提案を口にした。誰もがうなずき、みんながぼそぼそと同意した。

十時になり、ぼくらの仕事がちょうど終わったとき、ミセス・グレンがビリヤード室に入ってきた。

「ついにやったわ、ミスター・マートン！」彼女はそう言って、青い瞳をきらめかせた。

「なにをやったの、お祖母ちゃん？」とリンダが尋ねた。「とっても嬉しそうだけど」

「ええ、とっても嬉しいの。誰にも言わない？　あの石膏像の小人たちは五分前に息絶えて、そのことを知っているのはわたしたち三人だけなのよ」

「陰謀を企てたってこと？　お祖母ちゃんたら、いい年をして！」

「あら、抜け駆けしちゃった？　ごめんなさいね」と老女は言って、曲がった指をリンダの金髪の頭に一瞬そっと載せた。

「さて次は、お庭のたき火を見に行きましょう」と彼女は付け足した。

「たき火ですって？　今日のお祖母ちゃんは、謎だらけね」

「今度はわたしの仕業じゃないのよ――あなたのお母さん」

そこでミセス・グレンは眉をひそめて、心もとなさそうにちらっとぼくを見た。「ハリエットがご親切にも、わたしの絨毯の残りを返してくれたという話は、本人から聞いていらっしゃるわよね、ミスター・マートン？」と彼女は言った。

「ええ、うかがいました」

「よかった、それなら、わたしたちが他人の持ち物にひどい取り扱いをしているとは思わないでしょう」

リンダは目を見張り、灰色の瞳がまん丸くなった。

「お祖母ちゃん、まさか、あの絨毯を燃やしてるんじゃないでしょう？」

「ええ、そのまさかよ。そんなにびっくりした顔しないでちょうだいな――わたしがハリエットの残り物を受け取るなんて思わないでしょう？　炎は清らかで、すべてを清めてくれる――記憶も燃やせたらどんなにいいか！　まあ、すっかり終わってしまう前に見にいらっしゃい。とはいっても、かなり臭いと思うけど」――そしてまた笑い出した。けれども、今度の笑い声は震えていて、涙声になりかけていた。

炎は庭を不気味に照らしていて、影がちらついたり、揺れ動いたり、周囲の暗闇の中に隠れたりしていた。そのせいで、ご婦人方はこの世のものとは思えぬような、非現実的で、まだらで、実質がなく、ゆがんだ体と顔が炎の色に染まった化け物に見えた。匂いはたしかに最初は不快だったけれども、やがて慣れた。その晩のなにかが不吉な印象で、暴力沙汰が起こる予感に襲われたなどと言えればい

八月九日金曜日午後八時時点におけるミセス・ハリエット・スティール以外の人々の紛失または損害の詳細

名　前	紛　失	損　害
ミセス・グレン	漁師をかたどった象牙の彫像一個。高さ六インチ。正確な価格は不明だが、おそらく二十ポンド以上。いつもの置き場所である寝室兼居間のマントルピースの上からなくなっているのを金曜日午後五時十五分に発見。最後に間違いなく目撃されたのは午前九時の掃除の際。 紫水晶のペンダント一個。推定価格二ポンド。書き物机の無施錠の引き出しにある宝石箱からなくなっているのを五時十五分に発見。それ以前は数日前から未確認。	なし。
ミセス・ ホワイトヘッド	小さなダイヤモンド三個付きの金の指輪一個。推定価格五ポンド。整理だんすの中の箱からなくなっているのを金曜日午後七時に発見。最後に目撃されたのは前夜に箱にしまったとき。 髪の毛の入った金のロケット一個。ほぼ情緒的価値のみ。おそらく鏡台の上からなくなっているのを木曜日正午に発見。	額入りの刺繍見本一枚が引きはがされてはさみで切られ、額縁は寝室の壁に戻されていた。刺繍見本は一八一七年作成、価格は不明。発見されたのは金曜日午後六時ごろで、午後のミセス・Wが温室にいた時間内に損傷を加えられたものと思われる。本人のコメントは「わたしの大事な宝物だということは、みんな知っていました」。家族の裏付けあり。L・Wによるコメントは「いい厄介払いだわ——本当に醜い代物だったから」。

名　前	紛　失	損　害
ミス・オリーヴ・スティール	電気アイロン一台。六カ月前に十五シリングで購入。台所の棚からなくなっているのを発見。最後に使われたのは水曜日夕方で、使用者はヴァイオレット・スティール。	読書用眼鏡が砕かれた状態で客間のピアノの上に置かれているのを金曜日午前八時四十分に発見。最後に目撃されたのは前日午後の寝室にて。 デルフィニウムが折られているのを金曜日午後六時五十分ごろに発見。六時に庭師が帰ったあとの犯行に違いない（だが要確認）。屋敷からは、イチイの防風林が邪魔でデルフィニウムは見えない。
ミス・ヴァイオレット・スティール	革のハンドバッグ一個。中身は空。推定価格十シリング。盗まれた場所も、最後に目撃された時期も不明。 宝石をはめ込んだ時計一個。ミセス・グレンの持ち物だが、数年前からヴァイオレットが所有している。ひげぜんまいが壊れているため最近は使っていない。推定価格十五ポンドで、母子の宝物だった。金曜日午後六時二十分にブローチを取り出すために宝石箱を空けたとき、この時計の紛失を偶然に発見。	ヴァイオレットの婚約者ウィリアム・ブリッグズの額入り写真一枚が割られて、写真の顔にいたずら書きがされているのを、金曜日の昼食後に発見。二時間以内の犯行に違いない。情緒的価値は計り知れない。
ミス・リンダ・ホワイトヘッド	十シリング札（?）。手がかりは皆無。	下着の肩紐とゴム紐が取り去られているのを金曜日の昼食後に発見。午前中の犯行に違いない。

名　前	紛　失	損　害
ヘンリー・ホワイトヘッド	イヤフォンひと組。価格は十シリング六ペンス。 蓄音機のピックアップ一個。価格は一ポンド。 さまざまなラジオ機材。詳細は不明だが、古い真空管数本、コンデンサー二個、遮蔽用の大きな銅板一枚、ターンテーブル一台、がらくた箱一個を含む。これらは金曜日の午前八時から午後七時までの間のいずれかの時間に盗まれたものと思われる。	真空管六本が粉々に砕かれていた（破片は箱に隠してあり、そのためD・Mがドライバーを取りに行ったときにはなにも見ておらず、犯行時刻ははっきりしない）。 寝室の衣装だんすのフランネルのスーツのボタンが全部取り去られていた。 お気に入りのネクタイ二本がずたずたに切り裂かれていた。
ダグラス・マートン	なし。	『ナショナル・ヴェルヴェット』が金曜日午前十時から午後六時十五分までの間に引き裂かれていた（ミス・Wの所有物）。
ジョージ・ライス	報告なし。	報告なし。
ベッシー・ホランド	——	——
ミセス・ピピット	——	——

いのだが、そんなことは全然なかった。じきにリンダとぼくはヘンリーと一緒に、涼しいそよ風のせいでちらばった真っ赤な燃えさしを踏み消し、たき火が消えて不機嫌そうにくすぶり出すと小山をつつき、灯油をさらに注いだ。

「あっちの絨毯も取り返せたらいいのに！」ため息まじりにそうつぶやいたキャロラインは、前よりも明るく、優しげに見えた。彼女がぼくのほうを向くと、体の半分は明かりに照らされ、残りの半分は暗くてよく見えず、幻影のようだった。

「ミスター・マートン、あれを取り戻してほしいとお願いするのは無理かしら？」ぶっきらぼうに問いかけられた。

「残念ですが、それは無理でしょうね、ミセス・ホワイトヘッド」とぼくは答えて、首を横に振った。

「当たり前じゃない！」オリーヴのとげとげしい声が割り込んできた。「ばかなこと言わないでよ、キャロライン！」

するとと今回は、オリーヴはやり返されなかった。彼女の妹はただ単に肩をすくめて――あるいはそう見えただけかもしれないが――ぎこちない足取りで歩き去った。

第三部　犯行当日

第十五章

そして、きわめて重大な一日となる、八月十日土曜日がやって来た。その日はいつもと違う出来事で始まり、ぼくにとっては夢にも思わなかった出来事で終わり、この屋敷の住人一名にとっては、永遠に終わらない一日となった。とはいえ、まずは一日の始まりについて話さなくては。

そのときミセス・ピピットは酔っ払っていて、午前七時だというのに恥ずかしげもなく泥酔状態だった。そのうえ、そういう状態に陥ったのは、ジョージ・ライスのウイスキーを勝手に飲んだからだった。ぼくが空の瓶を持って行くと、ジョージはすぐに自分のものだと認めたのだ。彼はよろよろとベッドから出て、食品戸棚の横でしゃがみ、中をのぞき込んだ。太鼓腹の不愉快なその男はピンク色のパジャマ姿で、目の下には濃い隈ができていて、無精ひげは伸び放題だ。

「おいおい、二本なくなってるぞ！」彼は顔を上げてそう言った。「一ダースあるはずで、そのうち六本は満タンで六本は空だったんだが、十本しか見当たらない」

ぼくは彼の報告を確かめてから、また最上階へ行った。そもそもぼくは、ベッシー・ホランドとオリーヴ・スティールに呼びつけられてそこへ行ったのだ。前者は明らかに、これを笑える話だと考えていた。まあ、ある意味ではたぶん正しいのだろう。そういうたぐいのことを面白いと思えるなら、だが。ぼく自身は、そうは思えない。職務怠慢の意地悪ばばあがベッドの上で体を丸めているのを見たとき、面白いというよりも不快になった。中年のだらしない落伍者は軽蔑よりも哀れみの対象で、帽子とエプロンを身につけて、手はまだ汚れていて髪はもじゃもじゃで、継ぎ当てをしてひびの入った靴を履いたままだ。いまはうとうとしているが、ときどき目を覚まし、しゃっくりとのんきな仕草で訪問者に挨拶をした。

その一方でオリーヴは、ちっとも笑い事ではないと考えていた。その嫌悪感は、肌で感じられそうなほどだった。

「あなたからミセス・スティールに伝えなさいよ」と彼女は言った。「あの人が雇ったんだから。きっとろくな女じゃないって、最初から思ってたのに。さて、朝食の支度はわたしがしなくちゃならないんでしょうね」

「お手伝いします、ミス・オリーヴ」ベッシーは、頼まれるのを待たずに自分から申し出た。

「あらそう、じゃあ一緒に来て」無愛想な承諾が返ってきた。「たぶん、ミスター・マートンは、なにをすべきかご存じのはずだから」

ところが、ぼくは〝ご存じ〟ではなかった。酔っ払った料理人を扱うのは、生まれて初めてだったのだから。オリーヴの提案が最善策のように思えたので、ぼくは自分の雇い主の寝室へと向かった。

彼女もひどい格好で、差し錠を外したあと――ところで、この差し錠を外したとき、歯が全部浮きそうなほど嫌な音がした――ぼんやりした目でぼくを見つめた。もっと言うならば、しらふの状態でここまで不格好な女はいないだろうとぼくは思った。ブロンドに染めた髪に青いネットをかぶり、薄手のネグリジェが垂れた胸にぴったり貼り付いていて、裸足の足元を見ると、なぜか生の豚肉を思い出した。部屋も相変わらず醜かった。カーテンは引かれたままで、テーブルの上のジグソーパズルは天井の明かりにこうこうと照らされて、すべてがけばけばしくぎらぎらしていた。

ぼくは、ネグリジェの裾をぐいと引き上げてベッドに戻る彼女に状況を説明し、指示が下るのを待った。

「まったくもう、どうでもいいわ！」ミセス・スティールはあくびをしながらそう言った。「家事を切り盛りしてるのはオリーヴよ――自分でどうにかすればいいじゃない？　あの婆さんは追い払うべきだと思うけど」

「自力では動けない状態なんですよ」とぼくは指摘しながら、これほど風通しの悪い部屋でよく眠れるものだと不思議に思った。

「わかったわ、警官を連れて来て――どうにかしてくれるわ。どこからお酒を手に入れたって言った？　ジョージ？　ジョージがあげたわけじゃないのね？」

「ええ、ミセス・スティール。盗まれたに違いないとおっしゃってました」

「じゃあ、簡単じゃないの――兄をけしかけなさいよ。とにかく、どうにかしてあの女を必ず追い払ってちょうだい」

ジョージ・ライスは妹の提案を断固として拒否したので、ぼくは自分で対処する覚悟を決めた。だがその前に、ミセス・ピピットのわびしい屋根裏部屋を捜索した。本人はいまやぐっすり眠っているので、邪魔はまったく入らなかった。口を大きく開けたまま、耳障りな寝息を立てている。〝もしこの女がウイスキーを盗んだのなら、ほかにもなにか盗んでいるかもしれない〟と推理したのだ。最初はやはり彼女の仕業だと思った。みすぼらしい服の間に厚紙の箱があって、その中にキャロラインの指輪とロケット、ミセス・グレンのペンダント、ヴァイオレットがなくした時計、さらに誰からも話を聞いていないエメラルドのブローチが見つかったからだ。でもその後、考えが変わった。ミセス・ピピットの手を見ると、手袋をするような女とは思えないのに、エナメル仕上げの時計をぎざぎざの付いた竜頭で慎重に持ち上げて、裏面に息を吹きかけてみると、指紋の形跡がまったく見当たらなかったのだ。光沢仕上げのロケットにも同じく指紋がなかったので、この料理人の容疑は晴れたという結論を出した。誰かがこの部屋に盗品を隠しておいたのだ。

ここで、重要な疑問に直面した。それと同じ人物が、彼女を酔っ払わせたのでは？　ぼくはその疑問を解くことに専念し、違うはずだとすぐに確信した。ぼくの情報の大部分はベッシーから聞いた話だが、その後に事実と確認されているので、ここで一度だけミセス・ピピットの経歴を簡単に説明しておくべきだろう。

ベッシーが言うには、ミセス・ピピットの欠点は酒好きなことで、台所で二人きりのときに本人がたびたび白状していたという。〈樅の木荘〉に酒の供給源がジョージ・ライス以外にあったなら、三カ月も経たずにお払い箱になっていたはずだ。不運にも——ミセス・ピピットにとっては、だが——ジョージは食品戸棚に必ず鍵をかけていたのだけれども、二日か三日おきにベッシーがこっそり忍び込んで確かめていた。彼女の話によると、これは二人の間ではお決まりの冗談になっていたのだという。「戸棚はまだ鍵がかかってた？」とミセス・ピピットが尋ねるわけだが、昨日の金曜日までは、返事はいつも同じだった。ところが、サンスターの勝利でジョージが浮かれてしまったのか、カーテンを引いて寝具の襟を折り返すためにベッシーが九時に部屋に入ったとき、錠に鍵が刺さったままなのに気づいた。ベッシーは料理人に報告して、その結果はすでにわかっている。

だから、盗品が隠されているのはそれとは無関係だな、とぼくは考えた。誰かが宝石類をミセス・

ピピットの服の中に隠して、待ち構えているのだ。彼女がそれを発見したら、欲望のままに予期せぬ戦利品と一緒に立ち去るという不正直な行動をとるか、あるいはことをおおっぴらにするかのどちらかだろう。どちらにしても、一時的または永久にスケープゴートにされてしまうというわけだ。

ぼくは、みずから対処に乗り出すことにした。ただし、ミセス・スティールの同意が得られたらという条件付きだが。ぼくが計画を説明し終えると、彼女は意気込んで話に乗ってきた。いまでは完全に目を覚ました彼女は、枕の上に吊り下げられた明かりの下でまっすぐ座り、ふわふわした滑稽な白い上着を肩に羽織り、緑色の瞳には、実にいけ好かない表情が浮かんでいる。昨夜のベッシー・ホランドの表情に似ているが、たぶんその百万倍は危険な表情だと思った。ベッシーはそれなりに魅力的だけれども、ミセス・スティールはいまでは絶対に魅力的ではないのだから。ぼくはできるだけ距離を空けるようにした。それでも、少し経つと彼女は巨大な乳房の片方をわざとあらわにして、すぐに空々しくも恥ずかしげにそれを隠したのだ。

慎重にいかなくては、とぼくは自分に言い聞かせた。さもないと、ぼくの純潔が危うくなる。まあ、相対的な意味での純潔だが。さらに、前日の午後に彼女が鏡台の前でなにを考えていたのかに気づいて、内心ぞっとした。証明するのはもちろん無理だが、ぼくの一生のうちの一年間を賭けてもいいほど確信できた。

ぼくは彼女の振る舞いを無視した。恥ずかしくもないのに恥ずかしがるふりをするところは、なんとなくヴァイオレットを連想させるが、ヴァイオレットよりもはるかに破廉恥だ。その代わりにぼくは自分の提案する作戦のあらましを述べて、嬉しいことにミセス・スティールの興味を惹くことができた。彼女の同意を得て、ぼくは例の宝石類を預かることにした——それらが紛失していたことについて、彼女はまったく知らなかったとはっきり言ったが、エメラルドのブローチは自分のものだと主張した。ぼくのこれからの予定は料理人を追い払い、なにを見つけたか誰にも言わないで、良い結果を期待することだ。

その三つをすべて実行すべく、ぼくはまず念のため、ミセス・ピピットが使い古したブリキのトランクの荷造りをするのを見張った。いくらかでもしらふに戻す方法は、ジョージ・ライスに教えてもらった——彼なら知っているはずだと思ったのだ。例の厚紙の箱が隠されていた服の取り扱い方から、ミス・ピピットはそんな箱が存在していたことなどまったく知らないに違いないと確信できた。彼女はぼくにどれだけ感謝すべきかということにも決して気づかないだろう、とぼくは思い、どちらかと言えばありがたく感じた。

結局、追放者はタクシーで去り、タクシーの運転手は半クラウン硬貨を手渡されて、できるだけ遠くへこの女を連れて行くようにと指示された。恨みも見せずに去ってくれたか、とぼくは思い、ほっとしそうになった。彼女の帽子は横に傾き、顔はまだ赤らんでいた。

「ひどい家だよ、ここは」彼女は門のところで、まじめくさった口調でぼくにそう告げた。「なんでこんなに長く我慢してたんだか——バイバイ」

ところで、なくなった二本目のウイスキーの瓶は彼女の部屋で見つけることができず、本人も一本しか盗んでいないと言った。ぼくはとりあえず、彼女を別の問題に巻き込もうとした人物が盗んだと考えることにした。スティール家の人々は、料理人の持ち物を調べたのと同じくらい徹底的に調べさせてほしいと要求したらどうするだろう、と考えてみた。あまりいい扱いは受けられまい、とぼくは判断した。もちろん厄介なのは、その要求を拒否するのは当然で、正当なことだという点だ。だがいずれにしても、犯人は近くに証拠がないように気をつけるだろう。

朝食後にぼくは、庭師は二人ともデルフィニウムの被害とは無関係だということを確かめた。その後すぐに、リッチモンド行きのバスに乗った。

ウィリアム・ブリッグズの外見は、ヴァイオレットのいたずら書きされた写真ではよくわからなかった。留守中の上司の代理として彼が取り仕切っている陰気な事務所で十時三十分に対面してみると、これがつまらない小男で、年齢は四十五歳くらい、顎は弱々しくて肌は青白く、こちらをまともに見ようともしない。ぼくがバリントンかエイモスだったら仕事を任せたいとは思わないたぐいの人物だったが、しばらく話をしてみると、おそらく仕事をよく知っているのだろうと思えた。だが、こういうタイプの男はたいていそうなのだ。人柄の魅力が乏しいので、解雇されるのを防ぐには、余人をもって代えがたい有能さを備えるしかない。

彼はミセス・スティールの手紙を読むと、こびへつらうような口調で失礼しますと言って席を外し、すぐに遺言書を手に戻ってきた。それは遺言書らしく簡潔で、感謝や憎しみの言葉とか空虚なお説教に煩わされることはない。彼女の死亡時の所有財産はすべて両親へ渡ることになっていたが、謎めいた例外が一つだけあった。生命保険金の合計金額は、保険証券の条件に従い当該会社より支払われる、と記されていた。たったそれだけだ。誰の名前もなく、金額もまったく見当たらず、ジョージ・ライスのことはどこにも触れられていなかった。

ブリッグズに説明してくれないかと頼むと、彼は力なく微笑んだ。

「金額はわからないのですよ、ミスター・マートン」彼はすまなそうにそう言った。「ですが、受取人はご親族だとご本人がおっしゃっているのを耳にしたことはございます。お兄さまだと思いますが。

ええ、きっとそうでしょう」

「では、スティール家の財産は？」とぼくは尋ねた。「あの方がそれを遺言書で処分することができないのはわかりますが、合計でどの程度の金額になるんでしょうか？　十五万ポンドくらい？」

「ええと、実のところ、それよりかなり上です。しかも、慎重な投資がなされておりまして――約三パーセントの非課税利益をもたらしています。たとえば元手が十六万ポンドなら、一年につき五千ポンドですね」

「それで、ミセス・スティールは使わないお金を返す必要があるのですか？」

「いえいえ、とんでもない！」彼はそれを聞くなりくすくす笑ったので、よほど滑稽だったのだと思う。つまり、彼女が大金を返すと考えるだけで、おかしかったのだろう。

長居する理由はなさそうだったので、ぼくは立ち上がった。するとすぐに、彼はためらいがちに私的な会話をし始めた。すみませんが、一つお願いしてもよろしいでしょうか、と。お昼に〈樅の木荘〉へ戻ってくださると、大変ありがたい。実は、婚約者――ミス・ヴァイオレット・スティールのことだろう――と、いつもの土曜日と同じように、今日の午後デートに行く約束をしていたのだけれど、今週は都合をつけられそうにない。手紙を届けてもらえないだろうか？　電話は二度したのだが、どちらも留守で、口頭の伝言はどうも信用できなくて。

「喜んで」とぼくは承諾して、彼が手紙を書いている間、そばで待っていた。この男のことをヘンリーは〝秀才〟と呼んでいたが、その理由がわかった。ヴァイオレットと結婚することは、長い目で見れば自分にとって得になるとおそらく考えているのだろうが、ぼくとしては彼のために、その代償は大きすぎたということにならないといいんだが、と思った。もしぼく自身が同じ立場だったら、代償があまりにも大きすぎる。

そのとき、ここだけの話だが、お恥ずかしいことに、ブリッグズに会いたかった重要な理由をようやく思い出した。

「いまは亡きアンドルー・スティールの遺言書のことなのですが」とぼくは切り出した。「ご遺族が〈樅の木荘〉に住み続けることをどの程度義務づけているのか、教えていただけませんか？」

彼は教えてくれたが、内心は嫌だったはずだとぼくは感じた。遺族は病気のときを除いて、連続して一カ月以上、または一年間で合計二カ月以上留守にしてはいけない。それと異なる行動をとることがあれば、故人の遺産に対する権利をすべて失うが、他人の不履行によって損害を受けさせられることはない。ミセス・スティールは、遺族が必要とする限り住居を提供することを、同様の義務として課される。

ぼくは彼に礼を言い、もう一つ思いついた質問を口にした。

「ミセス・スティールの遺言書の内容について、ご家族の誰かから問い合わせはありましたか？」と尋ねてみたのだ。すぐさま憤然と否定する言葉が返ってきたが、生気のない目をひと目見れば、それは嘘だとわかった。

絨毯が電話で買えるなんて話は聞いたことがなかったが、ミセス・スティールはぼくが戻るまでの間に、まさにそんな電話を終えていた。屋敷の外にバンが止まっていて、客間ではワイシャツにエプロン姿の男二人が四つん這いになって忙しく働いていた。彼らがせっせと敷き詰めているのが、ただもうぞっとするような代物だということは、たぶんもう言う必要もないだろう。地色の青は二ペンスのバス乗車券と同じ色で、その上に金と銀とチョコレート色の円が載っていて、それぞれの円はゴミ入れ缶の蓋と同じ大きさだ。絨毯の縁は三本の黒い細い帯で飾られており、まるで誰かかなにかを追悼しているかのようだ――失われたのはデザイナーの芸術的良心だろう、とぼくは思った。その価格は、新たな所有者が誇らしげに告げていわく、八十四ギニー。彼女は十時に有名な家具屋に電話をかけて、すぐに各種取りそろえて持ってこさせようとした。地味ではなく、くだらない柄でもなくて、モダンなデザインが好ましい、と。彼女の話によると、家具屋は土曜日の午前中だからという理由で先延ばしにしようとしたのだが、そんなたわ言はすぐ黙らせてやったのだという。

「『あなたね、何曜日だろうと知ったことじゃないのよ』と言ってやったの。『サイズは書き取った？じゃあ、お昼の十二時までに人をよこして』って言ったわ。『さもないと、どこかよそから買うわよ。ああ、それと、百ポンド以上払うつもりはないからね。わかった？』とね」

「そしたら、すぐ来たわ！」そう付け足して、くすくす笑った。「頼み方さえわかっていれば、欲しいものはいつだって手に入るのよ、ねえ」

またしても、彼女はなにやら考え込みながら緑色の目でぼくをじっと見つめてきたので、またしてもぞっとした。次にブリッグズとの面談について質問されたとき、ぼくは無口になった。本当に、ほとんどなにもわからなかったもので、と言い訳をした。

「じゃあ、あの人はどういうつもりなの？」と彼女は迫った。

「まあ、社会的に成り上がりたいんじゃないかと思いますよ、ミセス・スティール」とぼくは答えた。「ヴァイオレットはかつて良家と呼ばれた階級の出ですが、彼がそうではないのは明らかですし」

ぼくは、あえてあてつけるような口調で話した。〝それにもちろん、あなたもですよね〟ということをほのめかす口調だ。〝なんといっても、そういうお家に嫁ぐことについて知り尽くしている人がいるとすれば、それはあなたのはずですよ〟

二重の意味を理解したのか、返事はうなり声だけだった。

「そうそう、忘れないうちに」と、ぼくはさりげなく話を続けた。「ミセス・スティール、あなたはおいくらの生命保険に入っていますか？　遺言書の条項を拝見しまして、実を言うと」――これは嘘だが――「その点は以前おじからおうかがいするよう言われていたのに、忘れておりましてね。金額は大きいのでしょうか？」

「たぶんそう思うでしょうね」彼女はつまらなそうな顔で認めた。「どうしても知りたいなら言うけど、一万ポンドよ」

「それはすごい！」ぼくは驚きを隠そうとせずに叫んだ。「受取人の名前をうかがってもよろしいですか？」

彼女はぼくをじっと見つめた。いまは警戒している目だ。

「いいえ、だめ」にべもない返事だった。「この屋敷に住んでいる人じゃないし、それだけわかればじゅうぶんだと思うけど。ああ、そうそう、ゆうべ庭が臭かったけど、あれはなに？」

ぼくは、ミセス・グレンが自分の所有物の破壊に同意した理由は省いて説明した。ミセス・スティールは、かなり面白がっているようだった。

「まあ、それで片はついたわね！」と彼女は言った。「短気は損気ってことでしょ？　いい気味だわ。でも、わたしの小人たちまで壊したのよ――気づいた？　それでも、あれは嫌がらせの目的で置いただけだし、まだいくらでも手に入るわ。

ところで、よかったら今日の午後はお休みをとってもいいけど、五時までには戻るようにしてね。

わたしは五時に出かける予定だから」

ぼくは礼を言い、まるで使用人のように呼びかけられることに対する嫌悪感をこらえながら立ち去った。下の階でぼくはジョージ・ライスに出くわした。いまでは髭を剃り、にこやかで、ストライプのフランネルの服を着て緑の帽子をかぶっている。彼も出かけるところで、必要もないのに立ち止まると、ぼくの肩をピシャリと叩いた。

「よう、坊や！」彼はにやりと笑った。「おれのもう一本の牛乳瓶は見つかったかい？」

まだ見つかっていなかったので、そう伝えると、ジョージは少し前に彼の妹が口にした言葉を、知らず知らずに繰り返した。

「いやいや、別にいいんだ――まだいくらでも手に入るんだし。なあ、ちょっと話があるんだ。あんたは親切にしてくれたからな――お返しさ！」

彼はにっこり笑い、うなずくと、太鼓腹に巻いたばかげた金のチェーンをごそごそいじり、ベストのポケットから鍵の束を取り出して、その一つを外した。

「あの戸棚の鍵だよ！」彼はウインクしながらそう言った。「自由にやってくれよ、坊や、好きなだけ――当然のことなんだから。おれはいつ帰るかわからん――ちょっと遅くなっても不思議じゃない。終わったら、鍵は枕の下に突っ込んどいてくれ――じゃあな！」

ぼくはその後ろ姿を見送りながら、彼が（求められてもいないのに）最高の好意のしるしを示してくれたのではないかと強く疑った。しかも、むやみに仰々しくもなく、ぼくはなんとなく嬉しくなったが、少しばかりきまりが悪かった。明らかに身に余るもてなしを受けているときの気分だ。

第十六章

昼食の間にミセス・スティールは、嫁ぎ先の家族であり、人生を彼女に完全に支配されている人々についていて、ぼくが耳にした限りでは唯一の優しいコメントを、その深紅の唇から発した。正確には、ろくでなしばかりの中では断然ましだとヘンリーを評したコメントを除けばの話だが。彼女はオリーヴのほうを向くと、手に持ったフォークを自分の皿に向けて振り、口に頰張ったまま話をした。

「これ、美味しいローストビーフね」彼女は打ち解けたも同然の口調で言った。「誰が焼いたの?」

「わたしです」堅苦しい返事が戻ってきた。そしてたしかに、オリーヴの様子を見れば、それはじゅうぶん信じられた。鼻と額がてかてか光り、白髪交じりの薄い髪は蒸気でなでつけられたのかもしれない。

「しかも、ずいぶん立派じゃないの」ミセス・スティールは愛想よく言い放ち、横柄な身ぶりでローストビーフの塊をつついた。保温用の皿覆いなどといった代物は、〈樅の木荘〉では使われていなかった。お代わりする気を失わせるためかもしれない。

「わたし、美味しいローストビーフが好きなの」彼女は次にぼくに向かって、くどくど繰り返した。「つまり、グリルで焼いた料理が。でも、茹でた肉は我慢ならないわ——コーンビーフとかのゴミ料理は。魚もときどき食べるのは美味しいけど、注意しないと。ちょっとでも悪くなると、ひどい吐き気がこみ上げてくるのよ」

「本当ですか？」ぼくは礼儀正しくつぶやき、リンダの視線をわざと無視した。「わたしのいとこは、それと同じ理由で卵が食べられないのですよ」

「卵なんて！」ミセス・スティールは鼻を鳴らした。「卵は便秘になるのよ——どうしようもないわ」

反論の余地はなさそうだったので、ぼくはまた黙り込んだ。会話を続けるために自分の役割は果たした気がした。あとはほかの誰かにやらせよう。だが、スティール家の人々の無表情な顔を見ると、卵以外の原因で便秘になっているのではないかと思えた。いや、リンダ以外のスティール家の人々と言うべきだろう。リンダは明らかに、笑い出しそうなのをものすごい自制心でかろうじてこらえている顔だった。

その後ぼくは彼女に、午後は空いているかどうか尋ねた。すると、申し訳ないけれどもヴァイオレットとお祖母ちゃんと三人で出かける予定で、ハンプトン・コートの友達とお茶を飲み、借りていた大量のレコードを返さなければならないのだという。灰色の瞳が〝わたしも残念なの〟と言っているように見えたので、ぼくの失望は少し和らいだ。

「おばさんになんとかしてもらうことはできませんか？」とぼくは言ってみた。

彼女はぼくのしつこさに微笑んだが、すぐに金髪の頭を横に振った。

「まさにそこなの。おばさんにはできないのよ。ほら、手首がとても弱いの——三年ぐらい前に自転車で転んで、両方の手首をひねってしまって、一ダースのレコードはかなり重いから。でも、なにか手はあるかもしれないわ——ここでちょっと待ってて」

結局、ほかの人たちはバスでハンプトン・コートへ向かい、リンダとぼくはリッチモンド公園を通って歩いていくことになった。だらだらと続くプライオリー・レーンを歩いたのちにローハンプトン・ゲートから公園に入り、左手に広がるゴルフコースの前でしばらく立ち止まって、素人ゴルファーたちが茶色い芝生を掘り返すのを眺めてから、またのんびりと歩き出した。急ぐには暑すぎたし、いずれにしても、ぼくはこの午後のひとときに長く続いてもらいたかった。道路はほこりっぽくて交通量が多かったので、道路からできるだけ離れて歩いた。やがてぼくは、本当に田舎にいると信じてしまいそうになったけれども、リンダにそう言ってみると、退屈な話に聞こえた。

最初のうちは、〈樅の木荘〉の出来事の話題は避けていた。彼女はぼくに車を持っているかと尋ね、ぼくは、持っているけれどオーバーホールに出している最中だと答えた。

「それってつまり、どこかにぶつけたんでしょう」と彼女は静かに言ったが、ぼくが否定すると信じてくれた。

「六月の走行距離が三千マイル以上だったんですよ」とぼくは説明した。「そうなったら、どんな車だって手入れするのは当然だ」

そう思う、と彼女は言った。そして、ごくさりげなく淡々と、この十二カ月間でロンドンを出たのはバーナム・ビーチズに行ったときだけだと言った。

「しかもその日は、一日中雨だったのよ！」笑顔でそう付け足した。

しばらくすると、会話は必然的に、最近の出来事の話題へと移っていった。彼女の母親のロケットは無事見つかったということを教えてあげたかったのだが、やめておいた。キャロライン・ホワイトヘッドは、ぼくの残り少ない容疑者リストからまだ消されていなかった。それどころか、いまだに真剣に検討中の容疑者は、彼女と姉のオリーヴの二人だけなのだ。

「まったく途方に暮れてしまうわ」たいして進展がないことをぼくが白状すると、リンダはそう言った。「誰の仕業か想像もつかないのに、家族の誰かに違いないなんて。それ以外には考えられないんでしょう？」

「いまわかっている限りでは——ただし、ジョージ・ライスだとしたら話は別ですが」

彼女は、ぼくを横目で一秒間じっと見つめた。

「だけど、オリーヴのデルフィニウムのことはたぶん知らないはずよ——どれだけ大事にしているかなんて」

「なるほど。あなたは彼のことはあまり好きじゃないでしょう？」

「ええ、あんまり——どうして？」

ジョージからことづかった言葉を説明すると、リンダは大笑いした。

「なんて楽天家なの！」と彼女は言った。「そんな考えは、できるだけ早く頭から追い出すべきね。でも、そうなると、別の問題とは無関係ということになると思わない？　そんな無邪気な人が危険人物でもあるはずがないもの——無邪気なふりをしているだけなら、話は別だけど」

「その通りでしょうね」とぼくも同意した。「とはいっても、あなたの言わんとするところがわかっているのか、あまり自信がないのですが。あなたに好きになってほしいと彼が思うのは、とくに無邪気なことですかね？」

「そういう意味じゃないの。自分の望みをあなたに打ち明けたのが、無邪気だってことよ」

「ああ——わたしの顔に、またなにか表れていたのかな？」

「そうかもね。バッグをちょっと持ちましょうか？」

レコードは小さなスーツケースの中に入っていて、手首の弱い人にとっても負担にならない重さだということに、ぼくはもう気づいていた。

「いえ、大丈夫ですよ」とぼくは言った。「なにかほかの話をしましょうか？　それとも、質問してもかまいませんか？」

「今回の謎について？　質問があるならどうぞ――できれば力になりたいわ」

「では、まず手始めに、あなたのおじさんはどんな方でしたか？」

彼女は眉をひそめ、驚いた様子だった。

「正直な意見が欲しいのね？」

「それが頼りです。ごまかしは無しで、お願いしますよ」

「わかった。口先だけの気取り屋で、ずる賢くて、かなり嫌な人だったわ。オリーヴだけは仲良くしていたけど、本当に好きだったとは思えない。それでも、おじさんが亡くなる前にはお見舞いに行ってたわね。ハリエットは行こうともしなかったのに」

「スイスにですか？」

「ええ――なにか？」

「いえ、別に。ただ、あの人はなんとなく、パトニーかハマースミスぐらいまでしか遠くに行ったことがなさそうな印象なので」

「わかるわ。高い山に囲まれた姿なんて、似合わなかったはずだもの。いずれにしても、なにか遺してもらうのを期待していたんだったら、無駄足になったわけだけどね。あら大変、〝歯医者へ行け〟と言われても当然な気がしてきたわ！」

「なに言ってるんですか――わたし以外の悪口はいくらでもどうぞ。おじさんは、どんなふうに嫌な人だったんでしょう?」

「いろいろあったけど、とくに女性問題ね」

「結婚してからも?」

「そりゃそうよ! 知らなかった? 町にフラットを持っていたり、その他いろいろあったのよ。とくに女優が大好きなの。毛皮のコートを着た、偉ぶった声の若い女優がね」

「毛皮のコートを持ってないと対象外だったわけですか?」

「あら、彼女たちはなんとか手配していたはずよ」

「たぶんそうでしょうね。ミセス・スティールの反応は?」

「気にしていないように見えたわ、人前では。でも、気にする必要なんてある? お金はたっぷりもらっていたわけだし、それが目的で結婚したというのが世間一般の見方なんだから。そう、アンドルーおじさんはちっともいい人じゃなかったから、当然ながら、毒たっぷりの遺言書を遺したのよ」

「そしてその毒が、ちょうど利き始めてきたというわけだ」ぼくがそう言うと、リンダはびっくりした顔になった。

「ええ、そうかも――そんなふうに思ったことはなかったけど。なんて厄介なのかしらね、お金って――とくに一文無しの場合は! じゃあ、次の質問をどうぞ」

「ヴァイオレットのことですが」とぼくは言った。「婚約したということは、〝出走取り消し〟になるんでしょうか?」

「荷物をまとめて引っ越すのかってこと? まあ、ハリエットはきっとウィリアム・ブリッグズが同居するのを絶対に許さないから、もし彼と結婚するなら、引っ越すしかないでしょうね」

「どうして〝もし〟なんですか？　なにか疑わしい点でも？」

娘は、実際に起こってみるまではなにも信じられないとでも言いたげに、肩をすくめた。

「うちの財産に対する権利を放棄するのをヴァイオレットが嫌がるとは思えないけど、彼のほうはよくわからないわ。もちろん、あなたはまだ会ったことがないでしょう？」

「今朝会いましたよ」

「本当に？　じゃあ、メッセンジャーはあなただったの？」

「今日はデートできないという手紙のことなら、その通りです。彼女は怒ってましたか？　昼食のときは大丈夫そうに見えましたが」

「あまり大丈夫でもなかったわ。約束を取り消されたのは、決してこれが初めてじゃないのよ。彼のことはどう思った？」

「たいしたことはわかりませんが、かなり神経質で、かなり上品ぶっていて、常に正直なわけでもなく、おそらく、この特定の相手にしか愛されない人物でしょうね」

「一度会っただけでそこまでわかれば、たいしたものよ」とリンダは言った。「あなたって――」

「……見た目ほどばかじゃない」ぼくが先を続けた。「それは、どうもありがとう」

「わたしが言ったんじゃないわ！」彼女は笑った。

「淑女らしくないから言わなかっただけでしょう。さあ、わたしの評価を最後まで聞かせてください」

彼女はためらってから、次のように答えた。

「あなたの前だと、猫みたいに振る舞ってしまうわね。ブリッグズについてはずっと、お金がすごく重要なんだろうなという印象だったのよ。もちろん、そんなにかかわりがあったわけではないけど、何度も会っているから、それなりに感想はあったの。彼が女としてのヴァイオレットに我慢しているのは未来の相続人としてのヴァイオレットのためで、だから、もし結婚することで相続人という肩書きが消えるとしたら、結婚するとはあまり思えないというわけ。それでも、わたしが間違ってるのかもしれないけどね。彼は言われた通りにする人なのかも——すごく支配的なようには見えないし」

「同感です。婚約はいつから？」

「今年の春よ——四月のいつだったか。ところで、彼女から、大英博物館の閲覧室にどうやったら入れるのかあなたに訊いてほしいと頼まれたわ。例の行商人について詳しく知りたいのだけど、あなたのことが怖いんですって」

「本当に？　ちょっと無作法だったかな。訊くのを忘れていただけませんかね？」

「そうしてあげたいけど、あなたにはもったいないわ」

「改心します」とぼくは約束した。「ヴァイオレットの婚約に、ご家族から反対はありましたか？」

「忍耐か、それとも我慢か」彼女はからかうように言った。「いいえ、たいして反対はなかったわ。ヴァイオレットは昔からずっと、お祖母ちゃんのお気に入りだったのよ。それに——それに、実のところ、たぶん例の毒が、ひそかに利いていたんでしょう」

「つまり、六分の一よりも五分の一のほうが多いから？」

「その通り。これが小説なら、わたしたちの中の一人が残り全員を消して、ハリエットも始末してから、儲けをひとり占めするところね」

「そいつはいい考えだ」ぼくは軽い口調で同意した。「もし絶対確実な大量殺人計画を教えてあげたら、お金が手に入ったときに結婚してくれますか？」

「もちろん」彼女も同じような口調で答えた。「でも、あなただってあまり無事とは思えないわよ――そのころには、人を殺すのが癖になってるかもしれないもの」

「こっちが先に一撃を加えれば、無事ですよ」とぼくは指摘した。「結婚式と葬式を同時にやって、経費を節約してもいいし」

彼女はベールをかぶって結婚した。そしてその半時間後、ばったり死んだ。指輪に毒が塗られていて、ベールにも毒が仕込まれていたから。棺は教会の腰掛けの下に用意してあった。棺に釘が打ち付けられ、幕が下ろされて、かくしてベリンダ・マートンは生涯を終えたのだった。

以上、『礼拝準備室の床に倒れた死体』でした」とぼくは付け足した。「著作権もばっちり」

「ひどい人！」と彼女は言った。「本名がベリンダだってこと、どうやって知ったの？」

「探り出したのです」ぼくはまじめくさった顔で言った。

「なら、忘れてちょうだい。その呼び方が許されているのは、わたしの敵だけよ」

「忘れました。ねえ、お家の誰か一人を犯人として選ばなければならないとしたら、誰になりますか？」

「まあ、大変、一時間はかかるわ！　わたしが考える間、ちょっと座らない？　蒸し暑くなってきたから」

「理由はなんでもかまいませんよ」とぼくは言った。「そう言われてみると、たしかに蒸し暑くなってきたし」

やがて、二人で何分か黙って煙草をふかしたあとで、リンダが答えを教えてくれた。古いオークの木陰で彼女と並んで座っているのは、とてもいい気分だった。遠くのワラビの茂みの間でまだら模様の鹿の群れが草を食み、頭上には雲一つない青空が広がっている。彼女はほっそりした脚を引き寄せて座り、膝に顎がつきそうな姿勢で、じっと動かず、首元が青みがかった白いドレスを着た姿は、この上なく上品だった。あまりあからさまでないように見つめているうちに、彼女の気分が変化したのが感じられ、口を開いたときの声は遠くから聞こえてきて、まるで彼女が物思いに沈んでいて、ぼくの存在などもうほとんど気づいていないかのようだった。けれども、その話を聞いてからしばらくの間、穏やかな日なたの雰囲気全体が壊された。ぼくは厳然たる事実へと荒々しく引き戻され、〈樅の木荘〉の人々の間にはまだぼくが気づいていない思いが表面でも内面でも流れているに違いないと実感させられた。

「お母さんとオリーヴは、お互いのことが大嫌いなのよ」彼女は、まっすぐ前を見たままぼくに語った。「昔はそうじゃなかったのに、いまはそうなの。もしかしたらオリーヴが嫌がらせで刺繍見本を切り刻んで、お母さんが仕返しにデルフィニウムをめちゃくちゃにしたのかもしれないし、その逆かもしれない。二人とも、ヴァイオレットにはあまり関心がないの——あの人はいつも仲間外れだったから。二人ともウィリアム・ブリッグズのことはどうあっても我慢ならないから、どちらも写真にいたずら書きをしかねないと思う。オリーヴはヘンリーが好きじゃないの——この前の晩の態度を見れば明らかだわ。だからたぶん、あの子の真空管とかを壊すのを楽しいと思うでしょうね——それにきっと、わたしの下着をだめにするのも。お母さんは、あの象牙の漁師の像は自分のものだったはずだといつも思っていた。子供のころに気に入って、お祖父ちゃんがいつかあげるって約束してくれたんですって。お母さんかオリーヴ――いつもこの二人に戻ってくるのよ。あんなふうに振る舞うべき理由は想像がつかないけどね。ただし、ハリエットの持ち物にやったことを隠すためなら話は別だけど。でも、そうだとしたら二人が協力したことになるわけで、そんなのはばかげてる。それでも、お祖母ちゃんが犯人じゃないのは間違いないの――盗んだりだましたり、ほかの人が大切にしている物を壊したりするような人じゃないから。たとえハリエットが相手でも。そう、犯人はお母さんかオリーヴで、たぶんお母さん。

こんなこと、あなたに話すべきじゃないのかもしれない。親を裏切ってるのかもしれないけど、どうしようもないの。あなただって、あの家で何年も暮らすしかなくて、あそこで成長していたら、きっと理解できるはず。その間ずっと、エプロンドレスを着た小さな女の子のままでいるみたいに扱われるのがどんな気分かわかる？　勝手に手紙を読まれたり、空いた時間を埋められたり、友達を選ばれたり、服を仕立て直されたりして、どこへ行っても一人になれないなんて目に遭ったことある？

あら、大変、ごめんなさい！」――いまはまた微笑んでいた。「質問にお答えする代わりに、自己憐憫に浸ってしまったみたい。間違いなく言えるのは、お仕事に就いて自活できるようになったら、さっさと家を出るつもりだってこと。お金なんて知るもんですか」

彼女は急に振り向くと、ぼくの腕に手を置いた。

「どうかわかって！」と彼女は訴えた。「わたし、怖いの。それが問題なのよ。お母さんやオリーヴみたいな大人になってしまうのが、恐ろしくてたまらないの。気難しくて堅苦しくて、取り澄ました大人に。このままずっと一緒に暮らしていたら、きっとそうなるはずだから、まだ若いうちに、心がしおれ始める前に逃げ出したいの」

ぼくはうなずいた。うなずくことしかできなかった。言いたいことは山ほどあるのに、言葉が出てこなかった。心の底から同情しているし、最大限にわかっているということを、指先で伝えようとするしかなかった。

やがて、ぼくらは立ち上がり、また歩き出した。今度はほとんど黙って歩き続けたが、心地良い沈黙だった。キングストン・ゲートで彼女と別れて、引き返すとき、なにか重大なことが自分の身に起こったのを感じた。大人だと名乗れるようになってから初めて、ぼくは真剣に恋に落ちたのだ。

第十七章

四時前に〈樅の木荘〉に戻ったぼくは、とにかく日陰のデッキチェアに座りたくてたまらなかった。ミセス・スティールの姿はどこにも見当たらなかったので、心の中で感謝した。できるだけ彼女に近づかないようにしよう、と心に決めていた。もちろん、そうするのがいかにたやすいことになるか、そのときはまったく知らなかったわけだ。

十五分間ぐらいだろうか、ぼくは気持ちよくうとうととして過ごし、半分起きている頭でリンダのことを考えながら、半分眠っていた。とても平和なひとときだったけれども、蠅はわずらわしく、キーキーきしる大ばさみで誰かが草を刈り込んでいる音にもいらついた。たぶんオリーヴだろう、とぼくは思った。庭師たちは、あれをありがたく思っているのだろうか。やがてベッシー・ホランドがお茶を持ってきてくれたので、ぼくは起き上がった。

「お部屋の掃除がまだだということを、どうぞお忘れなく」と彼女は念を押すように言った。黒い服をきちんと着込み、明るく微笑んでいる。

「ああ、忘れないと思うよ」とぼくは答えた。「みんなはどこ？」

「ミス・オリーヴは薔薇のお世話に忙しいし、ミセス・ホワイトヘッドは芝生の端を刈り込んでいるし、ミスター・ホワイトヘッドはテニスにお出かけだし、ミセス・スティールはお休みになってます」

彼女の生意気そうな黒い瞳が、もしベッドを整えるのを手伝うおつもりなら絶好の機会ですよ、とほのめかしていたけれども、ぼくは応じなかった。ジョージ・ライスの考え方に同調するようになっていたのは間違いない。

「わかった、じゃあ、これが鍵だよ」とぼくは言った。「終わったら、すぐに返してくれないか。それから、ほかの誰も中に入れないで、いたずらも仕掛けないように」

「わたしがですか？　そんなこと、夢にも思いませんけど」ベッシーはそう言い放つと、むっとした様子で立ち去った。そしてたしかに、ぼくの部屋に長居もしなかった。十分後、あとはお好きなようにという不満げな態度とともに鍵が返された。ぼくはとびきり優しげな笑顔で礼を言い、彼女はいくらか態度を和らげて、お茶のお代わりはいかがと尋ねてきた。ぼくが断ると彼女は立ち去り、薄手のストッキングが日射しを受けてきらきら光り、曲線を描いたヒップが揺れていた。

ぼくはまたうとうとし始めて、考え得るあらゆる種類の未来をぼんやり思い浮かべて、どれがいいだろうとのんびり考えた。大ばさみのきしむ音はやんでいて、ぼくの世界は平和だった。そのとき、誰かが静かに口笛を吹きながら近づいてきた。古びたレインコート姿のオリーヴ・スティールが、バケツと噴霧器を手に持っている。ぼくがいることに気づいていないようで、近くに薔薇があり、しぶきを吹きかけられるのは嫌だったので、ぼくは警告のために咳払いをした。彼女はすぐにこちらを見て、赤の他人にしか使わないような声でこんにちはと言い、散歩は楽しかったかと礼儀正しく訊いてきた。

「ええ、おかげさまで」とぼくは言った。「どうしましたか――アブラムシでもいたとか？」

「いいえ、ミスター・マートン、うどんこ病だから、もっと厄介なのよ。椅子を動かしてもらえる？　硫肝（ポリ硫化カリウム）を使うので、嫌な匂いがするから。風はたしかにあまりないけど、大事をとったほうがいいし」

　用心しておけば常に良い結果がもたらされるかのような口ぶりで言われて、ぼくは同意した。硫肝は腐った卵の濃縮エキスのような代物だからだ。ぼくはデッキチェアをたたみ、立ち去ろうとしたちょうどそのとき、「オリーヴ、オリーヴ！」と呼ぶキャロライン・ホワイトヘッドの声がした。すぐ本人が姿を現したが、頬はまだらに赤くなり、ずいぶん息を切らしていて、激怒していた。ぼくを無視してつかつかと歩いていったので、ぼくは一瞬、彼女は姉の顔を平手打ちするつもりだなと思った。ところが、キャロラインは興奮しながら右手を振り始めて、その手に南京錠が二個握られているのを見たとき、ぼくは目を見張った。

「これってどういう意味？　どういう意味なのよ？」彼女は金切り声で叫んだ。「あっち行って！」とぼくに向かって付け加えたが、ぼくは動かなかった。「ええ、そうよね、あんたはとってもお利口さんよ、オリーヴ。とっても、とっても、お利口だけど、今度ばかりは大失敗。ご親切にも新しい南京錠を買ってこようと申し出てくれたのはあんたよね、この性悪女！　なぜだろうと不思議だったけど——ようやくわかったの。これを見て——まったくおんなじ！　わたしが部屋にいないときに忍び込んで、ほかにもなにか壊すつもりだったのね。わたしが気づかないと思ったんでしょう——だませると思ったんでしょ！　まあ、それは間違いだってことよ。この——この雌狐が！」

　キャロラインが吐き捨てるようにそう言うと、どういうわけか途方もない侮辱に聞こえた。けれどもオリーヴは一歩も引かず、片方の手にバケツを、もう片方の手に噴霧器をまだ持っていた。あまりにもびっくり仰天して、下に置くことも思いつかないようだった。

「よくもまあ！」とオリーヴは怒鳴った。「あんたみたいに下品で口の悪いうじ虫が、よくもわたしにそんな口を利けたもんだわ！」

〝二人ともあばずれだ！〟とぼくは思い、ある意味ではこの状況を楽しみながらも、別の意味では落ち着かない気分だった。二人の敵意はそれほどあからさまで、それほどむき出しになっていた。

「あら、わたしは怖がらないわよ！」キャロラインがあざ笑った。「大声で叫ぼうと、知ったことじゃないわ。たとえほかの人には見抜けなくても、わたしにはあんたの破廉恥な魂胆がわかるんだから。ほら、大事な南京錠よ――これでも食らうといいわ！」

そして堂々たる反抗的な身ぶりで、爆弾が炸裂するようにいきなり、彼女はそれを姉の顔にまっすぐ投げつけた。金属が骨に当たるカチンという音が、はっきりと聞こえた。

それはたいそう痛かったに違いない。オリーヴの反撃をぼくは心から支持していたし、彼女が反撃しようとしていることにぼくが気づいた実行前のほんの一瞬だけでなく、その後すっかり終わったときでさえ同じ気持ちだった。オリーヴは一歩後ろへよろめき、額から血をにじませた。それからすぐに、相手よりもさらに堂々たる身ぶりで、南京錠よりもずっと危険な凶器を投げつけた。凶器とはつまり、手に持っていたバケツと、不快極まるその中身だ。

少なくとも、彼女がそうするつもりだったのは明らかなのだが、どうしてもまっすぐに投げられない女というのはいるものだ。バケツが手を離れるはるか前に、中の有害物質が、ぞっとするような茶色いカーブを描いて飛び出した。そして恐ろしいことに、ぼくはそれを全身にかぶってしまった。

たぶん本来なら、そのときぼくは噴霧器をひったくって彼女たちの脳天をぶん殴ってやるべきだったのだけれども、どういうわけかそんなことはしなかった。悪臭は大嫌いなのに、ただもうあっけにとられて立ち尽くしていたし、いずれにしても、我を忘れてしまうのはあまりいいことではない。実際には、我を忘れたのはキャロラインで、金切り声を上げて逃げ出したのだが、泣きながらか、それとも笑いながらかはわからなかった。姉のほうはどうかといえば、まるで世界の終わりを生き延びて、その責任を負わざるを得なくなったかのような顔をしていた。

すべて考え合わせれば、オリーヴが予想以上に行儀よく振る舞ったという点は認めよう。最初の衝撃がおさまると、彼女も今度ばかりはこの上なく深い改悛の情を示し、あとは無駄なお喋りに時間を費やすこともなく、風呂に入るようにとぼくを屋内へせきたてた。服を脱いだのは自分の部屋で、その間ずっと殺菌剤の悪臭を打ち消すために猛烈に煙草をふかしていた。汚れた服はぞんざいに床に置き去りにしたけれども、リンダの南京錠の鍵だけは持って行くように気をつけた——鍵は二つとも同じリングに付けてあった。それ以外にポケットに入っていた持ち物——財布、ペン、お金——と飾りボタンやカフスボタンはあとで取り出したり外したりすればいいが、まずは自分自身の処置が先だった。

三十分後の五時二十五分に戻ったときには、さっぱりして、少し朗らかな気分になっていた。あの匂いは鼻の穴から消えていて、もう頭を高く上げて口で呼吸する必要はないのだ。実のところ、オリーヴに関する限りは、許して忘れてやる気になっていた。おもに非難されるべきなのはキャロラインだろう、とぼくは自分に言い聞かせた。彼女はリンダの母親で、その点では尊敬すべき相手だが、風呂に入らねばならなかったのがぼくで彼女ではなかったことは、非常に残念だった。

その後、ベッドに腰かけて、脱ぎ捨てられたスーツとシャツを不愉快な気分で見つめながら、それがどんなに汚いかうすうす気づいていながらも、まだなにもできないほどだらけていたぼくは、南京錠に関するキャロラインの疑念には根拠があったのだろうかと考え始めた。二つの南京錠が似ているのは、もし事実なら、たぶん偶然だろう。でも、もし偶然でないとしたら、さらなる紛失および損害と、より多くの非道なおこないと、より多くの謎が生まれる可能性を覚悟しなければならないわけだが、その謎の根本的な解決策は、あくまでも仮説に基づくものでしかない。盗品が、いや、正確にはその大部分がミセス・ピピットの服の中に隠されていたことで、結末にたどり着いたのではと期待させられてしまったけれども、これでもう、あまり楽観視すべきでないとわかった。

とはいえ、これはすべて、オリーヴが犯人で、そのうえある程度の千里眼を持ち合わせていればの話だ。そうでなければ、盗品の隠し場所を誰かに見つかったことがどうしてわかったのか？　そのときぼくは自分のばかさ加減に気づき、腹が立った。料理人が自発的に立ち去った場合でなければ、盗品を持ち逃げしようとしたと責めることはできない。したがって、彼女に罪を負わせる企ては失敗したわけで、これから別のスケープゴートが選ばれるかもしれない。ぼくはオリーヴのことをとくに注意して見張ろうと決心した。

でも、いつまで見張ればいいのだろう、と考えた。何週間後？　何カ月後？　ひどく途方に暮れてしまった。このときにはもう、ミセス・スティールが脅しに負けて財産を手放すことは絶対にないのは明らかだったからだ。二つのグループの仲介役を買って出るべきだというおじの提案を思い出した。この件について、当たり障りのないようにスティール家の人々に打診してみるのも悪くないかもしれない。

再び服を着たあとで、床の上の濡れた服の山から持ち物を救出した。そのとき初めて、ミセス・スティールの寝室の扉に新しく取り付けた錠の鍵をベストのポケットに入れたままだったのを思い出した。一部の仕立屋が付けてくれるのだが適切な使い方がぼくにはまだわからない、例の内ポケットの底にあったのだ。置きっ放しにすべきではなかったな、となんとなく思った。けれども、この不注意が問題になるはずはなかった。部屋の南京錠はしっかりとかけておいたのだから。ぼくはその鍵を取り出して、雇い主が留守の間に部屋をちょっと調べてみようかなと考えた。そして実際に、扉を静かに開けるところまで実行した。だがそこで、向かいの部屋でキャロラインが聞き耳を立てているかもしれないと気づいたので、中ものぞかずにあわてて立ち去り、鍵はいま着ているスーツのベストの内ポケットにしまった。

いずれにしても、その日の朝のネグリジェ事件のあとなので、すぐにでもその部屋に呼び出される心配はあったわけで、呼び出しが来たときのかわし方はまだ考えついていなかった。わかっているのは、なんとかして間違いなくかわすつもりだということだけで、なぜならミセス・スティールといちゃつくぐらいなら、ミセス・ピピットと――手が汚れていようと髪が薄かろうと――いちゃつくことに喜んで同意していたはずだからだ。

階下に行くと、〈樅の木荘〉の土曜の夕食は正餐《ディナー》ではなくてただの夕食《サパー》で、八時にならないと始まらないことがわかった。そうなると二時間程度の空き時間を埋める必要があり、しかもおそらくひとりきりだ。リンダはハンプトン・コートから暗くなる前に帰ってこられるかどうかわからないと言っていたし、ぼくが一緒に過ごしたい相手は彼女だけだった。

時間つぶしに、まずは木曜の晩に受け取ったものと似た葉書を求めて無駄な捜索をおこない、次にジョージ・ライスのすこぶる上等なウイスキーを味見した。今回は清潔なタンブラーで飲んだので、前よりもいっそう旨かった。さらに、恥知らずにも、彼の持ち物をいろいろ探った。酒瓶がしまってある棚の中にはフランスのみだらな雑誌が積み重ねられていて、過激な描写が満載だった。衣装だんすはひどいスーツの寄せ集めで、紫やそれに近い色の服ばかりだった。引き出しの中には、清潔なハンカチが積み重ねられた下に、クラウン&アンカー（王冠と錨などのしるしのついたサイコロとゲーム盤を使う賭博ゲーム）のセットが隠してあった。ゲーム盤は美しい装飾の施されたビロードで、象眼細工の象牙のサイコロが二個。架空の胴元に数百万ポンド負けたあとで、ぼくはすべてを注意深く元通りにしてしまった。このゲームとは、どうしてもうまく付き合えなかった。

　それ以外に出くわした注目すべき物は写真だけで、おもにジョージと妹が仕事の全盛期に撮った写真だった。重量挙げのユニフォーム姿の筋骨たくましい男が、巨大なダンベルを持ち上げている。別の写真の彼は、前日の午後にぼくに見せてくれたのと同じやり方で、豊満な若い女を扱っている。三枚目の写真は、排水管くらい太い鉄棒を曲げている姿が写っていたが、それはちょっと信じがたかった。ミセス・スティールの写真は、ぼくのおじと知り合いだったころに撮られたようだった。ほとんどの写真でスケート靴を履いていて、どの写真もたしかに可憐で、姿形は美しく、衣装とウインクはセクシーだった。とくに印象的な一枚をぼくはこっそり失敬して、おじの誕生祝いに追加するのに格好のプレゼントだなと意地悪く考えた。現在の彼女の肖像写真も添えられたらいいのに、と一瞬思った。球根のように膨れて、露骨に抜け目なく、かなり目障りな姿を。

　食事の席で、例の姉妹は互いにまったく口を利かなかった。オリーヴはめったにないほど青ざめた顔で、左のこめかみに貼られた絆創膏が南京錠の当たった場所を示していた。キャロラインはヘンリーだけに注意を向けていて、テニスの集まりについて根掘り葉掘り質問して、ぼくを会話に加わらせようとはしなかった。ヘンリーはすこぶる愛想よく答えていて、またしても上機嫌な様子だった。一度か二度、彼が興味ありげにオリーヴの頭をちらっと見やるのを目にしたが、なにを考えているのかはわからなかった。

その後、ヘンリーに部屋へ誘われた。短波ラジオでスウィング・ミュージックの番組をこれから受信する予定だそうで、予備のイヤフォンがあるからというのだ。ぼくはその申し出を断った。しらふのときにスウィングを聴くのは大嫌いで、そのときはしらふだったからで、番組は十時からだと聞いたので、ビリヤードをやらないかと持ちかけた。ヘンリーは乗り気で、しかも結構な名手だとわかった。どんな種類のポット（狙った球をポケットに入れること）もお手の物だ。最初のゲームは、まぐれ当たりで連続四十一点も入ったおかげでぼくが勝ったが、次の二ゲームはヘンリーが雪辱を果たした。それは、彼の母親がビリヤード室に入ってきて、つまらなそうな顔でじっとぼくらを見つめていたせいかもしれないが、はっきりとはわからない。いずれにしても、九時五十五分に別れたとき、彼の帽子は、まる二サイズ大きくする必要があったはずだ。

もうそんなに遅い時刻だとは気づいていなかった。リンダはずっと前に帰宅してすでに寝てしまったとキャロラインからなにげなく伝えられたとき、ぼくは心の底からがっかりした。どうやら同じことがヴァイオレットとミセス・グレンにも当てはまり、ミセス・グレンのほうは遠出をしたせいでひどく疲れてしまったらしい。

「いろいろやろうとしすぎるのよ」とキャロラインは言い放った。「いい年をしてばかげているし、心臓だって弱いくせに、ちっとも懲りない人というのはいるものね」

そこでいささか神経質に咳払いをすると、口ごもり始めた。

「ミスター・マートン」と彼女は言った。「あの――実は――今日の午後の出来事について謝りたいの。あの――本当に見苦しい振る舞いをしてしまったと思って」

〝奥さん、同感ですよ！〟とぼくは思ったが、小声で口に出したのは、お互い忘れましょうというようなことだった。

「ありがとう。でも、どうか服の洗濯代は払わせてくれないかしら？　わたしにできることはそれくらいだし、姉のほうからはきっと申し出ないと思うから」

「本当に大丈夫ですので」ぼくはそっけなく答えた。「どうぞお構いなく、ミセス・ホワイトヘッド――おやすみなさい」

いままではぼくらは玄関ホールにいて、ヘンリーは部屋でコンサートを聴くためにすでに去っていた。キャロラインはちょっとの間ぼくを見つめ、少し怒ったような顔をして、やがてうなずいた。

「わかったわ、ミスター・マートン。どうぞご勝手に」と彼女は言った（〝そっちがそういう態度なら、勘定を払おうとこっちの知ったことじゃないわ〟と言いたげな口調だった）。「まだ下にいるつもりなら、部屋に戻るときはホールの明かりを消さないでちょうだい――ハリエットがまだ外出中だから。それからもちろん、玄関のかんぬきはかけないで」

ぼくの返事を待たずに、彼女はすたすたと台所のほうへ歩いていった。そのすぐあとに、話し声が聞こえてきた。オリーヴがなにか聞き取れないことを喋り、それに対してキャロラインが言い返している。

「わざわざ作ってくれなくてよかったのに。でも、できているならもらうわ。おやすみなさい」

そしてキャロラインが戻ってきて、手に持ったカップには湯気の立つ飲み物が入っていた。ぼくのことはすっかり無視していて、自分は透明人間になったのではと思うほどだった。彼女はそばをさっと通り過ぎて階段を上がり、寝室の扉の閉め方からして、機嫌が悪そうだった。その後、そこにとどまる理由もないのでぼくもあとに続こうと歩き始めたのだが、ほとんど同時にオリーヴが急ぎ足で出てきて、ぼくを引き止めた。彼女は白い上っ張りを着て、片方の腕にふきんを掛けていたので、今週は皿洗い当番なのだろうとぼくは思った。

「ミスター・マートン！」と呼びかけられた。「夜にココアは飲む？　もし飲むなら、喜んでお作りするわよ」

愛想よく振る舞おうとしているのは明らかだったので、ぼくは笑顔で首を横に振った。

「いえ、結構です。寝酒《ナイトキャップ》はやらないもので」とぼくは言った。「おやすみなさい、ミス・スティール」

階段を上がって自分の部屋に入ると、またしても驚きが待っていた。扉のすぐ内側の床の上に白い封筒が落ちていて、リンダの力強い筆跡でぼくの名前が宛名として書かれていたのだ。筆跡がすぐにわかったのは、前の晩に手伝ってもらったときに目にしていたからだ。手紙は短く、興味を持たずにはいられない内容だった。それによると、彼女は寝たふりをしただけで、本当は地下室にいるそうで、地下室の扉は台所の向かい側にあるという。ぼくにできるだけ早く、極秘でそこへ来てほしいというのだ。彼女の発見したなにかについて、ぼくが知るべきだと思うとのことだった。「マッチを持ってきてください。懐中電灯があればもっと助かります。そして、来るところを誰にも見られないように。L・W」と締めくくられていた。

ぼくはすぐにわくわくして、室内用スリッパを履くと、忍び足で廊下に出て、扉に普通の鍵をかけたが、南京錠は室内に残し、ぼく自身も中にいるように見せかけた上で、こっそりと階段を下りて玄関ホールへ向かった。そして、誰もいない食堂の暗がりの中で腰を下ろし、まだ近くで動きまわっているオリーヴが立ち去るのをいらいらしながら待った。彼女がここにいる限りなにもできないので、急いでくれるよう願った。時間が果てしなくだらだらと過ぎていったものの、ぼくの腕時計でわずか六分後に彼女は台所の明かりを消して、ぼくの横を通り過ぎて階段へ向かった。まだ白い上っ張り姿で、絆創膏もまだ額に貼られたままで、ホットミルクを手に持っていた。どうやら〈樅の木荘〉では、アルコール抜きのナイトキャップが人気らしい。

ぼくは完全に危険がなくなるまで待ち続けて、十秒か二十秒後くらいに、オリーヴはもう二階に着いたはずだと思ったとき、キャロライン・ホワイトヘッドの声をその晩もう一度だけ聞くことになった。聞き間違えようのない声で、無愛想で、ほとんど罵り声だ。

「オリーヴ、あの男は日曜の朝食が何時からか知ってるの？」という呼びかけに、返ってきたのは沈黙だけで、それはどんな言葉よりも雄弁だとぼくは思った。

ぼくは自由に動けるようになったので、十時十五分ちょうどにこっそりと歩いて地下室の扉を探した。扉が見つかり、取っ手にそっと指を置いた。するとそのとき、なにかが頭に当たって体が動かなくなり、目の前に火花が散り、真っ暗になった。

第十八章

何時間も経ったような――いや、〝何年〟かもしれない――気がしたころ、奇妙な音がするのにぼんやりと気づいた。うなり声とうめき声の中間のような音だ。やがて、その音を出しているのは自分だということがわかってきた。さらに少し経って、音の理由がわかったとき、ショックで完全に意識を取り戻した。

それまでぼくは、人が殴られてぼうっとなったすきに縛られてさるぐつわをはめられて放置され、静かな暗闇の中でなんとか意識を取り戻すというような話を本気では信じていなかったのだが、もう信じられる。ぼくは縛り上げられ、どうすることもできず、頭は割れそうなほど痛くて、口の中はひりひりと乾いていた。大声を出そうとしても、ゴボゴボという音しか出せなかった。動こうとしても、そんな芸当はほとんど不可能だとわかった。両腕を脇腹に縛り付けられて、背中で手首をきつくくくられているので、手首をよじろうとすると痛くなり、脚は膝だけでなくズボンの裾のところでも縛られていた。

〝それなら、じっとしていよう〟と思ったのに、すぐに心の中のなにかが、新たな努力へとぼくを駆り立てた。自由にならなくてはいけない。重要な理由が、きわめて重要な理由があるのだから。それを思い出すことさえできればいいのだが。

〝さて、いったいぼくは、なにをしようとしていたんだ？〟まだぼうっとしている頭で考えた。〝どこへ行くところだった？　どこまで行ったんだ？〟

ぼくは無理やり思い出そうとして——どれだけぼうっとしていたかを示すいい証拠かもしれないが——風呂から出たばかりだったと危うく結論づけそうになったそのとき、脳の一部がカチッと鳴って動き出したらしく、すべてが明らかになってきた。ぼくは地下室でリンダに会おうとしているところで、知らせたいことがあると言われたからだ。いまいる場所がたぶん地下室で、自由の身にならないといけない理由は、リンダが無事かどうか確かめるためなのだ。

〝彼女を傷つけたやつは皆殺しだ！〟とぼくは心の中で息巻き、手首を縛り付けているロープと格闘したのだが、やがていらいらして絶叫しそうになった。けれども、口の中になにか——脱脂綿の塊のような味がした——が詰め込まれ、顎が押さえ付けられているせいで、絶叫することさえ不可能だった。

数分後、ぼくはへとへとになって横たわっていた。当てもなくもがき続けていたら疲れ果ててしまうだけ。成功の望みはただ一つ、ロープの一番弱い部分に対して、理にかなった体系的な攻撃を仕掛けることだ。だからまずは、その部分がどこなのかを見つけるべきで、一時はこの初っ端で頓挫しそうだと思ったけれども、やがて少しずつ、ロープを引っ張る力と張り具合の見当をつけることができるようになった。そして、足首、膝、手首、二の腕の四カ所で縛られているという結論に達した。もちろんさるぐつわもあるのだが、手が自由になるまではどうしようもない。長々と実験して、激しい痛みも皆無ではなかったけれども、すべては手首のロープを外せるかどうかにかかっているとはっきりわかった——いまとなってみればわかりきったことに思えるが、あのときは違ったのだ。これを目的として、どうにかして硬い床の上を動きまわり、ざらざらした表面に触れるまで身をくねらせなくてはと決心した。そこに手首をこすりつけてロープを切れば、自由の身になれる。

最初は動くだけでも耐えがたい苦しみだったが、何度も繰り返すうちに不快感を最小限に抑えるやり方がわかってきて、痛む頭が石に当たったとき、あと半分でうまくいくような気がした。ゆっくり、延々と努力した結果、ぼくは壁の切れ目にたどり着いた。それは扉で、ほっとしたことに、ざらざらした角が見つかった。そこで、本当の仕事に取りかかった。摩擦力を得るためには全身を上下に急激に動かす必要があり、壁に斜めに寄りかかって脚をぴんと伸ばした姿勢でやるので、疲れ果ててしまって数秒ごとに休まなければならなかった。手の皮膚もすり傷だらけになってしまったが、ここでもまた、何度も繰り返すうちに、任務を完了させるのに一番いいやり方がわかってきた。つまり、自分の労を惜しみつつロープにダメージを与える方法だ。だいたいの見当で約一時間後、なんとなくゆるんできたような気がした。その一分後には、ありがたいことに、辛抱強く努力を続ければあとは時間の問題で、再び立ち上がり、しびれた手足を振り、顎をマッサージして、唇の端をなめることができるようになるとわかった。

この間ずっと、目にはまったくなにも見えていなかったということは言っておくべきだろう。夜の地下室は真っ暗闇なのだから。地下納骨所に埋葬されたあとで目覚めたときの気分がこれでわかったぞ、とぼくは自分に言い聞かせた。耳も、自分が努力している音と、ロープが石にこすりつけられるときの形容しがたい心地よい音以外は、なにも聞こえなかった。そしてようやく、腕を片方ずつ前へもっていき、結び目を見つけ、それをほどいて胸への圧迫をゆるめたとき、要するに、ぼくが再び上半身を自由に動かせるようになったとき、腕時計の光る文字盤は十二時五十分を示していた。

ペンナイフを使って、脚のロープをすぐに外した。いくらか楽に立てるようになったら立ち上がり、よろよろしながら、ポケットの中のマッチを探り——懐中電灯は持っていなかった——一本擦って火をつけた。それから一秒後、ほとんど信じられないほどの驚きに息をのんだ。反対側の隅に人影が横たわっていて、ちらちらする明かりの中で奇妙に青白く、不自然なほど微動だにしない。ぼくはあわてて駆け寄り、あまり急いだせいでマッチが消えてしまった。不安になりながら、手探りでマッチをもう一本擦って火をつけたとき、目の前に浮かび上がった光景に心臓が止まりそうになった。

ぼくはリンダの横にひざまずいていて、彼女はぼくとまったく同じやり方で縛り上げられ、同じようにさるぐつわをはめられていた。けれども、彼女のありさまにはぼくとは違う点が三つあった。まず一つめは、手首に食い込んでいるロープが壁のさび付いたフックに結び付けられているので、ぼくのように動きまわれる望みはなかった。二つめは、目隠しをされていた。三つめは、たるんだストッキングと腰を覆っている小さな白い絹の布きれを除けば、服に関する限り、なに一つ身につけていなかった。

一瞬、ぼくは取り乱しそうになった。怒りと哀れみと気まずさに同時にさいなまれて、その組み合わせは正気を失うのにじゅうぶんだったのだ。ぼくはマッチの火を吹き消した。彼女が見苦しいからではなくて、自分が見つめたいと思っているのがわかり、彼女が無力なことを思い出して、恥ずかしくなったからだ。だがそこで、暗がりでうまく自由の身にしてやるのはとうてい無理だと気づいたため、ぼくは歯を食いしばり、医者や葬儀屋と同じくらい事務的に見えるように努力して、もう一本マッチを擦った。その後は、片手しか利用できないので、またナイフを使った。最初は目隠し、次はさるぐつわ——ぼくのさるぐつわよりも、さらにきつくはめられていた——その次は真っ白な乳房にあざを作ったロープ、最後に手足を自由にする。

「大丈夫——もう大丈夫！」つぶやく自分の声が聞こえた。「心配いらないよ——こんなまねをした卑怯者は、必ず捕まえてやるからね。くそくらえだ。首をはねてやる。それから告訴してやる。それから剝製にしてやる。時間がかかってしまって、申し訳ない——マッチを置く場所がなくて。肌がすごく冷たいけど、それほど寒くないことを願うよ。これが肉切り用ナイフかなにかだったらよかったのに。さあ」——彼女の口からさるぐつわをゆっくり外しながら——「まだ喋らないで。どうにかして口の中に水分を集めて、唇を湿らせて。でも、あわてないで。舌が堅くなったパンみたいに感じるはずだから——ぼくもそうなんだ」

すると、奇跡的にリンダが微笑み、かなりかすれた震える声で、もしそれが本当なら喋るのはやめたほうがいいのかもしれないと言った。

「だけど、どうかやめないで」と、すぐさま前言を撤回した。「なんだか——安心するの」

そんなことを言われたら、誰だって喋れなくなるところだが、ぼくは最善を尽くした。あとで彼女は、まあまあの出来だったと評してくれた。ようやく彼女を自由の身にしてからは、血の巡りを回復させるという課題に取りかかった。二時間以上も同じ姿勢でいたせいで、ほとんど我慢の限界を超えるほど体が締め付けられていたのだ。

「さて、これからどうする？」ほどなくして、ぼくはそう尋ねた。自分の上着を彼女のむき出しの肩に掛けて、彼女の手を握りながら。どういう流れでそんなことになったのか、よくわからなかったけれども、ごく自然なことのように思えた。「ここから出られると思う？　出られそうかな？」

出られるはずだと彼女は信じていた。ぼくは違う意見で、結果的にはぼくが正しかった。扉は鍵がかかっていて、ぼくがどんなに努力しても、びくともしなかった。

「じゃあ、騒いだほうがいい」とぼくが言い、そうすることにして、二人して力いっぱい叫んだ。なんの成果もなかった。

「当たり前よね、みんなはずうっと上の階にいるんだもの」と彼女は自信なげに言った。「もう一度、扉を叩いてみて」

ぼくは叩いてみた。なにも起こらない。

「わかったわ、じゃあ、お手上げよ」と彼女は言った。「わたしは裸同然だし、あなたはゴルフボールみたいなたんこぶが頭にできてるし。痛む？」

「こぶがあるのを思い出したときだけだよ」ぼくは嘘をついた。「気分はどう？」

「そう悪くもないわ。あなたよりも髪の毛が多いから――衝撃が和らげられたんでしょう。ねえ、あの――わたしがこんな格好でも、我慢してくれる？」

「当たり前だよ、おばかさん――どうしようもないんだから。でも、たぶんきみは、あとでぼくのことを永久に憎むようになるだろうな」

「どうして？」

「いや、そうなりがちだと思うんだ。つまり、不利な立場にいるところを人に見られたくないのは、当然だし」

それに対する反論は辛辣で、かなり手厳しかった。「ばかなこと言うのはやめて！　あなたを憎まないって約束する――少なくとも、そんな理由で憎むもんですか。だって、恥ずかしいとも思ってないのよ。それに、あなたは立派に振る舞ってくれたもの――真っ赤になって、マッチを吹き消してくれた」

「真っ赤になんかなってないぞ」とぼくは言い張った。「それに、もしなっていたとしても、きみに見えたはずがない。でも、それはいつか書面にしてもらったほうがよさそうだな――きみのお母さんをなだめるのに役立つかもしれないから。〝証明書。ミスター・マートンは本物の紳士のように振舞いました〟とかね。リンダ、きみは本気で言ってるの？　ぼくを憎まないって」

「ええ、そのつもりはないわ」彼女はそう答えて、両手をぼくの手に一瞬押し付けた。そして、声を立てて笑った。

「ねえ、わたしたちったら、まだわたしの服だって探してないじゃない。部屋の隅に押し込んであるかもよ」

　だが、そこに服はなく、見つかったのは何枚かの古い粗布の袋だけだった。蜘蛛の巣まみれで、蜘蛛の死体が飾りみたいにぶら下がっていて、じめじめしてかび臭くなりがちなやつだ。その袋を利用して、二人してできるだけくつろげるように工夫したあとで、煙草が欲しいとリンダに言われた。煙草入れを取り出してみると、がっかりしたことに、ほとんど空になっていた。

「一人一本ずつしか分けられないよ。余った一本は、一番の大嘘をついた人がもらうことにしよう」とぼくは言った。

　しばらくの間、ぼくらは黙って煙草を吸い、暗闇の中に二つの赤い光だけが浮かんでいた。残りのマッチの本数はわずか一ダースで、一本も無駄にはできなかった。ぼくはこの機会を利用して自分のポケットを探ってみたが、地下室へおびき出された手紙は消えていたけれども、それ以外になくなった物はないようだった。寝室の鍵は無事で、ミセス・スティールの寝室の鍵はベストの内ポケットにまだ入っていた。現金は手つかずだし、札入れも大丈夫そうだし、ジョージ・ライスから盗んだ写真さえ残っていた。

「ねえ、わたしたち二人とも、質問したくてうずうずしてるのよ」リンダの肩に掛けた上着をごそごそ探るのをぼくがやめたあとで、彼女が口を開いた。「あなたはどうやって捕まったの？ わたしはどうやって捕まったの？ 誰の仕業？ どうしてそんなことをしたの？ あなたがためらっているのは、わたしと同じ理由なのかしら？ あなたがここへ下りてきたのは――手紙のせい？」

「そう、きみからの手紙。正確に言えば、きみから来たとおぼしき手紙で、まさにきみの筆跡のように見えたと言わざるを得ないのだけど、もちろんいまでは、偽物だったに違いないとわかってる。あいにく盗まれてしまったんだ。でなければ、見てもらえたんだが」

リンダは、十秒間ぐらいだろうか、なにも言わなかった。

「いまでは偽物だと思っているのはなぜ？」彼女は低い声でそう尋ねた。「あの煙草を勝ち取ろうとしているわけじゃないでしょう？」

「それに対する答えが本当に欲しいわけじゃないよね」とぼくは言った。「きみのせいだなんて、思いもしなかった。そう思うべきだったのかな？」

「いえ、そうじゃないの。でも、そう思って当然だったはずよ」

「マートン家の人間は、当然のことはしないのさ」とぼくは言った。「ぼくがきみをここへおびき寄せたんじゃないかと疑ってる？」

「いいえ、全然。でも、あなたはわたしがおびき寄せたと思ってるかもしれないと思ったの。探偵って本来、疑り深いものでしょう？」

「そうなのかい？　それは覚えておかないと。なんという考え方！　なんたる想像力！　そんなふうに思い込むなんて、なんとまあ、生半可で間抜けでくだらない——」

「わかったわよ」と彼女がさえぎった。「頭をぴしゃりとやられた気分——わたしの髪の毛も、思っていたほど多くはなかったみたい。疑わないでくれて、ありがとう」

「どういたしまして——ぼくのほうこそ、ありがとう。さて、まともな話に戻って、なにがあったのか話してくれないか」

「いいえ、あなたが先よ」と言い張られたので、ぼくはかなり詳しく話をした。すると彼女のほうも、次のように話してくれた。九時十分前にハンプトン・コートから帰宅したあと自分の部屋へ行くと、扉の下にぼくからと称する手紙があった。それはタイプで打たれていて、九時三十分に地下室で会いたいという簡潔な手紙だった。彼女は寝たふりをすることになっていて、ベッシーが上の階へ行き、ほかに誰かが一階にいても台所を離れるまで待つ予定だった。ぼくはできるだけ早く落ち合うつもりだと書いてあった。ぼくの手紙と同じく、秘密厳守で、とにかく緊急で重要な話があるとのことだった。彼女は指図に従ったのに、その甲斐もなく殴られ気絶させられた。時刻は、推定できる限りでは九時二十五分ごろだった。手紙は持参していたし、書き手はぼくだと信じていたが、その手紙はいまではもちろん消えていた。意識が戻ったのがいつだったのか正確にはわからないけれども、ぼくが運び込まれてくる前だったそうだ。目隠しされていたので、ぼくを襲った犯人が見えるはずはなかったし、話し声はまったく聞こえなかったという。

「でも、ぼくが動いている音が聞こえたとき、どうしてきみも音を立てなかったんだい？」とぼくは尋ねた。

「どうやって?」と彼女は反論した。

「いや、手を叩いたり口笛を吹いたりしろとは言わないけど、なにかをきしませるとか、うめくとかならできたんじゃないか?」

「やったわ」と彼女は言った。「でも、やっとの思いで音を立てるたびに、あなたがもっとひどい音を立てるから、あきらめたのよ。とにかく、体があちこちにぶつかる音と、うなり声しか聞こえなかったの。音だけだと、人間ですらないかもしれないような感じだったわ」

「ぼくも人間じゃないような気分だったけど、怖がらせてしまったのなら申し訳ない」

「いいのよ。それに、あとでその埋め合わせはしてくれたもの」

「心安まるぼくの声で? まあ、実際の出来事の話から脱線しないようにしよう。リンダ、きみを罠にかけた犯人について、少しでも心当たりはないかな?」

「あると言えば、あるわ」彼女はしぶしぶ認めた。「でも、ばかみたいな思いつきだから、それが間違いだってあなたに証明してもらいたいのよ。わたしを殴った人の顔は見ていないし、服とかに触れる間もなく気を失ってしまったのだけど、地下室の扉を開けようとしたときにほんの一瞬、防虫剤の匂いがして、この家でそんな匂いがするのはお母さんだけなのよ。このことは家族だけに通じるジョークになってるの。ヴァイオレットの夢の話とか、ハマースミスでオリーヴが副牧師さんに呼び止められて〝双子のお子さんはお元気ですか〟と尋ねられた話みたいにね」

「なるほど。それで防虫剤の匂いがしたのが、だいたい九時二十五分だったわけだね? ちなみにぼくも、その匂いには昨日温室で気づいたんだ。まあ、安心してもらうことはできると思う。誰かがこの家の時計をいじくりまわしていない限り――きみのお母さんが来たときにぼくは腕時計を確認したから、その腕時計も、だな——お母さんが九時十五分から九時五十五分までビリヤード室にいたことは保証するよ。椅子に座って、ぼくがきみの弟さんと勝負しているのをじっと眺めていたんだ」

「よかった！」とリンダは言った。「まあ、本気で信じていたわけじゃないけどね。わたしをパンツ一枚にして縛り上げて、男の人と二人きりにするなんてこと、一番しそうにないのがお母さんだもの。だけどそれなら、あれはいったい誰だったの？」

ぼくは、うまいことを思いついたつもりで、次の意見を述べた。

「きみのお母さんに、かなり完璧になりすました誰かだよ」と言い放ったのだ。「すなわち、オリーヴさ——ほかの誰にも、そんなことはできないだろう」

「あら、でもそれはあり得ないわ——間違いなく。ほら、ベッシーは寝るのがかなり早くて、外出日でなければほとんどいつも、九時半より前には寝てるでしょう。実を言うと、あなたがどうやってそれを知ったのか不思議だったんだけど」

その発言は放っておいた。いまの状況で、ベッシーのことを話し合いたくなかったのだ。

「だから、九時ごろにおやすみの挨拶をしたあとは自分の部屋で起きていて、ベッシーが階段を上ってくる音が聞こえるのを待ったのよ」リンダは話を続けた。「それがちょうど九時二十分だったのだけど、とにかくオリーヴも一緒に来て、裏階段の踊り場まで歩いていったの。清潔なタオルを運んでいて——扉の陰からのぞいたの——彼女がバスルームに入った瞬間、わたしはこっそり部屋を出て、表階段を下りたのよ」

「うん、そういうことなら、オリーヴではなさそうだな」とぼくは同意した。「それからきっと、ぼくの頭を殴った犯人でもない。オリーヴがホットミルクを持って階段を上がったとき、ぼくは食堂に隠れていたんだから。間に合うように下に戻ってくるのは不可能だったはずだし、それに、きみのお母さんでもない。お母さんが、〝あの男〟は日曜の朝食が何時からか知ってるのかと尋ねる声が聞こえたからね」

「食べ物の話はやめて！」すぐさま口を挟まれた。「もうお腹ぺこぺこなんだから」

「なんてこった！　しかも、きみが食べられそうな物がなに一つない。また扉をドンドン叩いてみようか？」

「まだいいわ。先にこの話を片付けましょう」

ぼくらはその問題についてじゅうぶん話し合い、リンダを襲った犯人としてはヴァイオレットとミセス・グレン以外の全員を容疑者リストから外し、ぼくの場合はヘンリーだけ追加するということで納得した。ぼくは、暗がりでリンダと二人きりでいるのが楽しくなり始めていた。とはいえ、空腹の彼女のためになにかしてやることができればとは思っていたのだが。

「それに、お祖母ちゃんでもないわ」彼女は自信を秘めた口ぶりで言い放った。「一つには、誰かを殴れるほどの力はないし、もう一つは、そんなことは決してしない人だもの。ねえ、もしわたしたちが、石膏像の小人だったら……」

「替えが利いただろうね」ぼくはミセス・スティールの言葉を思い出しながらそう言った。「でも、ヴァイオレットにはその力があるのかな？　あんな弱々しい手首で？　それでも、きみを殴ったのは、その二人のどちらかのはずなんだ。ただし、ぼくらの頭の働きが鈍っているか、あるいは、そもそもこの家に住んでいない誰かが犯人ということなら、話は別になる」

ぼくらはしばらくの間その角度から考察してみたけれども、らちが明かなかった。一通の手紙は、犯人がここの住人だということをはっきり示しているように思われた。ぼくらは賢明にも、本当に知る必要があるのはなによりも、地下室に閉じ込めた犯人が誰かではなくて閉じ込めた理由なのだと言い合った。けれども、その点に関するぼくらの推測は、事実とはかけ離れていたと言ったほうがいいだろう。

「腑に落ちないことがもう一つあるの」とリンダが言った。「わたしの服だけ脱がして、あなたはそのままだった理由よ」

「恨みがあったのかもしれない」とぼくは言ってみた。「あるいは――」

「あるいは？」

「まあ、好奇心かな。『彼女はクリケット選手の娘でしかないのに、角張った脚《スクエア・レッグ》を二本持っていた』ってね（「スクエア・レッグ」はある守備位置を意味するクリケット用語なので、それに引っ掛けたジョーク）」

「ここに靴があれば、その脚であなたを蹴飛ばしてあげたのに」

最終的には、二人の意見が出尽くしたあともすべてが謎のままで、その解決には昼間の光と完全な自由が必要だった。そこでぼくらはまた騒いだけれどもうまくいかず、この監獄から抜け出そうと再び努力するものの無駄に終わり、結局は気を静めて、空腹と不快の一夜を過ごすことになった。けれども、さらにもう一つの出来事が起ころうとしていた。それまでとは違う、嬉しい出来事が。この上なく嬉しい出来事だったので、そのときからずっと、ぼくらを襲った犯人に対してぼくはかなり好意を抱いていて、いまも同じ気持ちなのだ。

「最後の一本の煙草はどうするの？」リンダが眠そうな声で尋ねた。

「悪いね、もう予約済みなんだ」とぼくは言ったわけだが、そんな勇気をどこからかき集めたのだろう。それに続く会話がどうなるか、まるで自分で台本を書いたかのように、ぼくには完璧にわかっていた。

「予約済み？　でも、ただではもらえないはずよ」

「ぼくなら勝ち取れる」

「じゃ、やってみてよ？」

「ああ、もう、ほっといてくれ！」ぼくは乱暴につぶやいた。本当に邪険な口ぶりで。「ぼくはきみが大嫌いなんだ」

「まあ――ごめんなさい」

彼女の声は急に弱々しくなり、まるで逃げたがっているかのように、二人を覆っている袋の下で体をもぞもぞ動かした。

「さあ、これでぼくの勝ちだよね？」じゅうぶん間を置いてから、ぼくはそう付け足した。その後、ぼくの人生で最も長い瞬間が経過した。そして、リンダは返事をした。

「もう、ひどい人！」と彼女は言った。あとで話してくれたところによれば、笑いたかったし、泣かないようにこらえていたそうだ。「半分に切ったほうがいいわ。だって、わたしも同じくらい、あなたのことが大嫌いなんだもの」

第四部　密室

第十九章

不気味に、薄暗く、夜明けがやって来た。格子越しの細い光が上から射して、床に斜めの縞を描き、リンダはぼくの腕の中で夢うつつのまま身動きしている。彼女は眠りながら微笑んだ。幸せそうな笑顔で、ぼくも自分が幸せだとわかっていた。それからほどなくして、足音が近づいてきた。腕時計をちらっと見ると、驚いたことに日曜の朝の十一時を過ぎていた。扉に差し込まれた鍵がさび付いた音を立ててまわった。扉が開き、なんとなく見覚えのある人影が、その場でこちらを見つめていた。

ぼくが連れを肘で小突くと、彼女はびくっと動き、たちまち目を覚ました。そして起き上がり、急いでぼくのしわくちゃの上着をさらにきつく体に巻き付けた。

「どなたですか?」とぼくが尋ねた。

「どなたがいいかな?」扉のそばに立つ男はそう尋ねてきて、ぼくはその声を聞いて笑い出した。

「やれやれ!」とぼくは言った。「なにか食べる物はありませんか?」

「誰?」とリンダがぼくに耳打ちした。

「あの人かい? 大丈夫——単なるぼくの仕事の上司だよ」

「たいした仕事ぶりだな!」おじがかみつくように言った。「これが仕事か? ふん! おまえより下手くそなら、マッチ売りになるしかないな」

そこで言葉を切ると、ゆっくり近づいてきた。

「おはようございます、ミス・ホワイトヘッド。どうやら、この男に肘鉄を食らわせたようですな（二人が袋（sack）にくるまっていることに引っ掛けて、肘鉄を食らわせることを意味する give the sack という言いまわしを使った）」

「とんでもない」とぼくが言った。「終身採用してもらったところですよ」

「えっ？　なんだって？　お嬢さんもばかなことを！　なあ、つまり婚約したんだな？　結婚するつもりなんだな？　ウェディングベルを鳴らして、ブライズメイドを頼んで？　ふん！　それどころか、どこかの片隅に穴を掘って、生石灰をまくことになりそうなのに。階上《うえ》へ上がったら、結婚の話なんかするんじゃないぞ。とんでもない」

　おじが真顔で言うので、ぼくは眉をひそめた。

「いったいなにを言ってるんですか？」ぼくは問いただした。「どうしてだめなんです？　なぜ生石灰が出てくるんですか？」

「教えてやろう。だから、冗談だなんて思わないように――本気で言ってるんだからな。口をつぐんでいるんだ――慎重にいけ。『ご一緒できて光栄でした、ミス・ホワイトヘッド』『どういたしまして、ミスター・マートン、上着を貸してくださって、本当にありがとう』これが言うべきセリフだ――きちんと守るように」

「どうかしてるわ」リンダが批判的な口調で言った。「でも、ある意味では、かなりすてきな方ね」

「いやはや、あなたこそ、てっきり鈍いお方だろうと思っていたら！」とおじが言った。「まあ考えてみれば、鈍くなくてお気の毒でしたな。おい、ダグラス」――いきなりぼくに質問が飛んで来た。「おまえ、いままで絞首刑になったことはあるか？」おじはそう尋ねたのだ。「いいもんじゃないぞ

──まともですらない。気をつけろ」

どういう意味かと迫ると、ハリエット・スティール殺しの罪による絞首刑のことだと説明されたので、ぼくらは息が止まるほど驚いた。屋敷の中は警官だらけだというのだ。警官たちはぼくらの行方を捜査中で、ジョージ・ライスの行方も捜査中で、ヴァイオレットはヒステリー発作を起こし、オリーヴとリンダの母親とミセス・グレンはなんらかの薬のせいでまだ眠っていて、ミセス・スティールは自分の部屋で刺し殺されていた。

「しかも、肝心なのはここからだ」おじは、ぼくらの仰天ぶりを楽しみながら話を続けた。「煙草？　もちろんいいとも──自由に取ってくれ。さて、まだちゃんと聴いてるな？　じゃあ、聞いて驚くなよ。メイドとこちらのお嬢さんの弟御は、なにも見聞きしておらず、なにも知らないそうで、二人ともうさん臭いことこの上ない。ミセス・Sは背中を刺されていて、医者の話だと、自分で刺すのはたとえ一週間かけても無理らしい。いずれにしても、そんなまねはしなかったはずだ。部屋は鍵がかかっていた──扉を壊さなければ入れなかった。ガスストーブがひと晩中つけっ放しだったので、死亡時刻は誰にもわからない。ほら、死体が温かいままだろう？　ちょうど小説みたいに。それでだな、ダグラス、ご本人以外であの部屋に出入りすることができたのは、おまえだけなんだ。それから、アリバイがあると思っているなら、考え直せ」

もちろん、これをすべて一気に話したわけではないのだが、わかりやすさのためにひとまとめにしてある。そしてこの時点で、ぼくが話をさえぎった。

「そんな必要はありませんよ」とぼくは言い放った。「ぼくらがどうしてこんな寒いところでひと晩過ごしたと思ってるんですか？　おまけに腹ぺこで」

「ああ、その答えならわかってる――閉じ込められて、どうしても出られなかったんだろう、かわいそうにな。だが問題は、ここの鍵が、扉の外の階段の一番下にあったという点だ。つまり、もしおまえが自分たちをここに閉じ込めたあとで鍵を扉の下から押し出したら、ちょうどあるはずの場所だ」

「ばかなこと言わないで」リンダが静かに言った。「彼がここにいたことはわたしが証明できるし、わたしがここにいたことは彼が証明してくれるわ」

　ぼくのおじは、ため息をついた。

「彼がここにいたと言うことならできるでしょうな」とおじは誤りを正した。「いくらでも好きなことを言ったってかまいませんが、誰かに信じてもらえるかどうかは別問題です。だから、ウェディングベルは棚上げにしときなさいと言ってるんですよ。どうやらまずいことになりそうだ」

　理解できなかったので、ぼくはそう伝えた。

「ミセス・スティールが亡くなったからといって、ぼくらが独身でいなきゃならないはずはないでしょう」とぼくは反論した。「たとえ、殺されたのだとしても」

「おいおい、目を覚ませ！　極楽気分の連中がおまえたちのように鈍いやつらばかりなら、極楽とやらはさぞかしひどい場所なんだろうな。まずいことになりそうなのは、妻が夫に不利な証言をしないかもしれないのは誰だって知ってるからだ。おまえらのことは念頭に置かれて、ミス・ホワイトヘッドは証言を撤回しないよう念を押されるだろう」

「そんなことを考えつくなんて！」

「そりゃそうさ。考えつかないやつの代わりに、誰かが考えてやらないと。さあ、起き上がって警官とご対面したほうがいいぞ」

「担当は誰なんです?」ぼくは、いささか不安になりながら尋ねた。ミセス・スティールの部屋の鍵を自分がまぎれもなく持っているのが心配で、預かるのを承知しなければよかったと思った。

「決して悪いやつじゃなさそうだぞ。ピールとかヴィールとか、そんなような名前だ」

「ビール? そいつはいいな——ちょっとした知り合いなんですよ」

「なんだと? そんな話は初耳だぞ」

「いやいや、すべて打ち明けてるわけじゃありませんからね。でも、ビールだったら大丈夫——分別がありますし。彼なら、ぼくらが殺人犯だなんてばかげた想像はしないでしょうよ」

おじはもう一度ため息をつくと、うんざりしたようにこう言った。

「もしわたしがそう思っていたら、ここまでがみがみ言いに来たと思うかね? しかしまあ、なんて探偵だ! 依頼人が殺されているというのに、自分は地下室にしけ込んで、そのお相手が——その——」

「不適切な身なりの若い女、でしょ」リンダが助け船を出した。「どうかしてるのは疑う余地もないけど、それでもかなりすてきな方ね」

こんなふうに浮ついたぼくたちだったが、その知らせはショックだった。いま思えば、本当の気持ちを押し隠すためにおどけていたのだ。いやむしろ、気持ちを整理する時間が欲しかったのだろう。またはもしかすると、暗闇の中で二人きりで一夜を過ごしたあとは、そこに至るまでの出来事と、その一夜がきっかけで得られた相互理解をひっくるめて、どんな展開だろうと期待外れに終わるはずだったのかもしれない。それがすなわち、冷酷な殺人だったのだ。

屋敷の中は妙に静かで、妙に人気《ひとけ》がないように思えた。もし警官があちこちにいたのだとすれば、身を隠していたのだろう。死の冷ややかさと秘密が住み着いているような気がして、驚いて背筋がぞっとした。するとミセス・スティールはとうとう最後の不法行為を受けてしまったわけか、とぼくは思った。もう彼女は無害で、害を及ぼされることもない。いまやまったく耳も聞こえず、まったく目も見えず、話すことも動くこともない。もう二度と自分のフォークでローストビーフの塊をつつくこともないし、ジグソーパズルを完成させることも、ぼくを計算高いまなざしで眺めることもない。これでもうぼくは無事なんだと気づいてほっとしたが、こんなときに自分のことを思い悩んでいるのが恥ずかしくなった。階段を上ってからぼくらは別れて、リンダはバスルームのほうへ姿を消し、ぼくは台所へ行って、巡査に無関心な目つきで見つめられながら冷たい水に頭を浸して、すぐに元気になった。だがその後、新たなショックが待っていた。

「あの娘は、お祖母さんのことが好きなのかな？」と、ぼくのおじが尋ねてきた。

「ええ、そう思いますけど――なぜです？」

おじは唇をすぼめて、かぎ鼻をさすり、ぼくを横目で見た。

「気の毒に」とおじは言った。「容態が悪いんだよ――薬を盛ったやつは、少々やり過ぎた。さっきは一応用心して話さなかったんだが、たぶんもう長くないだろう」

「なんてことだ！」とぼくはつぶやき、急に心配になった。ミセス・グレンのことはかなり好きだったし、リンダも好きなはずだと確信できた。

「いまはどこに――ここにいるんですか？」

「いや、病院だ。そのほうがまだ望みがあるからという話だった。なあ、これはおかしな事件だぞ――とんでもなくおかしな事件だ」

「自殺の可能性はないんですね？」

「おまえはどう思う？　背中を刺されて、しかもしっかり刺されてるんだぞ。気に入らんな。なにか思いつくことはあるか？」

「いえ、とても——殺人なんて、心の準備ができてませんよ。いずれにしても、ぼくらにできることがたいしてあるとは思えません。もしこの家の誰かの仕業なら、ビールがいろいろ取り計らうことになるでしょうし。でも、仕事で忙しくしていたいのなら、ウィリアム・ブリッグズに当たってみてください」

　ぼくは前日の朝に聞いた話のあらましと、あの男に対するぼくの印象を手早く伝えた。

「なるほど——なるほど。ヴァイオレットはいらつく女だが、金を持っているならちょっとは我慢できて、ジルが生きているうちは金は手に入らないというわけか。その後どうやって地下室に行き着いたんだ？」

　ぼくはそれも説明し、おじはうなずいた。

「警察側の承認をとりつけたほうがよさそうだが、誰かがブリッグズと渡り合うべきなのはたしかだな。どこに住んでるんだ？」

「知りません。リンダなら知ってるかも」

　彼女がバスルームの扉越しにブリッグズのリッチモンドの住所を教えてくれたので、それを聞くとおじは急いで出かけた。ぼくは少しの間うろうろして、壊された扉を次々と調べた。オリーヴの部屋と、キャロラインの部屋と、ぼく自身の部屋の扉だ。さっきとは別の巡査が不満げにぼくをじっと見ていたが、邪魔しようとはしなかった。いいえ、ミス・スティールとミセス・ホワイトヘッドはまだ意識を取り戻していません、と彼は言った。どうやら、ビリヤード室へ行ってみるべきらしい。きちんとした身なりでなくても問題ないと思うとのことだった。

「われわれは慣れてますから」巡査は陰気な声でそう言い、鼻をすすった。

そしてここで、この物語の本当の主人公を紹介しなくてはならない――主人公がいるとすればだが。つまり、ニュー・スコットランド・ヤードのエドワード・ビール主任警部だ。やせ形の物静かな男で、背丈は中背よりも少し高く、目の色はリンダと同じくらい灰色で、冷静明晰な頭脳の持ち主だ。彼のことを主人公と呼ぶ理由は、密室という問題を、過去のほかの問題と同じように、知力を発揮することで解決してくれたからだ。知力とはここでは合理的な想像力、つまり知性の鋭敏さを意味している。

第四部になるまで登場しなかったという点は、彼にとって不運で、おもにぼくの落ち度とみなされるかもしれない。ミセス・スティールの驚くべき死について書くことに取りかかったときは、遅くとも第三章か第四章の終わりまでには殺すつもりだったのに、それは無理だとわかった。ぼくにとっては、彼女の殺害は調査の始まりというよりむしろ終わりだったので、探偵小説における通常の流れとは順序が逆になっているのだ。それでもビールにとっては、登場前にあったこと、つまりぼく自身が経験したことは、単なるプロローグにすぎない。ここから本編が始まるというわけで、今後は彼の動きを見ていくことになる。年齢はたしか四十四歳だが、たぶん六十歳になっても、見た目はいまとまったく同じだろう。時間の痕跡を示すことのないたぐいの顔なのだ。

彼はビリヤード室の窓の中で、机のそばに座っていて、なにかのメモに目を通していた。ぼくが誰かすぐに気づき、笑顔で握手をした。

「おじさんがいま、取り調べに出かけられたところだよ」と彼は言った。「きみと話し合いたいことがたくさんあるんだ――いつごろ始められそうかな？」

「まだなんとも言えません」ぼくはそう答えながら、吠えたり怒鳴ったりする頭の固い相手でなくてありがたいと思った。そういうタイプの警官は滅びつつあるとはいえ、まだ実際に存在するのだ。

「ご覧の通りひどい格好で、ひげも伸びてますし、腹もぺこぺこなので。ついでながらミス・ホワイトヘッドも同様でして、彼女もあなたに話したいことがあるそうです」

「そうじゃないかとは思っていたけど、きみほどではないだろう」

結局、先にリンダの話を聞いて、その間にぼくが身なりを整えるということに決まった。彼ははっきりとは言わなかったけれども、一人ずつ別々に質問したがっているのは明らかだった。

「ところで、おじから聞いたのですが、ミセス・グレンの容態はそんなに悪いのですか？」とぼくは尋ねた。

「残念ながら、非常に危険な状態らしい」

「それなら、ミス・ホワイトヘッドに教えてあげてもらえますか？　あの二人はとても仲が良さそうだったので」

「いいとも――でも、きみから伝えたければ話は別だけど？」

「ええ、もし伝えてかまわないのでしたら」

彼はいぶかしげにぼくを眺め、そして笑い出した。

「きみはまったく自由に行動できるんだぞ」と彼はぼくに請け合った。「知らなかったのかい？」

「いえ、確信がなくて。ほら、この件があったので」――そう言って、ぼくはミセス・スティールの寝室の扉の鍵を差し出した。

「ああ、その件か――ありがとう」彼はほとんど無頓着な口ぶりだった。「誰か予言でもしてたのかな？　『犯行可能な唯一の人物――私立探偵逮捕さる。死刑囚のおじ、大規模な減刑嘆願署名活動をおこなう』とか。おっと、そんなことで食欲をなくしてはいけないよ。ここだけの話だが、きみのおじさんはすべてを知っているわけじゃないんだ。きみのことを疑う理由なんて、この屋敷のほかの人たちと同じ程度しかない。いや、むしろそれ以下だよ。きみにたいした動機があるはずはないのだからね」

それを聞いてぼくは動揺した。自分がウィリアム・ブリッグズと同じ境遇になったことに急に気づいて、ひどく不安になったのだ。相続人だろうと貧乏人だろうとリンダはリンダなのに、ぼくが彼女を選ぶのは莫大な銀行残高のせいではないと誰が信じてくれるだろうか？　おじにはあんなふうに警告されたが、ぼくはそのときとっさに、隠し立てせず話そうと決心した。

「金目当ての動機があるのでは？」とぼくは言った。「それとも、遺言書のことはお聞きになってませんか？」

「それは聞いているけど、きみの名前が書いてあるわけではないだろう」

「でも、もしミス・ホワイトヘッドを説き伏せてぼくと結婚させれば、間接的に利益を得るはずですよね？」

「それはそうだが、説き伏せたのかい？」

「説き伏せたかどうかはわかりませんけど、結婚すると約束してもらったんです。できれば、誰にも言わないでください。もちろんそのときは、こんなことが起きていたなんて、ぼくら二人とも知りませんでしたし、それに――それに――」

ぼくは気が滅入ってきて、次第に声が小さくなった。ミセス・スティールの死によってリンダは自由の身となったのだから、ぼくとしては少なくとも、彼女に約束を取り消すチャンスを与えるだけの礼儀はわきまえるべきだと思いついたからだ。とはいっても、リンダがぼくを受け入れたのはただ単に〈樅の木荘〉から逃げ出すため、オリーヴや自分の母親のようになってしまうことへの恐怖から逃れるためだ、などと信じていたわけではない。そんなまさか――考えるだけでぞっとした。それでも彼女は、いずれにしてもその強い願いと恐怖に無意識のうちに影響されていたのかもしれない。どういうわけか、空が曇ってきたような気がした。きらきらした日の光が窓から射し込んで、ニスを塗った黒っぽい壁紙やビリヤード台を覆う帆布のカバーを照らしているというのに。

ビールは、空想にふけるぼくのことなどまったく気に留めていないようだった。ぼくとリンダがたった三日前に出会ったばかりだという事実についてなにか述べることもなかった。

「これは通常の殺人事件じゃないんだよ、マートン」と彼は話を続けた。「その手順が――まあ、とにかくややこしい。幽霊並みに実体のない犯人でなければ不可能だったんじゃないかという印象だ。もちろん、どこかに誤解があるんだろうが、それが見つかるまで、鍵を持っていたからという理由だけできみをとがめるつもりはない」

「幽霊だって?」とぼくは小声でつぶやいた。「ひょっとすると、結局ヴァイオレットの言う通りだったのかな」

つぶやきについて説明したあとで、ぼくはこう付け足した。「扉は鍵だけじゃなくて、差し錠もかかっていましたよね?」

「どちらの扉もそうだったが、詳しいことはあとで話そう」

ぼくは部屋を出ていこうとしたが、話はまだ終わっていなかった。

「ところで、きみのファーストネームはダグラスじゃなかったかな?」と訊かれたのだ。「ありがとう——それについても、そのうち説明する。あともう一つ。たぶんおじさんから、ジョージ・ライスが行方不明だと聞いているだろう。見つかりそうな場所に心当たりはないかな?」

「いいえ、すみません。帰りが遅くなるかもしれないとは言ってましたが、予定はなにも聞いていないので。彼の好きなものは競馬とウイスキーです——ああ、そうそう、ブロンド美女と、クラウン&アンカーも」

第二十章

ぼくは満足するまで食べたあと――かなり時間がかかった――礼を言った。ビールが連れて行ってくれたのは予想外にもレストランではなくて、ナイツブリッジにあるサービス付きフラットで、彼の友人の住まいだった。この友人の名前はアントニー・パードンといい、『ストックブローカー』という名の新聞の編集を手伝っていると聞かされた。背が高くて身長は六フィート以上あり、おどけた口元とまっすぐな青い目の実直そうな顔をした醜男で、ぼくはたちまち好きになった。たぶん見かけよりもはるかに切れ者なのではないか、と思った。

出してもらった食事は、〈樅の木荘〉で三日間過ごしたぼくにとっては豪勢なディナーだった。トニーは〝ぼくの世話をしてくれる人たち〟のおかげだと無頓着に言うと、葉巻を取り出して、ひょろ長い脚を組んだ。

「さてと、これからぼくはうとうとして過ごすから、きみたちはいろいろ喋るといい」と彼は言った。

「お邪魔になるなら話は別だがね」

「ここはきみの家なのに?」ビールがにやりとした。「だが、うとうとしてもらうわけにはいかないぞ、トニー。腕が痛くなるまで、速記を書いてもらう」

それから、にやりとしたままぼくのほうを向いた。

「ぼくは忙しい男でね、マートン」と彼は話を続けた。「きみに割ける時間は二時間か、もし必要なら三時間。それでじゅうぶんかな？」

ぼくは目を見張り、冗談ではないらしいと気づいた。

「つまり、木曜の正午以降に見聞きして行動したことすべてを完璧に報告するのにじゅうぶんかということですか？」と言ってみた。

「その通り――ヒントを与える必要がないとはありがたいね。ここに座ってきみに話をしてもらうことで、二、三日分の仕事が節約できるんじゃないかと思ってる」

「そちらのお仕事がぼくの仕事の続きだとすれば、ですよね？」

「ああ、疑いの余地はあまりないと思うがね。それから、きみがおじさんの言う通りの人物だとすれば、でもある――勤勉で、観察力が鋭くて、記憶力がよくて、心理学に詳しくて、などなど」

ぼくは首を横に振った。

「おじは今朝ぼくに、マッチ売りになるべきだと言ったんですよ」とぼくは言った。「どっちつかずはやめてほしいですよね。それでも、一つお話ししたいことがあります。一度だけ、ほんの少しの間でしたが、殺人事件の予感が頭に浮かんだことがあるんです。とはいっても毒殺で、切ったり突いたりではなかったのですが」

そして、家庭料理の手抜き分を補うための食べ物が戸棚に詰まっているとジョージ・ライスが主張していたことを伝えたのだが、ビールはすでに知っていた。

「すると、きみは毒殺を想像したんだな？　それは面白い。実際に起きたことの要点をいまわかる範囲で教えたら、役に立つかな？」

「ぼくの好奇心は満たされますね」とぼくは言った。

「それに、ぼくのもだ」とトニーも言った。そこでビールは、自分の手帳をめくり始めた。

「メイドが八時に部屋へお茶を運んだとき、なにかおかしいとすぐ気づいたそうだ」と話が始まった。

「返事があったのはヘンリー・ホワイトヘッドだけだったんだ。ミセス・スティールの部屋は鍵がかかっていて静かで、ミセス・グレンの部屋も、ミセス・ホワイトヘッドの部屋も、きみ自身の部屋も──実のところ、ジョージ・ライスの部屋以外は全部そうだった。彼の部屋だけは鍵がかかっておらず、誰もいなかった。

そんなに多くの発見があったので、メイドはヘンリーに相談して、ヘンリーは彼女の話が正しいことを確かめてから、賢明にも最寄りの警察署に電話をかけた。巡査部長と部下二名がやって来て、やがてミセス・スティールの部屋の扉が壊されて、殺害が発覚した」

「そして一つ片付いて、残りは六つ」とトニーがつぶやいた。「彼女の部屋から手をつけたのは、単なるまぐれ当たりか？」

「いや、屋敷の所有者だからだよ。彼女はベッドにもたれかかるように倒れていて、靴まですべて身につけたままの姿で、背中にナイフが刺さっていた。さらに、頭も殴られていた。暖炉のガスストーブがついていていて、かなり弱火になっていた──メイドが言うには、夏の間じゅう天気に関係なく九時につけるようにという指示がずっとあったそうだ。驚いたかい、マートン？」

「いいえ、ちっとも」とぼくは答えた。「まさに予想通りです」

「なるほど──ありがとう。床の上には、粉々に砕けたガラスと一緒に金時計が落ちていて、どうやら机の上にあったらしい。さっき話したように、扉は二つとも鍵も差し錠もかかっていて、室内に誰も隠れていたはずがないのは確実だ。遺体を発見したのはトマス巡査部長本人で、今日その部屋が密室でなくなってからぼくが到着するまでの間に出入りしたのは自分だけだと断言している。彼にはかなり念入りに質問もした。というのも、以前ぼくもそういう困った立場に追い込まれたことがあるからだ。覚えてるだろう、トニー？」

「ああ」と彼の友人はうなずいた。「それに、きみが一時的に困った立場に追い込まれたのはいいことだよ。でなければ、哀れなアデア老人と同じように弾丸をぶち込まれていたんだから。今回の部屋が密室だったのはたしかなんだな？」

「そのようだな。窓はすべて閉まっていて、掛け金もきちんとかかっていた。少なくとも、人間にとっては密室だ」

「わかった。なら、彼女は人間以外の何者かに殺されたか、あるいは自殺したのさ」

「あるいは、誰かが差し錠に細工をしたんでしょう」とぼくが口を挟んだ。「もちろん、踊り場のほうの扉ですよ――もう一つの扉は机でふさがれていたんですよね。違いますか？」

「いや、そうだよ、机はまだそこにある」とビールは認めた。「だが、犯行方法に関する憶測は後まわしにしよう。犯行があったというだけで、とりあえず話を続けるにはじゅうぶんだ。

さて、ほかのどの部屋からもまだ返事がなかったので、巡査部長は地元署の警部に電話して、その警部がヤードに電話して、そしてぼくが連絡を受けて、かくして休みの日曜がまたしても終わってしまったというわけだ。ところで、それぞれの扉の状態は明らかに興味深いものだった。昨日の昼時までに、屋敷内の空き部屋ではない寝室はすべて、ミセス・スティールの部屋とミセス・グレンの部屋とジョージ・ライスの部屋の三部屋を除いて、外側に南京錠と金具が取り付けてあった。つまり、南京錠は合計七個あることになる。ミス・ホワイトヘッドが言うには、マートン、きみの南京錠は彼女があげたもので、それ以外はオリーヴ・スティールが買ったと思うとのことだ。今朝、その七個すべてが、予想通りそれが付けられていた部屋の室内で見つかり、そのうちの五部屋は通常のやり方で鍵がかかっていた。ヘンリー・ホワイトヘッドとメイドのことは、いまは気にする必要はない。残りに関しては、オリーヴとキャロラインとヴァイオレットは部屋に閉じこもっていたが、きみとミス・ホワイトヘッドは明らかにそうではなかった。きみもきみの鍵も行方不明だった」

「ああ、ぼくのは持ってますよ」ぼくは話をさえぎって、鍵を見せた。「リンダの鍵は、服と一緒に持ち去られたに違いない」

「そう、きみたちはそれぞれ、地下室をうろついているのじゃなくて、ベッドに入って眠っているふりをしようとしたわけだ。まあ、ここまでの話はすべて単純明快だが、ミセス・グレンの部屋の扉に南京錠がなかった点はそうでもないかもしれない。助けてもらえるかな?」

「いいえ、残念ながら。ぼくは全員に、予防策を講じるよう勧めたのですが」

「なるほど。では、ここから奇妙な話になる。その同じ五部屋はすべて、金具が紐でしっかりと縛られていて、手助けなしには外へ出られない状態だったんだ」

「なんだって！」とぼくは叫んだ。「薬が効かなかった場合に備えてですか?」

「どうやらそうらしい。少なくとも、三部屋に関しては。薬のことは誰から聞いたのかな?」

「おじからです。じゃあ、や・っ・ぱ・りぼくのことを疑ってたんですね！」

ビールは笑いながら首を振った。

「でも、そういうことを大目に見るわけにはいかないんだよ。たとえ友達でもね」と彼は言った。

「きみのおじさんは物覚えが悪いに違いないな。ミセス・グレンがどうしたのかはきみに伝えないようにと言っておいたんだが——ただ単に、具合が悪いとだけ伝えるようにと」

ぼくはトニーを見た。

「この人はいつも、疑っていない相手に罠を仕掛けるんですか?」とぼくは尋ねた。「まあ、別にかまいませんよ。いまは潔白なら。ところで、リンダの部屋とぼくの部屋の扉を紐で縛ったのは、なんの意味があるんですかね? ぼくら二人のことは対処済みだったのに」

「そうだな——厄介な問題だ」とビールも同意した。「南京錠を使うことにしたのは、誰の思いつきだったんだ?」

ぼくは考えたが、よくわからないと認めざるを得なかった。

「たぶん、ぼくのまねをしたんでしょう」とぼくは言った。「そして、ぼくがそれを使ったのはリンダの手元にあったからで、なにかになにかが起こってるという状況に嫌気が差していたんです」

トニーはいいぞというように微笑んだ。

「正確な物言いはいいな」と彼は言った。「あと、頑固なところも。彼は自分の番になれば説明してくれるさ、テッド。それまで待とう」

「わかった」とビールは言い、少しも腹を立てていなかった。「ぼくが九時四十五分に到着してみると、ほかの扉は全部すでに力ずくで開けられていて、ミセス・グレンと娘三人は薬で眠らされていて、きみとミス・ホワイトヘッドとジョージ・ライスは行方不明だった。ぼくが二階に上がったのとほぼ同時に、ヴァイオレット・スティールが意識を取り戻し、話を聞いて悲鳴を上げ始めた。それまでに医者がもう来ていて、ミセス・グレンの具合がひどく悪いと言った。その後ミセス・グレンは病院へ運ばれたので、ヴァイオレットも一緒に連れて行ってもらった。いま彼女は、なにかを明かした場合に備えて注意深く耳を傾けられて――まだ活動中であればの話だが――いるが、姉二人はまだ意識が戻っていない。

ベッシー・ホランドもヘンリー・ホワイトヘッドも、不在者三名になにが起こったのかについて心当たりがなかった。マートン、ぼくはきみの名前とここでなにをしていたのかを聞いて、誰だか気づいたので、おじさんに電話をしたんだ。おじさんはすぐに来てくれて、そのときにはわれわれは屋敷内を捜索中で、その後のことはかなり明らかだろう。

さて、今度はきみに任せる。きみが思い出せることで重要かもしれないことは一つも省かずに、きみが目にしたものだけじゃなくて考えも共有しよう。昨夜の時点から始めてもらってかまわないかな？　ミス・ホワイトヘッドの話はすでに聞いた。きみの話と一致することを願うよ」

「もし一致しなかったらえらいことだぞ！」トニーが鉛筆を削りながら、そうつぶやいた。「きみの話すことはすべて書き留められ、証拠として提出される可能性がある。ただし、それが読み取れたらの話だがね。その点は、勝手ながら書き始める前に疑問視しておくよ」

ぼくに課せられた務めは予想していたよりも簡単に終わり、これはおもに聴き手の態度のおかげだと思う。人が喋っているのを見守るとき、話し手の気を散らせてしまい、思考力を鈍らせて、集中しにくくさせてしまいがちなやり方がある。また、話し手の気持ちを楽にしてやり、言葉を思うように操れると感じさせて、自信を持って喋れるように仕向けるやり方もある。この後者のやり方を、ビールはもう学ぶことがないほど身につけていた。ぼくが口ごもると控え目な提案で助けてくれて、ときどき話をさえぎって曖昧な点をはっきりさせたり、推理の余地があることを確認したりする。たとえば、ベッシーはミセス・ピピットにジョージ・ライスの食品戸棚をあさるチャンスが来たことを伝えていたとぼくが言ったとき、ビールはぼくの話を止めた。

「するときみは、料理人が昨日の朝には酔っ払っているはずだということをメイドは知っていたのかもしれないと思ってるんだね?」

「ええと、はい、たぶん。たしかに、驚いているようには見えませんでしたね」ぼくは、頼まれた通りに土曜の晩の出来事から話し始めて、その次に〈樅の木荘〉にぼくが到着してから経験したことを時系列に沿って説明した。わざと話さなかったことが二つだけあって、それはミセス・スティールがぼくにいわゆる下心を持っていたのではという疑惑と、ジョージ・ライスの写真をぼくが盗んだことだ。うっかり忘れたせいで言い漏らしたこともあったのだが、それについてはあとで取り上げよう。

ビールはぼくの話に一貫して興味を持ってくれているように見えたが、とくに強い印象を受けたポイントがあとで明らかになった。彼はミセス・グレンの絨毯の件に関して徹底的にぼくに質問し、ミセス・スティールがいつも土曜の晩に出かけていたことと時計の巻き方にこだわりがあったことについてのベッシーの情報をもう一度聞かせてくれと頼んできた。この最後の点は重要かもしれないと彼は言い、その次にジョージ・ライスの前職について思慮深くコメントした。

「医者が言うには、あの女性を刺した犯人が誰であれ、並外れた力が使われていたらしい」と彼は言った。「兄がいま行方不明で、かつて力自慢を仕事にしていたとなると、考えられることは明らかだ」

ぼくはうなずいた。けれども、ジョージ・ライスがしらふのときに誰かを殺すとはどうしても考えられなかったし、ミセス・スティールの殺害が酔っ払いの仕業ではないのはたしかだとぼくには思えた。

「明らかすぎるな」とトニーが言い放った。「偽の手《レッド・ヘリング》がかりの匂いがぷんぷんするぞ。それでも、その男は見つけないといけないな。とりわけ、賭け率十二倍の勝ち馬をしょっちゅう当てているんだったら」

「見つけるとも」とビールは約束した。「その男について、ほかになにか気づいたか？」

「ぼくはパスだ」

「きみはどうだい、マートン？」

「すでに話したこと以外はなにも。でも、ぼくは本当は、おじがなんと言おうと、自分が探偵だなんて言うつもりはないんです。ぼくは調査員でして、その差はいわゆる〝名ばかりの区別〟とは大違いですからね」

「おいおい、自分のことを悪く言ってはいけないよ。こんな状況下で、きみは大変よくやったと思う。少なくとも、やりやすいように物事を整理してくれた。ぼくが考えていたのは、みんなが被害を受けている中で、どうやら彼だけは、ウイスキーひと瓶以外はなにも害を被っていないらしいという点なんだ」

「ええ、その通りですね」

「だが彼はスティール家の人々に好かれてないし、いつも部屋に鍵をかけていないという」

トニーがフンと鼻を鳴らした。

「それを聞いても、レッド・ヘリングがさらに匂うだけで、にしん《ヘリング》がめかじき《ソードフィッシュ》にはならないぞ。彼が妹のなんらかの弱みを握ってるのではと疑われてることを忘れないでくれよ？　しかも、仲も良くなかったわけだし」

「いや、ぼくはどちらにしても、先入観は持ってない」ビールがにやりとしながら言った。「じゃあそろそろ、〈樅の木荘〉に戻ろうか。マートン、きみに部屋を見せて、遺体を動かす前の写真も見せよう。そのあと、もし屋敷の人たちが喋れる状態なら、ぼくらが直面しているいくつかに答えを出す作業に取りかかることができるだろう。きみとミス・ホワイトヘッドを殴りつけたのは誰か？そういったことだ」

「殴りつけた理由も含まれますよね？」

「いいとも、まだわかっていないことならね。とはいえ推測して言えば、彼女の場合は、邪魔者を排除するためじゃないかな。ミルクに薬が仕込まれていたのと同じことだよ。彼女自身は、夜寝る前に温かい飲み物は飲みたくないんだそうだ。ちなみに、弟とメイドもそうらしい」

「お願いしようなんて思うべきではありませんでしたね——アマチュアからプロの方へ、ささやかですが心から敬意を表します。どんな薬物が使われたんですか？」

「まだわからない。分析するために、牛乳瓶を押収してある。冷蔵庫にあった手つかずの一パイント瓶と、流しで水につかっていた空き瓶二本だ。もちろん、寝室にあったカップやらなにやらも」

「オリーヴがぼくにココアを勧めてきたのは、重要な点でしょうか？」

「いまのところは、そうは思えないね」

「それと、朝のお茶の件はどうなんだ？」とトニーが聞きただしたので、頭の鋭さがはっきりわかった。「ベッシーは今日のお茶配りを都合良く利用したのでは？　というか、今日は売れないと事前に知ってたのでは？」

「そこが問題なんだ」とその友人も同意した。「彼女が言うには、例の手つかずの牛乳瓶は、クリームを取るために放置しておいたらしい」

「それに、彼女を静かにさせておく手段は誰もとってないんだろう？ ヘンリーも？」

「まあ、ほら、二人とも最上階で寝ていて、料理人がいなくなったので、あの階は二人だけだったでしょう」とぼくが言った。「それに、あそこには扉があるから、二人を閉じ込めておくために使われたのかもしれないし」

「ああ、きみもあれに気づいたんだな？」とビールが言った。「いずれにしても、ヘンリーはイヤフォンでラジオを聴いていたはずで、土曜の晩はいつもそうだという話は本人からも姉からも確認済みだ。だが、メイドについては、すっかり納得しているわけじゃない。あまりいい印象を受けなかったんだ――彼女はなにか隠しているような気がする」

「ベッシーは袖の下を欲しがってるんですよ」とぼくは教えてやった。「長く粘っていれば金がもらえると思っているのかもしれません」

「なら、きみに試してもらったほうがよさそうだ。高くつくかな？」

「それほどでも。さっき話したタイムテーブルは半クラウンで、夕食後の皿洗いは二ペンスですから。ぼくはなぜ殴られたんでしょう？」

「明らかな答えとしては、きみが持っていた鍵を手に入れるためだろう。そして、それに対する明らかな反論は、差し錠のかかった扉に鍵は役立たずだということだ。それでも、ミセス・スティールがまだ外出中の間なら役に立ったかもしれない。そのときなら部屋に入れたはずだからね。きみが自分で証明したように」

「でも、彼女がいないなら、なぜ部屋に入る？」とトニーが尋ねた。「誰かが待っていたはずはないと言ってたよな。要するに、なにをするために入るんだ?」

ビールは肩をすくめた。

「本当はまだよくわからないんだが、もう一度推測して言えば、殺すためだろう」

彼の友人は目を見張った。

「ひょっとしたら、なんらかの時限装置かな?」友人は遠慮がちに口にした。「Xが空間を刺す。三十分間のインターバル。空間がミセス・スティールを刺す。ここで幕。身を切るような風に関するハムレットのセリフは、なんだったっけ?」

第二十一章

　ベッシー・ホランドは顔をしかめて、頭をつんと反らせた。

「申し訳ありませんが、知らないことはお話しできませんよね？　なにかおかしいと最初に思ったのは、朝のお茶を運んだときです。夜の間は、なんの音も聞こえませんでした」

　ぼくはポケットの中の小銭をチャリンと鳴らしてみたが、無駄だった。娘の人懐っこさは、すっかり消え失せていた。あの黒い瞳もいまではもう、あなたのような若い紳士はときどきわたしみたいな魅力的な娘と三十分ぐらい一緒に過ごせばわくわくできるかもよ、などとほのめかしてはくれなかった。ぼくは彼女の態度に戸惑い、ビールと同じように、すっかり正直に話しているわけではなさそうな印象を受けたものの、彼女のすねた顔や、ごく普通の手や、いささか二流感のある女らしいそぶりを見ていると、殺人を犯すなどとは信じられなかった。狡猾というよりはずる賢く、暴力的というよりは慎みがないだけのようにぼくには思えた。平然と命を奪うのに必要な意志の力なんてあるものか！　いまのように強情を張っていても、ある程度までだろう。情け容赦なく脅せばなにを隠しているかわかるはずだとは思ったが、そんなことはぼくの仕事とは言い難い。

「わかったよ、ベッシー」とぼくは言った。「嘘をつくよりは情報提供を拒むほうが、たぶんましだろう。警察も同じように思ってくれるといいんだが」

「どういう意味です?」彼女はすぐさま尋ねてきて、顔を紅潮させた。

「言った通りの意味さ。もしきみの考えが変わったら、まずはぼくに会いに来ると得をするかもしれないよ。先日きみには世話になったし、できるだけのことはするつもりだ」

ビールは、意識を取り戻したキャロラインとオリーヴの相手に忙しかった。リンダはミセス・グレンのことを訊くために病院へ出かけていて、ジョージ・ライスはいまだ行方不明で、トニー・バードンはふらりと庭に出ていっていて、ぼくもあとを追おうとしたそのとき、ヘンリーが階段を駆け下りて、玄関ホールを突っ切ってきた。

「おーい、マートン!」と彼は呼びかけてきた。「ねえきみ、面倒をかけてすまないんだが、二人きりでちょっと話せないかな? かなり重要な話なんだ」

ぼくは相談を受けられる状態だということを認めて、ヘンリーのあとについて作業部屋へ向かった。部屋の中に入るまで、彼はなにも言わなかった。そして入ると、散らかった作業台にぎこちなくもたれかかった。そわそわして、きまり悪そうな様子で、少し不安げでさえあったかもしれない。かなり驚いたことに、彼は殺人の話はまったくしなかった。ひょっとすると知らなかったのかもしれない。

「リンダから、ゆうべきみたち二人になにがあったか聞いたんだ」彼はとぎれとぎれに話し始めた。「ぼくらがビリヤードを始めたのは、何時だったたっけ?」

話のつながりがすぐにはわからなかった。

「九時二十分前ごろですよ」とぼくは答えた。「そして、十時五分前に終わったんです」

「で、母さんが入ってきたのは何時?」

「九時十五分過ぎですね」

「本当に？」

「本当ですとも——腕時計を見たんですから。なぜです？」

「説明するよ。リンダを殴った犯人は防虫剤の匂いがしたと聞いたんだが——」

「ああ、そのことは知ってますよ」とぼくはさえぎった。「あれはお母さんではなかったという結論になったんです」

彼はほっとしたはずだったが、おかしなことに、そうは見えなかった。

「もちろん違うさ——そんなことを心配してるわけじゃない」

彼は、いつもより光沢のない自分の茶色い靴をにらみつけた。それから、電気のコードをいじり始めた。

「もし誰かがきみに、リンダをぶちのめしたのはひょっとしてぼくなんじゃないかと尋ねてきたらどうする？」彼は目を伏せたまま、ゆっくりとこう言った。

「あなたが？」ぼくは心底びっくりした。「でも、ビリヤード室にいたでしょう！」

「ああ、いたとも」——じれったそうに。「だが、九時半ごろ二、三分ほど外に出たと母さんが言うんだ。事件が起こったころの時間だ。たしかに出たよ——もちろん、お決まりの理由で。でも、もっと早い時刻だと思ったんだが。助けてくれないか？」

「そういえば、外に出ていましたね」ぼくは思い出しながら言った。「忘れてました。でも、たしかにもっと早くて——お母さんが入ってきてからすぐでした。ええと。三ゲームやって、あなたが出ていったのは二ゲーム目の途中——五十何点かで同点だったときです。どのゲームもかかった時間はだいたい同じくらいで、たぶん二十五分ずつだったので、だいたい九時二十分ということになって、いま言った時刻に当てはまります。いずれにしても、九時半よりはずっと前ですよ」

今度こそ、彼はほっとしたようだった。ぱっと笑顔になった。

「それで大丈夫だ――ありがとう！」

「でも、そのことになんの意味が？」とぼくは尋ねた。「あなたは樟脳臭くはないでしょうに」

消えていたしかめっ面が、また戻ってきた。

「ぼくはこの上着を着ていただろう？　実は、寝ようとしたとき、ポケットにこれが入っているのに気づいたんだ」

彼は作業台の上のブリキ缶をコンと叩いた。見ると、防虫剤の玉が一ダースほど入っていて、まるで匂いのする白いビー玉のようだ。

「これは興味深い」とぼくは言った。「誰かに話しましたか？」

「おふくろだけだ」

（〝おふくろ〟と呼ぶのを思い出したんだな、とぼくは気づいた。もう気が楽になってきたに違いない）

「どんな反応でしたか？」

「ああ、警察に誤解されるといけないから黙ってなさいと言われたよ。そのときに、九時半に部屋を出たという話をされたんだ」

「じゃあ、どうして黙っているのをやめたんです？」

「いや――その後、ほかにも見つけた物があるんだ」

彼は不意にぼくを見上げ、まるで再確認するかのようにじっと見た。そしてブリキ缶の蓋を少しの間トントン叩き、額にしわを寄せて、それからうなずいた。ぼくの目に映る彼はもう、木曜の晩に会った人当たりのいいのんきな若者ではなく、かなりおびえてかなり怒っている少年だった。

「そうだな」ぼくが待っていると、彼は言葉を続けた。「それもきみに見せよう。ついさっき、ねじを探そうとして部屋の隅の戸棚を開けたんだ――あれこれいじってる最中に。自分の目で確かめてくれないか」

ぼくはその通りにして、リンダが前日の午後に着ていた衣類がそこにあるのにすぐ気づいた。一本の紐で縛られていて、その紐から彼女の寝室の鍵がぶら下がっている。少なくとも、首元が青みがかった白いドレスには見覚えがあった。ほかの衣類もそこにあるのだろうと信用した。ぼくはそれを見つめながら考え込み、それからヘンリーを見つめた。

「あまり巧妙なやり方ではありませんね」とぼくはコメントした。「でなければ、あまりにも巧妙すぎて、まったく理解できないか。つまり、もしあなたが――まあ、それを手に入れた本人だとしたら、そこに隠すとは想像できないってことです。ご心配なく――まったく滑稽な話ですよ、本当に」

「そうか？　ぼくは笑えたとは言えないよ」

「どうしてです？　ずる賢くて恥知らずなミスター・ホワイトヘッドが、一ペニー分の防虫剤で変装する。これは、まあまあ気の利いた手段ですよね。その次に、野蛮だが信じがたいほど愚かなミスター・ホワイトヘッドが、姉からはぎ取ったばかりの衣類を隠す――どこに？　自分の部屋の戸棚に。なんの矛盾も感じませんか？　なにもばかげたところはないと？」

「そうだな、うん、きみの言う通りだと思う」彼は同意して、精いっぱいの笑みを浮かべた。「でも、あの警部はどう思うかな？　知らせないといけないんだろう？」

「もちろん。でも、彼の分別については、心配しなくて大丈夫ですよ――真新しいピンみたいに鋭い御仁ですからね。よかったら同行しますよ」

「ありがたい――ものすごくありがたいよ。ああ、まったく、ジョージ・ライスのやつを捕まえてやることができたら！」彼は恨めしそうに付け加えた。「連中が捕まえてくれると思うかい？」

「きっと捕まえますよ」

「いいぞ！　あいつはきっとぼくのことを、ほら、あの――スケープゴートにしようとしたんだ」

「上着のポケットに防虫剤をこっそり入れることは可能でしたか？」

「もちろん――あれは昨日の午前中ずっと衣装だんすにぶら下がっていたし、あいつはぼくが夜に着るだろうと思ったんだ」

「でも、あなた自身は匂いには気づかなかったんですよね？」

「ああ。とはいっても、きみだってそうだろう。とにかく、ぼくは鼻があまり良くないんだ」

「ビリヤードをやってるときは、上着を脱いでいましたよね」とぼくは思い出させてやった。「たぶんそのせいで、なんの匂いもしなかったんでしょう」

ぼくらは扉のほうへ歩いた。だが途中で彼は立ち止まり、顔を赤らめて、実にわざとらしく咳をした。

「ねえ、マートン――ほかにも話があるんだ。あの――非常に申し訳ないんだけど、五ポンド貸してもらえないかな？　どうしても必要なんだ――この事件とは全然、本当に全然無関係だから、そこはどうかわかってほしいんだけど、母さんにはとても頼めないし、できるだけ早く返すから……」

ぼくは金を貸してやった。きっかり五ポンド。サンスターに賭けて勝ったのだから、それくらいの余裕はじゅうぶんあるさ、と自分に言い聞かせた。たとえ、まだ払い戻しを受けていなくても。それに、なんといってもリンダの弟なんだから。

ビールは、衣類が発見されたことを知ったあとも電話や事情聴取に忙しく、手が空くまで一時間近くかかった。そして五時三十分に、彼はトニーとぼくと一緒に庭を歩きまわった。

「すると、あれがオリーヴのデルフィニウムだったんだな」とビールは言って、折られた花を調べた。誰かが片付けようとして、折れた茎を切り取って根にかぶせてあったが、蛮行を伝える無言の証人であることに変わりはなかった。

「どう考えてみても卑劣なやり方だな。さて、密室を見に行く前に、きみたちに最新情報をある程度提供しておこう。ついさっき病院から電話があって、ミセス・グレンはまだ意識不明のままで、徐々に体力が衰えつつあると伝えられた。持ち直すかどうかはきわめて疑わしく、ミス・ホワイトヘッドが少し前から付き添っている。ついでながら、マートン、きみにお祝いを言うのをすっかり忘れてたよ。彼女に今朝会って、非常に素敵なお嬢さんだと思ったんだ」

「そう、素敵なんです」とぼくは請け合った。「もしもミセス・グレンが亡くなったら、警部、それも謀殺になるんでしょうか?」

「定義上はそうなるね。もちろん、自殺であれば話は別だが。でも、同じ種類の謀殺にはならない。ミセス・スティールのほうは計画的犯行だったが、ミセス・グレンのほうは――もし快復できなかったら――偶然の犯行ということになるだろう」

トニーが眉をひそめた。

「すまんが、理解できないな。謀殺とは、〝予謀の害意をもって〟おこなわれるはずじゃないのか?」

「そうなんだが、最近ではそれは便宜的な言いまわしにすぎないんだよ。法律的には、犯罪につながる故意の行為は、行為者がその結果を予知していたことが予想でき、それが悪い結果になると知っていたという条件で、犯罪者とみなされる」

「法律的に悪い結果ということか？」

「それに、道徳的にも。道理をわきまえた人の通常の基準で判断して、ということだ。道理をわきまえた人と付き合いのない人々がどうなるのかはわからないが、きみに弁解の余地はないだろうな。ミセス・グレンの場合は、死なせるつもりがあったのかどうかは疑わしいものの、健康状態と年齢から考えて、睡眠薬入りの飲み物を与えることは本質的に死をもたらす可能性の高い行為になるだろう。

なにが〝犯罪的過失〟とみなされるのかという疑問そのものが、非常にややこしいんだ」と彼は付け足した。「ぼくの知る限り最もわかりやすい例の一つは、有名な法律家のアーチボルドが挙げたもので、職人が屋根からがらくたを投げ落としたせいで誰かが死亡したという架空の事件だ。もしその現場が村で、職人が事前に大声で警告していたら、単なる偶発事故にすぎない。だが、もし大声を出していなかったか、町なかであれば誰かにがらくたが当たらないように確認していなかったら、それは故殺ということになるだろう。最終的には、町なかで、いかなる種類の用心も怠るくらいに向こう見ずだったなら、彼は謀殺で有罪だ。

さて、話を続けさせてもらうぞ。病院からはさらに、ヴァイオレットがありがたいことに悲鳴を上げるのをやめてくれたが、たいした話はしていないとの報告もあった。次に、昨日のミセス・スティールの動きを取り上げよう。土曜の晩はほとんどいつも出かけていたが、たいてい十時三十分ごろには帰宅していたということで、オリーヴとミセス・ホワイトヘッドの話は一致している。お抱え運転手はかなり信頼できそうな人物で、五時にミセス・スティールを町へと送り、五時半にピカデリー・サーカスで下ろしたと言っている。その後運転手は一人で走り去ったあと、予定通り九時四十五分にソーホーのレストランの前へ彼女を迎えに行き、十時三十五分になる直前にここへ送り届けた。帰り道のほうが長くかかったのは、ハマースミスで渋滞に引っかかったせいだ。運転手は車を車庫に入れて歩いて帰宅したそうで、彼が知っているのはそれだけだ。ミセス・スティールの五時三十分から九時四十五分までの行動はいま調べているところだが、時間がかかりそうだ。

　オリーヴとキャロラインの話は実のところあまり役には立たなかったんだが、本人の行動に関する説明は、マートン、きみの見た内容と一致しているよ。ベッドに入ってからホットミルクを飲んで、まあ、キャロラインの場合はココアだが、それ以上はなにも覚えていない。二人ともミセス・スティールが帰宅した物音は聞いておらず、正直なことに、彼女の死をとくに残念がるふりもしていない。どちらも部屋の内側から鍵をかけていたが、扉を紐で縛ったのが誰かはわからないそうだ。だが、誰を怪しんでいるのかは、かなりはっきりしている」

「ジョージ・ライスだろう？」とトニーが言った。

「ああ。それにもちろん、彼はたしかに明らかに怪しい人物だ」

「明らかすぎると、ぼくはいまでも思ってるぞ。それと、彼はいつもの土曜日は何時に帰ってたんだ？」

「夜中の十二時より前に帰ることはめったになくて、それ以降のことが多く、たいていタクシーで、たいてい酔っ払いだ。明らかすぎるというきみの言葉は正しいかもしれないが、目的に適した薬を彼が入手できたのはたしかなんだ。ミルクなどに混ぜたときに味がしないような薬だ。だが実際は、この屋敷の全員が入手可能だった。アンドルー・スティールが死んでからずっと、睡眠薬の瓶がバスルームの戸棚に無造作に置かれていたんだよ。〝毒〟と書かれたラベルは鍵をかけたのと同じくらい役に立つと思う人もいるに違いない――けれども、その鍵自体が、この家ではたいして価値がなさそうだがね」彼はにやりとしながら付け足した。

「なんという薬ですか?」とぼくが尋ねた。

「ベロナールという化合物で、適切な量を服用すればまったく無害なんだが、心臓の弱い老婦人には向いていない。奇妙なことに、瓶の中にまだ二錠くらい残っているんだ」

「指紋は?」

「かなり不鮮明な指紋が二個。たぶん役には立たないだろうが、もちろん調べてみるつもりだ。もう一つ興味深いのは、ミセス・グレンの部屋に南京錠が付いていてなかった理由だ。どうやら――そしてこの申し立てが正しいことも確かめたんだが――通常の寝室の鍵は事実上交換可能らしい。キャロラインの部屋の鍵でリンダの部屋が開き、ヘンリーの部屋の鍵でオリーヴの部屋とヴァイオレットの部屋が開く、というように。でも、ミセス・グレンの部屋の鍵穴に合う鍵はほかにはない。約二年前に最新式の錠を取り付けたからだ。彼女は当時ここにいたメイド、つまりベッシーの前任者がこそ泥を働いているのではと疑っていたという話で、ヘンリーからも裏付けをとってある。ところで、見当はついていているだろうが念のために言うと、ミセス・グレンもゆうべホットミルクを飲んでいる。ヴァイオレットが二人分のミルクを沸かすのをベッシーが見ているし、ミセス・グレンのベッドの脇には予想通り空のカップが置いてあった。

それから、ほかにも話があるぞ、マートン――きみが喜ぶか悲しむかはわからないが。オリーヴは昨日の午前中にハマースミスで南京錠を買ったことをすぐに認めたんだが、きみのスーツが台無しになったのは、まったく不必要な喧嘩のせいだったんだ。彼女とキャロラインの南京錠は同じように見えたけど、実は同じではなく――いつも通り、鍵の刻み目にわずかな違いがあったのさ。キャロラインは早合点するたちで、二人ともかんしゃく持ちだと考えるのが妥当なようだ」

「もっと冒瀆的な言い方もできますけどね」とぼくは言った。「でも日曜だし、それでいいでしょう。二人の間の雰囲気はどうでしたか？」

「かなりぴりぴりしていたよ。非武装休戦といった感じかな。分け前をもらったら、隣同士に住むことになるかは疑わしいと思う。なぜそんなに言い争うのか、心当たりはあるかい？」

ぼくは首を振った。

「当てずっぽうしか言えませんよ。ぼくが思うに、オリーヴが不機嫌なのはキャロラインは結婚して子供がいるのに自分はそうでないからで、キャロラインが不機嫌なのはオリーヴには扶養家族がなくて学費とかを支払う必要がないからですね。いずれにしても、あの二人はたぶん、あまりにも似すぎているのでうまくやっていけない関係で、ミセス・スティールに支配されたここでの暮らしのせいで状況がますます悪化したんでしょう」

「お得意の心理学のお出ましか」トニーがにやりとした。「ぼくに言わせれば、こんな屋敷に縛り付けられてたら、まともでいられるほうが不思議だね。いや、見る分にはいいんだよ――ちょっと不格好かもしれないが、我慢ならないほどじゃないし、庭にはいいところもあるし。実は、遺言書について考えていたんだ。それに、スティールと知り合いだったことも、ついさっき思い出した――ご遺体の夫君のことさ。もしも不愉快な人肉の塊が他人に損害を与えるために人目を忍んで歩きまわるようなことがあったとすれば、それが彼だよ。死んで残るのは骨だけとよく言うけど、あいつの骨はきっと臭いだろう。下品に聞こえたらすまないが、まさに下品なやつだったんだ。仕事は保険屋で――保険の引き受け業務だ――支払いを避けるために、きみらには信じられないような手口を考え出していた。〝予謀の害意〟とは、まさにこのことさ！　それでも、違法にならないようにじゅうぶん注意していたから、とにもかくにも成功した。ぼく自身、一度あいつを殴りつけてやったんだが、なんにもならなかった。自分は言語に絶するほど困窮していて、おっしゃる通りにしたいのはやまやまだが、その勇気がない、と言うのさ。ぼくは、伝道のための献金箱から金を盗もうとしたかのような気分で立ち去ったよ。そう、残念ながら、あいつの妹たちがたいして上等な人間だとは思えないんだ。もちろん、血は争えないものとは限らないがね」彼はぼくがリンダを好いていることを思い出して、あわてて付け足した。「すまない、ミスター・マートン――いまのはとんでもない失言だった」

それでも、テッドのヒントになるなら、もう一つだけ言っておきたい。もしアンドルー・スティールを地中から掘り起こして尋問して、真実を語らせることができるなら、あの遺言書が女房の命取りになるよう仕組まれていたことが判明すると思うぞ」

第二十二章

「注意深く見まわしてくれ」とビールが言った。「なにか違いを見つけたら、教えてほしい。あるはずのない場所にある物、あるはずの場所にない物、増えた物、減った物——どんなささいな点でもいい」

「メイドのほうが頼りになるんじゃありませんか?」とぼくは言ってみた。「ぼくはここには二、三度しか来たことがないんです」

「メイドにはもう尋ねたんだ。きみの意見が聞きたい」

彼の話しぶりは落ち着いていたが、かすかなじれったさが口調に感じられる気がした。ぼくは謝り、それから周囲をじろじろと見まわした。

部屋は、実のところ、ほとんど同じように見えた。ここで一人の女が死んだばかりだという実感は、なかなかわかなかった。おそらく非常に苦しみながら、そうでなくても、かなり苦しい思いをして死んだはずだ。オレンジ色のカーテンとくしゃくしゃのベッドカバーが、鮮やかな色を好んだミセス・スティールの趣味をいまも伝えている。床に開いた穴の上にすり切れた紫色の絨毯が敷いてあるのは記憶通りで、扉から扉に向かって鏡台の前を通って細長く延びて、反対側のマホガニー製の机の下へ消えている。ほかの家具はだいたい以前と同じ位置にあるように見え、寄せ木張りの床はいまもなめらかに光っていた。それでも、二分間ほどじろじろ見たあとで、ぼくは返事をすることができた。

「いま机の左側にある小さな椅子は、前は机の正面にありました」とぼくは言った。「テーブルの上に置かれたその二つの包みは、初めて見ました。前はそこにジグソーパズルがあったのですが、いまパズルは机の天板の上で、パリスの頭の部分も埋まっています。女神たちも前より完成に近づいていますが、相変わらずあまり好みじゃありませんね」

「ぼくもだ」とトニーが同意した。「誰かが自転車の空気入れで膨らませたんだと思うぞ」

「扉の取っ手も、もちろんここにありました」ぼくは話を続けた。「指紋を調べるために押収したんですよね？　いまマントルピースの上にあるあの金時計は、左側の机に置いてあって、壊れてはいませんでした。ウイングチェアはこれほど暖炉に近くなかったと思いますし、本棚の上の花瓶に薔薇は生けてありませんでした」

ビールはうなずき、ぼくに礼を言った。

「ベッシーもパズルと小さな椅子については同じことを言っているが、ほかの点は話に出なかった。それでも、そういう物はいつも少しずつ動かされていたんだろう。時計が五個あったのは覚えてるか？」

「ええ、そのうちの四個は、いまと同じ場所にありました」

「机の天板は開いていたか、それともたたんであったかのかな？」

「開いていましたが、あのほうろうの灰皿以外はなにも置いてありませんでした」

「ベッシーが言うには、いつも開いていたそうだ。窓は開いていたかな？」

「そうは思えませんね。閉まっていた気がします」

「発見時には窓はしっかり施錠されて、カーテンも引いてあり、中央の明かりがついていた。外のツタをよじ登ることは不可能ではなかったけれども、中は見えなかったはずで、怪しい痕跡はまったく見当たらない。さてと、きみが知らないことは、なにかほかにあるかな？　今朝もらった鍵はこの新しい錠に差し込めるし、合い鍵はテーブルに置かれたハンドバッグの隣にあった。鍵が二個しかないのはたしかだね？」

「間違いありません」

「そして、きみの鍵は木曜の晩から今日まで、手元から離れたことは一度もないと信じられるんだね？」

「そんなこと、どうすれば可能だったのかわかりませんよ」

「結構。さて次は、死亡時刻だ。ガスストーブのせいで医者にはこの点ではあまり役に立ってもらえないんだが、金時計が十一時十六分で止まっているのが見えるだろう。この証拠を採用したいと思ってる」

「十一時十六分！」歩きまわっていたトニーがおうむ返しに言った。「だが、彼女が帰宅したのは十時三十五分ごろだと言ってたじゃないか」

「あれは土曜の晩だったんだよ」ビールが説明を始めた。「彼女は毎週その晩、寝る前に時計のぜんまいを巻いてまわっていた――みんなそう言ってる。ある男に調べさせたんだが――この部屋の時計のほかに、二ダース余りもあった。どれもぜんまいが巻かれていたが、巻かれてないものとしてまわったところ、彼女が巻き終わるまでに二十分から三十分はかかったと推定できるそうだ。肉付きのいいご婦人だったし、息切れしていただろうし、ここに上がってきたときにはもう十一時十分ごろには

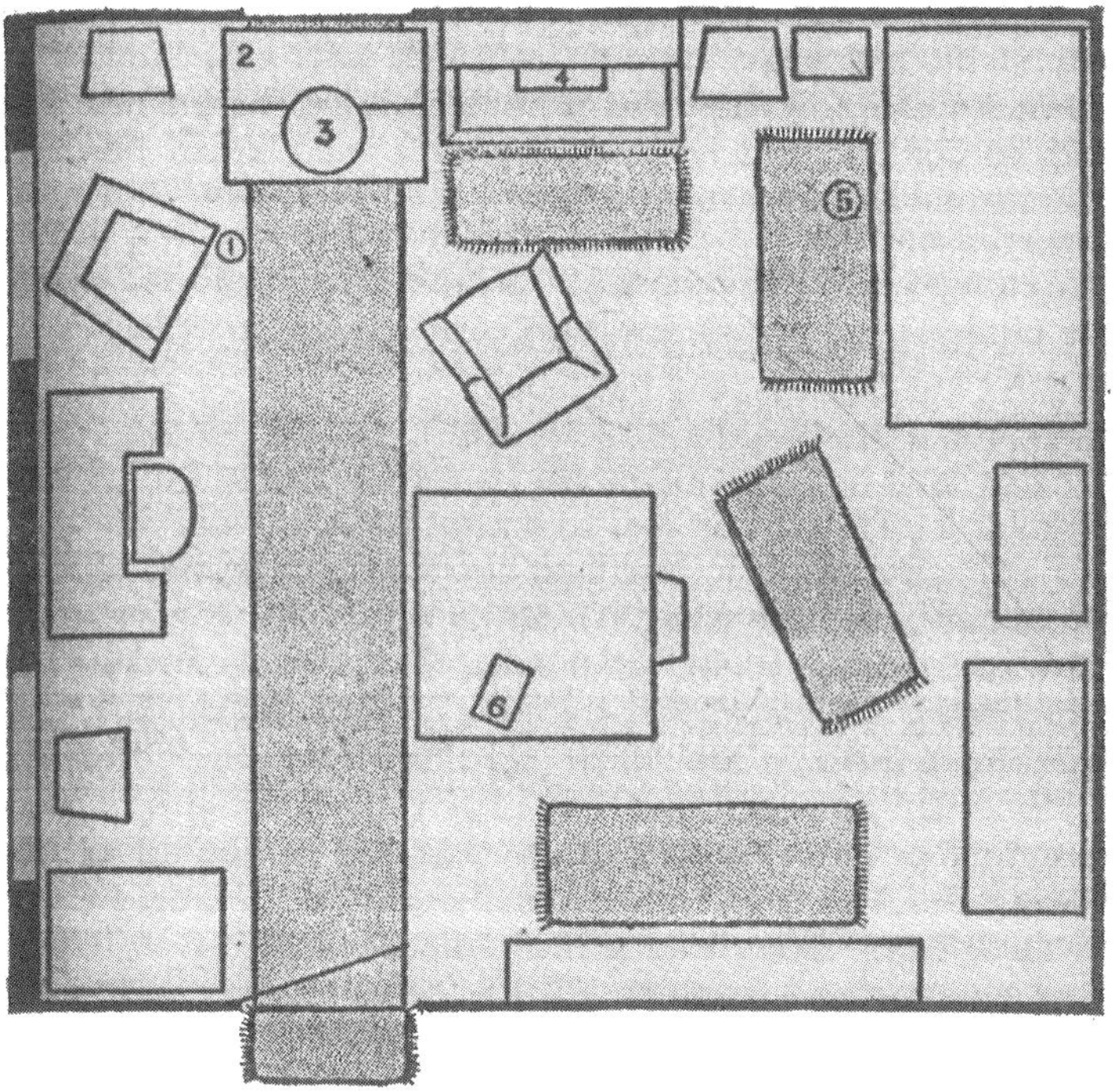

図その三　八月十一日日曜日朝にトマス巡査部長が発見した時点のミセス・スティールの寝室

（1）金時計が落ちていた場所。
（2）その時計は通常は机のこの位置に置かれていた。
（3）真鍮のトレイに載ったジグソーパズル。
（4）火のついたガスストーブ。
（5）ミセス・スティールの死体が膝をついていた場所。
（6）テーブルのこの位置に包みと鍵が置かれていた。

メモ：扉は両方とも内側から鍵と差し錠がかかっていた。

なっていたはずだ。

さて次は、いまのところ解明しようとはまだ思ってない謎が登場する。きみたちのどちらかが助けてくれるなら、大変ありがたい。この部屋にある五個の時計のうちの四個も、ぜんまいを巻かれたばかりだった。そして五個目の時計、つまり例の金時計は、半分しか巻かれていなかった。寄せ木張りの床の肘掛け椅子の近くに落ちていて、ガラスの破片と木のへこみがあるのがその場所だ。医者に聞いた話から考えると、彼女が実際にそれを持ってぜんまいを巻いている最中に殴られて気絶したということで、ほぼ間違いないはずだ。その瞬間まで彼女がここでおそらくどんな行動をとったかについても、扉に差し錠がかかっていたという証拠を無視させてもらえるなら、これから説明するつもりだ。いいかな?」

「もちろん」とトニーが言った。「だが、いま言ったその謎というのは、なんなんだ? 殺人犯がこの金めっきの化け物をわざわざ再始動させなかったことか? たぶん、触るのも耐えられなかったんじゃないのかね――こんなに醜悪な代物は、めったにお目にかかれないぞ」

ビールはにやりと笑い、首を横に振った。

「いや、それよりも手強い謎だ。実は、そのぜんまいを巻く鍵が、この室内には絶対になかったんだ」

「本当か? なら、殺人犯が持ち去ったに違いない」

「その理由は?」

「知るもんか。被害者は時計を集めていた――犯人は鍵を集めていたのかもな」

「マートンはどう思う?」

「指紋でしょう」とぼくは提案した。「犯人はなんの気なしにそれを拾ったあと、被害者がどちらの手で巻いていたか忘れてしまったので、ごまかして危険を冒すのはやめることにしたんですよ」

ビールは考え込んでいるように見えた。

「そいつは独創的だな」と彼は認めてくれた。「それに、もし差し錠がなければ、たぶん事実だろう。それでも、その件は忘れるつもりだと自分で言ったんだったな。ああ、そうそう、この話題が出たところで、そもそもなんの目的で差し錠を取り付けたんだ？」

「はっきりとは知りません。夜間の用心の追加策といった感じでしたが、実際にはあまり意味がありませんでしたね」

「誰の思いつきだったんだ？」

「ぼくだと思います」

「なるほど。ではこれから、ミセス・スティールが部屋に入って扉を閉めたあとの行動について、ぼくの見解を説明する――扉に関する詳細は、わざと曖昧にしておこう。まず最初に鍵をテーブルの上に置き、ハンドバッグと包みと一緒に並べた。次にコートを脱ぎ、衣装だんすの中に掛けた――彼女が着ていたことをお抱え運転手が確認済みの、茶色のコートだ。ところで、帽子と手袋は一階の客間に置き去りだったから、みんなが言い立てるほどの整理整頓の権化でもなかったようだ。マントルピースの上にあるあの吸い殻からも、同じようなことがわかる」

「ぼくが思うに、彼女はまずなによりも、ほかの人たちをいらいらさせようとしていたんです」とぼくは口を挟んだ。「ベッシーから聞いた話だと、この部屋はときどきひどく散らかっていたそうですし。それに、鏡台を見てください。本当に整理整頓好きな人が、おしろい入れの蓋は開けっ放し、香水の瓶は箱から出しっ放し、櫛に絡まった髪の毛はそのままで放っておきますか？」

「まさか」とトニーが同意した。「でも、もしそうだとしたら、時計に関する習慣とやらをどこまで当てにすべきなのかね？　率直に言うと、ぼくは十一時十六分の件には不満なんだ。止まった時計は信用するなというのが捜査の基本原則だとずっと理解してきたんだからな」

「一般にはその通りだ」とビールが言った。「この例では違う。でも、きみの意見が聞きたいね、マートン。時計のぜんまいを巻く習慣は、信用していいのかな？」

「もちろんですよ。腕時計を確実に動かし続けるには定期的に手入れすることに慣れるしかないんですから、もし――とんでもない話ですが――置き時計を集めていて、とくにそれが時報を鳴らす時計なら、決まった曜日の晩に手入れをする習慣をきっと身につけるはずでしょう。そのうえ、ある物事について――それを身につけたせいで――わざとらしく不自然なほど几帳面であっても、ほかの物事についてはかなり許容範囲が広いというのは、たいして矛盾することでもないんですよ。たとえば、ぼくは寝る前はいつも靴に木型を入れて、朝はいつもパジャマをきれいにたたみ、病気でない限り隔週火曜日はいつも散髪に行きます。それでも、きちんとした人だとは誰からも言われないでしょうね。鉛筆やハンカチをなくすし、靴底の汚れを拭ったり服にブラシをかけたりすることにかけてはひどくいい加減だし、運転免許証のありかもめったにわからないし」

「〝もし男が心変わりしなければ完璧なのに〟」トニーがおごそかな口調でシェイクスピアを引用した（『ヴェローナの二紳士』のセリフ）。

「それは、どんなたぐいの男かによるんじゃないか？」とビールが異議を唱えた。「わかった、彼女は土曜の晩にいつも時計のぜんまいを巻いていて、最後まで取っておいたのがこの部屋の時計だったということにしよう。本棚の上にある、あの凝った二個の磁器時計から始めて、順番に巻いてまわったんだと思う。次は食品戸棚の上にあるブロンズのやつで、その次はマントルピースの上にある銀の象だ。これが自然なルートで、近い順にまわっている。

そして、ここからが難しい。机の天板の右隅からウイングチェアの正面までの距離はどのくらいだと思う？　だいたい二フィートといったところで、間を通って机の前に立つのにじゅうぶんな隙間がある。あの肘掛け椅子が邪魔だから机の左側にまわって金時計を取ることはできなかっただろうし、ジグソーパズルがあるので天板を閉じることもできなかったはずだ。パズルをどかせば話は別だが、それが載っている真鍮のトレイは少なくとも十ポンドはあるので、どかすことはなかったと思う。信じられないかもしれないが、本当に重いんだよ。彼女は机の上に身を乗り出すことにして、中央の小仕切りのちょうど前に右手をついて体を支えた」

ビールは、写真撮影用に炭酸マグネシウムが振りかけられた指紋を指し示して、それがたしかにミセス・スティールのものであることを請け合ってから、天板が並外れて長いことを――下に二個ある閉じた引き出しの正面から十五インチも突き出ている――うつろな顔で口にしたあと、ぼくらがいることを忘れてしまったかのように空想にふけり始めた。

「それから？」ぼくは先を促しながら、差し錠のことがまた気になった。

「わからない」彼は空想から覚めて、そう認めた。「彼女は後ろに下がり、時計のぜんまいをある程度巻いたところで、世界が暗転した。現時点では医者の話に頼るしかなく、頭を殴られたあとで刺されたということだ。医者による事件の再現はそこまでしかできないんだが、確実なことが二つあるという。彼女は生きている間に――ナイフの傷とは別に――一撃を食わされてしまったわけだが、数秒足らずで意識を失ったに違いない。頭蓋骨の底部は実のところ折れてはいなかったものの、誰かが通常の鈍器で強くガツンと殴ったと考えられる。髪の毛がちぎれたり頭皮が裂けたりしないような凶器で。医者が言うには、分厚いフランネルでくるんだ木槌ならそれが可能だそうで、彼女はうつむいて立ち、ぜんまいを巻いている時計を見下ろしていたようだ――それで傷の位置も説明がつく。さらに背中には広範囲にあざがあり、とくに肩の周囲がひどい。加害者は彼女をわざと転ばせたんじゃないか、と医者は言ってる」

ぼくは身震いした。

「なんて卑劣なやつだ!」とぼくは言った。「でも、ほかの犯行とも一致しますね――床をずたずたに傷つけたり、リンダの本を引き裂いたり、オリーヴのデルフィニウムを叩きつぶしたり、粗暴なまねをしてきたんだから」

「人間というより、むしろゴリラだな」とトニーが言った。「ジョージ・ライスは、その役まわりに当てはまるのか?」

「まさか――誰も当てはまりそうにありませんよ。それでも、そういう本性は、よそ者には見せないんじゃないかな」

「まあ、そんなことは起こらなかったかもしれないしな」と、ビールが穏やかに言った。「つまり、わざと転ばせたという点だよ。医者が確信しているのは、生きている間に頭を殴られたことと、一分以内に意識を失ったはずだということと、死因はナイフの傷だということだけだ。あともう一つあるが、それはまだ話に出す必要はない。要するに、医学的証拠はまっとうなものとして受け入れることができるけれど、それ以外は信じたくなければ信じなくてもいいんだ。

最後に、医者の意見によると、彼女はひっくり返されて刺されたようで、背骨の左側のかなり下のほうの、二本の肋骨の間を刺されている。だが、科学的なやり方ではなく――単なる力任せの犯行だ。凶器は先端が非常に鋭い短剣だった。刃の長さは七インチあり、先細の形状で、横断面は平らというよりは菱形になっていて、鍛鋼製で、四インチの骨製の湾曲した柄が付いている。出どころは知らないし、これを買った人物が教えてくれない限りわからないだろう。古道具屋でさりげなく買えるたぐいの小さな凶器で、質問されたりとやかく言われたりすることもなければ、購入したことを突き止められるリスクもほとんどない」

「メーカー名もマークもないのか?」とトニーが口を挟んだ。

「まったくないし、指紋も付いてない。刃は根元まで深々と刺さり、柄が体にしっかり押し付けられて、事実上傷口に栓がされていた。出血はほとんどなく、わずかに流れ出た血は下着とドレスに吸収されていた。専門的な詳細が欲しければ手に入れることもできるが、必要はないと思う。彼女は五分以内に死亡して、ショックも一因だがおもな死因は内出血で、死に至るまでの時間の大半は感覚がなくなっていた。どうやってベッドまでたどり着くことができたのか、医者にもよくわからないそうだ。四つん這いで体を引きずりながら、自分がなにをしているのかも、なにが起こったのかもほとんど気づいていなかったに違いない」

「刃はどんな角度で刺さっていたんですか?」とぼくは尋ねた。頭の中に、嫌なイメージが浮かんでいた。

「わずかに上に向かって、内部へ刺さっていた。医者の考えでは、床にうつぶせになったところへ――これも医者の考えだが――加害者が上からかがみ込んで渾身の力を込めて刺したんじゃないかということだ。ジョージ・ライスは右利きか?」

「ええ、ぼくの知る限りでは」

「そして傷の形状は、並外れた怪力の右利きの男が下向きにカーブを描くように刺したという考え方と一致している。もちろん、だから彼が犯人なのは確実だというわけでもないが、会ってみたいという気持ちはきみもわかるだろう」

　トニーは浮かない顔をしていたが、ジョージ・ライスが犯人かもしれないからではなかった。

「どんな気分がするもんなのかね?」とトニーはつぶやいた。「ぐさっと刺して、肉をえぐる気分は。どんな音がするもんなんだ? 教えてくれるなよ——じゅうぶん見当はつくから」

「この怪力の男という点ですが」ぼくはあわてて言った。「女には不可能だったはずだと医者は確信しているんですか?」

「自分が見たことのある女には不可能だそうだ」とビールが答えた。「筋肉が異様なまでに発達した女が激しい怒りに駆られたら、可能かもしれないが、この屋敷にはいないだろう」

「でも、キャロラインとオリーヴは、弱々しくはありませんよ」

「たしかに。だが、医者が言うには、あの二人など検討する価値もないらしい」

「すると、さっき話に出さなかったもう一つの点というのは、そのことですか?」

「ところが実は違うんだ。きみもじきにわかると思うよ」

「そうは思えませんね。だんだん、ライスが犯人に違いないように思えてきました。ひょっとして、ナイフを発射することができるなら話は別ですが」

「どこの穴から?」彼は、まるで待ち構えていたかのようにすぐさま反論した。「扉の取っ手があるはずの四角い隙間のことを考えているなら、忘れたほうがいい。そういうトリックの探偵小説はぼくも読んだが、幅が一インチ半の物体を八分の五インチしかない穴に通すのは不可能だよ」

「細身の剣で殺されるべきだったんだ」廊下から戻ってきたトニーがそう言った。「もともと鍵穴がかなり大きいんだよ――室内がのぞけるくらいに」

「本当か？」ビールが冷やかした。「書き留めといたほうがいいぞ」

「机が見えるんだ」彼の友人は、嘲笑をものともせずに話を続けた。「あの金時計がいつもの位置にあれば、時刻だって読めたかもしれない。でも、ぜんまいを巻くのも、巻き鍵をつまむのも無理だろうな。もっとも、すごく長くて曲げられる磁石があったら……」

ビールは友人を無視して、ぼくのほうを向いた。

「天井に隙間はないし、壁と床にも隙間はないし、窓はしっかり閉まっているだけでなく、割れてもいない」と彼は言った。「また、扉の蝶番は何年間も外れたことがなく、暖炉をいじられた跡がないのは明らかだ。動く羽目板もなければ隠し戸棚もなく、不可解な指紋もないし、たとえ紙玉でも発射できそうな代物はこの部屋にない。きみに再挑戦してもらわないと」

まるで本気でそうさせたいかのような口ぶりだったので、ぼくはウイングチェアの肘掛けに座り、じっくり考えた。

「ミセス・スティールは時計のぜんまいを巻き始めた」ぼくは考えていることを声に出した。「したがって、巻き鍵を持っていた。いまはここにないのだから、持ち去られたわけです。察するところ、それを持ち去った人物が殺人犯に違いない。したがって、まず第一にその人物がここにいたことと、第二に逃げ出したことがわかります。だけどもちろん、それはどっちみちわかっていたことですよね。

犯人は廊下に出て扉を閉めたと考えると、差し錠の位置という唯一の矛盾点があります。それゆえに、残された可能性は二つで、その二つしかありません。犯人がなんらかの方法で扉の反対側から差し錠をかけたか、または、ミセス・スティールが自分を気絶させて刺して立ち去った犯人のために、親切にも差し錠をかけてやったのか。そんなことは、かばいたい相手にしかやらないはずで、ジョージ・ライスがその部類に入るとは正直言って思えません。それでも、きょうだいはきょうだいだし——信じられないことじゃない。問題は、果たして彼女にそんなことが可能だったのかという点です」

「言っただろう、きみも結局は合点がいくはずだと」ビールはにやりとした。「ぼくの出した回答をこれから教えるけど、最終的なものとして納得してもらえると思う。もし彼女がそういうことをしたとすれば、それは奇跡だ。そして、そんなふうに言うのは非常に残念なんだが、外で細工をするのが誰であっても同じことが言える。起こる可能性がないのだから、起こらなかった。それは、至極当然だろう」

「じゃあ、そういうことはほかにもありそうですよね」とぼくは言い返した。「ぼくの理解する限りでは、殺人についてもそう言っていいんじゃないでしょうか」

「いや、それはあべこべだぞ」と、マホガニー製の机の下にもぐり込んでいたトニーが反論した。幸いにもそこには一フィートを優に上まわる隙間があったので、頭と肩を入れて、火をつけたマッチを片手で持てる余裕はあった。それでも、あわてて体を起こそうとしたせいで、あやうく新たな犠牲者になるところだった。

「実際に起こったんだから、起こる可能性はあった、と言うべきだろう。そしてそれが、差し錠の小細工についてぼくが考えてることなんだ。両方の扉の下には半インチの隙間があって、誰でも廊下のマットを見ればそのことは推測できたんじゃないかな。隣の部屋を手探りしてみたらそっちにもマットがあるようだが、もちろん、机があるから出口に使うのは不可能だ。けれども、申し分のない出口がまだ一つ残ってる。すきま風が出られるなら、ほかのものだって出られるはずだ――図を描いてみるぞ」

トニーはかなり真剣な顔で鉛筆と紙を取り出し、わくわくしていると言ってもいいくらいだった。「一本の長い紐を輪にして、差し錠のつまみに掛けるんだ」説明が始まった。「二重になった紐を、差し錠を差し込む金具のほうへ延ばして、その中に通してから下におろして、わずかに内側に寄せて扉の取っ手に引っ掛けて、そこを軸にして紐が動くようにして、あとは例の半インチの隙間を通して外の廊下に紐を出す。部屋を密室にするためには、両方の紐を一緒に引っ張るだけで、差し錠がきちんとかかるという仕組みだ。証拠を取り除くためには、最後に紐を片方だけ引っ張れば、鼻をかむのと同じくらい簡単に紐が外れる。金具の中の隙間はじゅうぶんあるはずだが、指紋の件があるから触るつもりはないぞ」

ビールはずっとにやにやしていたが、とうとうあけすけに笑い出した。

「頭のいい殺人犯にできることは無数にあるさ」と彼は言った。「指紋のことは心配するな――この金属は表面がざらざらだから、指紋は採取できないんだ。そんな離れ業がもし可能だったのであれば、きっとそうやって実行されたに違いないが、本物の紐を使って実演する手間を省いてやるから、まずは手で差し錠をかけてみてくれないか」

トニーは挑戦に応じたが、その後うんざりしたように小声でぼやいた。この差し錠は固すぎるので、押し込むには一インチずつ動かすしかなく、土曜の朝にぼくが酔っ払った料理人の件でミセス・ステイールの部屋を訪ねたときに聞いたのと同じような、きしる音が鳴ったのだ。

「でも、それじゃあ、ばかげてるでしょう！」とぼくは叫んだ。「幽霊も魔法も、時限装置だって信じるつもりは毛頭ありませんよ。いろいろ考えて解決策を二つに絞ったのに――どちらもソロモンの妹よりぺちゃんこにやり込められてしまった。じゃあいったい、なにが答えなんですか？」

「落ち着け！」とビールが言った。「うろたえるんじゃない。いま取り組んでいる問題は、特別の目的で注意深く企てられたものなんだ。目的はぼくらを徐々に袋小路へ導いて、高さ一マイルの煉瓦塀に直面させることにあり、ぼくらには幻の本質を見抜くことができるほどの賢さも辛抱強さもないはずだという期待が、その目的を支えている。

そう、相手は聡明な人物なんだから、慎重に進まなければならないんだ。今回の殺人が、きみの調査していた問題の続き、いやむしろ、その最終結果であるということには、疑いの余地は少しもあり得ないとぼくは思っている。それどころか、服がインクで汚されて床が傷つけられたのは、ミセス・スティール自身に密室を作り出す手段を講じさせるためだったとしても、決して驚きはしないだろうね。ぼくらがとるべき最善の方針で、成功するほぼ唯一のチャンスは、差し錠がかかっていた扉の謎は無視して、否定しようのない事柄に集中することだ。つまり、ミセス・スティールはこの部屋でナイフによる傷の結果として死亡したということに。『どうしてそんなことが可能だったんだ？』と言い続けるのは、一歩間違えば実際におこなわれたことに対する不信につながり、それが多くなったら精神病院行きだ。ぼくとしては一歩先に進んで、彼女はここで殺害されたと断言する覚悟はできている。もし自殺か事故死だったとしたら、辞職するつもりだ。なぜなら、本質的要素に関する自分の判断を信用できない刑事なんて、役立たずだからさ。

さて、次はお隣を見てみよう」

そこは予想以上に狭い部屋で、動かせる家具はなにもなかった。一方の壁沿いには――その壁の向こう側には、前の晩にぼくが使うはずで使わなかったベッドが置いてある――作り付けの戸棚が並び、服がぎっしり詰まっていた。戸棚の一つにはさまざまな種類の毛皮のコートが九着も入っていて、例のミンクのコートもあった。床は三インチ幅の板張りで、端まで磨かれていて、真ん中もきれいだった。部屋の中心にある照明用ソケットに電球はなかったが、内側の扉の近くの壁にコンセントがあり、トニーが話していたマットも敷かれていた。

「オリーヴの話だと、以前ここは衣装部屋だったらしい」とビールが言った。「ベッシーが毎週土曜に掃除をしている。今朝は鍵がかかっていて、その鍵が見つからなかったんだが、バスルームにあった鍵がぴったり合う――彼女が巡査部長に教えてくれたそうだ。取っ手はどちらも指紋だらけで、まったく役に立たない。さて、マートン、ささやかな実験をするので手伝ってもらいたい。寝室に戻って、ぼくらに話しかけてくれ。いや、それよりも、ミセス・スティールに話しかけているふりをしてくれないか。彼女はちょっと耳が遠かったんだろう？」

「ええ、でも、怒鳴らないと聞こえないほどじゃなかったですよ」

「まあ、きみの裁量に任せるから、うるさすぎるよりも静かすぎるほうがいい」

ぼくは寝室に戻ると、必死に知恵を絞りながら一分ほど歩きまわったあと、ウイングチェアに座って、架空の会話を始めた。退屈な文を半ダースほど口にしたところで、ビールが扉をドンドン叩き、すぐ中に入ってきて、ぼくの声ははっきり聞き取れたと報告した。ぼくが最初に本棚のほうへ行き、次に整理だんすのそばの窓の前へ行ってから腰を下ろしたことまでわかったそうだ。

「そのことでなにが証明できるんでしょう?」とぼくは尋ねたが、彼はまだよくわからないと言った。そして次に、実に嫌な五分間がぼくに与えられた。

「きみだけに用があるので、トニーは庭へ行かせた。テーブルの上の二つの包みを開けてくれないか」

彼は真剣で、心配そうにも見えたので、ぼくは黙って指示に従い、なぜ自分が不安な気分になっているんだろうと思いながら、なにが出てくるのか見当をつけようとしたがだめだった。どちらの包みも、包装紙を開くと厚紙の箱が現れて、大きいほうの箱の中身は紳士用の絹のガウン——ワインカラーの厚手の新品——で、小さいほうの箱には細長い金の煙草入れが入っていた。それを取り出して、ぼくの手の中でぴかぴか光っているのを見るうちに、不快感がこみ上げてきた。その日の朝にビールから名前はダグラスかと尋ねられた理由が、いまわかった。ミセス・スティールがぼくに言うことを聞かせるためになにをもくろんでいたのかもわかった。煙草入れに刻印された頭文字を見れば、一目瞭然だった。

本当のことを言うよりほかに仕方がなかったので、ぼくはそうした。恥ずかしさはかなりのものだったが、ビールはぼくの説明を聞いて同情してくれた。

「きみはまったく悪くないよ」それまで言いそびれていたことをぼくが謝ると、彼はそう言った。「ぼくがきみの立場でも、同じようにしたはずだ」

ほかにもなにか隠し事はないかとは訊かれなかったので、なんとなく自分が卑しい不正直な人間のような気がしたが、それでも写真のことは黙っていた。あれは殺人とはなんの関係もない、とぼくは心の中で主張した。誰かに関係があるとすれば、ジョージ・ライスだけだ。

「ミセス・スティールのことは、ぼくも好きになれなかっただろう」ぼくの話し相手は、考え込むように言った。「彼女の兄は、人を殺しかねない男だと思うかい？」

「もし酔っ払っていれば、もしかしたら。つまり、実際に刺す部分についてはなんとか受け入れられますが、密室のでっち上げについてはちょっと」

「ああ、そうか。でっち上げではないかもしれないな。それでも、彼は見つけ出さないといけない。どの病院も名前に心当たりはないそうだが、身元がわかる物を身につけていないのかもしれない。服にも名前は記されてないようだし」

彼は横を向き、少しの間、細長い絨毯をぼんやりと見つめていた。それから急に身をかがめると、絨毯を持ち上げて、その下の寄せ木張りの床に開いた穴をしげしげと眺めた。そしてちらっと見上げたとき、灰色の目には笑みが浮かんでいた。

「絨毯が六インチ長いのはなぜか、説明してもらえるかな？」と彼は尋ねた。ぼくは故人から聞いた話を思い出して説明できたので、彼はうなずいた。

「端がはみ出たままにしておいたのは、いささか不注意だったな」と彼は言った。「いまは何時？」

「ほぼ七時十分前ですね」

「ありがとう。それを覚えておいてくれ」

「わかりました。でも、なぜです？」

「ぼくがいつ目を覚ましたのかを、証言してもらう必要があるかもしれないからな。いや、いまはなにも訊かないでくれ。まだ手探りしている最中だが、もう少しで夜が明けそうなんだ。昨日の午後、きみがおじけづいて逃げたりせずに、この部屋の中をのぞいていればなあ！　のぞいてないのは絶対にたしかなんだね？」

「ええ、絶対に」

「ああ、まあ、それはどうしようもないな。なにも見えなかったかもしれないし――いや実際、たぶん見えなかったはずだ。曖昧な話ばかりで申し訳ないが、よかったらヒントをあげよう。ついさっきの差し錠に関するきみの推理は完璧ではないぞ。実際に起こったことが除外されている」

「それはどうも」ぼくは笑った――「どうもありがとうございます。でも、信じてもらえないかもしれませんが、そこまではもうわかってましたよ。ところで、写真をまだ見せてもらっていませんよね」

　写真は数枚あったが、ぼくが時間をかけて見たのは一枚だけだった。ミセス・スティールがベッドの横にいる写真で、膝をつき、下を向いて背中を丸めていて、ナイフの柄が邪悪に突き出ている。お祈りをしていたのかもしれない、とぼくは思った。ただし、このときにはもう死んでいて、お祈りをする必要はなくなっていたわけだ。

「彼女は――あの、引き抜こうとしたんでしょうか？」とぼくは尋ねた。

「いや。刺されたことがわかっていたかどうかも疑わしいと医者は言ってる」

「よかった」とぼくは言った。「あの人のことは大嫌いでしたが、本当によかったと思います」

第二十三章

ビールは七時三十分にトニーと一緒に立ち去り、その晩は私服警官二名が屋敷の警備に当たるようにとの指示を残していった。さらにビールはぼくに、油断なく気を配るようにと言い、翌朝の九時より前に連絡する必要がある場合に備えて私用の電話番号を教えてくれた。

その少しあとにリンダが病院から帰ってきたが、ふさいだ顔をしていた。彼女が食堂に入ってきた瞬間に――家にいたぼくらはコールド・ビーフとサラダを食べていた――キャロラインとオリーヴがミセス・グレンの容態に関する質問を浴びせ始めた。

「相変わらずよ」娘は、ぼくに堅苦しく会釈をしたあと、そう答えた。そして疲れた様子で腰を下ろし、水を飲んでから、母親の顔を見た。

「まだ意識が戻ってないの。ほかにも誰か、様子を見に行ってくれていたらよかったのに。この患者さんは独り暮らしか、それとも家族全員に嫌われてるのかしらとか思われているはずよ」

「ばかなこと言わないで！」キャロラインが厳しくとがめた。「電話は六回もかけたんだし、いざというときはあなたに知らせてもらえたでしょう」

「なによそれ！」娘が叫んだ。「じゃあ、この状況をなんて呼ぶつもり？　看護婦さんだって、いつ亡くなってもおかしくないと認めてるのに」

「まあ、ばかばかしい——あなたは大げさなのよ。それに、そんなふうに毒づくのはやめなさい。どっちにしても、わたしはまだ外出できるような体調じゃないの」

オリーヴはなにも言わなかった。物憂げにパンをちぎっていて、いくらか自分を恥じているようだとぼくは思った。ヘンリーも同じ雰囲気を漂わせていて、さり気ない口調を装ってヴァイオレットの様子を尋ねたときも、その雰囲気は薄れることなく、さらに強くなった。

「前よりはいいわ」というのが回答だった。「でも、今晩は入院するんですって」

あとは食事が終わるまで、みんなほとんど無言だった。殺人事件の影響だ。

その後、キャロラインがぼくを脇へ連れ出した。

「ミスター・マートン、いままで言う機会がなかったんだけど、ゆうべは娘の面倒を見てくださってありがとう」その機会が永遠に来なければよかったのにと言いたげな口ぶりだった。「あれはとても不幸な出来事で、わたしがどんなに心を痛めているか言い表せそうにないわ。もちろん、リンダのせいではないんだけど、あんなふうにこそこそと届けられた手紙にだまされるべきではなかったわけで、ほとんど知らない相手から来たはずの手紙ならとくにそう。でも、だからといって、あの子が深刻な危険にさらされたという事実は変わらないもの」

ぼくは一瞬、いますぐ結婚するよう要求されるのだと愚かにも思い込み、どういう受け止め方を期待されているのだろうと考えた。けれども、この女が求めていたのは、ぼくの思慮分別だけだった。この一件を秘密にしておければ、そんなにひどいことにはならない、と彼女は言った。あなたを信頼しても大丈夫よね？

「もちろんです」ぼくは微笑んだ。「わたしのせいでもないとわかっていただけてよかった」

「あら、まさか――あなたたち二人とも、さぞ不快な目に遭って気まずい思いをしたはずよ。実を言うと、どうしてあなたまでだまされたのか理解できないのだけど、もしかすると探偵さんは仕事柄、おかしな手紙を受け取るのに慣れているのかしらね。どうもありがとう。あとはこの――この事件に責任のある人物が、すみやかに捕まることを願うしかないわ」

「それが誰か、おわかりなんですね？」ぼくはなに食わぬ顔で尋ねた。

「最高に疑わしい人ならいるわよ」と彼女は言い放った。「リンダが服を脱ぐのを鍵穴からのぞこうとしているところを見つかったことがあるのは誰？　この前の晩、声を張り上げてハリエットを罵っていたのは誰？　お金を湯水のように使い、少しも仕事をしている様子がなかったのは誰？　逃げ出したのは誰？」

彼女は険しい顔でうなずき、ぼくは、この女がぼくと同じくらい多くのことを知っていたらなにを付け加えただろう、と考えていた。

「名前は挙げないわ」話はさらに続いた。「ほとんど必要ないはずだもの。水差しと井戸のことわざは聞いたことがあるでしょう？（「水差しを何度も井戸の水くみに使うと最後には割れてしまう」ということわざで、「悪事を何度も重ねると最後にはしくじる」という意味）あの男は、彼女の我慢の限界までたかったのよ。とうとう背を向けられたものだから、やけになって殺しちゃったのね。といっても、それについてすごく悲しんでいるふりはしないけど――そんなことをしたら偽善者だもの。あの人は冷淡で下品なわがまま女だったから、世の中にとってたいした損失じゃないわ。リンダの扱われ方のほうが、それよりはるかに気がかりよ――あんな若い娘が、裸にされて縛られて、暗がりで他人と一緒だったなんて。よくなにごともなく――ほら、わかるでしょう」

「その他人の件を、まだ引き合いに出すんですか？」ぼくが冷たく尋ねると、彼女は潔く顔を赤らめた。

「いえ、そうじゃないの！　ごめんなさい——許してちょうだい。ジョージ・ライスのことだったの——ほら、さっき言ったでしょう！　わたしたち全員があの男の被害者で、あなた自身もそうだし、しかもあなたは恨まれる筋合いなどあるはずもないのに。オリーヴとわたしは、おおむねたいした被害を受けずに済んだけど、母は危篤で、ヴァイオレットもまともに戻るまで何週間もかかるでしょう。あの子はいつも、危機に巻き込まれると精神的に参ってしまうのよ。それに、世間の目もあるわ——新聞でわたしたちの名前を言いふらされて、人に指を差されてしまう。それから、息子のことも——あの男と仲が悪かったことはみんな知ってるけど、リンダの服を息子の部屋に隠すなんて、この上なく悪意に満ちた仕打ちじゃない？　あんな悪党を、ここで一年間も同居させていたなんて！　皆殺しにされなかったのが不思議だわ」

　ぼくはうなずき、首を横に振り、とりとめのないことをつぶやき、そして立ち去った。娘に対するぼくの感情を知らせるまでキャロライン・ホワイトヘッドの前では絶対に落ち着けそうもなかったし、それを知らせる前にリンダには考えを変える機会を与える必要があった。

「そして、早いに越したことはない」と、ぼくはしぶしぶ思った。「さもないと、勇気がなくなってしまう」そこでリンダを探すと庭にいて、縞模様の芋虫が葉を食うのをぼんやりと見つめていた。今度は、意味のある笑顔をぼくに向けて、すぐに話し出した。

「ここから逃げましょうよ！」と彼女は言った。「気味が悪いの。それに、上の階のブラインドが全部下ろされていて、まるでわたしたち、いい気味だと思ってるんじゃなくて、喪に服しているみたい！　公園に行きましょう——日が暮れるまでゲートは開いてるから」

ぼくは喜んで同意して、プライオリー・レーンを道のりの半分まで歩く間、夕方の柔らかな日射しの中で、言わなければならないセリフを頭の中で練習した。だが、なにかしっくり来ないような気がして、話すのを何度も思いとどまった。いまでも、あのとき自分が正確にはなんと言ったのかわからない。だが、リンダは立ち止まり、顔をしかめてぼくを見た。

「お金のせい？」彼女は早口で尋ねた。「わたしたちが相続人だから？」

「もちろん。ぼくはきみが――つまり、ゆうべとは事情が変わったんだ。もうきみは自由で、これからお金持ちになるわけだし、それに――」

「ここでは話せないわ」ぶっきらぼうにさえぎられた。「公園の中に入ってからにしましょう」

そしてそこで、ぼくらの寿命よりもはるかに年老いたオークの木々の間で、ぼくらは悩みを打ち明け合った。彼女も悩みを抱えていたのだ。

「お金の影響なんて、あり得ない」彼女は真顔でそう請け合った。そよ風が絹糸のような金髪をかき乱し、灰色の瞳はじっとぼくの目を見つめている。「だから、あなたの言葉を借りれば、わたしは自由じゃないわ。だけど、わたしたちの間に割り込んでくるかもしれない問題はまだあるの――病院で今日の午後ずっと、そのことで悩んでいたのよ」

「なんだって、リンダ？　きみの気持ちが前と同じなら、悪いことなんてあるはずがないじゃないか。ぼくは決して変わらないもの」

「どうしてそんなことが言えるの？　数千ポンドなんてささいな問題で、わたしの事情が変わるかもしれないと思ったくせに。わたしの問題は大きいのよ」

「ちょっと待った――そんなふうには思ってないよ。きみが家を出るためにぼくと結婚したがっているだけだなんて、決して信じていなかった。もしそうだったら、結婚を申し込まなかったはずだ――レスキュー隊じゃないんだから。ただ、きみが突然はっと気づいて、こんなに――こんなに早まるんじゃなかったと思うかもしれなかったんだ。必ずしもいまじゃなくても、一週間後とか、一カ月後とか……」

「ごめんなさい！」彼女は笑顔でそう言った。「誤解だったのね――あなたがそんなふうに思ってなくてよかった。でも、はっきり言ってくれなかったでしょう」

「そうすべきだったのかな？　きみが誤解するとか、思いつきに飛びつくようなことがあるといけないから、言葉にするのは嫌だったんだ。なにしろきみは、頭を殴られたことの影響下にあったのかもしれないからね」

「あら、違うのに。というか、もしそうだとしたら、いまも継続中よ。じゃあ次は、わたしの話を聞いてちょうだい。それから忘れないでほしいんだけど、言葉にしなければならないのはわたしも好きじゃないの。でも、言わないと。ダグラス、たとえば、もしお母さんとオリーヴとヘンリーが悪くて、ハリエットを殺したのがジョージではないとしたら。もし、そのうちの一人が故意に悪いことをしたのだとしたら。それでも、わたしと結婚したい？」

一瞬、ぼくはびっくりした。彼女が大まじめなのがわかったからだ。

「その人たちの仕業のはずがないんだ」ぼくはきっぱりと言った。「問題は発生しないよ」

「発生するかもよ」彼女は静かに言い張った。「お願い、答えて」

「わかった。もし、その人たち全員の仕業だったとしても、ぼくはかまわない。ヴァイオレットときみのお祖母ちゃんを加えても――きみへの気持ちは変わらないよ、リンダ。ぼくはきみのご親族に恋したわけじゃない——とんでもない。ぼくが結婚するのはあの人たちじゃなくて、きみなんだから」

「本当にどうでもいいと思ってるの？　本当に？　三日前に知り合ったばかりなのに」

「それはきみにも当てはまることだよ」とぼくは指摘した。「ぼくに身内の恥があるかどうか、きみは尋ねようとしたかい？　一族に狂人や殺人犯は？　ぼくの気づいた限りでは、そんなことはなかった。それに、遺伝は生まれた瞬間に固定される。その後のきみに影響を及ぼすのは環境だけ、周囲の状況や人々がきみに対してなにをするかであって、親御さんに対してなにをするかは関係ない。お母さんが誰かを殺したことがわかったら、きみの心はかき乱されると思うけど、それできみの本質が変わるはずはないし、きみが人を殺す可能性が高くなるはずもない。たとえ、きみがその種の傾向を受け継いでいたとしても——いいかい、最悪の場合でも、ただ単に〝傾向〟があるだけなんだ——それだけのことだよ。そのリスクは承知の上さ。

　それに、その点は別にしても、きみが無駄な心配をしているのは間違いないよ。だって、きみのご家族があのご婦人を殺せたはずがないんだから。いや、少なくとも」——そこでぼくはためらった。

「どうしたの？」

「まあ、ヘンリーはもしかすると例外かもしれない。だけどビールの話だと、女性の力ではミセス・スティールをあのように刺せないのは絶対間違いないと医者が言ってるらしい。それに、ヘンリーはとても巨漢とは言えないし」

「なるほどね——説得力があるような気もする。わかったわ、ダグラス、どんなことがあっても離れずにいましょう——そして、あなたに神のご加護がありますように。取り越し苦労なら、本当にいいんだけど」

「おいおい、ご家族の誰かの仕業だと本気で考えてるのかい？」とぼくは尋ねたが、すぐには言葉が出なかった。

「わからないの。違うとは思うんだけど」

「いずれにしても、きみのお母さんとオリーヴとヴァイオレットは二人とも誰かに薬で眠らされて、外から部屋に閉じ込められていたわけだろう。その細工をした人物が殺人犯なのは明らかなんだから、それ以外の四人のうちの一人ということになる。つまり、ジョージ・ライス、ベッシー、ヘンリー、あるいはきみのお祖母ちゃん」

「あら、お祖母ちゃんのことは心配してないのよ」とリンダは言った。「誰がなんと言おうと、お祖母ちゃんが人を殺すなんて信じられないもの。たとえハリエットが相手でもね。それに、ヘンリーがそんなことをするとも思えない――そこまで残酷な子じゃないわ。ヴァイオレットだってそうよ――その前にヒステリーを起こすはず。ベッシーには動機があったはずはないし、どうせ家族じゃないし。そうじゃなくて、私が考えていたのはお母さんとオリーヴ。ほかの件と同じ二人よ」

「そうだね、きみの意見は首尾一貫してる」とぼくは認めた。「でも、すべてがきみに不利なんだよ。それでも、この事件全体が問題なんだ――どうすればあんなことが可能だったのか」

　リンダは戸惑ったような顔をした。

「どうして？」と尋ねられたぼくは、この殺人の密室的な側面を彼女はたいして知らないはずだということに初めて気づいた。そこで精いっぱい説明して、さらに秘密の話として、刺した力の度合いからジョージ・ライスの関与が強く示唆されるらしい理由も伝えた。すると彼女は、機知の鋭いところを披露した。

「それって、矛盾している気がする」彼女はぼくの隣に座り、ぼくに手を握られたままそう言った。「ジョージが力持ちなのは知っていたけど——気づく機会は何度もあったもの——差し錠のかかった部屋から抜け出せるくらい賢いんじゃないかなんて、一度も思ったことがないのはたしかよ。やり方を本で読んだなら話は別だけど。でも、わたしの思い違いかもしれないから、仮にあの人の脳みそが筋肉と同じくらい立派だとしましょう。そこで教えてほしいのは、あんなふうに筋肉を使うなんて、立派な脳みそはどうしちゃったのかということよ」

「おいおい、きみも同業者だったのか？」意味がわかったとき、ぼくは思わず問い詰めた。「その点は完全に見落としていたよ」

「でも、あなたはそんなふうに言ったらだめなんじゃないの？」と彼女はからかった。「謎めいた表情を浮かべて、顎をさすって、それだけがまだ完全にはわかっていない点なんだ、と言うべきよ。それでも、あなたには無理かもね。そういう顔だちだと」

「この顔が恨めしいな」とぼくは言った。「諸刃の剣だということに、たったいま気づいたよ。もしジョージが密室のトリックを思いつくほどの切れ者だったら、全力でぶん殴るという署名的な行動をとるようなばか者であるはずがない。きみのその発言に、ぼくは次のことを付け加えよう。その片方を実際に思いつくほど頭の切れる女だったら、もう片方、つまり力ずくという点を捏造する方法も見いだしたかもしれない。ジョージが犯人だとぼくらに信じ込ませるためだけの目的で」

「なるほど——代わりに署名してあげるわけね。でも、どうやって？」

「そうだな、まずミセス・スティールを気絶させるのはどうだろう——実際に気絶させられたんだが」次に、通常のやり方で刺して」——ぼくは想像上のナイフをリンダのほっそりした背中に突き刺した。

「それからこんなふうに、ナイフをハンマーで打ち込むとか?」

「やめて」と彼女は叫んだ。「そんなのひどすぎる！　お母さんだって、そんなことはしないはずよ」

ぼくが目を見張ると、彼女はかすかに顔を赤らめた。

「あんなこと言うべきじゃなかった」と彼女は認めた。「でも、言葉が飛び出しちゃったんだから、説明したほうがいいわね。お母さんもオリーヴも、ちょっと残酷なところがあるの——ちょっとじゃ済まないときもあるし。昔うちで猫を飼っていて、よく子猫を産んでいたんだけど、オリーヴはいつも子猫の頭を壁にぶつけてたのよ。そしてお母さんは、ヘンリーとわたしが子供のころ、ほとんど理由もなく鞭で打ったわ。わたしたち、それくらいしょっちゅうお仕置きされていたの」そう付け加えると、昔を思い出すようにゆがんだ笑みを浮かべた。

ぼくは、前日の午後のある場面を思い出した。あの女二人が庭でわめき合い、怒鳴り合っている場面だ。キャロラインの南京錠の投げ方を再び思い浮かべた。いまになって思えば、もしかすると、本当にひどい怪我を負わせることを内心望んでいたのではないか。一生消えない傷跡や、失明すら望んでいたかもしれない。そして、ほとんど即座に反撃したオリーヴのほうは、たとえ行動を決定するまでのほんの一瞬だけでも、持っているバケツの中身が硫酸だったらいいのにと思っていたのでは？　ぼくは体を震わせて嫌な思いつきを払いのけたが、それでもまだ落ち着かない気分だった。

「そんなことはあり得ないよ」とぼくは言った。「でも、ちょっとの間そうだと仮定するとしたら、リンダ、その場合ぼくはどういう立場になる？　どっちの味方なんだろう?」

彼女は少しも躊躇することなく答えた。

「警部さんのほうよ。お友達なんだもの——もし裏切ったら、あなたは一生肩身の狭い思いをするでしょう。それに、もしお母さんが本当にハリエットを殺したのなら、ひそかに企んで計画を立てたのなら、わたしはあなたのほうにつくわ。それどころか、どっちにしてもあなたの味方よ。ばかばかしいとか、人としてどうかとか思われるかもしれないけど、お母さんに対するいままでの愛情よりも、あなたへの愛情のほうが大きいの。のぼせているだけかもしれないけど――お母さんならそう言いそう――かまわないわ。自分の気持ちを正しいと思えなかったら、なにに基づいて判断すればいいの？　わたしは自分の気持ちが正しいと思うから、お母さんが犯人でもそうでなくても、あなたを選ぶわ」

「ありがとう」とぼくは言った。感謝してもし足りない気分で。「とくに、『もしわたしのことをまだ必要としてくれるなら』とか付け加えないでくれたのがありがたいよ。でも正直言って、心配は要らないと思う。ぼくに関する限り、きみのお母さんとオリーヴは容疑者リストの一番下のほうなんだから。それで思い出したけど、本当はおじへの伝言なしで外出すべきじゃなかったんだ。おじには今朝、ウィリアム・ブリッグズの取り調べに行ってもらったんだよ」

「ウィリアム？　いったいどうしてそんなことを思いついたの？　あの人が人殺しなんかするはずないのに」

「そうとは言い切れないさ」

「どうして？」

「いや、もしぼくが彼の立場だったら、そうしたはずだよ。ヴァイオレットと結婚したのに途方もない大金が手に入らないという状況よりはましだ」

リンダはにやりとした。

「どうして彼女のことをそんなに嫌うの？」とリンダは尋ねた。「まったく無害な人なのに」

「そうなんだろうけど、くだらない影響を受けてる人というのが、とにかく我慢ならないんだ。もちろん、ぼくの心が狭いだけなんだが、彼女を見ると、フォークダンスやバーボラ細工（小さな花や果実などをかたどった粘土細工）や造花や海水浴場の移動更衣車というような、おぞましい代物を思い出すのさ」

その後しばらくの間、ぼくらは自分たちのことについて話し合い、次にミセス・グレンと快復のかすかな望みのことを話したあとで、殺人事件といまは亡きご婦人に話題が戻った。ミセス・スティールはいつから時計を集め始めたのかとぼくが尋ねると、その夫が亡くなったあとだとリンダは答えた。

「本格的に集めるようになったのは、という意味よ」と彼女は付け加えた——「おじさんに許してもらえなかったから。でも、自分の部屋には何個かあったわ」

「じゃあ、おじさんはどこで寝ていたんだい？」

「お母さんがいま使っている部屋だけど、町のフラットから戻ったときだけよ。とにかく、一九三〇年ごろからおじさんが外国へ行くまでの間の話。お母さんは昔は、いまあなたが使ってる部屋で寝ていたの」

「なるほど。それで、おじさんがスイスへ行ったのは正確にはいつだった？」

「二年前のいまごろよ。向こうには六カ月滞在していたの」

「二年前か。それって、ベッシーがここで働き始めたころじゃないか？」

「ほとんど同じ時期ね。あの子が来たのは、おじさんが出発する前の週だったと思う」

「それで、あの寄せ木張りの床はいつからあるの？」

「去年の九月ね」——計算したあとで返事があった。「ハリエットは、そのことでもおじさんとよく喧嘩してたわ。とんでもない無駄遣いだって言われてた」

ミセス・スティールの時計を巻く習慣についてリンダの意見を聞けば役に立ちそうだ、とぼくはふと思いついた。彼女はぼくの考えを裏付けてくれた。それからぼくは勇気を奮い起こして、ガウンと煙草入れの件を打ち明けた。彼女は、ただ単に同情するように微笑んで、自分が思っていた以上にぼくは男前に違いないと評してくれた。

「信じられないかもしれないけど、ハリエットは昔は本当に美人だったの」と彼女は話を続けた。「アンドルーおじさんと結婚したとき、まるでおとぎ話から抜け出てきたみたいと思ったものよ――だけどもちろん、わたしはまだ七つぐらいの話だから。なにがあったのか、いまでもよくわからないの――あの人が変わり始めたときに。たぶん気がつかないものなのね、家族が何人もいると」

「ぼくなら気がつくよ」ぼくはそう予告してから、おじの弱みは隠したまま、彼女の話をすぐに信じられる理由を説明した。そして前にくすねた写真を見せたのだが、その行動がなにをもたらすことになるか、まったく気づいていなかった。

「まあ！」とリンダは叫び、ぎりぎりのところで始まるブラウスと終わるのがあまりにも早すぎるプリーツスカートを身につけただけの露出過剰な写真を、しげしげと見た。「舞台に上がっていたのは知ってたけど、こんな格好で走りまわっていたなんて。でも、これは間違いなくハリエットよ」

彼女はなにげなく写真をひっくり返して、悲鳴を上げた。

「もう、ひどい人！　あやうくひっかかるところだったわ！　でも、だとするとこれは誰？　教えてちょうだい――去年のハリエットがこんな体型じゃなかったのはたしかだもの」

ぼくは写真をひったくり、いま率直に認めるが、別のなにかが頭の中でカチッとはまり、一瞬のひらめきで、いままで見えなかったものが見えてきたのだ。写真の裏には――ぼくがそれまで見ようともしなかった裏側には――写真家の名前と年号が記されていた。〝エランド、ストランド街、一九三八〟

「なにを興奮しているの？」と彼女が尋ねた。

「まだ説明できないんだ」とぼくは言った。「先にビールに会わないと。いや、だまそうとしたわけじゃないんだよ――これは大事な点だ。もしあそこに老婦人お二人がいなかったら、きみにキスしていたところさ。急いで屋敷に帰らないと。おじも戻っているといいんだが。ねえ、ハリエットに妹がいたって聞いたことはあるかい？」

「いいえ、全然」

「もしご家族がご存じだったら、きみも聞いていたかな？」

「もちろん。きっと妹なんていない――いなかったはずよ」

ぼくはうなずいた。

「そして、きみの言う通りでもある――そこがおかしな点なんだ」

彼女は、探るような目つきでぼくを眺めた。

「あなたって、おじさんに似てるわね」と彼女は言った。「でも、別にいいけど。とにかく、ちょっと座って。老婦人が見ていようと、どうだっていいじゃない？」

第二十四章

「お待たせしました、だって？　たったの一時間さ」と、ぼくのおじは言った。「たったの一時間。そんなのは、待たせたとはとても言えないだろう、なあ？」

「すみません――うまくいきましたか？」

「ああ、最終的には。だが、次に誰かの動きを調べたいときは、ちゃんと自分でやるんだぞ。わたしはもう、ああいうことがやれる年じゃないんだ。ミスター・ブリッグズとやらの正体は見た目とは大違いだが、ジルを殺した犯人ではないから、そんなことはどうでもいい。リッチモンドの自宅の家政婦が、彼はパトニーに住む姉の家にいるはずだと言った。その姉は――もちろん電話はない――六月以降は弟に会ってないのだが、弟がここに来たことはあるかもしれないという。もう一度考えてみろとわたしが言ったので、その女はぼんやり考え込み、二つの住所を思い出した。一つはブラックヒースで、もう一つはステインズ。もちろん、どっちも電話はない。わたしは女に悪態をついてさっさと立ち去り、ステインズのほうが近いと思ったのでそちらへ向かい、警官一名もそう思ったようだが、もちろんそれは間違いで、とにかくこの地で彼の姿はもう何カ月も見かけてないとのことで、どこを探すべきかも知ってそうにない。そこからブラックヒースへ向かってみると、両隣の隣人から、お気の毒だけどクーパーさんご一家は週末はお留守ですよと言われた。最終結果は、ぬるいシェリー酒一杯と曲がった葉巻一本で、葉巻は遠慮しておいたので、どっちのほうがひどいのかはわからん」

　おじはそこで思わせぶりに間を置き、それから話を続けた。

「そこでどうしたか？」と問いかける。「うんざりしながらはるばるリッチモンドまで戻り、最初からやり直しだ。姉のところにいないとしたら、ほかにどこにいる？　ええと、婚約者の方には訊いてみましたか？　その婚約者はいま金切り声を張り上げていて、その用件で彼に会いに来たんだ、とわたしは答えた。すると家政婦は少し態度がまともになり、彼がオートバイを置いている車庫に立ち寄ってみたらどうかと言うので行ってみると、当直の男いわく、どうせ八時には帰ってくるから、それまで時間つぶしにクリベッジ（通常二人で遊ぶトランプゲームの一種）をやらないか？　そこで二人でやって、わたしが二シリングくらい勝って、それをビール代に使って、八時十五分過ぎにウィリアムが現れたんだが、オートバイの後ろには、おまえなんか見たことがないほど尻軽そうな格好の喫茶店のウェイトレスがしっかりとつかまってた——あれくらい見たことはあるのかもしれないが、ないと思いたいよ。脚かと思ったらブラウスだった。というより、ブラウスだったはずの代物だ」

「ぼくだって、同じくらいいいものを見せられますよ」ぼくは言葉を差し挟んだ。「このすぐあとでお見せします。続けてください」

「わかった。そこでわたしは精いっぱい声を張り上げて、婚約者の具合が悪いことを伝えてやり、するとウェイトレスは非難がましく彼をにらみ、彼のほうはさらに非難がましくわたしをにらんだ。結局ウェイトレスのことは追い払い、わたしがなにがあったのかを説明すると、彼の恐怖と驚きはさておき、かいつまんで言えば、土曜の晩から日曜の早朝までキューにある小さなパブのポリーというブロンド女と一緒にいたことを証明できるんだそうで、その間なにをしていたにせよ、ジルを殺していたわけではないことになる。

あんな顔のくせに、どうやってうまいことやってるのかはわからないがね」おじは重々しい口ぶりでそう締めくくった。「バリントン法律事務所は、いつか雨降りの日にでも小口現金をちゃんと数えるべきなんじゃないか。まあ、そんなところだが、これで満足かな」

「おじさんが満足なら、ぼくも満足です」とぼくは言った。「大変よくやってくれましたよ、お年のわりにはね。ではここで、びっくりするようなお誕生日プレゼントを差し上げましょう」

ぼくが例の写真をテーブルの上に置くと、おじは目を見張った。それが手に入った経緯と盗んだ理由を伝えると、おじは感謝の面持ちでうなずいた。

「こいつはいい」とおじは断言した。「とびきりいい写真だ。今朝、彼女の姿を見なくてよかったと思わせてくれる」

「おじさんがこの彼女の姿を見るのは、いまが生まれて初めてですよ」とぼくは言い切った。「裏返してください」

おじは裏返して、息をのんだ。なにを言ったかはここには書かないでおくが、さすがは切れ者で、真実をすぐに理解した。

「妹？」ぼくがベッシーの説明を伝えると、おじは繰り返して言った。「ばかな——妹の存在をわざわざ隠すものか！　スティール家の人々は妹について聞いたことがないと言ったな？」

「リンダは聞いてないそうです。ぼくの考えを言いましょうか？　認知することのできない、実の娘ですよ。やれやれ、教会の雑誌の連載小説みたいだ！　それだけじゃなくて、ジョージ・ライスが妹を支配していたのもそのせいです——ここに住まわせてもらって、ポケットを満たしてもらっていた理由。さらにそれだけじゃなくて、一万ポンドの保険金を受け取るのはその娘ですよ」

もちろんおじはそのことを知らなかったので、説明してやった。

「すべて憶測じゃないか」おじは疑わしげにつぶやいた。「でも、その通りなのかもしれん。だが、よくよく考えてみると、たいした支配力でもないぞ。夫が死んでしまえば、たいしたことじゃない。夫が生きている間ならわかる――ジョージはおそらく、彼女がかき集めた金を全部巻き上げていたんだろう。だが、いまほかの連中に知られたところで、どうだっていいじゃないか？」

「頭の回転が鈍ってますね」とぼくは言った。「ひょっとしてお疲れですか？　もちろん、私生児がいるだけなら心配などしなかったでしょうが、生まれたときはちゃんと自分の名を名乗れる立場だったことを誰にも悟られないようにするためなら、地獄だって抵当に入れたはずですよ――仮に、その父親が一九二五年時点で生きていて、離婚などしていなかったとすればね」

おじは再び息をのんだ。

「重婚か？　なんとまあ、だとすると彼女はわたしと同様、スティール家の財産を要求する権利など全然ないことになるぞ！　いやはや、おまえは婚約して以来成長したな。そのうち探偵になれるぞ」

「おじさんの訓練のおかげじゃありませんけどね」とぼくは言い返した。「それに、まだ憶測にすぎないわけだし」

「ああ、だが今度は、霊感に導かれた憶測だ――違いが感じられる」

「まあ、喜んでもらえたならよかった。だって、これからお金がかかるんですから」

「なんだと？」

「ジルがプロポーズを断った理由を突き止めたら、週給一ポンド上げてくれるという話でしたよね。

これがその答えですよ。おじさんは重婚罪を犯す価値のある相手ではなかった――アンドルー・スティールはその価値があったわけです。それはともかく、この子を見てください。どう若く見積もっても十八ですから、だとすると生まれたのは一九二一年。もう一つ当てずっぽうで言うと、父親はジャックですよ。ローラースケートの相方の――彼女に惚れていたと言ってましたよね。たぶんそのころ結婚したんでしょう。この子に会いに行って確かめたほうがいいですよ」

「住所は？」とおじが尋ねた。

「メイダ・ヴェイル」とぼくは答えた。「それでは漠然としすぎているようなら、運転手に訊いてみてください――知ってるはずですから」

「運転手の住所は？」おじはしつこく食い下がった。

「メイドに尋ねてください。ちなみに住み込みですよ。見つからないといけないので言っときます」

ぼくは同行するのは断り、睡眠が必要だからと事実を言って頼み込んだ。おじは一人で出かけたが、午前一時にぼくをベッドから叩き起こして、まさに霊感のお導きだったぞ、と言った。

「ネリー・カーゾン・ライス」おじは電話越しにそう告げた。「そして、カーゾンはジャックの名字なんだ。二人は一九一九年四月に結婚したので、九月に生まれたネリーは偏見を持たれずに済んだ――わたしがジルに出会う前の話だ。ジャックは彼女にうんざりして一九二三年に見限ったんだが、一九三〇年にはまだ生きていた。ジルがリージェント街で彼を見かけて、必死で逃げたのさ。もちろん、そのころにはもう、彼女を見ても誰だかわからなかったはずだがね。娘はわたしの知っている母親にまさしく生き写しだが、ほんのちょっとだけ現代風で、現実的な子だ。姉妹のふりを続けるために、平型捺印証書によってライスの姓を取得した。母親の殺害にもたいして悲しんでいる様子はなく、ただ単にびっくりしていて、事実を偽って手に入れた金で保険料が支払われたせいで保険会社に支払いを拒否されるんじゃないかと、ずいぶん心配していた。この若いご婦人には過去のしがらみなどなさそうだし、それ以外にも――なんだって？」

「ですから、ゆうべ彼女が、いるはずのない場所にいた可能性はないんですか？」ぼくは質問を繰り返したが、扉の外に私服警官がいるので、わざとわかりにくい言い方をした。警官はぼくを呼び出したあと立ち去ったふりをしていたが、近くに隠れているのは確実だと思ったのだ。それが彼の仕事なのだから。

「いやいや、そういうことはまったくない」電話の向こうからおじの返事が聞こえた。「彼女はジョージ・ライスにも会ったことがないんだ。だが、ジルには土曜の晩に会っていて、おまえの名前も知ってたぞ。ガウンと煙草入れをおまえのために買うように言われたとかいう話を聞かされたんだが」

「まさか」ぼくはつぶやいた。「明日お話しします」

「そうか。そんなことにまで巻き込んですまなかったな、ダグラス」――後悔しているようだ。

「巻き込まれてはいませんけど、ぼくとしても、締め出されるのは望むところではなかったので」

「そうか。二ポンドの昇給にしたほうがよさそうだな」

「えっ？　本気ですか？」

「もちろん」

「ありがたい。提供できるものを持っているほうが、やっぱり得ですね」

「脳みそはいつだって金《かね》と同じくらい値打ちがあるもんだ」とおじは言い放ち、いつもの皮肉屋にまた戻った。「おまえが憶測だけじゃなくて考えることもできるようにさえなれば、すごい名探偵なんだがな！　じゃあ、また！　さあ、地下室へ走って戻れ」

　返事をする間もなく電話は切れた。ぼくが玄関ホールを通り抜けるとき、私服警官が客間から出て来たばかりのふりをしていたので、さっきの電話は楽しんでもらえたかなと思った。翌朝、リンダと一緒に出かけた病院から戻ったぼくは、十一時にビールからおじとの電話の完全な内容を報告され、どういう意味なのかと根気よく質問されたとき、電話が盗聴されていたという事実にようやく気づいたのだ。

第二十五章

「うん、これでずいぶん助かるよ」ぼくの説明が終わると、ビールはそう言った。「ジョージ・ライスさえ見つかれば、うまくいきそうだと実感できるところなんだが」

「ジョージも気の毒に！」とぼくはつぶやいた。「ぼくとしてはむしろ、彼があなたがたをまんまといてくれるよう願いますよ。それはそうとして、金の卵を産むガチョウをなぜ殺すんでしょう？　収入はなくなるし、遺言書による取り分もない。それでも、動機があったに違いないわけですが」

「もし彼の仕業ならの話だがね」とビールが訂正した。

「疑わしい点がおおいにあるんですか？」

「それは、物事をどう見るかによるよ。きみはいま反対理由を一つ挙げてくれた――では、もう一つ。妹を殺したあとで、なぜ逃げ出す？　どうしてわざわざ、問題を仕組んだ張本人として注意を引いてしまうようなまねをするんだ？　このように仕組んだ目的は、解決不能性の陰に隠れるために違いない。あらゆる密室殺人は、小説でも現実でも、同じ目的を持っている。第一に被害者を始末するため、第二に捜査を妨害するため。警察をだまして、誰かが奇跡をおこなったのだと信じさせることができれば、嫌疑をかけられる以上のひどい目に遭う心配はない。奇跡の本質は説明がつかないという点にあり、説明がつかないことは処罰の対象とはならないんだから」

ぼくは眉をひそめた。ビールの意見が、前の晩に聞いたリンダの意見と似ていたからだ。

「逃げ出したこと以外にも手がかりはあるんです」とぼくは言って、リッチモンド公園で話し合った内容を伝えた。怪力の印象を与えるためにハンマーを利用したのではというぼくの提案に話が及ぶと、ビールは片方の眉をつり上げ、それから微笑んだ。

「またしても独創的だな！」と彼は言った。「だが、それに反する点はたくさんある――第一に、そんなことが起こったはずがないのは事実なんだ」

「ええ、それならたしかに価値は下がりそうです」ぼくは重々しい口ぶりで同意した。「無頓着に暴露しすぎないでくださいね」

「すまないね――でも、ぼくは自分がなにを言っているかわかるまでは、生まれつき秘密主義なんだよ」と彼は謝った。「だけど、きみにぼくの情報を教えてはいけない理由はない――きみの情報はたしかに教えてもらったんだから。昨夜ぼくはミセス・スティールの眼鏡をハンドバッグの中で発見して持って帰り、今朝眼科医から彼女はかなりの近眼だったに違いないと伝えられた。この事実は、ひょっとしたら重要かもしれないと思ってる。もっとも、きみはたぶんもう知っていたんだろう。寝室の隣の部屋の鍵は机の引き出しに入っていたんだが、それはどうでもいいことかもしれない。それよりも興味深いのは、睡眠薬の瓶に付いていた指紋だ」

「ああ、すると、それほど不鮮明じゃなかったんですね？」ぼくは勢い込んで尋ねた。

「ありがたいことにその通りで、詳しい連中の話によれば、新しい指紋らしい。誰のだと思う？」

ぼくはじっくり考えた。ばかなまねはしたくなかったのだ。

「比較対象となったのは誰の指紋ですか？」ぼくは時間稼ぎをした。

「この屋敷にいた全員だよ——きみのもだ。といっても、ほかの人たちにも知らせてはいないんだが、いろいろな寝室からたくさんのサンプルをどうにか集めたんだ」

「それじゃあ、当てずっぽうですが、ジョージ・ライスのでしょう」

彼は数秒ほどぼくをじっと見つめてから、肩をすくめた。

「きみはわかりやすいのか、それとも難解なのか」と彼は言った。「どっちなのか、絶対わかりっこないな」

「それでも、すぐ顔に出るとよく言われるんですよ！」

「本当かい？　とはいえ、間違いだよ。あれはミセス・グレンの指紋だった」

ぼくはとても驚き、疑ってしまいそうなほどだった。

「そら、早合点するんじゃないぞ」と彼はぼくに警告した。「ヴァイオレットが母親と自分のためにミルクを温めるときにすでに薬が混ぜられていたのは、確実なことと考えていい。いずれにしても、もしミセス・グレンが牛乳瓶をきれいに拭くことを忘れなかったのなら、ほかの瓶を拭くのも忘れなかったはずだ。もちろん、またその逆でもある」

彼は、かなり嬉しそうな顔でそう言った。ぼくにはその理由がわからなかったのだが。

「あの方の寝室には時計がありますよね？」とぼくは尋ねた。「金曜日にあそこにいるとき、屏風の向こうからチクタク鳴り続ける音が聞こえたんです。時計からなにか突き止めることはできませんか？」

彼は首を横に振った。

「言いたいことはわかるよ。多くの人が、寝る前に枕元の時計のぜんまいを巻いてから明かりを消すものだ。時計が止まるまで放置してみてから巻き直そうかと考えたんだが、困ったことに旅行用の八日時計（八日間ぜんまいを巻かなくても動く時計）だったんだ。でも、うまい思いつきだったよ」彼はぼくの落胆に気づいて親切にそう付け加えてくれたが、間接的な自画自賛だとは誰一人として思わなかっただろう。ビールはそんなみみっちいことはしないのだ。

　彼はその後、ベッシー・ホランドを連れて来てほしいとぼくに言った。ベッシーは屋根裏部屋へ通じる階段を磨いていて、ぼくに背を向けて最上段に膝をついていた。アメリカ風にストッキングを丸めてはいているため、膝のすぐ上までしか覆われていないのが嫌でも目についた。そして、同じく目につき、それよりずっと興味をそそられたのは、左脚にはめたゴムバンドに一枚の紙が挟まれていたことで、折りたたまれたその紙にはなんとなく見覚えがあった。

　ビールは彼女をビリヤード室に招き入れ、椅子を勧めて、頑固な相手の扱い方をぼくに具体的に教えてくれた。

「あなたに質問するつもりはありません」と彼は切り出した。「これから事実を話していくつもりです。注意深く聞いて、話に間違いがあった場合だけさえぎってください」

「かしこまりました」ベッシーは不安そうに答えた。最も厳格な状態の権力にどう対処したらいいかよくわからないんだな、とぼくは彼女を見ながら思った。ぼくはただの凡人にすぎないけれども、ビールは何千人もの警察官および治安判事と法の至上権全体を代表しているのだ。秋波を送ったところで、なんの役にも立たないだろう。

「ゆうべ」彼はベッシーの顔をじっと見つめたまま話を続けた。「わたしはあなたとほかのみなさんに、警官を二人残しておきますと言いましたね。あいにく、それは本当のことではなかったんです。

残した人数は三人でした。三人めの警官は屋根裏の空き部屋に隠れていたんですが、彼の話によると、十時半にあなたは部屋から出てミスター・ホワイトヘッドの部屋へ行き、一時間近くそこで過ごしたそうですね」

「まあ！」とベッシーは叫んで、茹でたロブスターのように真っ赤になった。

「さらにお二人の会話を聞き取っているうちに、土曜の晩にあなたがなにも耳にしなかった理由がわかりました。わたしに話したように眠っていたわけではなくて、ミスター・ホワイトヘッドの作業部屋でラジオのコンサートを聴いていた。そうでしたか？」

「はい、その通りです――いままで黙っていてすみません。どうか、誰にも言わないでください――お願いします！」

ビールは物わかりのいいところを示しながら叱ったあとで、別の話題を切り出した。

「ミセス・スティールの部屋の床が寄せ木張りになる前のことは覚えていますか？」

「はい、覚えてます」

「家具は比べるとどうですか？　いまと同じか、それとも、新しい床に合わせて新しい家具がたくさん買われたのでしょうか？」

「いいえ――わたしが来たときから、全部ありました」

「位置も同じですか？」

娘は少し考えてから、床が寄せ木張りになったあとで全部まったく元通りの位置に戻されたと言った。

「衣装だんすと整理だんすだけは別ですが」と彼女は付け加えた。「その二つは、位置が逆になりました」

「でも、鏡台はずっと窓の間にあったわけですね？」

「はい」

「それから、机はもう一つの扉の前にあったんですね？」

「はい、ずっとそうです」

「ありがとう。さて、あなたの知る限りで、ミスター・ライスがひと晩中帰らないことはいままでありましたか？」

「いいえ、前もってそうおっしゃらないことはありませんでした」娘はすぐに答えた。

「いつもは何時に帰ってくるのですか？」

「何時とは言いにくいですね。十一時から十二時の間で、たいてい十二時近くです。でも、朝の五時までお帰りにならなかったことも実際ありました」

「どうしてわかるんです？」

「あら、声が聞こえましたもの——みんな聞いてました。声を張り上げて歌っていらしたので」

「なるほど。彼はどのくらい頻繁に夜に外出していますか？」

「ほとんど毎晩です。お夕食の席にいらっしゃることはめったになくて、土曜日は絶対にいらっしゃいません」

「では、土曜日に夜中の十二時過ぎに帰ってくるのは、どのくらい頻繁だと思いますか？」

「そんなことは、とてもわかりません。つまり、いつも声が聞こえるわけではありませんので。ご家族がなにかおっしゃることもありますが、わたしにはよくわかりませんし」

「結構、とりあえずこれで終わりです。どうもありがとう」

「ちょっと待って」ぼくは、立ち去ろうとした彼女に声をかけた。「ぼくの五ポンド札を返してもらおうか、ベッシー。スカートの下に隠しているだろう――きみがミスター・ホワイトヘッドからもらったお金だよ。土曜の晩を本当はどこで過ごしたのかを彼のお母さんに話すと脅して」

ビールはそれを聞くと目を見張り、娘も一瞬、ぎょっとしたように目を見張った。だがすぐに彼女の態度は変わり、追い詰められた動物のようにぼくをにらみつけた。その一瞬ののちに激しく罵り始めたが、ぼくの友人は手早くそれをやめさせた。いまの彼は本当に権威に満ちていて、やすやすと真実を聞き出し、紙幣も取り返した。恐喝についてかなりたっぷり説教されたあと、彼女は泣き出した。恐怖のせいもあるだろうが、悪事を見破られて儲けを取り上げられたのを恨んでいるのがおもな理由だなとぼくは確信した。結局はおとなしく立ち去ったが、扉のところからぼくを見た目つきは、人懐っこさとはほど遠いものだった。

「やれやれ、これでもう一つ問題が片付いたな！」ビールはにやりとした。「あの子は気をつけないと、いつかひどい目に遭うぞ――ああいうタイプに会ったことがあるんだ。きみも紙幣に気づくとはさすがだったな。あの坊やに教えてやるのかい？」

「そのつもりです。用心するようにという教訓になるでしょうし。でも、ぼくも自分で察しをつけるべきでした」――そして、木曜日に作業部屋の暖炉の火格子に靴下留めが転がっているのに気づいたことと、そのとき抱いた疑いについて話した。

「料理人が馘になったのが好都合だったんですよ」とぼくは言った。「ばれる危険はほとんどなくなったわけですからね」

そこでぼくは眉をひそめた。

「だけど、あなたの部下は、恐喝のことも聞いていたんじゃないんですか？」とぼくは尋ねた。「お金の受け渡しがあったのは、そのときだったはずですが」

ビールは、ほんの少し気まずそうな顔になった。

「実を言うと、とにかくなにか聞き取ること自体が至難の業だったんだそうだ」と彼は白状した。

「ほとんどがひそひそ話だったんだよ」

「なるほど――それもはったりだったとは！」

「それも？」

「いや、ぼくも見えたのが本当に五ポンド札かどうか、絶対に確信があったわけじゃないんですよ――ちゃんと見えないうちに彼女が立ち上がってしまったので。でも、まだわからないことが一つあるんです。殺人犯には彼女が土曜の晩にヘンリーの部屋へ行くなんてわかるわけがなかったし、もし行っても二人でラジオを聴くなんてことは十中八九ないはずでしたよね」

「今度は〝殺人犯〟か！　でも、まったくその通りなんだよ。いまの取り調べはあまり必要ではなかったんだが、懸案事項を片付けたくてね。ヘンリーとベッシーの二人だけは、薬を飲まされたり頭を殴られたりというようなはっきりしたやり方で対処されていないわけで、眠っていたという娘の言葉を信頼するのは賢明ではなかっただろう。ヘンリーが夢中だったというコンサートについても同様で、とくにそれは短波の番組だったんだから――受信状態がいいとは限らない。ところが、今朝きみが外出中に実験してみたら、ミセス・スティールの部屋の物音は、相当大きくなければ彼らの部屋には届かず、かすかな音さえしないことがわかった――大きな屋敷で、造りも頑丈だからね。裏階段の一番下の扉が閉まっていたときは、地震でもない限りなにも聞こえなかったはずで、それがきみの言うところの殺人犯が、上からの邪魔を防ぐために講じた手段だったわけだ。扉を閉めて鍵をかけてしまえば、たとえ彼らがなにか聞きつけたとしても、下の階へ行くことはできなかった。その後、扉の鍵を再び開ければ、あとはおやすみなさいというわけだ」

「それから、地下室の階段には扉が二つありました」とぼくは言った。「そこでも実験してみましたか?」

「ああ。きみたちの声が聞こえたかもしれないのは台所だけで、いずれにしても自由の身になれる見込みはまずなかった。そのように仕組まれていたのは間違いない」

ぼくはしばらく黙ったまま、頭を忙しく働かせていた。彼の態度は実に自信満々で、実に明白だった。自分がいまの状況から遠く引き離されつつあるということが、否応なく思い浮かんだ。しかもそれは物質世界の状況というよりも、むしろビールの頭の中の状況のことだ。彼を見ているうちに、ある結論に——好きな結論ではないけれども——追い込まれた。つまり、ぼく自身が彼に話したことと、彼がぼくに話したことと、ぼくら二人がほかの人々から見聞きしたことから、彼はじゅうぶんな情報を収集して任務完了にだいぶ近づいており、一方ぼくは遅れをとって、不面目なことにいまだに暗闇の中だったのだ。

「ミセス・スティールを殺したのは、実際のところ誰なんです?」ぼくはさりげないふりをして尋ねた。

「まだ教えるべきときじゃないな」と彼は答えた。「だが当然ながら、一番重要な発見物はきみには見せてないんだよ。おっと、電話だ——ちょっと失礼」

戻ってきた彼から聞いたニュースのせいで、ぼくの暗闇はさらに深まった。いまやぼくにはお手上げだとわかったけれども、ビールが少しもうろたえていないことに気づく程度の分別はまだ残っていた。それどころか彼は、悩むよりもむしろ喜んでいた。

「ジョージ・ライスのことはもう気にしなくていい」と、彼はぼくに言ったのだ。「あの男には、防音も防風も完璧な鉄壁のアリバイがあったんだ。殺害時刻に、まさしくほかの場所にいたんだよ」

「誰がそう言ってるんですか？　非の打ちどころのない証人なんでしょうね？」

「今回ばかりはその通り。ジョージは土曜日の午後九時ちょっと前に、シャフツベリー・アヴェニューでひどく酔ってとんでもなく暴れて逮捕された。婦警を抱き締めようとするほどだったそうだ」

「ひゃあ！　そんな気にさせる婦警さんなんていいるんですか？」

「まあ、やつは酔っ払ってたわけだからな」

「ブロンドですか？」

「それは訊いてない。とにかく、名前のわかる持ち物はポケットに入ってないし、ついさっきまで自分で名前を言える状態ではなかったらしい。いまはお仕置きを受けてる最中だ」

「どんな目に遭うんでしょう？　およそのところ」

「被害者の証言によるだろうね。厳しい罰金だけで釈放されるかもしれないし、刑務所行きかもしれない。なんといっても」――そっけなく――「警察は一般市民から身を守る権利があるわけだ」

そして、話の順序を入れ替えてこの件を片付けておくが、治安判事も同じ意見だった。ジョージ・ライスは選択肢なしで二週間の拘留を食らい、おそらくおおいに不満だっただろう。でも、その後は一度も会っていないので、直接には確認できていない。もしかすると、彼が出入りしていた仲間内では、誇るべき出来事とみなされたのかもしれない。

「まあ、そうなるとすべて台無しですね」とぼくは言った。「犯行が物理的に可能だった唯一の人物が、犯人じゃなかった。少なくとも、ぼくの知る限りではそうなんですが、これからなにか見せてもらえるんでしたっけ。ところで、みなさんはいまどこにいるんですか？　人気《ひとけ》がないようですが」

「みんな病院に行ってるよ——知らなかったのか？　ミセス・グレンの容態については、なんて聞いていたんだい？」

「少し悪くなったそうで——あと一日か二日はもつかもしれないし、峠を越えてよくなることもあるかもしれないと」

「いや、きみが戻ってくる二十分ほど前に電話があって、急速に衰弱していると言われたので、ご家族揃ってあわてて出かけたんだ」

ぼくらは二階へ上がって、最初はぼく自身の部屋へ行き、そこでビールは穏やかに微笑みながら、ベッド脇のテーブルに置いてある南京錠——ぼくが土曜の晩に置いた位置とほぼ同じだった——は、たしかにリンダがぼくにくれた物で間違いないと告げた。

「鍵穴の近くにうっすらと刻まれた頭文字を、彼女に確認してもらったんだ」とビールは言った。

「それで、そのことからなにを推理すべきなんですか？」

「きみがトニーなら教えてあげたかもしれない。だがきみは探偵だから、きみの知性を侮辱するようなまねはしないよ」

「そもそも知性なんてない気がしてきましたよ」ぼくは、自分の愚鈍さに腹を立てながらつぶやいた。

「それで、トニーはどうしたんです？」

「なにかの会議に出席せざるを得ないそうだ――ひどくうんざりしていたよ。さて、次にもう一度ミセス・スティールの部屋へ行こう。今朝徹底的に調べたら、期待以上の物が見つかったんだ」

　彼は発見場所を指し示したが、面倒な説明は省いたも同然だった。机が動かされていて、紫色の絨毯は丸めてあった。寄せ木張りの床の、室内にある扉から約六インチ離れた場所、扉の中心からほぼ一直線の位置に、大きめのソーサー程度のしみがあった。彼に勧められたので、ぼくはひざまずいてそれを調べてから、当惑しながらちらっと上を見た。

「どうした？」と彼が尋ねた。

「ろうそくの蠟に、異様に似てますね」とぼくは言った。

「お見事！　これは秘密なんだが――本当に秘密だぞ――その通りなんだ」

「まあ、少なくとも、ぼくにもちゃんと理解できることがあったわけだ！　さて、ええと、普通のろうそくは長さが五インチか六インチ、太さが四分の三インチぐらい。このろうそくは陶製の排水管ぐらい太かったに違いない――もちろん、そこにまるごとあったとすればの話だが。そういうやつをパリの教会で見かけたことはあるけど、ここはパリじゃない。教会でもない。いや、気にしないでください――ぼくの知性を侮辱するお手間が省けるよう、考えていることをそのまま口に出してるだけですからね。このしみが重要なんですか？」

「それを見れば、ミセス・スティールが正確にはどうやって殺されたのかがわかるのさ」ビールは思わせぶりな返事をした。

　その日の午後、つまり月曜の二時三十五分に、ミセス・グレンは意識を取り戻すことなく亡くなった。ヴァイオレットはこの知らせを聞いて再びヒステリー発作を起こしたため、退院が遅れることになった。ほかのみんなもおおいに心を痛めている様子だったが、リンダ以外の誰が本気で悲しんでいるのか、ぼくにはよくわからなかった。

幕間

問題はこれで終わりで、完全な解決に必要なデータはすべて、ここまでの章に含まれている。したがって質問は、ミセス・スティールを殺したのは誰なのか？　または、手強い課題をお望みの読者諸氏向けの質問としては、殺害はいかにして実行されたのだろうか？

ビールはこの後者をかなりの難問と評しており――これは警告として役立つかもしれない――詳細な解答は無理な注文で望むべくもないと言っている。それゆえに彼は、その代わりにより簡単な次の三つの問いを提案している。

（一）ミセス・スティールが死亡する前、最後に彼女の部屋に入ったのは誰か？

（二）彼女が死亡した後、最初にその部屋を出たのは誰か？

（三）金時計の巻き鍵はどうなったのか？

第五部　問題解決

第二十六章

トニーとおじとぼくはその晩、トニーのフラットでビールを待っていた。ビールは七時ちょっと過ぎに到着して、最初に口にしたのは、取り調べは完了したという一言だった。その言いまわしがなんとなく不気味に聞こえて、思わず背筋がぞくっとした。

「犯人を逮捕したということですか？」とぼくは尋ねた。「誰なんです？」

ビールは、真剣な面持ちでぼくをじっと見た。

「マートン、ちょっとだけ辛抱してくれないか？」と彼は言った。「ほら、ぼくがミスを犯していないときみたちに納得してもらうことが、きわめて重要なんだ」

そしてポケットを探ると、一枚の封筒をぼくに手渡した。

「それを見れば承知してもらえるんじゃないかな」彼はかすかに微笑みながら、そう付け足した。

ぼくは中の手紙を読んだ。そこにはこう書いてあった。〝お願いだから、警部さんのやりたいように話をさせてあげて、途中で口を挟まないようにね――リンダより〟

「わかりました」とぼくは承諾した。「辛抱するよう努力します」

「ありがとう――そしてぼくは、話が明確になるよう努力しよう。でも、説明することがたくさんあるから、話が込み入ってきそうだ。もしわからなくなったら、さえぎってほしい」

トニーが酒と煙草を配ってくれたが、ビールだけは自分のパイプにした。そして数分間はどうにかくゆらせていたけれども、やがて火が消えて、再び火をつけられることはなかった。彼が自分に課した務めに集中する必要があったのは明らかで、ぼくらも間違いなく彼の話に集中していた。

「昨日話したことの繰り返しになるが」と話が切り出された。「われわれは、ミセス・スティールは寝室で誰かに殺されて、その誰かは奇跡的に脱出したと推測するよう仕向けられていた。けれども、そんなことが無理だったのは明白な事実で、なぜなら外側から扉の差し錠をかける方法などあり得ないし、犯人は絶対に室内には残っていなかったからだ。マートン、きみはさらなる抜け穴をもう一つだけ見抜いていたね。つまり、ミセス・スティールが刺されたあとに自分で差し錠をかけたというものだ。医者がそれを却下したので、きみの負けとなった。けれども、解決策はほかにもあったんだ——こう言ってはなんだが、明らかな解決策がね。いまならわかるかい?」

ぼくは首を横に振り、ほかの二人も首を振った。

「結構、それでは説明しよう。ミセス・スティールが金時計を手に取った瞬間までの動きをぼくが再現したのは覚えているだろう? そして、扉がどうなったのかについて、わざと曖昧にしたことは覚えているかな? これから、その再現をもう一度、さらに詳しく説明しよう。

彼女は部屋に入ると、ハンドバッグと包みと鍵をテーブルの上に置き、扉を閉めて差し錠をかけて、コートを衣装だんすの中に掛けてから、時計のぜんまいを巻き始めた。やがて机の前に立ったとき、この密室内にいたのは彼女だけで、扉を壊すか彼女自身が開けない限り、外から人が入ることは不可能だった。そして殺されたとき、その部屋の中には相変わらず、彼女しかいなかった」

ぼくのおじが大声を上げ、すぐに謝った。

「だが、突拍子もない話じゃないか!」おじは甲高い声で言った。「それじゃあ、まるで――まるで――まるで――」

ビールは微笑み、その先を引き継いだ。

「誰も彼女を気絶させておらず、誰の手もナイフを握っていないと言ってるようなものだ、ですね、ミスター・バット。実は単純な話で、彼女はナイフの上に倒れたのですよ。細長い絨毯の上に立って最後の時計のぜんまいを巻いていたときに、隣の衣装部屋にいた誰かが絨毯をすごい力でぐいっと引っ張った。彼女は完全に不意打ちを食らい、なにかにつかまることもできずにバランスを失ってひっくり返り、待ち構えていたナイフの刃が刺さったのです。それゆえに、犯行に使われたとおぼしき力は、怪力男の腕力ではなくて、重力と本人の体重による力だったわけです。ゆえに、後頭部の打撲といくつものあざも同様です。医者は分厚いフランネルでくるんだ木槌が凶器だったのではないかと言いましたが、つまりそれは、固いなにかを比較的柔らかいなにかで覆った物です。固い木のブロックでできた床に敷いた絨毯がそれにぴったり当てはまるという点は、同意していただけるでしょう。はいはい、詳しい話はこれからしますよ」――ぼくら全員が同時に話し始めたのだ。「どうか、せかさないで」

「でも、どうしても訊いておきたいことが一つあるぞ」とトニーが言った。「なにがあったのか昨日あそこにいたときに知っていたなら、せめてヒントをくれてもよかったじゃないか?」

「いやいや、知っていたわけじゃない。ミセス・スティールが死んだとき一人だったのは確実だというところまでしかわかってなかったんだ。たしか七時十分前にようやく」――ビールはぼくに向かってにやりとした――「最も重要な絨毯がどのように準備されて、時計の巻き鍵がどうなったのかということに気づいたのさ。部屋から消えていたのはこの巻き鍵だけで、どちらかの扉の下から外へ出すことができたはずの数少ない品の一つだ。外へ出す手段が絨毯だったのは明らかなわけだが、それはまたあとで説明しよう。

ヒントをあげなかった点について言えば、自分の考えをそのまま教えること以外は最善を尽くしたんだ。たとえば、金時計のぜんまいを巻くところになったら再現を中断し、そこから先は医者の意見を引用して、ぼく自身の意見は伝えないよう細心の注意を払った。それに、殺人犯がどうやって部屋から脱出したのかは気にするなと助言しただろう――犯人がそもそも部屋の中にいなかったのをわかってもらえるんじゃないかと思ったんだ。さらにまた、金時計の証拠を採用したことをかなりはっきりと言っていて、これはつまりぼくが非常に軽率だったか、あるいは時計がいじられたはずはないと納得していたということだ。不満に思われても仕方のない唯一の点は、ぼくが本心を明かさなかったことで、それにもちゃんと理由がある。きみたちのどちらかまたは両方がぼくと同じ結論にたどり着いてくれれば、なによりも大きな自信になるはずだが、それは独自にその結論に達した場合に限られる。ぼくとしては思いっきり大胆にヒントを与えたんだよ。きみたちにはもったいないほどにね。やがて、まっすぐ進んでいるかどうかを盲人に尋ねても無駄だと気づいたので、もうかまわないことにしたわけさ」

「その後もぼくにヒントをくれましたよね」ぼくはビールに思い出させてやった。「密室のでっち上げについてぼくが話したとき、でっち上げではないかもしれないと言ったでしょう」

「ああ、それは忘れてたな。さて次に、どんなトリックが使われたのかを説明したほうがいいだろう。これはいくつかのポイントを当てにしたトリックだ。ミセス・スティールが目も耳も悪いこと、土曜の晩は必ず十時三十分ごろまで留守にしているということ、時計のぜんまいを巻く習慣、そしてトニーが教えてくれたように、踊り場側の扉の鍵穴からのぞけば向かい側の机が見えるという事実。だが、最も重要だったのは、おそらく次のポイントだ。

　細長い絨毯のように動かせる物の上に人がまっすぐ立っているとき、足の下の絨毯をさっと引っ張られると、引っ張られた方向によって後ろ向きか前向きに倒れる。けれどどちらの場合でも、体の重心はほとんど同じ垂直面上にあり、それは言い換えると、絨毯の動く距離が二フィートでも六フィートでも倒れる位置はだいたい同じということにすぎない。そのあたりの距離が実際的な限界で、それより短いと効果がないし、長いと不便になる。これを申し立てとして受け入れてもらえるかな？　論理的に正しいことは保証できる」

　ぼくらがそれを受け入れたので、話はさらに続けられた。

「さて、ちょっとの間、この事件のそもそものスタート地点に話を戻そう」と彼は言った。「ミセス・スティールに対する嫌がらせは、おもに二つの目的を見込んでおこなわれたんだ。それは、彼女の寝室に細長い絨毯を敷かせることと、その部屋を彼女自身が密室にするよう仕向けることだ。マートン、きみはどうやらなにも気づかなかったようだが、寄せ木張りの床の傷つけられた箇所は二つの扉を結ぶ直線上に限られていた。でも、本当の悪人なら、床全体を台無しにしてやろうとしたんじゃないのかな？」

　ぼくはうなずきながら、自分が気づかなかったことは山ほどあるに違いないと実感していた。

「彼女は寄せ木張りの床をとても大事にしていたので」話はさらに続いた。「それが無残に傷つけられたら、もう二度と誰も部屋に入れないようにするための手段を講じるはずだ。もちろん、差し錠が取り付けられることは確実ではなかったし、もしそうなっても実際に使われるかはわからなかったわけだが、どちらもまあまあありそうな話だ。床の穴と引っかき傷に対してなにか対処する可能性も高かった。何枚かに分かれたマットよりも一枚の長い敷物を選ぶという保証はなかったけれど、その見込みはかなりあった。とくに、一枚で傷をすべて覆い隠すことができるなら。彼女がミセス・グレンの絨毯を切り分けてその材料にするとは、誰一人として予測できなかったはずなんだが、それは犯人の計画に実にうまくはまったんだ。ほかの出来事の大部分は——時計が壊されたことかだが——単なる〝仕事〟にすぎなかった。マートン、きみの登場が予期されていたのかどうかはわからないが、そのとたんにほかの人たちにも被害が及ぶようになった。でも、それはきみも知ってることだろう」

「ええ、どうか殺害の件に話を戻してください」とぼくは言った。誰が犯人なのか、まだよくわからなかったからだ。そこで彼は、犯行の方法についてぼくらに教えてくれた。

「最初に注意すべきポイントは、少なくとも二人の人物が関与していたはずだということだ」と彼は述べた。「あとで、二人だけだったと納得してもらえると思う。二人はミセス・スティールの部屋の中に〝死の罠〟を仕掛けて、その後それを外から操作することによって彼女を殺害した。罠を仕掛ける作業が実施されたのは、土曜日の五時から十時三十五分までの、彼女が留守にしている間だった。マートン、きみにミセス・グレンの絨毯のサイズを教えてもらったね——幅十八フィート、長さ十六フィート半だ。扉から扉までの距離は十六フィートだから、外側のマットの下に絨毯の両端が出ている。殺人犯がおこなったのは、金曜の晩のたき火よりも前に同じ絨毯から細長い一片をさらに二枚切り取ることで、もちろんそれはまったく簡単だった。けれども、もしミセス・スティールが誰でもやりそうなことをして、階段の絨毯を利用していたら、犯人はそれと色柄が一致する一片を手に入れなければならなかったはずだが、正確に一致させる必要はたぶんなかったということに気づけば、克服できない困難ではない。だまさなければならない相手は近眼の女性ただ一人で、せいぜい数分間だけ人工光の下でごまかせればいいんだから。

さて、犯人は新たに切り取った二枚をつなぎ合わせて、合計の長さが約二十六フィートになるようにした。それより短くはないのはたしかで、もしかするといくぶん長めだったかもしれない。絵で説明するほうがいいだろう——図をいくつか用意したんだ。最初に、これがぼくらが目にした絨毯の状況だ（図その四）。金曜の朝にミセス・スティール自身が配置したもので、土曜の五時に出かけたときもきっとこの状況だったんだろう。

次に、これは彼女が帰宅したときの状況だが（図その五）、当然ながら、彼女は違いに気づかなかった。

衣装部屋の中まで伸びている部分は、もちろん丸めてあったんだろう」とビールは言った。「そして、ミセス・スティールをそこに入らせないための手段も講じてあったわけだ」

「どんな手段でしょう？」とぼくは尋ねた。「バスルームの鍵で扉に鍵をかけるとか？」

「ああ、内側から。そして二人のうちの一人が、その部屋にとどまった。だが、ミセス・スティールがその点で面倒をかける可能性は低かった。毛皮のコートは着ていなかったし、扉には鍵がかかっていると思っていたはずだ。本物の鍵は机の中に入っていたんだから。次に、二番めの図に書かれたXの意味を説明しないといけないな——見当がつくなら話は別だが？」

「ナイフだ」トニーが即座に答えた。「絨毯に直立するように、どうにかして固定されていたんだな。長さはどのくらいだったっけ？　刃が七インチ、柄が四インチか。それなら、机の下に楽々と入った

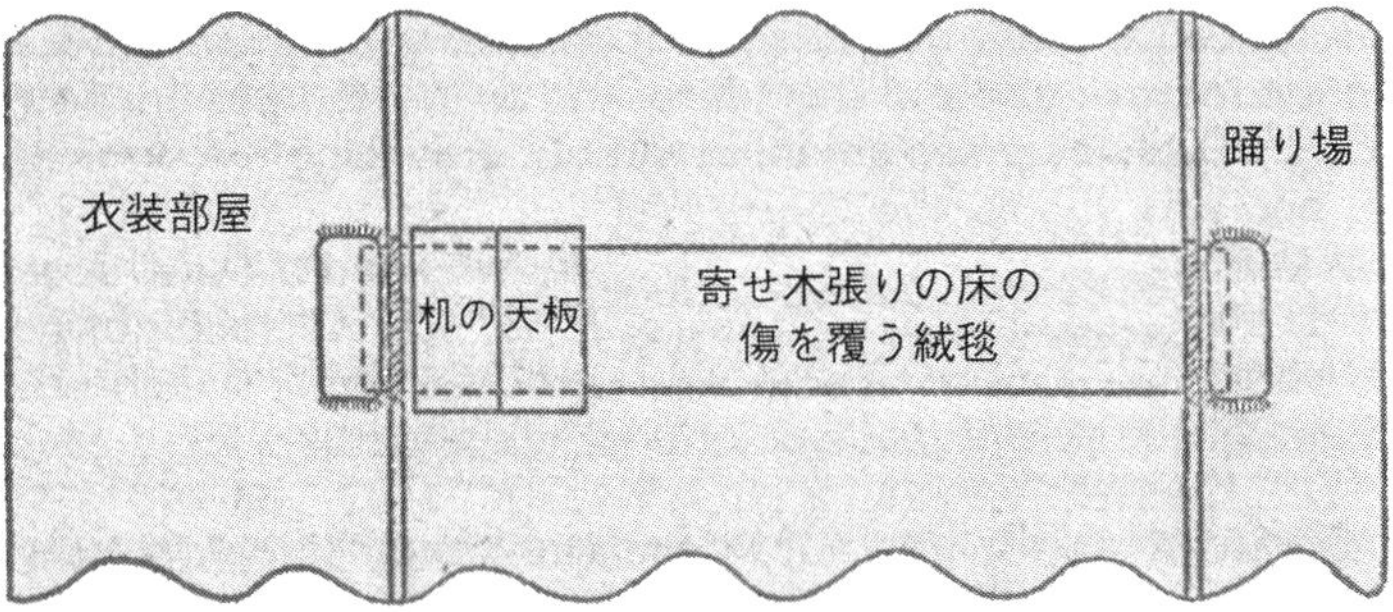

図その四

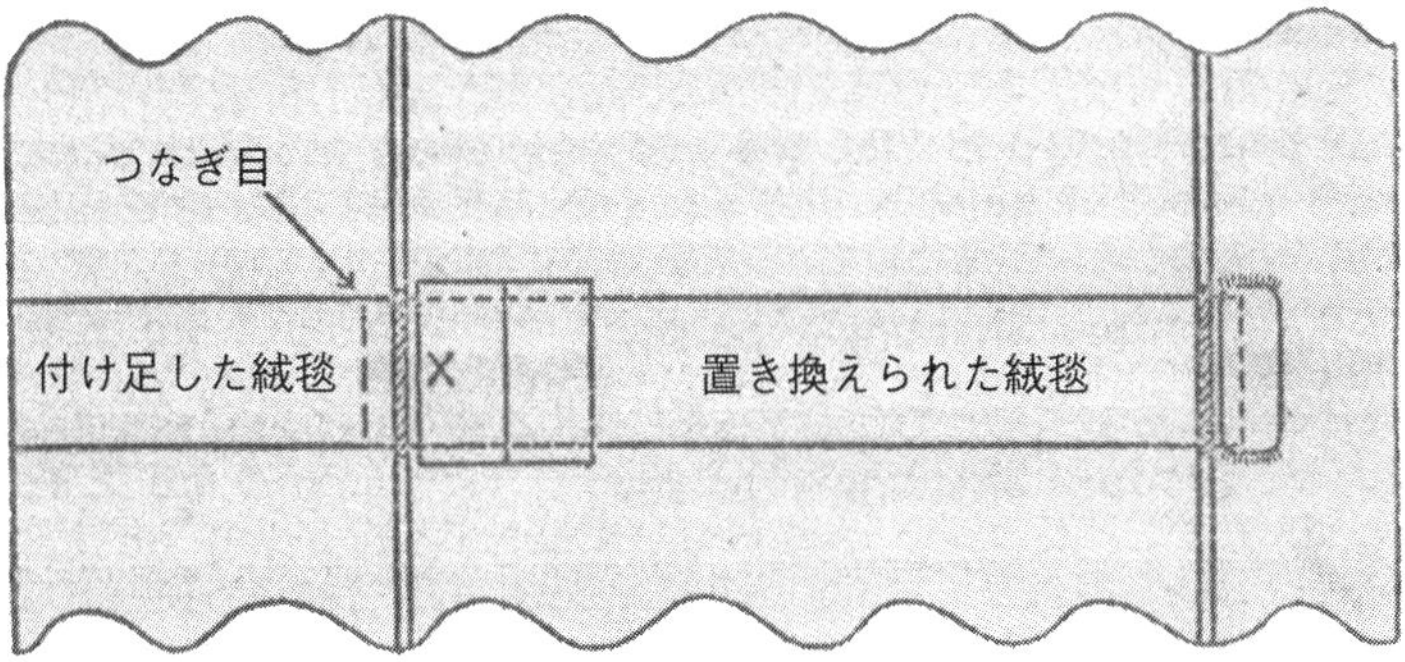

図その五

だろうな。あそこには一フィートを優に超える隙間があるし――とにかく、ぼくの頭と肩がじゅうぶん入ったんだから。そして机の天板が開いていたから、ミセス・スティールはぼくと同じように這いつくばらないとなにも見えなかったわけで、そんなことをするはずがない」

「それでも、やはり危険だぞ」ぼくのおじが言い放った。それまでおじは妙に静かで、じっと聴き入り、かつて恋した女が冷酷に殺害された経緯を明らかにする話に夢中になっていた。「なにか下に落とすかもしれなかっただろう」と、おじは付け加えた。

「ええ、それはこの計画の弱点の一つでした」とビールも同意した。「ほかにもありますが、それについてはまたあとで。それから、トニーの話もまったくその通りで、ナイフは刃を天井に向けて直立させた状態で、殺害するための位置まで引っ張られたときに倒れないくらいしっかり固定しなければならなかった。そんなことを、どうやってやりおおせたのかな?」

彼は話しながらぼくを見たので、ぼくは一瞬ぽかんと見つめ返した。そして気づいた。

「なんだ、ろうそくの蠟の塊に突き刺してあったのか!」とぼくは叫んだ。

「その通り。そこで、もう一つの図を見てもらおう。ここで使われているものよりいい方法もあったのかもしれないけれど――かなり疑わしいところだが――要はこの方法なら、入手できる証拠からどうにか満足のいくように練り上げることができるんだ」

彼は一つだけでなく三つの図を見せてくれたのだが、それをさらに精巧に描き直した図を彼に手伝ってもらって最近用意したので、ここに挿入する。そのほうが、ぼくがなにを言うよりもわかりやすく殺害の手口を説明できると思う。

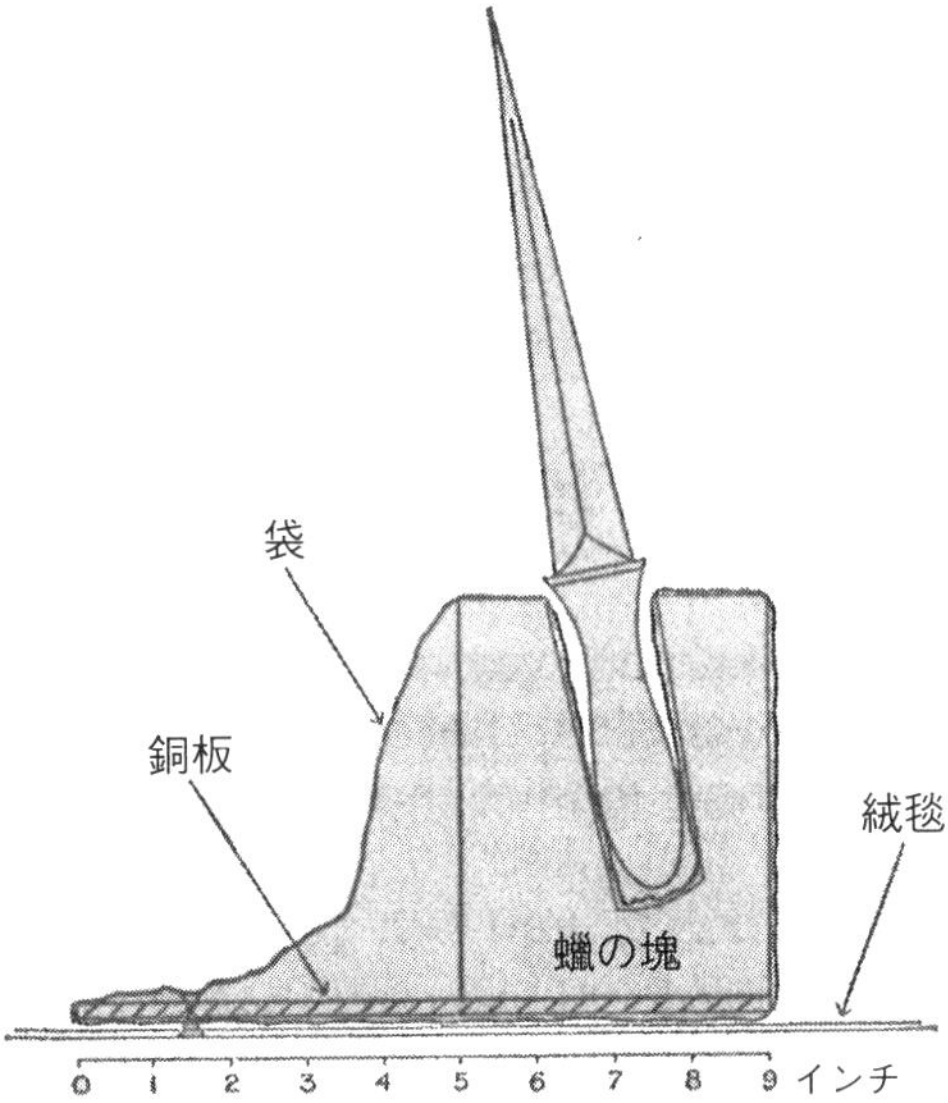

図その六

（注意——実際にはナイフはこれよりもしっかりと固定されて、刃と柄の継ぎ目を蠟の塊の最上部で押さえる形になる）

袋（もしかすると麻または同様の素材で、おそらく絨毯に合わせた紫色）は絨毯に縫い付けられている。銅板はヘンリー・ホワイトヘッドのラジオ機材から入手した物で（原注1）、袋の内側に接着されている。パラフィン蠟（ろうそくの蠟）の塊は図のように銅板にくっついている。蠟の塊にほぼ垂直にくり抜いたか切り抜いた穴にナイフの柄が差し込まれ、袋によって蠟との直接の接触を防いである。被害者の体重でナイフが下に押し込まれたときに袋が破れないよう、じゅうぶんなたるみが残してある。被害者が倒れることで蠟の塊は粉々になり、したがってナイフは蠟から外れる。被害者が転がるか腹ばいになって絨毯から離れても、ナイフは背中にしっかりと刺さったままで、柄に疑わしい痕跡は残らない。

次に、袋とその中身を片付ける手段に取りかかる。絨毯を扉の下からできるだけ遠くまで引っ張り、たとえばX地点まで袋を移動させる。Xの延長線上に熱したアイロンを置き、これはほぼ間違いなく電気アイロンで（原注2）、衣装部屋のコンセントにつないで使用する。銅は熱を非常によく伝えるので、蠟はすぐに溶けて、袋からにじみ出て下の絨毯に染み込む。その後、袋は銅板が入ったままの状態で扉の下から引き抜くことができ、残りの絨毯も引き出せる。唯一の証拠は机の下の床に残されたパラフィン蠟のしみで、蠟の染み込んだ絨毯との接触によって付いたものだ。だが、元の絨毯が戻されたあとで——置き換えた絨毯がまだ踊り場側の扉の向こうに突き出ているうちに、元の絨毯をピンで留めておくことによって戻す——万が一そのしみに気づかれた場合、明白な説明はつかないだろう。

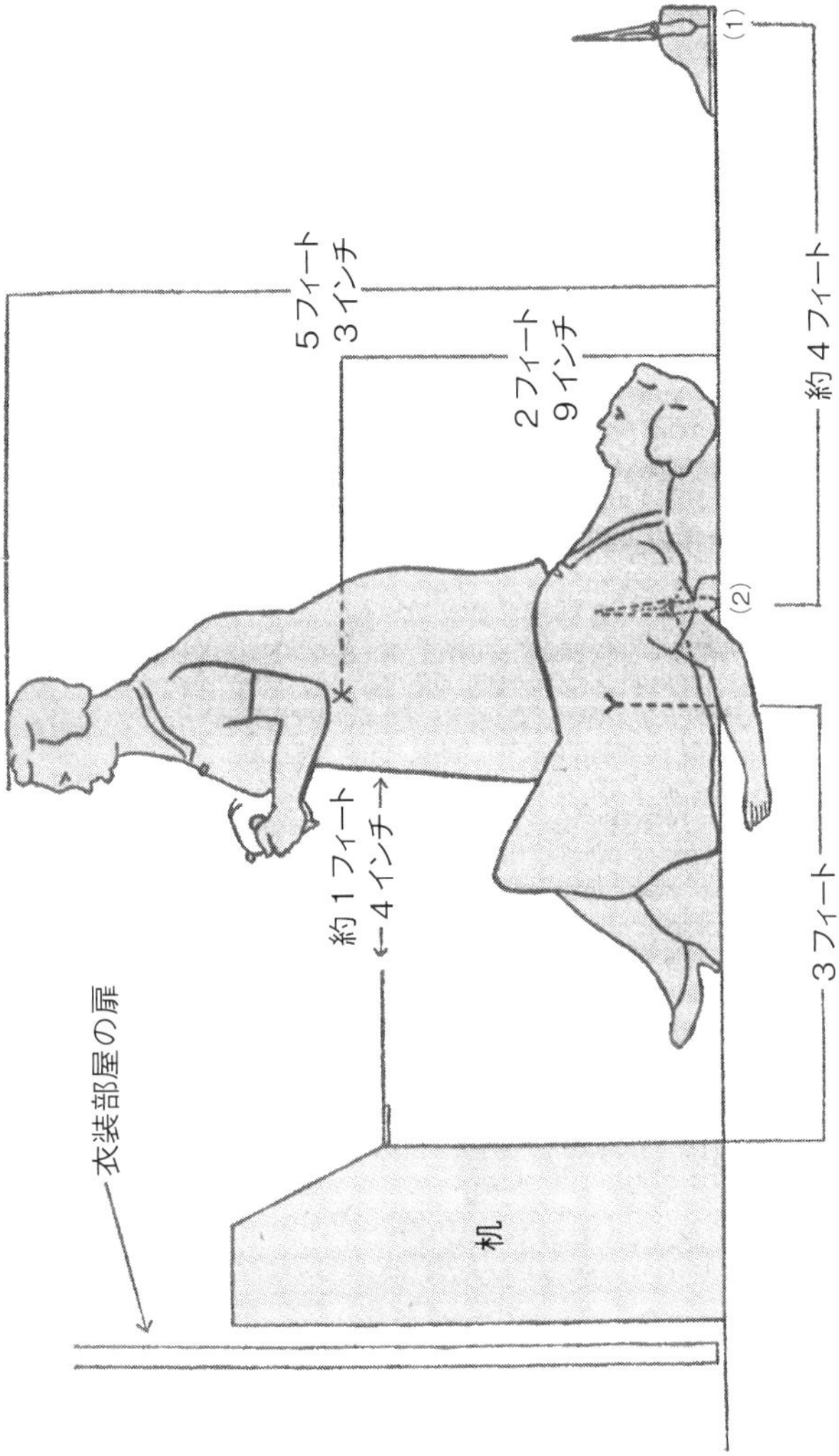

図その七

説明

Xは立った姿勢のミセス・スティールの体のおおよその重心を表しており、このとき彼女は時計のぜんまいを巻いていて、ナイフは（1）の位置にある。

Yは絨毯が衣装部屋の方向へ四フィート引っ張られたあとの体の重心を表しており、（2）の位置にあるナイフの上に倒れている。

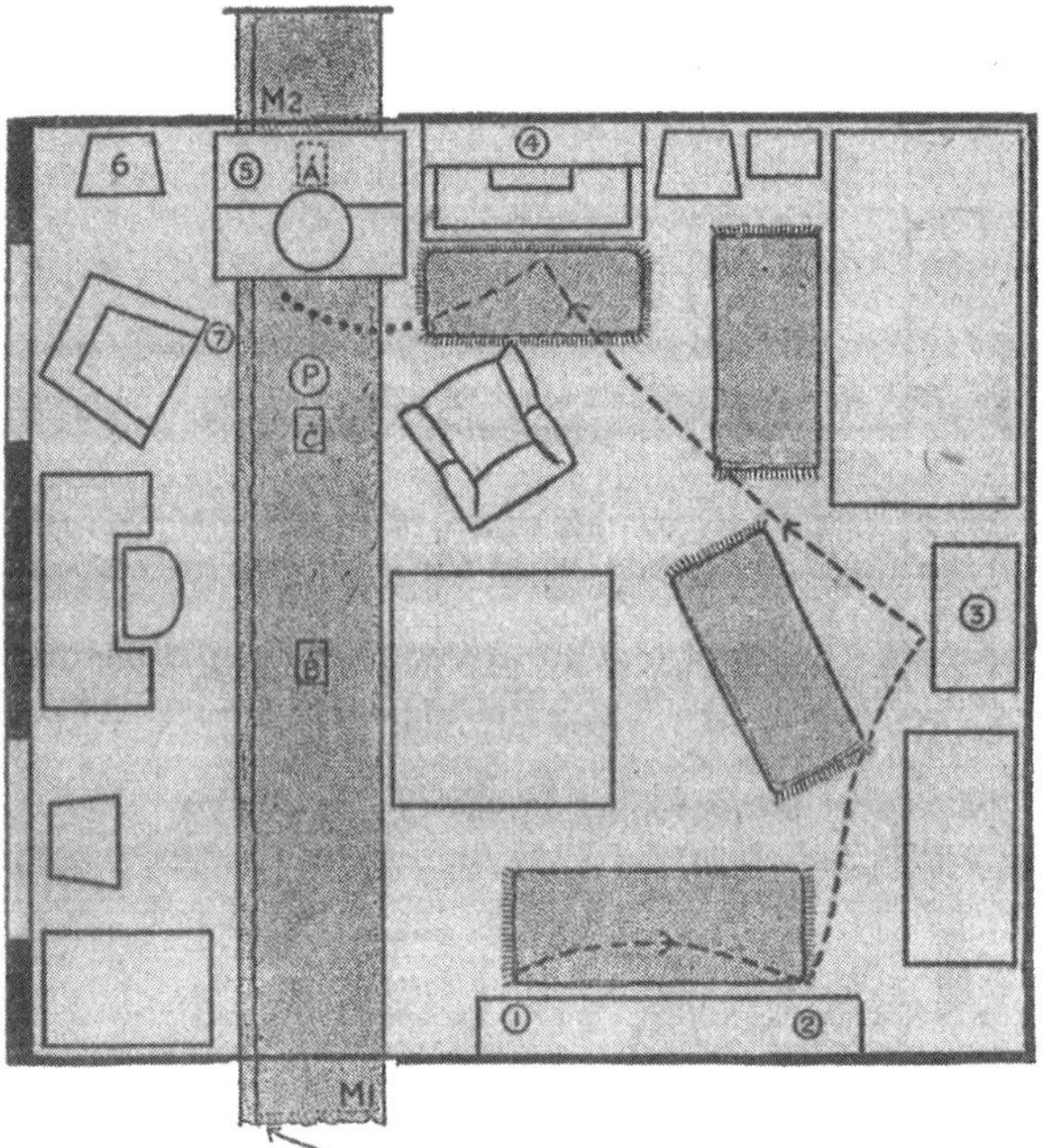

絨毯の下に合図用の紐

図その八

(1)、(2)、(3)、(4)	八日時計。
(5)	金時計は通常は机のこの位置に置かれていた。
(6)	この椅子は通常は机の前にあった。
(7)	金時計が見つかった場所。
A、B、C	ナイフのさまざまな位置。
P	ミセス・スティールが時計のぜんまいを巻くために立っていた場所（彼女の体から机の天板までの距離は約一フィート四インチ）。
M1、M2	彼女を殺害した人たち。
----------	彼女が机に至るまでの経路。
・・・・・	その経路の中で、Bの位置にあるナイフが見えたかもしれないのはこの部分のみ。

メモ：扉は両方とも床から半インチの隙間がある。

説明

ミセス・スティールが部屋に入るとき、ナイフの位置は（A）で、机の下に隠されている。衣装だんすにコートを掛けたあと、彼女は（1）へ行って最初の時計を巻く。衣装部屋にいるM2には彼女の動きまわる音が聞こえるので（原注3）、いつ（3）にたどり着いたのかがわかる。そのとき彼女はおそらく絨毯に背を向けているだろうし、いずれにしてもウイングチェアと中央のテーブルがあるせいで絨毯は見えない。このときM2が――必要ならば――M1に合図を送り、M1は絨毯を事前に取り決めた一定の距離だけ引っ張る。わかりやすくするために、その距離を八フィート六インチと仮定する。ミセス・スティールはかなり耳が遠いし、絨毯は磨き上げた寄せ木張りの床の上をするすると滑るので、音はなにも聞こえそうにない。ナイフの位置はこれで（B）になり、八フィート六インチの絨毯が踊り場側の扉から突き出ている。M1は、四フィート分のみを室内に戻すためになんらかの手段をとり、もしかすると階段の絨毯押さえに余分な絨毯を巻き付けたのかもしれない。次に鍵穴から室内をのぞきながら、ミセス・スティールが机の前に立つまで待つ。この場所にたどり着くには、机の天板の角とウイングチェアの間の二フィートの隙間を通り抜けなければならない。金時計に近づこうとしているので、本能的にそちらのほうを向くはずだから、どう見ても（B）に背中を向けているだろう。たとえそちらのほうを一瞬ちらっと見たとしても、彼女は近眼だ。適切な位置に立ち、時計のぜんまいを巻いているとき、両足が絨毯の上にあるという条件で、M1が合図用の紐を引く。すぐさまM2が、絨毯を可能な限り素早く引っ張る。絨毯は四フィートの距離を移動して、ナイフの位置は（C）になる。（P）の位置にいるミセス・スティールは、後ろ向きにどすんとナイフの上に倒れる（図その七を参照）。それと同時に頭を床にぶつけて、肩と背中にもあざができる。彼女は意識を失う前に体を引きずって絨毯を離れ、絨毯はその後、図その六の説明に従って処理される。たとえ彼女がなにか叫んでも、M１とM２以外の人々には聞こえない。

「いやはや、びっくり仰天だ！」ぼくのおじが勢い込んで言った。「お若いの、あんたが死ぬまでは、わたしは決して誰も殺さんぞ！」

ビールは嬉しそうだったが、能力と年齢のどちらのことを言われて喜んでいるのかははっきりしなかった。トニーはにやりとしただけで、友人の有能さは昔から知っているといったふうだった。ぼくはといえば、同じように称賛する気持ちはあったけれども、彼の取り組んだ題材がこれ以外のことであればどんなによかったかと思っていた。彼がいま語っている事件が、ぼく個人にとって重大な出来事でなければよかったのに、と。

「さて、犯行方法は、みなさん理解していただけたかな？」とビールが尋ねた。

「そう思うよ」とおじが答えた。「時計の巻き鍵は、偶然に引き出してしまったのかね？」

「ええ。絨毯の上に落ちていたので、その機会をとらえて、殺人犯は室内にいたに違いないということを強調しようとしたんでしょう」（原注４）

「この計画全体が失敗していたとしたら？」とトニーが尋ねた。「ミセス・スティールが床全体を絨毯で覆うことにしていたら、どうなったんだ？」

「そのときは、密室の効果は犠牲にせざるを得なかっただろうが、彼女がそうしないことはほぼ確実だったんだ」

「じゃあ、倒れたときに足が上がって、机の天板の下側を蹴飛ばして、ジグソーパズルがひっくり返ったら？」

「ああ、そっちのほうがいい観点だな――それは運任せだったことの一つだ。けれども犯人たちは事前にできる限りのことはしていて、いつもは机の前にあった椅子を動かして、脚が動く隙間を作った。いずれにしても、彼女が机の天板を閉じて時計に楽に近づけるようにどかすことがありそうにない物は、あのジグソーパズルくらいしかなかったんだ」

「犯人たちはおそらく何週間も耳を澄ませて、土曜の晩に彼女が寝室の時計を巻く順番と、金時計を巻くために立つ位置を突き止めたんだな？」

「そうだろうな。それは当然の備えだったはずだ」

「わかった。最後に、ナイフを注意深く配置して、彼女は反対側を向いていたにもかかわらず、もしナイフが見つかってしまったら？　横を向いたときに、金属がきらりと光ったかもしれないぞ。あるいは、倒れてもナイフはなんとかよけられたかもしれない。あるいは、机の前に来たとたんにパズルと小さな椅子が動かされていることに気づいて、ベッシーを呼びに行ったかもしれん」

「その場合も密室殺人は起きなかったはずだが、それでも彼女は死んでいただろう。もし彼女がなにかに気づき、企てが失敗したら、彼女は怒鳴りながら部屋を出て、事の全容を知ってしまったはずだから、真実を悟った彼女を生かしておけるわけがない――真実とはつまり、犯人の狙いは単なる嫌がらせではなくて、殺すつもりだということだ。

　室内で起こる可能性のあった重大な失敗は、二つだけなんだ。ミセス・スティールが怪我をしても、致命傷にならなかったら――気絶したままひと晩中倒れていたかもしれない。本当に死んだかどうかを知る手段はなかったからね。でも、それですら、彼女が絨毯から離れてさえいれば、たいして問題にならなかっただろう。犯人が完全にお手上げになっていたはずなのは、彼女が倒れた場所で即死して、ナイフを外すことができなかった場合だ。そうなったら扉を壊すしかない。これは重大なリスクだったが、犯人は幸運だったんだ」

ビールはそこで言葉を切ると、ぼくに不意打ちを食らわせた。

「さて、マートン、この続きはきみのほうから話してもらえるかな?」と訊いてきたのだ。「そうすれば、きみに納得してもらったと確認できるからね」

(原注1) ぼくが作成した一覧表のヘンリー・ホワイトヘッドの項を参照のこと。D・M

(原注2) ぼくが作成した一覧表のオリーヴ・スティールの盗難品の項を参照のこと。D・M

(原注3) 日曜日の午後にビールがぼくの動きまわる音を聞いたのと同じ。D・M

(原注4) これが、〝幕間〟に書かれたビールの三番めの問いに対する答えとなる。ほかの答えは以下の通り。(一) ミセス・スティール本人。(二) トマス巡査部長(第二十章でビールが死体発見の状況を説明したときの発言を参照のこと)。

第二十七章

「やってみることはたしかにできますが」しばらく考えたあとで、ぼくはこう答えた。「ヒントを出して助けてくださいよ」

「もちろん。じゃあ、まず最初に、ミセス・スティールを殺したのは誰か、もうわかるかい？」

「ええ、残念ですが。キャロラインとオリーヴです。最初からリンダの言う通りだったのに、ぼくは見る目がなさすぎてわからなかった。なんて冷酷で腹黒い、悪魔のようなコンビなんだ！　ねえビール、彼女はどこにいるんです？　会いに行けませんか？」

「我慢するんだ、心配は要らないから」と彼は言った。「それに、きみがすべてを理解するまでは行っても無駄なんだ。説明できないだろうから。彼女は、ぼくに説明させてくれないんだよ――一部始終を、きみの口から聞きたいそうだ」

「わかりました――ありがとう。次はどうしましょう？」

「その二人が犯人だと確信する理由を教えてくれないか」

「ああ、理由なら半ダースはありますよ。まず手始めに、ミセス・スティールの寝室に入るためにぼくの鍵を手に入れることができたのは、あの二人だけでした。例の庭での喧嘩騒ぎはすべて、ぼくを悪臭まみれにするために仕組まれたことで、そうすれば風呂に入らざるを得ないので、その間にぼくの部屋の南京錠の金具のねじを抜いて外し、ぼくの服を調べることができたわけです。それに、普通の人は午後の暑いさなかに薔薇に薬剤をかけたりしないはずですし。

　そうだ、いろんなことがいまならわかりますが、数日遅かった。もう一つの例として、たき火を挙げましょう。あれはキャロラインの思いつきでした――ミセス・グレンが教えてくれたんです。二階にある絨毯を取り返してくれたら一緒に燃やせるのにとぼくに言ってきたのも、キャロラインでした。もちろん彼女は断られることを見込んでいて、自分の無邪気さを印象づけようとしたんです。ミセス・スティールに汚《けが》された絨毯をすべて焼き尽くしたいと、一心に願っているかのように。そうするためには、マットの下に絨毯の両端が突き出ていることはまったく知らないふりをする必要がありました。でなければ自分で取り返すことができるので、ぼくに頼む意味がないわけですから。キャロラインは、ぼくがそれでも願いを叶えてやることができる――つまり、ぼくがその部屋の鍵を持っていると知っていることを自分で暴露しているのに、まったくわかっていませんでした。言うまでもなく、ぼくもわからなかったわけですが、オリーヴはすぐに気づいて、いきなりがみがみ言い出しました。あの二人のうちのどちらかが、金曜にぼくがミセス・スティールと話をしているときに、衣装部屋の中で聞き耳を立てていたに違いない。ぼくはそのとき、鍵は身につけていると話しましたから」

　ぼくはここで間を置いた。自分が完全にだまされていたことにいまでは気づき、さらに、自分の愛する女性が殺人犯の片割れの娘で、もう片割れの姪だということも、ますます実感するようになっていた。それでも、ぼくのリンダに対する思いはまったく変わらなかったし、彼女も同じはずだと信じていた。いつかぼくらは幸せになれる。固い意志を持って辛抱すればいいのだ。

「そのうえあの二人は、あとで非難されないように、うまいこと手を打っていました」誰も口を開こうとしないので、ぼくは話を続けた。おじはとても不機嫌そうな顔で、トニーは目をつむったままで、ビールだけがぼくにはっきりと注意を向けてくれていた。「オリーヴが自分のデルフィニウムをめちゃめちゃにされることに同意していたのではなんて、誰が疑うでしょう？　しかも、本当にお気に入りの花だったんです――残骸のそばにひざまずいているとき、涙ぐんでいたのは間違いありません。それと、キャロラインが刺繍見本の件で憤慨して騒ぎ立てた件もあります。それと、防虫剤の匂いをリンダにかがせて、自分を気絶させたのは母親だと思わせた件も。その後に裸にして、母親のはずがないと納得するよう仕向けたわけです。それと、一階でのココアとミルクを使ったごまかしとか、ビリヤード室に腰を落ち着けてじろじろ見ていた理由とか――いまならじゅうぶんわかりますが、そのときはわかりっこなかったんです」

「そこのところ、ぼくにもよくわからないんだが」とトニーが口を挟んだ。「ちょっといいか？　もちろん、リンダをやっつけたのはオリーヴだ――バスルームをさっさと出て、裏階段を下りて、準備万端で待ち構えていたわけだ。だがきみは、食堂に隠れている間に、二人とも階段を上がっていくのを見たと言ったじゃないか」

「見たと思ったんです。でも実際はきっと、キャロラインは自分自身として階段を上がってから、こっそり別の階段で下りて、台所にあったオリーヴの白い上っ張りを着て、額に絆創膏を貼って、飲み物を取り替えて、姉のふりをして再び階段を上がったんですよ。そして階段を上りきったところで、自分の声で大声で喋り、それをぼくは聞き間違えるはずがなく、二人とも上にいるのはたしかだと思わされてしまったんです」

「ありがとう、そいつは巧妙だな」

「しかも周到だよ」とビールが言った。「マートンが一階に隠れているとは確信できなかったはずなんだから。念のため用心しておいたわけだ。もちろん、睡眠薬の件も彼女たちの仕業だが、そのことはまたあとで話そう」

「それと、紐の件もお願いします」とぼくは言った。「その点はどうしても説明がつかなくて。でも、忘れないうちに言っておくと、二人のお互いへの敵意は、一緒に陰謀を企てることなどあり得ないように思わせるための策略ですよね？　リンダもヘンリーも、最近あの二人の仲がどんなに悪くなったか教えてくれたし、ぼくが近くにいるときの二人もそんなふうで、口汚く罵り合う意地悪女同士でした。ただし、ぼくが金曜の午後に戻ったときは食堂で二人が内緒話をしているのを見ましたが、そのときはぼくがいるとは思っていなかったんでしょう」

ビールはうなずいた。

「きみが挙げてくれたのは、いい指摘ばかりだ」と彼は言った。「でも興味深いことに、その二人には消去法でほとんどたどり着けるんだよ。今回の殺害は明らかに、この屋敷に住んでいる人物による犯行だ。なぜなら、殺害とそれに先立つ嫌がらせには非常に密接なつながりがあって、その嫌がらせは外部の者には成し遂げられなかったはずだからだ。料理人を除くと――その理由は、もう屋敷にいなかったし、自分の部屋に盗品が隠されていたことを知らなかったから――容疑者候補は九人いるように一見思える。つまり、ミセス・グレンとその娘三人と孫二人、ジョージ・ライス、ベッシー・ホランド、そしてきみ自身。だが、ジョージはその晩の九時から拘禁中で、きみとミス・ホワイトヘッドは地下室にいて、ベッシーと坊やはほかのことで忙しく、正真正銘の大ばか者でなければヴァイオレットと陰謀を企てようなどとは思わない。それに、彼女は手首が弱いそうだから絨毯を引っ張ることはできなかったはずだし、眼鏡をかけているので鍵穴からのぞかせてもあまり役に立ったとは思えない。そうなるとキャロラインとオリーヴとミセス・グレンの三人に絞られるわけで、さしあたりこれでいいだろう。

さて、マートン、次の質問をさせてもらおう。二人はジョージ・ライスに罪を着せるつもりだったのかな？」

「それは間違いないと言っていいでしょう。彼はほかの全員が持ち物をなくしたりめちゃくちゃにされたりしていたときも被害はほとんどなかったので、彼自身の仕業のように思われていたかもしれません。一年も一緒に暮らしていれば、リンダが気づいたように、彼が力持ちだということにあの二人も気づいたはずで、ぼくがしたように彼の部屋をあさってみれば、その怪力を使って仕事をしていたこともすぐわかったでしょうね。しかも、殺害の前に彼を名指しで非難するように心がけたわけで、それはおそらく、一応の動機を持たせることができると考えたからでしょう。昨夜キャロラインがぼくにあんなふうに言ってきたのは、ジョージが絶対に犯人になり得ないことを彼女とオリーヴは誰よりもよくわかっていたんですから、ただただ必死だったからに違いありません。でも、彼のせいにするつもりだったのはたしかですよ。夜中の十二時以降のいつ帰ってくるかはわからなかったけれど、その点はガスストーブがごまかしてくれるはずでしたから」

「でも、あの二人がガスストーブを手配しといたわけじゃないだろう」とトニーが言った。

「ええ、でも、夏の間いつも九時にストーブがついていたのは二人も知っていて、ミセス・スティールが服を脱ぐ前に消すことはなさそうでしたからね。ビール、ジョージの動機はなになるはずだったんでしょうか？」

「一万ポンドの保険金だと思うね。それが――動機が――なくてはならなかったから、あの二人はじゅうぶんに説得力のあるものを見つけなければと、相当追い詰められていたんだろう。きみが言っていた金の卵を産むガチョウの話を思い出してくれ。その後、ウィリアム・ブリッグズが情報源として使えるようになった。ブリッグズはきみに保険金の受取人はジョージだとかなり思っていると言い、ミセス・スティールの遺言書について問い合わせがあったかどうかきみが知りたがるとはぐらかした。もちろん、動機が計画の大部分を占めていたわけではないけれども、もしも――キャロラインとオリーヴが信じていたように――動機のない人物に殺人の罪を着せることができるなら、陪審も犯行に及んだ理由がわからなくて悩んだりはしないだろう」

「ずいぶん無慈悲な話だな！」ぼくのおじがうなるように言った。

「ええ、それであの二人は、彼がいままでの損害や盗難の犯人かもしれないと思わせるように心がけたんです。宝石類をミセス・ピピットの部屋に、そしてミス・ホワイトヘッドの衣類と防虫剤をヘンリーの部屋に隠したのは、ジョージの仕業のように見せかけるためで、かなりもっともらしくそう見えた。本当の意味でのしくじりはたった一つ、例の葉書をきみの部屋に置いたことだったんだよ、マートン。ジョージがそれを送ったはずがない――あのころは、きみの存在すら知らなかったんだからね。

彼に罪を着せる計画の中で、重要なポイントがもう一つあった。ミス・ホワイトヘッドが気絶させられたのは静かにさせておくためで、実際にはきみも同じだった。だが理屈の上では当然、そうすることでしか殺人犯――ジョージ・ライス――はきみの鍵を手に入れられない、となるはずだったんだ。そのように推理されることをあの二人は願っていたわけだが、その点はあまり周到ではなかった。というよりも、むしろ周到すぎたんだ。きみは暗がりの中で気絶したので、いつ意識が戻るか誰にもわからなかった。きみを地下室に入れたとき、そこにはすでにリンダがいたのだから、きみをすぐに縛り上げないなんて愚の骨頂だった。二、三分後には目を覚ましていたかもしれないんだから。けれども、縛り上げたあとは、誰も鍵を返せない状態だった。自由の身になったときに鍵はベストのポケットに入っていて、それまで胸のまわりはロープできつく縛られていたんだからね」

「ええ、その通りです。いったいどうして、なんでも覚えてるんですか？　でも、もし午後の風呂作戦が失敗していたら、つまり、ぼくがきちんと鍵を持ち歩いていたら、あのときにもう一度盗もうとしたはずですよね？」

「ああ。鍵がなければ、殺害はなかった。そしてもちろん、殺害がなければ、リスクもなかった――あそこでもう一度盗もうとすることもできただろう。ぼくの意見では、忘れないうちにいま言っておくが、ジョージ・ライスに罪を負わせようとしたことが、この企み全体の中で最大の欠陥だった。あの二人は策に溺れたんだ――うまいことをやろうとしすぎてしまった。彼が予想通りに帰宅してくれなかったことが最悪の不運だったのはたしかで、もしミセス・スティールが扉に差し錠をかけていなければ、あるいは刺されたあとに差し錠をかけたのかもしれないと医者が言っていれば、彼が帰宅していた場合の立場はあまり好ましくなかったはずだが、それでもあの二人は思慮が足りなかったとぼくは思う。ほかでもないあの男を絞首刑に送り込もうとするなら、彼のやり方で殺害すべきで、それは絶対に密室殺人ではなかった。そう、死体だけでなく犯人まで用意しようとするべきではなかったんだ。または、もしその決意が固いのであれば、思い切って自分たちに嫌疑をかけさせるべきだった。もちろん、二人ともという意味じゃない――そうなると危険すぎる。でも、オリーヴならきっとやってのけただろう。彼女が主犯だと思う。ぼくが非難したときも、微動だにしなかった」

「それでも――」ぼくのおじが言いかけて、そこで言葉を止めた。

「なんでしょう?」ビールが先を促した。

「いや、たいしたことじゃない。ただ、なんとなく女の犯行とは思えないと言おうとしただけなんだ。狡猾すぎるし、複雑すぎる。でも、わたしが心理学に疎いせいかもしれんな」

「疎い?」とぼくは繰り返した。「疎いどころじゃないでしょう。あの二人の兄のアンドルー・スティールがとびきりずるくて狡猾だったことはトニーに訊いてもらえばわかるし、今回と同じくらい複雑な殺人を、合計で少なくとも二十件は実行した二人の女の名前を教えてあげてもいいですよ」

「なんだって?」ビールがぎょっとした顔で言った。

「ああ、紙の上で実行しただけですがね。でも、頭脳労働は存在したわけです。ぼくが考えてるのはアガサ・クリスティーとドロシー・セイヤーズのことですが、おじはミセス・ヘンリー・ウッド以降の女流作家ものを読んでないんでしょう。さてそれでは、キャロラインとオリーヴがどのように紐を使って自分たちを部屋に閉じ込めたのか、説明していただけますか?」

ビールは、鈍くて頑固な子供に微笑みかけるような顔になった。

「違うんだ」と彼は言い放った。「そんなことは不可能だった。ほかの誰かが閉じ込めたのさ」

「まさか! あなたが一番よくご存じなのはわかるけど――」

「まあまあ、そう早まらないで。ほかの誰かがミセス・グレンだと思っているのは正解なんだが、彼女が事前に計画に加わっていたとも思っているなら、それは間違いだ。と言っても、それを証明することはできないんだが、きみに同じ考え方をとってもらうことはできるだろう」

「なるほど。でも、だとすると、あの二人は日曜に目を覚ましたあとであなたに教えられるまで、紐についてなにも知らなかったということになりますが」

「その通り。あれは彼女たちが思いついたことじゃないんだ。そんなことは二人のどちらにもできなかったはずだし、ヴァイオレットにも無理だった――部屋を密室にしたまま脱出するのと同じくらい、物理的に不可能だ。したがって、選択肢は三つしかない。ベッシーか、ヘンリーか、ミセス・グレン。最初の二人は無視していい。この二人がほかのみんなを守って自分に嫌疑がかかるようにしたとは考えられないからだ。それにベッシーならきっと、殺害について黙っている代わりに五ポンドよりかなり上の金額を欲しがっただろう。

そうなると、三つの疑問が残る。ミセス・グレンにそんなことができたのか？　どうしてそんなことをしたのか？　キャロラインとオリーヴは知っていたのか？

睡眠薬の件をひとまず無視すると、最初の疑問に対する答えは明らかにイエスだ。彼女の部屋はたしかに鍵がかかっていたけれど、内側からだけで、本人がかけたものだ。最後の疑問については、ここではその答えはノーだ。ついさっききみが言ったように、二人はジョージ・ライスを巻き込むつもりだった。彼は夜中の十二時ごろに、たぶんかなり酔っ払って帰ってくることが予想できた。けれども、彼が自分の部屋にたどり着くためには、廊下を端から端まで歩き、ミス・ホワイトヘッドの部屋ときみの部屋とヴァイオレットの部屋の前を通る必要があったので、三つの扉が紐で縛られているのに気づかないほど酔っ払っていることを当てにはできなかったはずだ。そしてもし気づけば大騒ぎしていたかもしれないし、その階の誰からも返事がないことを知って、すぐに上の階の二人を起こしたかもしれない。扉を縛るのをジョージが帰宅したあとまで遅らせることにしなければキャロラインとオリーヴの意見はまとまらなかったはずで、結局そうならなかったのだから、二人はこの件に口を出す権利はなかったということのようだ。

それでは、真ん中の疑問だ。薬で眠らされていたと思われるミセス・グレンが、目を覚まして——おそらく——人の動きまわる音やささやき声を耳にして、扉をそっと開け、もしかすると、すべてを明らかにする一言を偶然聞いてしまったのはなぜなのか。たとえば、『これであの女もおしまいよ！』というような一言だ。もちろん、大部分は憶測になるんだが、裏付けとしてはバスルームの睡眠薬の瓶に付いた指紋という証拠がある。ぼくが思うに、ミセス・グレンは土曜の遠出であまりにも疲れていたせいで自然と眠りに落ちて、薬の入ったミルクはベッド脇のテーブルで手つかずのままだったんじゃないだろうか。その後、いま言ったように目を覚まして、そして間もなく、自分の娘二人が殺人を犯したという恐ろしい情報にいきなり直面させられたんだ。

それは身の毛もよだつような経験だったはずで、どれほど長く考えてから行動を起こしたのかは決して誰にもわからないし、どんなことを思っていたのかも同様だ。話を引き延ばさずに言うと、ミセス・グレンはキャロラインとオリーヴにはそんなことができたはずがないように見せかけることで二人をかばうという案を思いついたので、二人がとうとう寝室に戻って計画通り眠りについたあとで、紐を持って歩きまわった。それから、ほかの部屋の扉も縛ることにした——ジョージ・ライスの部屋以外のすべてで、ジョージの部屋には南京錠が取り付けられていなかった。ミセス・グレンはもしかすると室内をのぞいて、帰宅前だと知り、医学的証拠によって彼は容疑者から除外されるだろうと思ったのかもしれない。あるいは、たとえ彼に嫌疑がかかってもかまわないと思った可能性もある——好きなように考えてくれていい。最も重要なポイントは、ミス・ホワイトヘッドの部屋ときみの部屋の扉が縛られていた理由の説明なんだよ、マートン。それをやったのは、きみたちが二人ともベッドに入って寝ていないことを知らなかった誰かなんだ。でも、ミセス・グレンはあえて屋根裏部屋まで上がろうとはしなかったし、いずれにしても、もし必要になればいつでも事実を打ち明けられると信じていたんだ」

「えっ！　じゃあ、自殺したと思っているわけじゃないんですね？」

「ああ。もしそうするつもりなら、睡眠薬を使い切っていたはずだ。そうじゃなくて、薬の助けなしでは眠れそうにないと気づいて、翌日は頭をはっきりさせておきたかったので、一階でミルクを温め直して、睡眠薬を一錠入れたんだ。でも、知らないうちにすでに一錠入っていたから、追加したせいで過剰摂取になってしまった。日曜に庭で話したように――とはいえ、白状するとあのときは本当は状況を理解していなかったんだが――彼女はある意味では謀殺されたわけだが、偶然による死でもあったんだよ」

「でも、もし一階に下りて台所へ行っていたなら、地下室にいるぼくらの声が聞こえたのでは？」とぼくが尋ねた。

「きみたちが動き始める前だったからだと思う。きみの話だと十二時五十分まで自由の身になれなかったそうだし、その後もミス・ホワイトヘッドのロープをほどいたりする必要があった。たぶんミセス・グレンは、きみたちが叫び出すよりもずっと前に、やることを終えて立ち去っていたんだろう。

　そしてそれで、説明はほとんどおしまいだ」と彼は話し続けた。「ぼくは証拠としてなにを探すべきかわかっていたし、それがこっそり持ち出されたり処分されたりしていないことはかなり確実だった。長さが二十六フィートぐらいある絨毯なんて、隠すのも燃やすのも簡単じゃない。たき火をして、一見おおっぴらにするというなら話は別だがね。その現物は見つかった。細かく切り裂かれて、彼女たちのマットレスの中に隠してあったんだが、それでもオリーヴは、うつろな笑みを浮かべて肩をすくめるだけだった。

彼女たちの犯したミスで、すでに話したこと以外については、詳しく説明して時間を無駄にするつもりはない。それに、数もそれほど多くはなかった――全体としては手堅い計画だったんだ。一番の強みは、必要ならば密室の効果を省くことが最後まで可能だったという点だ。もしうまくいけば、それはますます結構だ。うまくいかなくても、ジョージ・ライスが犯人なのは明らかで、それどころかよりいっそう明らかだったはずだ。おそらく、緊急時には彼にさらに罪を着せることも計画されていたんだろう。あの二人がすっかり考えそびれていたのは、彼がその晩〈樅の木荘〉で眠らず、それを証明できた場合のことだった。さらに、あまりにもあからさまなやり方で注目を集めたのも間違いだった――銅板を買わないでヘンリーから盗んだり、オリーヴの電気アイロンが盗まれたように見せかけたり、絨毯を燃やしたり、ろうそくの蠟のしみを床に残したり……」

「あからさまだと！」ぼくのおじが不服そうに鼻を鳴らした。「ばかな！」

ぼくは立ち上がり、ビールのほうへ向き直った。

「その図を貸してもらえませんか?」とぼくは言った。「ありがとうございます――それから、理解させてくれたことにも感謝します。では、リンダの居場所を教えてください」

「きみは――きみの気持ちは、いまも変わらないんだね?」彼は、ためらいがちにそう尋ねた。

「もちろん」

「だと思ったよ。そして彼女も同じなんだが、確かめてほしいと頼まれてね。まあ、幸運を祈ってるよ。この部屋を出て左側の、二つめの扉だ」

「えっ、いっ?」ぼくは息をのんだ。「ずっとここにいたんですか?」

でも、返事は待たずに、くるりと背を向けて走り出した。愛する人を慰めるために。

訳者あとがき

本書『密室殺人』は、一九四一年に発表されたルーパート・ペニー著 *Sealed Room Murder* の全訳です。

Sealed Room Murder
(1945,Collins White Circle)

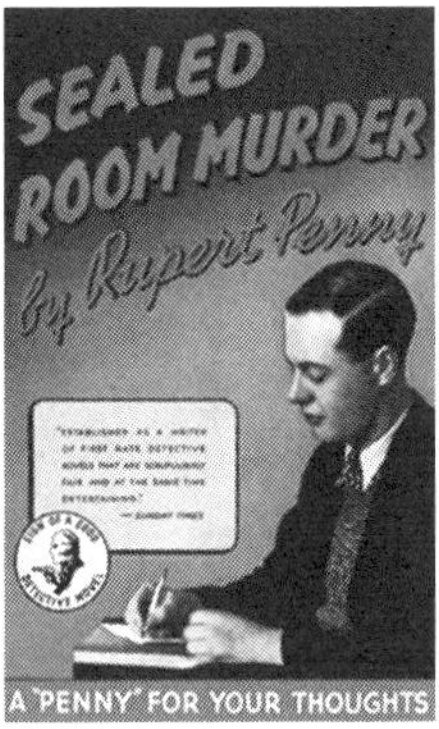

"The Crime Club" Sealed Room Murder
(1941,Collins)

ルーパート・ペニーはイギリスの作家で、スコットランド・ヤードのエドワード・ビール主任警部を探偵役とした長編ミステリを八冊書いており、本作はシリーズ第八作目、つまり最終作にあたります。邦訳としては『甘い毒』（国書刊行会、一九九七）、『警官の証言』（論創社、二〇〇九）、『警官の騎士道』（論創社、二〇一三）に続く四作目の刊行ですが、本作はこれまでの三作とは少々違う雰囲気でして、語り手としてダグラス・マートンという青年が登場する一人称形式になっています。

マートンはおじの経営する私立探偵事務所に勤務しており、その事務所にミセス・スティールという名の未亡人が調査を依頼に来る場面から物語は始まります。同居している親族の誰かから嫌がらせを受けているので犯人を突き止めてほしいという依頼で、マートンはミセス・スティールの自宅である〈樅の木荘〉という屋敷に住み込んで調査を開始するのですが、やがて彼女は密室で殺害されてしまいます。その捜査を担当するのはわれらがビール主任警部で、実は彼とマートンは旧知の仲であることが明らかになるのです。

本作ではビール主任警部は実は終盤まで登場しないのですが、登場してからの活躍ぶりは素晴らしく、語り手のマートンでさえ「本当の主人公」と敬意を込めて呼んでいるほどです。大胆かつ緻密なトリックがこと細かに説明され、いつものように見取り図や一覧表や図版も多用されているので、このシリーズを読んできたファンの方々にもじゅうぶん喜んでいただけるのではないでしょうか。

ちなみにビールが登場するまでは、マートン青年の新米探偵物語といった趣で、まだ保険の調査程度の経験しかないマートンがひとくせもふたくせもある〈樅の木荘〉の住人たちを相手に悪戦苦闘する姿がいきいきと描かれています。手練れのビールとは違う初々しい調査の様子は、これまでの作品では見られなかった光景ですので、その部分もぜひお楽しみください。

本書の訳出にあたっては、林克郎氏より非常に有益なご助言をいただきました。また、フレックスアートの加藤靖司氏には原書の図版を転載するにあたっての細かな調整で大変お世話になりました。ここに厚くお礼申し上げます。

英国におけるパズラーの先駆者

林　克郎

「ブック・アンド・マガジン・コレクター」という英国で発行されている古書収集家向け雑誌がある。毎号、作家やテーマ別の特集が組まれ、初版本などの古書価が掲載されている。同誌の二〇〇九年十一月号（通巻三百十三号）では密室ミステリが特集され、ミステリの歴史を彩ってきた五十の作品が掲載された。作家ひとりに作品ひとつという制約のなかで、本書ルーパート・ペニーの『密室殺人』もそのひとつに選ばれている。ガストン・ルルーの『黄色い部屋の謎』、ジョン・ディクスン・カーの『三つの棺』、そしてクレイトン・ロースンの『帽子から飛び出した死』などの名作と並んで堂々の選抜である。不可能犯罪ミステリとしての出来もあるが、古書として収集する価値があることも判断材料になっているところが他のベストテンものと違う。そんな古書マニアが探し求めていた『密室殺人』がついに翻訳され、多くの読者のもとに届くようになった。

一九〇九年、英国コーンウォールで生まれた作家アーネスト・バジル・チャールズ・ソーネットは、ルーパート・ペニー名義で八作品、マーティン・タナー名義で一作品を残した。ソーネットが作家として活躍したのは、彼が二十七歳から三十二歳までの僅か五年間だけである。一方、ソーネットは第二次世界大戦中に英国政府暗号学校に勤めていたと言われている。大戦は彼が三十歳の時に始まり三十六歳の時に終わったので、もし彼が戦争のために断筆したのであれば読者としては残念で仕方がない。

ルーパート・ペニー名義の作品は全て英国コリンズ社のクライム・クラブ叢書から出版された。当時、同叢書からはアガサ・クリスティー、ニコラス・ブレイク、F・W・クロフツなどの作家が名作を次々と発表しており、ミステリ黄金時代の真っ只中だった。ペニーもその黄金時代に本格ミステリを毎年のように発表し、探偵役にはスコットランド・ヤードのエドワード・ビール主任警部を用いた。デビュー作 The Talkative Policeman（一九三六）から五作品目の『警官の証言』（一九三八）までは全てのタイトルに〈警官〉が付けられており、ビール主任警部が主役である事を明確に示している。全ての作品に〈読者への挑戦状〉が挟まれており、不可能犯罪を扱った作品も三つある。『警官の騎士道』（一九三七）、『警官の証言』、そして本作『密室殺人』である。

複合トリックの名手

本格ミステリのトリックは、空間的トリック、時間的トリック、叙述的トリックの三つに大別される。

一つめの空間的トリックは物理的に存在するものを利用して謎を作りあげるもので、密室ミステリで多く使われる。窓や鍵穴に細工するトリックや、人物入れ替えトリックが該当する。空間的トリックは犯行手段を不明確にし、不可能犯罪を生み出すことが出来る。

二つめの時間的トリックは犯行時間を偽るもので、主にアリバイ崩しに使われる。犯行機会を持たないように見せかけ、真犯人を容疑者リストから外すことが出来る。

三つめの叙述的トリックは小説の世界のみで起こる詭計であり、読者は推測することが難しい。視点を変えることで、犯行機会や動機を隠すことが出来る。

ルーパート・ペニーはこれらを組み合わせてトリックを作ることに長けていた。

多くの本格ミステリでは、ひとつの事件にどれかひとつのトリックが用いられる。ところが、ルーパート・ペニーはひとつの事件にあえて複数のトリックを用いた。空間的トリックと時間的トリック、または空間的トリックと叙述的トリックなどの組み合わせである。それも単なる組み合わせではなく、両方のトリックが依存し合い、両方が無ければ成立しないように出来ている。パズラーを極めようとした著者の意気込みの表れだと思われる。

読者への挑戦状

〈読者への挑戦状〉は本格ミステリにおいてフェアプレイ精神の代名詞のような言葉であるが、それを形式美としたエラリー・クイーン以前から英米の作家の間で用いられてきた。

英国作家J・J・コニントンはミステリのデビュー作『或る豪邸主の死』（一九二六）の序文で、読者は最終章に辿り着くまでに謎解きに必要なすべての事実を知り得ると書いた。コニントンは読者にフェアプレイを挑み、それまで話の筋を追うだけだった読者に知恵を絞る楽しみを与えた。ただし、最終章の手前で読者が謎解きをするための〈幕間〉となる頁は設けていなかった。

ダグラス・G・グリーン著『ジョン・ディクスン・カー〈奇蹟を解く男〉』(一九九五)によると、米国ハヴァフォード・カレッジの学生だったジョン・ディクスン・カーは探偵アンリ・バンコランが登場する短編「山羊の影」(一九二六)を学生誌「ハヴァフォーディアン」に発表した際に、問題編と解決編の二回に分けて掲載することで読者に謎解きの挑戦をした。同作では鍵のかかった部屋からの人間消失を扱っており、カーは不可能犯罪トリックを見破られるか読者に挑戦したのだ。

コニントンとカーがフェアプレイ精神を謳った一九二六年は、奇しくもアガサ・クリスティーが『アクロイド殺害事件』を上梓した年である。英米で本格ミステリが活発化してきた時期であり、知的パズルとしての楽しみが醸成された年だったのかもしれない。そして三年後の一九二九年、ついにエラリー・クイーンが『ローマ帽子の謎』を発表する。

エラリー・クイーンは〈読者への挑戦状〉によって、問題編と解決編の境界線を明確にし、推理することの楽しみを形作った。そして解決編において、犯人や犯行手段を数学の証明問題を解くように読者に示した。〈読者への挑戦状〉はエラリー・クイーンによって形式美として確立されたが、その後多くの作家がその形式を取り入れたわけではなかった。

ルーパート・ペニーは The Talkative Policeman の序文において、『ローマ帽子の謎』で〈読者への挑戦状〉という形式が創造されながらも、それが英国で無視されてきたことを嘆いている。黄金時代と呼ばれる一九三〇年代前半に英国で数々の本格ミステリが発表されながら、〈読者への挑戦状〉という手法は用いられなかったのである。英国ディテクション・クラブは一九三〇年に設立されており、入会する作家は読者に対して決め手となる手がかりを隠蔽しないことを誓わされる。つまり、作家は読者に対してフェアプレイで臨んでいるが、〈読者への挑戦状〉という形を採用しなかったのである。アントニイ・バークリーは『服用禁止』（一九三八）で〈読者への挑戦状〉を採用しているが、すでに作家としては晩年期である。

そのような環境のなか、ルーパート・ペニーは〈読者への挑戦状〉を全作品で取り入れた。エラリー・クイーンが『ローマ帽子の謎』で使った〈幕間〉という表現を用い、読者に対して誰が犯人か推理する時間を与えた。さらに解決編において、手がかりの場所を示したり、殺害トリックを図解で説明したりしたのである。ただし、エラリー・クイーンのような完全性は追求しておらず、ミステリを楽しむための技法として用いていた。

ルーパート・ペニーの執筆期間はたった五年間だけだったが、戦前・戦中の時期に英国で本格パズラー・ミステリを八作品（マーティン・タナー名義も含めると合計九作品）も残した功績は大きい。出版元のコリンズ社は The Talkative Policeman を〈頭の体操〉と紹介しており、新人作家にもかかわらずペニーに〈読者への挑戦状〉に関する序文を書かせている。異例の扱いなのは、それだけ期待が大きかったのだろう。読む楽しみだけでなく、考える楽しみを与えてくれた作家がルーパート・ペニーだったのである。

《著作リスト》

ルーパート・ペニー名義

The Talkative Policeman（一九三六）

Policeman's Holiday（一九三七）

Policeman in Armour（一九三七）『警官の騎士道』（論創社）

The Lucky Policeman（一九三八）

Policeman's Evidence（一九三八）『警官の証言』（論創社）

She Had to Have Gas（一九三九）

Sweet Poison（一九四〇）『甘い毒』（国書刊行会）

Sealed Room Murder（一九四一）『密室殺人』（論創社。**本書**）

マーティン・タナー名義

Cut and Run（一九四一）

〔著者〕

ルーパート・ペニー

1909年、英国コーンウォール生まれ。本名アーネスト・バジル・チャールズ・ソーネット、別名にマーティン・タナー。1936年にThe Talkative Policemanで作家デビュー。第二次世界大戦中はロンドンの英国政府暗号学校に勤務、戦後はその後身である政府通信本部で働き、68年に退職した。1970年死去。

〔訳者〕

熊井ひろ美（くまい・ひろみ）

東京外国語大学英米語学科卒。英米文学翻訳家。主な訳書にニック・トーシュ『ダンテの遺稿』（早川書房）、キャメロン・マケイブ『編集室の床に落ちた顔』（国書刊行会）、ルーファス・キング『緯度殺人事件』（論創社）など。

密室殺人《みっしつさつじん》

——論創海外ミステリ 236

2019年6月20日　初版第1刷印刷
2019年6月30日　初版第1刷発行

著　者　ルーパート・ペニー
訳　者　熊井ひろ美
装　丁　奥定泰之
発行人　森下紀夫
発行所　論　創　社

〒101-0051　東京都千代田区神田神保町2-23　北井ビル
TEL:03-3264-5254　FAX:03-3264-5254　振替口座 00160-1-155266
WEB:http://www.ronso.co.jp

印刷・製本　中央精版印刷
組版　フレックスアート

ISBN978-4-8460-1768-2